PERFECT

ALISON
G. BAILEY

PERFECT

Traduzione di Federica Ressi

DeA

Titolo originale: *Present Perfect*
Traduzione dall'inglese: Federica Ressi

Published by arrangement with Silvia Donzelli Agency
on behalf of Bookcase Literary Agency

Redazione: corso della Vittoria, 91 – 28100 Novara
www.deagostinilibri.it

Stampa: PuntoWeb s.r.l., Ariccia - 2016

A mia madre Helen,
e alla memoria di mio padre Dreher.
Grazie per avermi donato il carattere forte,
la capacità di sperare e l'inestimabile dono dell'umorismo.

PROLOGO

Se la perfezione non esiste, allora perché esiste una parola per descriverla?

«Amanda, devi stare ferma e composta come Emily.»

«Amanda, lascia che Emily ti aiuti a fare i compiti. Anche quest'anno si è distinta tra i migliori studenti della scuola.»

«Non mi dire, tu ed Emily siete sorelle? Lei è così bella!»

«Amanda, quand'è che le tue tette diventeranno grosse come quelle di Emily?»

Io adoro Emily. È sempre stata fantastica come sorella maggiore. Mi ha permesso di uscire con lei e i suoi amici, qualche volta. A dire il vero, ogni tanto è pure finita in castigo al posto mio. È una bellissima ragazza e una bellissima persona. Non è colpa sua se è nata prima di me e mi ha rubato la scena. Non è colpa sua se è sempre stata perfetta in tutto. Anch'io volevo essere perfetta. Solo che non ci sono riuscita.

Ma sono riuscita a sopportare di vivere nell'ombra di quella perfettina di Emily, perché anche se lei aveva tutto ciò che si possa desiderare dalla vita, c'era una cosa che le mancava: Noah Stewart. Lui era mio.

Noah è sempre stato il mio migliore amico, il mio complice, il mio angelo custode, la mia anima gemella, l'amore della mia vita. Il mio tutto. Forse non ho ricevuto tutta la bellezza, l'intelligenza o il talento di questo mondo, ma il destino mi ha donato Noah Stewart, l'unica cosa "perfetta" che posso rivendicare come mia e che non baratterei con nient'altro al mondo.

CAPITOLO 1

Ho dubitato di tante cose nella mia vita, tranne di una: l'ho sempre amato. Ogni singolo minuto di ogni singolo giorno che ho trascorso su questa Terra, il mio cuore è stato suo. Non ho mai avuto dubbi. Nel corso del tempo l'amore ha assunto molte forme, ma è sempre stato lì, una presenza costante.

Ci sono persone che pretendono di insegnare qualunque cosa sull'amore: come conquistarlo, come tenerselo stretto, come superarne la perdita. Ci fanno credere che l'amore sia complicato, ma non è così. È tutto quello che ci costruiamo attorno che lo fa sembrare complicato. Ma quando ce ne accorgiamo, prima che sia troppo tardi, riusciamo a rendere tutto meravigliosamente semplice.

AMANDA STEWART

NOAH STEWART

NOAH e AMANDA STEWART

Sono nata alle 22.57 del 23 marzo 1990 al Saint Francis Hospital di Charleston, in South Carolina. Noah è nato alle 22.58 del 23 marzo 1990, nello stesso reparto. Se si esclude il minuto che separa le nostre nascite, siamo sempre stati insieme. Abbiamo condiviso tutte le nostre prime volte: il primo dentino, il primo sorriso e la prima parola. Abbiamo iniziato a gattonare insieme e insieme abbiamo mosso i nostri primi passi.

Quando la mamma di Noah ha ricominciato a lavorare, mia madre, casalinga, si è offerta di prendersi cura di lui durante il giorno. Credeva che accudire uno o due bambini non facesse differenza. Di solito non è vero. Due neonati implicano il doppio dei pannolini, il doppio delle poppate, il doppio delle urla e il doppio del mal di testa. Ma con me e Noah era diverso. Finché restavamo insieme, eravamo due bimbi felici.

Siamo diventati l'uno l'estensione dell'altra. Mia madre diceva che abbiamo sviluppato un linguaggio tutto nostro, come accade tra gemelli. A un orecchio inconsapevole, i nostri versetti sembravano borbottii senza senso, ma io e Noah ci capivamo perfettamente. Anzi, nessuno mi capiva bene quanto lui. Noah conosceva ogni mio pensiero, sentimento e stato d'animo, proprio come io conoscevo i suoi.

Halloween 1996

Avevo solo sei anni, e già sapevo che sarei stata ridicola con addosso quell'affare. Le mamme di tutti i miei amichetti si erano convertite in modo incondizionato alle comodità del moderno stile di vita americano, e i costumi di Halloween li avevano comprati già pronti. Invece la mia decise che sarebbe stato meraviglioso se io ed Emily avessimo indossato dei costumi fatti in casa.

Emily decise di vestirsi da principessa. Prendeva lezioni

di danza classica da quando aveva cinque anni, per cui aveva tutto il materiale necessario per un costume decente.

La mamma prese due tutù rosa confetto e li incollò uno sopra l'altro per fare la gonna. Per il corpetto scelse un body fucsia. Cosparse la stoffa di colla a caldo, poi la coprì di brillantini. Completò la creazione con un diadema di carta stagnola decorato da biglie colorate. Il costume di Emily non sembrava poi tanto brutto. Se incolli abbastanza brillantini su qualcosa, la gente si lascia distrarre dal luccichio e non fa troppo caso all'orrore.

Io, invece, volevo vestirmi da cowgirl. Niente di più facile: bastavano dei jeans, una camicia scozzese, un gilè, degli stivali, un cappello… e voilà! Non servivano né colla né brillantini. Avevo tutto l'occorrente, tranne l'oggetto più importante.

Io e la mamma eravamo ai grandi magazzini quando lo vidi. Era di feltro rosso, bordato di bianco, con la parola COWGIRL cucita sul davanti. Era la cosa più bella che avessi mai visto. Il mio cuore cominciò a palpitare.

Afferrai il cappello e corsi da lei, raggiante. «Mamma, guarda! Non è il cappello da cowgirl più perfetto del mondo?»

«È un cappello molto grazioso, Amanda. Adesso vai a rimetterlo a posto. Dobbiamo cercare ancora diverse cose» disse mentre spingeva il carrello lungo la corsia.

Il sorriso svanì dal mio volto. Le andai dietro, stringendo il cappello al petto. «Ma mamma, ne ho bisogno!»

«Per cosa, tesoro?»

«Ehm… per il mio costume di Halloween» risposi con una smorfia.

«Te lo faccio io il costume quest'anno, Amanda. Lo sai.»

La seguii mentre procedeva imperterrita, prestando più attenzione agli oggetti che infilava nel carrello che a me.

«Voglio vestirmi da cowgirl. È il costume più facile da fare. Ho già tutto, mi serve solo questo cappello, mamma» la implorai.

Si voltò a guardarmi. «Perché vuoi vestirti da cowgirl?»

«Perché le cowgirl sono fichissime.»

Come se non fosse la cosa più ovvia del mondo.

«Noah sarà un fichissimo cavaliere, e io voglio essere una fichissima cowgirl. Per favore, mamma!»

Lei si fermò e si accovacciò di fronte a me per guardarmi negli occhi. «Amore, avrai il costume più *fichissimo* di tutti quest'anno.»

«Quindi posso tenere il cappello?» Sentii il sorriso riaffacciarsi sul mio volto. Attesi con trepidazione di sentir pronunciare dalle sue labbra la parola *sì*.

«No. Indovina da cosa ti vestirai per Halloween?» Mi sorrise con gli occhi grigio-azzurri pieni di entusiasmo. Rialzandosi, cominciò a rovistare nel carrello. Quando si girò, teneva in mano il sacchetto di piume gialle più grande che avessi mai visto. La guardai negli occhi, il viso corrucciato per lo smarrimento. «Sarai l'uccellino Titti, quello dei cartoni con Gatto Silvestro. Ci pensi che bello?»

Ero sbalordita. «Non voglio vestirmi da Titti. Perché non posso vestirmi da cowgirl?» piagnucolai.

«Perché ho già tutto l'occorrente per fare Titti» concluse lei, gettando il sacchetto di piume nel carrello.

Con le spalle curve e la testa bassa per la sconfitta, tornai sui miei passi trascinando i piedi per rimettere sullo scaffale quel cappello assolutamente perfetto. «Non voglio essere uno stupido uccello giallo. Voglio essere una cowgirl» brontolai.

«Amanda, sbrigati! Dobbiamo andare!»

Mia madre era talmente fissata con l'idea del costume da Titti che cominciai a chiedermi se secondo lei non assomigliassi davvero a un pennuto con l'itterizia, le guance cicciotte e le labbra a canotto.

La mattina di Halloween entrai in salotto e trovai la mamma china a raccogliere un mucchio di piume che si erano staccate dal mio costume. Ormai era diventato un rituale quotidiano che mi faceva sorridere e ben sperare. Se le piume non stavano attaccate al body, addio pennuto.

Schiarendomi la voce, azzardai: «Mamma, va bene se vado a scuola senza il costume da Titti? Non vorrei che si sciupasse prima di stasera».

Lei posò una bracciata di piume sul tavolino da caffè e si voltò a guardarmi, cercando di nasconderle dietro di sé. Non voleva ammettere che Titti aveva un serio problema di muta. Esitò per un istante, passandosi una mano sulla nuca mentre sbirciava di sottecchi il triste cumulo giallo.

«Certo, così avrò tempo per abbellirlo un pochino. Che ne dici di andare a scuola vestita da cowgirl? Avevi accennato a un costume da cowgirl, giusto?»

Soltanto un migliaio di volte.

Quando giunse il momento fatidico, la mamma era riuscita a riattaccare tutte le piume sul body. I miei sogni da cowgirl erano sfumati.

Il resto del costume consisteva in un paio di vecchie pantofole pelose dipinte d'oro con la vernice spray. Era avanzata qualche piuma, così la mamma decise che a Titti serviva una fascia per capelli. Poi tirò fuori un grosso barattolo di cerone giallo fosforescente. Doveva essere un cimelio degli anni Ottanta, epoca in cui evidentemente andava di moda impiastricciare i propri figli di sostanze tossiche. Come ciliegina sulla torta dell'umiliazione, mi rovesciò addosso una pioggia di brillantini. Sembravo il frutto di un disastroso esperimento genetico.

Era giunto il momento. Cercai di rimandare il più possibile, in attesa che il sole calasse del tutto. Pensavo che l'oscurità mi sarebbe stata amica. Era una serata calda, quindi io ed Emily non fummo costrette a mettere la giacca. Ero disposta a fare la sauna pur di nascondere l'incubo giallo che avevo addosso, ma la mamma non volle sentire ragioni.

Emily e io eravamo sempre andate insieme a bussare alle porte. Spettava a lei tenermi per mano, suonare il campanello e dire: "Dolcetto o scherzetto?" Io mi limitavo a riscuotere le mie caramelle. Quell'anno, dato che ormai aveva dieci anni, mia sorella volle andare con le sue amiche. Quindi avrei dovuto cavarmela da sola.

Eravamo ferme in fondo al vialetto dei Dean. Deglutii a fatica mentre osservavo Emily che si allontanava con le sue compagne verso un'altra casa.

La mamma doveva aver percepito il mio terrore, perché mi attirò a sé e mormorò: «Puoi farcela, Amanda. Sei una signorinella ormai. Non c'è niente di cui aver paura. Tua sorella aveva cinque anni quando ha iniziato a bussare alle porte da sola. Io resterò proprio qui». Mi lasciò la mano e si allontanò di un passo.

Io rimasi lì, immobile. Mi sentivo abbandonata. Ero terrorizzata al pensiero che dietro a quelle porte ci fosse un mostro. Per quanto desiderassi farlo, non riuscivo a muovere i piedi dorati e pelosi.

Feci un respiro profondo e guardai a terra, cercando di trovare il coraggio, quando notai un mucchietto di piume gialle ai miei piedi. Altre formavano una scia alle mie spalle.

Mi voltai a guardare mia madre, poi la porta dei Dean, poi di nuovo mia madre.

«Coraggio, Amanda. Non fare la bambina» si spazientì lei.

Le lacrime cominciarono a scorrermi sul viso. Dovevo prendere una decisione. Dovevo stringere i denti, raggiungere quella porta e accaparrarmi un po' di dolcetti prima di ritrovarmi completamente spennata.

Alzai di nuovo gli occhi sulla casa dei Dean. I miei amici stavano percorrendo il vialetto con i sacchetti ricolmi di prelibatezze che io non avrei mai ricevuto se non mi fossi data una mossa.

E allora lo vidi, il mio cavaliere dall'armatura di plastica, con gli occhi azzurri che sbucavano dall'elmo insieme a una ciocca di capelli scuri. Camminava lungo il vialetto, tutto solo, e veniva dritto verso di me. Il suo sacchetto era pieno di dolci.

Quando mi raggiunse, usò la manica della sua maglia per asciugarmi le lacrime. «Non piangere.»

«Non riceverò neanche una caramella stasera. Mi si stanno staccando tutte le piume e resterò nuda in mezzo alla strada.»

Piangevo così forte che iniziai a singhiozzare. Guardammo alle mie spalle. «Le vedi, tutte quelle piume?»

«Apri il sacchetto.» Noah cominciò a riempirlo delle sue caramelle, a manciate.

«Non devi darmi tutti i tuoi dolci.»

«Non te li do tutti. Facciamo a metà.» Mi sorrise e io capii che sarebbe andato tutto bene.

Dopo il trasferimento delle caramelle, mi prese per mano e mi tirò verso il vialetto degli Stevenson. Mi liberai con uno strattone e mi fermai. «Che fai?»

«Ti porto a fare dolcetto o scherzetto per dimostrarti che non c'è niente di cui aver paura» rispose.

Alzai lo sguardo e incontrai i suoi occhi fiduciosi. Allora allungai timidamente la mano e mi lasciai condurre alla casa successiva.

Quando Noah suonò il campanello, il mio cuore cominciò a battere più forte e avevo le mani tutte sudate. La porta si aprì pian piano e ne uscì la signora Stevenson, vestita da boss della mala. Mi fece ridere. Noah lasciò la mia mano giusto il tempo di asciugarsi la sua sul costume e farmi aprire il sacchetto. La signora Stevenson mi diede ben due leccalecca alla mela verde per il coraggio dimostrato quella sera.

La mamma ci venne dietro, sorridendo, mentre procedevamo mano nella mano fino all'ultimo vialetto. Una volta in fondo, mi fermai e baciai Noah sulla guancia.

«Grazie, Noah.»

Sorrise. «Mi prenderò sempre cura di te e mi assicurerò che non resti mai senza caramelle, Tweet.»

Era la prima volta che mi chiamava così, storpiando il nome dell'uccellino Titti. Quel nomignolo mi avrebbe accompagnata per tutta la vita. E nonostante il mio totale disgusto per quel costume da pennuto, non mi dava per nulla fastidio che Noah mi chiamasse Tweet. Anzi, mi piaceva da matti.

CAPITOLO 2

È un vero schifo che la vita sia così imprevedibile. Un attimo prima sei lì che procedi a testa alta con il vento tra i capelli, e subito dopo ti ritrovi col sedere per terra e la faccia nella polvere.

Ho sempre avuto una passione per la bicicletta. Dal primissimo istante in cui montai in sella al triciclo, capii che la bici era il mezzo che faceva per me. Mi regalarono la prima bicicletta da grandi per il mio ottavo compleanno. Era favolosa. La maggior parte delle mie amiche aveva una bici rosa, ma la mia era gialla. Mi ero ripresa del tutto dal trauma di Titti, e il giallo era diventato il mio colore preferito. Da non crederci.

Io e Noah non vedevamo l'ora di tornare a casa, finire i compiti e precipitarci in strada. Avevo il permesso di arrivare fino alla casa dei Porter, cioè tre case dopo la mia, mentre Noah poteva fare tutto il giro del quartiere.

Con la sua BMX rossa e nera era bravissimo. Non solo impennava su entrambe le ruote, ma sapeva anche andare senza mani e riusciva a saltare un paio di bidoni dell'immondizia. Io invece ero ancora imbranata… e infatti avevo tolto le rotelle soltanto da due settimane.

Era stato un grande traguardo raggiungere la casa dei

Porter, ma dopo quindici giorni la tentazione di proseguire mi stava uccidendo. Supplicavo ogni giorno la mamma di darmi il permesso di fare il giro dell'isolato, però lei continuava a dirmi di no. Sapevo che Noah si stava stufando di fare su e giù per il breve tratto di strada in cui ero confinata. Non protestava, ma noi due non avevamo bisogno di parole per capirci.

«Non preoccuparti, Tweet. Posso continuare ad allenarmi con le mosse acrobatiche. Tua madre presto ti lascerà venire in bici fino a casa mia. Sei diventata proprio brava.»

Presto, ma non abbastanza per i miei gusti.

Pedalai accanto a lui tenendo la voce bassa. «Facciamolo.»

«Cosa?»

«Portiamo questi bolidi fino a casa tua.»

«Non credo sia una buona idea. Tua madre si arrabbierà e finiremo nei guai.»

«Non lo scoprirà mai. Torneremo subito indietro. Ti preeego, Noah. Hai detto che sono diventata brava!»

Lui distolse lo sguardo, poi mi fissò negli occhi e disse: «Arriviamo fino a casa mia e torniamo indietro, ma poi basta». Annuii eccitata. Avrei accettato di buon grado ogni sua proposta. «Una volta sola, Tweet. Giuramelo.»

«Te lo giuro» dichiarai, mettendomi una mano sul cuore.

Ci assicurammo che mia madre non stesse sbirciando dalla finestra, poi cominciammo a pedalare. Quando superammo la casa dei Porter, l'eccitazione crebbe. Lo stavo facendo davvero!

L'adrenalina mi scorreva nelle vene, il cuore mi batteva all'impazzata. Noah rimase davanti a me, per assicurarsi che la strada fosse libera. Svoltammo l'angolo. Il vento mi sferzava i capelli. Era fantastico, mi sembrava di volare.

Noah rallentò fino ad affiancarmi. «Stai andando alla grande, Tweet! Siamo quasi arrivati.»

Riguadagnò terreno, tornando in testa. Ero così felice di sapere che era orgoglioso di me, non c'era sensazione migliore al mondo. Poi tutto accadde all'improvviso.

D'un tratto il manubrio vibrò e io persi il controllo della bici. In un attimo mi ritrovai per terra, a faccia in giù, le gambe aggrovigliate attorno al telaio. Noah doveva essersi accorto che non ero più dietro di lui. Lo sentii gridare: «Tweet!»

Mi raggiunse più in fretta che poté, saltò giù dalla bici e la lasciò cadere a terra. Mi bruciavano i palmi delle mani e sentivo il sangue gocciolare lungo la gamba sinistra.

Udii la sua voce piena di panico. «Resisti, Tweet. Ci sono qui io. Ce la fai a muoverti?»

Lentamente mi liberò le gambe e scaraventò la mia bici di lato. Si inginocchiò accanto a me e mi aiutò a mettermi seduta. Sembrava che le mani mi andassero a fuoco. Le tenni sollevate mentre Noah ci soffiava sopra, cercando di darmi un po' di sollievo. Avevo la guancia sinistra arrossata e ricoperta di terra e pietrisco. Provò a toglierne il più possibile con un lembo della camicia. Quello messo peggio era il ginocchio sinistro: un grumo di carne viva da cui stillava sangue. La pelle si era completamente escoriata e pendeva inerte. Quando lo vidi, cominciai a piangere più forte.

Noah mi cinse le spalle con un braccio, tentando di calmarmi. «Scusami, Tweet» sussurrò stringendomi a sé. «Avrei dovuto restarti vicino. Adesso ci penso io a te. Ce la fai a camminare?»

Mi aiutò ad alzarmi. Poggiai il peso sul ginocchio ferito e il dolore mi trafisse come un coltello. «No. Mi fa troppo male» risposi tra i singhiozzi.

Dovevamo toglierci dalla strada, così Noah mi aiutò a raggiungere zoppicando il prato di un vicino e a sedermi sull'erba.

«Te la senti di restare qui mentre vado a chiamare tua madre?»

Scossi la testa. «No, no, ti prego, non dirglielo! Mi toglierà la bici e mi metterà in punizione per sempre.» Trattenni il respiro, in trepida attesa della sua decisione.

Un attimo dopo, mi passò il braccio sinistro sotto le ginocchia e quello destro dietro la schiena, e mi sollevò da terra. «Aggrappati al mio collo.»

Obbedii. Mentre percorrevamo la via, posai la testa sulla sua spalla. «Non sono troppo pesante?» domandai. Ero ancora molto più bassa di Noah, ma ero cresciuta un po' nell'ultimo anno.

«Sei leggera come una piuma» rispose lui, sorridendomi.

«Dove stiamo andando?»

«A casa mia, abbiamo un kit di pronto soccorso.»

I genitori di Noah erano sul retro a fare qualche lavoretto, così sgattaiolammo in camera sua senza farci vedere. Mi adagiò delicatamente sul letto e andò a prendere il necessario.

Mentre aspettavo che tornasse, un milione di pensieri mi attraversarono la mente: che punizione mi avrebbero inflitto mamma e papà se avessero scoperto tutto? Il rumore della porta che si apriva mi distrasse dalla catastrofe imminente. Noah la richiuse senza fare rumore e si sedette sul letto di fronte a me. Mi guardò il ginocchio. Quando alzò lo sguardo, aveva gli occhi lucidi. Si protese verso di me e ci abbracciammo.

«Grazie, Noah» mormorai.

«Per cosa?» disse con il viso nascosto tra i miei capelli.

«Perché ti prendi cura di me.»

Asciugandosi gli occhi, si raddrizzò e cominciò a pulirmi il viso con una salvietta disinfettante. Quando l'alcol venne a contatto con la carne viva, feci una smorfia di dolore. Vidi Noah irrigidirsi ogni volta che mi sfiorava la guancia con la salvietta.

«Te lo giuro, non permetterò che ti succeda di nuovo qualcosa di brutto, Tweet.»

Gli rivolsi un lieve sorriso. Lui aprì un'altra salvietta e mi pulì le mani e le ginocchia, cercando con tutto se stesso di non farmi male.

Rimasi nella sua stanza mentre andava a riporre il kit. Quando finalmente tornò, mi lasciai sfuggire un sospiro di sollievo. «Dove sei stato? Sei sparito per tipo un'ora.»

Scosse la testa, divertito. «Sarò stato via venti minuti. Dovevo andare a recuperare le biciclette. Poi mia madre mi ha fermato in cucina mentre prendevo questa per te.» Mi consegnò una gigantesca fetta di torta al cioccolato con infilzata una forchetta. «Voleva sapere cosa stavo combinando.»

«E cosa le hai detto?» bofonchiai con la bocca piena.

«Che eri qui. Poi ha voluto sapere se resti per cena. Mio padre fa gli hamburger.»

«Devo chiamare la mamma per chiederle il permesso.» Fui di nuovo sul punto di piangere. Avevo il terrore che capisse che qualcosa non andava nell'istante in cui avesse sentito la mia voce.

«Non ce n'è bisogno. Mia madre ha detto che ci pensa lei.»

Mi lasciai sfuggire un altro sospirone. Avrei avuto un po' più di tempo per far guarire il ginocchio e far passare il rossore dal viso e dalle mani.

Notai che Noah mi fissava mentre mangiavo la torta. Gli porsi la forchetta. «Ne vuoi un po'?»

«No, tu ne hai più bisogno di me.»

Spinsi il piatto nella sua direzione. «Mangiane un po'» insistetti. Ne prese un bel boccone, poi ci passammo a turno la forchetta finché non finimmo la torta.

Noah si sdraiò sul letto, intrecciando le mani dietro la testa. «Va meglio?»

«Sì. Molto meglio» risposi.

«Bene. Sapevo che avrebbe funzionato.»

«Cosa?»

«La torta al cioccolato.»

«Ah sì, e come mai?» domandai per curiosità.

Noah sorrise. «Perché il cioccolato fa passare il dolore e rende tutto migliore.»

CAPITOLO 3

Il tuo mondo può cambiare in un attimo, quando inizi a guardare qualcuno con occhi altrui.

Eravamo all'ultima partita del campionato di baseball. Noah era la star della squadra cittadina, i Tigers. Era l'ultimo anno che giocava con loro. Di lì a qualche mese avremmo cominciato il liceo e Noah era un giocatore eccellente, quindi senza dubbio sarebbe stato ammesso nella squadra della scuola.

Le mie cognizioni in fatto di baseball erano praticamente inesistenti. Venivo alle partite da una vita, per cui in teoria avrei dovuto assimilare qualche informazione, anche solo per osmosi. La sportiva di famiglia non ero io, era Emily. Giocava a basket da quando aveva dieci anni e si era data all'atletica in prima liceo. Aveva vinto trofei in entrambe le discipline. Sai che sorpresa… Comunque, l'unica ragione per cui andavo alle partite era fare il tifo per il mio migliore amico.

Noah aveva cominciato a giocare a T-ball quando aveva quattro anni e ben presto si era innamorato del baseball. Anche se non capivo un accidente di quello sport, non c'era modo migliore di passare il sabato che guardare Noah in campo e vedere quanto fosse felice.

Decisi di invitare alla partita Beth Sanders, una mia potenziale nuova amica. La sua famiglia si era trasferita nella casa accanto alla nostra tre settimane prima. Per il momento come amica era in periodo di prova. Fino ad allora se l'era cavata piuttosto bene, ma non l'avevo ancora presentata a Noah.

Aveva un aspetto esotico, con quell'abbronzatura intensa, i lunghi capelli corvini e gli occhi verde smeraldo. Aveva i lineamenti piuttosto marcati, il naso, gli zigomi e la mascella erano tutti ben definiti, a differenza dei miei. Io avevo il viso rotondo e le guance cicciotte, o almeno così pensavo. Beth era anche più alta e più snella di me, con gambe chilometriche. Era divertente stare con lei. Era un po' troppo fissata con i ragazzi, ma di sicuro non era ancora in lizza per diventare la Regina di Zoccolandia.

«Wow, mi piacerà un sacco vivere qui. Guarda quanti bei bocconcini» disse Beth, mentre tornavamo ai nostri posti in gradinata dopo aver preso da mangiare. «Chi è quello?»

Mi voltai verso il campo. «Chi?»

«Il battitore, Stewart.»

«Quello è il mio Noah.»

«Il *tuo* Noah? Pensavo avessi solo una sorella più grande e che di cognome facessi Kelly.»

«Non è mio fratello, è il mio migliore amico» le spiegai.

«Il tuo migliore amico?» Aggrottò la fronte, confusa. «Non puoi avere un maschio come migliore amico.»

«Perché no?»

«È strano» sentenziò, con le labbra serrate in una smorfia quasi disgustata.

Mi risultava difficile pensare che ci fosse qualcosa di strano nella mia amicizia con Noah. Tutto tra noi era sempre sembrato la cosa più naturale del mondo.

Beth continuò a borbottare. «… e soprattutto non si può avere un tipo *così* come migliore amico.»

«Così come? Ma di che parli?»

«Non dirmi che non hai notato quanto è fico.»

«Non ci avevo mai pensato.»

Sbuffò. «Non ti credo.» Rimase in silenzio per un istante. «Sei lesbica?»

«No!»

«Te lo chiedo perché solo una lesbica non considererebbe Noah uno strafico.»

«Non so se io e te diventeremo amiche» dissi impassibile.

Lei sorrise. «Eddài. Ma guardalo. Ha un fisico da paura.»

«Sei *tu* che cominci a farmi paura.»

«Un triangolo perfetto. Spalle larghe, vita stretta, sedere da sballo.»

«Sei suonata, te lo dico io.»

«Non sono nemmeno arrivata a braccia e gambe.»

Sollevai una mano, sperando di fermare quel fiume di parole. «Com'è che lo conosci?» mi chiese, senza fiato.

«Siamo cresciuti insieme. Non c'è giorno della mia vita che abbia passato senza di lui. Le nostre famiglie vanno persino in vacanza insieme.»

«E dove abita?» Beth cominciava a essere un po' troppo intrigata da Noah.

La guardai con sospetto e non risposi.

«Abita nel nostro quartiere?»

Rimasi in silenzio.

«Oh! Mio! Dio! Abita nel nostro quartiere. Perché non me lo hai presentato? Me lo tenevi nascosto. *Devi* presentarmelo.»

Le parole le uscivano di bocca come proiettili da una mitragliatrice, e io riuscivo a malapena a starle dietro. Parlava così in fretta e con una tale eccitazione che ebbi l'impulso di darle una botta in testa per farla rallentare.

«Già, lo farò molto presto» dissi con evidente sarcasmo, alzando gli occhi al cielo.

Non conoscevo Beth abbastanza bene da poter dare un giudizio ponderato, ma mi sembrava che avesse bisogno di farsi vedere da uno bravo.

«Eddài, Amanda. Devo verificare se il lato A è strepitoso quanto il lato B.»

Le lanciai un'occhiataccia infastidita, scuotendo la testa.

Per il resto della partita, Beth continuò a occhieggiare non solo Noah, ma ogni ragazzo che reputava fico, cioè la maggior parte dei componenti della squadra. Le sembrava fico persino l'allenatore Sawyer, che era un vecchio. Avrà avuto almeno quarant'anni.

L'incontro era quasi finito. Era il turno di Noah alla battuta. Il punteggio era di parità. Se avesse messo a segno quel *run*, i Tigers avrebbero vinto il loro primo campionato cittadino.

La folla si fece silenziosa. Il lanciatore esitò per qualche secondo e poi lanciò la palla. Il rumore dell'impatto con la mazza fu talmente violento da sembrare un colpo di cannone. Noah lasciò cadere la mazza e cominciò a correre più forte di quanto lo avessi mai visto fare. Superò la prima, la seconda, poi la terza base. Raggiunse in scivolata la casa base. Quando l'arbitro gridò: «Salvo!» il mio Noah diventò la leggenda del campionato cittadino, portando i Tigers alla vittoria. Il pubblico impazzì, e prese a saltare e a esultare.

Mi alzai e guardai in campo per osservare i compagni di Noah che lo sollevavano di peso e se lo caricavano sulle spalle. Cominciarono a ripetere ritmicamente: «Ste-wart! Ste-wart! Ste-wart!» mentre lo giravano verso la folla in delirio.

Beth sospirò. «Oh, sì. Il lato A è altrettanto sensazionale.»

La fulminai con gli occhi.

Le urla si fecero più forti e anche gli spettatori iniziarono a intonare: «Ste-wart!» Noah alzò lo sguardo verso le gradinate. I suoi occhi incontrarono i miei. Aveva un sorriso estatico, che rispecchiava il mio. Si tolse il cappello e lo agitò in aria, guardando me per tutto il tempo. Era l'unico ragazzo che vedevo là in campo, e lui mi guardava come se fossi l'unica persona sugli spalti. Il mio corpo fu pervaso da una sensazione di calore. Era davvero bello.

Fui travolta da un'ondata d'orgoglio e gioia per lui. Beth si sbagliava. Non c'era nulla di strano nel nostro legame.

Scendemmo dalle gradinate. Un vasto gruppo di tifosi si era già radunato attorno a lui, per congratularsi con una stretta di mano o una pacca sulla spalla. Io rimasi in disparte insieme a Beth. Volevo che si godesse quel momento. Dopo diversi minuti, la folla cominciò a diradarsi. Noah si guardò attorno e mi vide. Strinse altre mani, ma non distolse mai lo sguardo da me.

Quando mi raggiunse, mi prese tra le braccia e mi sollevò da terra. Mi fece volteggiare un paio di volte, strappandomi uno strillo.

«Ma ci pensi, Tweet? Abbiamo vinto il campionato!» Irradiava eccitazione da ogni poro.

Fui scossa da un brivido quando mi rimise a terra e il mio corpo scivolò giù contro il suo. Deglutii a fatica mentre cercavo di ritrovare l'equilibrio.

«Lo so. Congratulazioni! Ce l'avete fatta! Sono fiera di te.»

Si tolse il cappello e me lo calzò sulla testa. Era zuppo di sudore, ma non mi importava. Gli sorrisi per qualche secondo prima di essere riportata alla realtà da qualcuno che si schiariva la voce.

«Ah, Noah, ti presento Beth. Si è appena trasferita...» Mi interruppi.

Non so perché non gli dissi che viveva nel nostro quartiere. Non stavo cercando di tenerlo segreto. Tanto poi alla fine Beth gli avrebbe detto dove abitava. È che non mi piaceva il modo in cui lei lo guardava o parlava di lui. Beth doveva trovarsi un Noah tutto suo. Questo era già stato preso, ed era mio.

CAPITOLO 4

Un amico è colui che conosce la melodia del tuo cuore e la canta quando tu ti sei dimenticato le parole.

– Anonimo

(Uffa, vorrei averlo scritto io.)

«Che ne pensi?» mi domandò Noah, mentre ci sedevamo al tavolo da picnic nel parco del quartiere. Quel tavolo era diventato *il nostro posto*. Le vacanze estive erano agli sgoccioli. Mancava una settimana all'inizio del nostro primo anno di liceo e volevo godermi ogni istante di quella serata, perché poi il tempo a disposizione da passare lì sarebbe stato pochissimo.

L'estate a Charleston era spietata per le alte temperature e l'umidità. Quella sera però c'era una brezza leggera, per cui non faceva caldo come al solito. I grilli frinivano tra gli alberi intorno a noi e di tanto in tanto riuscivo a sentire l'incresparsi dell'acqua del laghetto in cui nuotavano le anatre.

Noah era seduto accanto a me, molto vicino. Eravamo entrambi in calzoncini e la sensazione delle nostre cosce che si sfioravano era nuova ed eccitante. Poco prima dell'estate, mi ero accorta che aveva iniziato a essere più affettuoso con me. Noah era sempre stato dolce, ma di recente mi abbracciava più spesso, mi teneva sempre per mano e mi stava più vicino. La cosa mi piaceva. Parecchio.

Ci dividevamo le sue cuffiette. A entrambi piaceva un sacco la musica: alternative, indie, punk, rock eccetera. La nostra band preferita, i Lifehouse, pulsava dentro le nostre orecchie.

«Sono fantastici» dissi, dondolando da una parte all'altra, a occhi chiusi, e lasciando che le note fluissero attraverso di me. «Tutto il CD è perfetto. *Everything* è la mia preferita.»

«Anche la mia. Mi fa pensare a te» rispose lui.

Mi voltai subito a guardarlo, non ero sicura di aver sentito bene. Abbassai lo sguardo e chiusi di nuovo gli occhi. Quando finì la canzone, scoprii Noah che mi fissava con un lieve sorriso sulle labbra.

«Perché sorridi?» gli domandai.

«Per te, mi piace guardarti quando ascolti la musica. Ti ci perdi proprio.»

I nostri sguardi si incontrarono mentre mi mordicchiavo il labbro inferiore. Sentii che un caldo rossore cominciava a diffondersi sulle mie guance. Gli sorrisi e gli restituii l'auricolare.

«Credi che suoneranno presto dal vivo?»

Noah fece spallucce. «Forse sì.»

«Se vengono qui, dobbiamo assolutamente andare a vederli. Scommetto che dal vivo sono incredibili.»

D'un tratto saltò giù dal tavolo e si mise proprio di fronte a me. Infilò una mano nella tasca dei pantaloncini, tirò fuori due biglietti e me li tese davanti al naso. Cercò di trattenersi, ma il sorriso sul suo volto era sempre più evidente e più adorabile ogni secondo che passava.

«Performing Arts Center, fra tre settimane, tu e io, Tweet» annunciò, tutto entusiasta.

Mi ci volle un attimo per capire. Quello sarebbe stato il primo concerto della nostra vita. Era difficile contenere l'eccitazione.

«Mi prendi in giro?!»

«No.»

Mi alzai di scatto e gli volai tra le braccia, facendolo incespicare all'indietro. Cadde a terra e io finii sopra di lui, a cavalcioni. Ridevamo tutti e due, senza fiato.

«Noah Stewart, sei il migliorissimo migliore amico che una ragazza possa avere!»

«Sono davvero eccezionale, eh?» Mi rivolse un sorriso provocante e io avvertii una morsa allo stomaco.

«Sì, lo sei» dissi a bassa voce.

Rimanemmo sdraiati lì, così vicini che i nostri nasi quasi si toccavano, mentre i nostri sguardi si incontravano ancora. Noah aveva due occhi meravigliosi. Erano azzurri e talmente brillanti da sembrare fanali.

Avrei voluto avere anch'io occhi così. I miei erano di un colore strano. La mamma diceva sempre che erano color ottanio. Ma che razza di colore è l'ottanio? Vi garantisco che è il pastello meno usato della confezione grande della Crayola.

Capii che sarebbe stato meglio staccarmi subito da Noah, ma non lo feci. Mi sembrava assolutamente perfetto starmene lì, a cavalcioni su di lui. I miei palmi premevano sul suo petto e sentivo quanto fosse tonico e muscoloso il suo corpo. Giocare a baseball sin da quando era piccolo gli aveva fatto molto, molto bene. Riuscivo anche a sentire quanto fosse eccitato. Non avevo mai sentito niente del genere premuto contro di me. Sorprendentemente, non ne fui spaventata. Mi pareva normale.

Il mio sguardo si posò sulla sua bocca. Quando vidi la sua lingua guizzare fuori leggermente e percorrergli il labbro inferiore, le farfalle nel mio stomaco fecero una capriola. I nostri respiri, da leggeri e brevi, erano diventati lenti e profondi. Non ero del tutto certa di cosa stesse succedendo. Noah era il mio migliore amico. Ero sempre emozionata quando lo vedevo, ma quello che avvertii in quel momento era più di quanto avessi provato fino ad allora.

Lo sguardo di Noah scese sulle mie labbra, lentamente si spostò sul mio volto e infine sugli occhi. Sollevando la mano, mi sistemò dietro l'orecchio una ciocca di capelli che mi era ricaduta sul viso. Sentii un brivido quando le sue dita mi sfiorarono la pelle.

«Sei stato molto presuntuoso, a prendere quei biglietti senza prima chiedermelo. E se non avessi voluto venire con te?» dissi per punzecchiarlo. La mia voce era così flebile da sembrare quasi un sussurro.

«Impossibile. Conosco troppo bene la mia ragazza» rispose, sorridendomi. Adoravo che mi chiamasse "la sua ragazza". Lui si schiarì la voce e poi concluse: «Sarà meglio che ci alziamo».

«Oh. Sì. Scusami.» Un lieve rossore mi tinse di nuovo le guance.

Rotolai via da Noah e gli sedetti accanto. Lui non si alzò subito. Pensai che avesse bisogno di un po' di tempo per calmarsi, come me.

Quando si tirò su, mi tese le mani e mi aiutò a rimettermi in piedi. Dopodiché mi attirò a sé e disse: «È stato divertente. Che cosa faresti per i biglietti del concerto dei Green Day?» Mi rivolse un sorrisetto compiaciuto.

La combinazione dei nostri corpi vicini, i suoi occhi azzurri e quel sorriso mi fecero girare la testa, e provai sensazioni cui non ero abituata.

Non sapevo se fosse per via dei miei ormoni in subbuglio o di Beth che sbavava costantemente per lui, ma avevo cominciato a guardarlo in modo diverso. Queste nuove emozioni mi confondevano. Sapevo che quando ero con lui ero felice, eccitata e al sicuro. Quando eravamo lontani, invece, mi sembrava che mi mancasse una parte di me.

Visto che condividevamo tutte le nostre prime volte, immagino fosse più che naturale che la mia prima cotta fosse per Noah. Il suo corpo aveva reagito in un certo modo quando ero finita sopra di lui, ma sapevo che ai ragazzi succedeva anche senza motivo. Era solo colpa degli ormoni. Noah mi vedeva come un'amica, non come una potenziale fidanzata.

E poi ero sicura di non essere la ragazza giusta per lui. Non avevo niente di speciale. Ero di altezza media, come mia madre, non alta come Emily. I miei lineamenti erano normali, comuni. Mi era stato detto che ero carina, forse per via del mio viso tondo e delle guance paffute. Alle riunioni di famiglia i parenti volevano sempre darmi i pizzicotti, una cosa che non ho mai capito. Pizzicare le guance può essere divertente per chi pizzica, ma non per chi viene pizzicato. Io volevo il viso snello e gli zigomi alti di Emily. Il mio fisico era leggermente curvilineo, non atletico come quello di mia sorella. Qualche mese prima le mie tette avevano deciso di fare la loro improvvisa comparsa. Fino ad allora si erano sviluppate lentamente e in modo costante, poi un giorno – ta-dà! – avevo le tette. Non erano enormi, non erano piccole… erano nella media. I capelli lunghi fino alle spalle erano castani, come quelli di Emily, ma non altrettanto setosi e scintillanti. Avevo la pelle chiara, a differenza di lei che sfoggiava un'abbronzatura dorata tutto l'anno. E infine c'erano questi bizzarri occhi color ottanio che attiravano un sacco di sguardi.

Noah meritava la perfezione perché lui era perfetto, e io ero lontanissima dalla perfezione. E poi eravamo migliori amici, e io non volevo che questo cambiasse.

La prima settimana di liceo fu piuttosto confusa. Ero intimidita dalle nuove materie e dai nuovi insegnanti, ma dopo il primo giorno la tremarella passò e le cose parvero andare al loro posto. Seguivo due materie con Noah, tre con Beth, e pranzavamo tutti assieme. La vita procedeva bene, finché non arrivò la Guastafeste.

Era quasi finita la pausa pranzo. Noah era seduto accanto a me, a controllare gli appunti per la lezione successiva. Di fronte a noi c'era Beth, che blaterava di ogni ragazzo carino che passava, quando non lanciava occhiate furtive a Noah.

Ogni scuola ha la sua Guastafeste. La nostra era appena entrata in mensa, ed era un cliché vivente. Alta, bionda, occhi azzurri, molto formosa. Con mia grande sorpresa, si diresse proprio al nostro tavolo. I suoi occhi puntarono immediatamente Noah. Un enorme sorriso da Stregatto spuntò sulle sue labbra troppo lucide. Capii all'istante che avrebbe portato guai e che saremmo state nemiche giurate.

Era ben consapevole dei suoi punti di forza e non si vergognava di metterli in mostra. Maglietta attillata, jeans a vita bassa, tacchi alti e tette in vista. Mentre camminava, ogni parte del suo corpo ballonzolava.

Una volta avevo letto su *Cosmo* che ai ragazzi piacevano le ragazze "ballonzolanti". Nessuna parte del mio corpo ballonzolava. Al limite, qualcuna mi sembrava un po' tremolante, e non avevo mai letto che ai ragazzi piacevano le ragazze tremolanti. Guardai Noah e mi domandai che preferenze avesse lui.

Continuai a fissare la Guastafeste mentre sfilava per la mensa. Più si avvicinava al nostro tavolo, più mi si serrava lo stomaco.

«Ehi, vi ho trovati!» esordì quando ci raggiunse.

«Ciao, Brittani, ti ho tenuto il posto» le disse Beth, scostando la sedia accanto a sé per farla sedere.

Ma che cacchio! Era impazzita?

La Guastafeste si accomodò proprio di fronte a Noah. Lo fissò, cercando di attirare la sua attenzione. Quando vide che la sua tattica non funzionava, si schiarì la voce. Alla fine Noah alzò lo sguardo dagli appunti, sorpreso di trovarsi qualcuno seduto davanti.

Lei tese la mano, a palmo in giù, come se si aspettasse che lui gliela baciasse. «Piacere, sono Brittani Monroe.»

Si presentò come se quell'annuncio potesse scuotere l'intero pianeta. Il suo accento strascicato del Sud era così forte e sdolcinato che sentii i denti cariarmisi a ogni sua parola.

Noah, chiaramente confuso, le strinse la mano. «Ehm... ciao. Noah Stewart.»

Mi guardò con le sopracciglia inarcate, come per avere conferma di aver fatto quel che ci si aspettava da lui. Serrando le labbra, gli restituii lo sguardo senza proferire verbo.

Cominciai a tamburellare le dita della mano destra sul tavolo mentre mi mordicchiavo l'unghia del pollice sinistro. Quella tizia era incredibile. Da quando si era seduta, non mi aveva degnata di uno sguardo e non aveva più rivolto mezza parola a Beth.

«È un vero *piacere* conoscerti, Noah. Sono proprio contenta che Beth mi abbia chiesto di unirmi a voi per il pranzo.» Noah continuava a guardare a turno la Guastafeste e me.

Smisi di tamburellare e di mordicchiarmi l'unghia giusto il tempo di fulminare Beth con una delle mie occhiatacce della serie "Sei morta". Vista l'espressione terrorizzata sul suo volto, direi che capì l'antifona.

«Ehm... Brittani, questa è la mia amica Amanda.» Le tremava la voce.

La Guastafeste non staccò gli occhi da Noah. La sua voce era piatta quando alla fine si degnò di salutarmi. «Ciao.»

Si protese in avanti e appoggiò le tette sul tavolo, rivelando il Grand Canyon che le solcava i seni. «Cosa studi, Noah?»

Si dimenò un po' sulla sedia, strizzando le tette ancor di più. Gli occhi di Noah si posarono esattamente dove aveva sperato lei. Il Grand Canyon doveva avere dei poteri ipnotici, perché lui non riusciva a distogliere lo sguardo.

Incapace di tollerare quell'escursione approfondita ancora a lungo, gli diedi una gomitata nelle costole. «Ahi! Che c'è?» disse, massaggiandosi il fianco.

«Hai detto che volevi arrivare in classe per tempo.» Gli sorrisi con fare innocente.

«Già, sarà meglio che vada.» Chiuse il quaderno e lo infilò nello zaino.

La Guastafeste inclinò la testa di lato, mise il broncio e piagnucolò: «Non voglio che tu te ne vada così presto. Mi mancherai tanto!»

Da non crederci.

Noah balbettò: «Be'… ehm… magari dopo». Si alzò. «Ci vediamo ad Algebra, Tweet.» Gli rivolsi un sorriso fugace. «Ci vediamo dopo, Beth e…»

«Brittani!» squittì lei, mordendosi il labbro inferiore.

Allontanandosi dal tavolo, Noah esitò e poi disse: «Ah… sì… Brittani».

Entrambe le ragazze si contorsero sulle sedie per guardarlo andare via, e restarono in quella posizione finché non scomparve alla vista.

La Guastafeste fece un gran sospiro mentre si girava verso il tavolo. «È proprio un bel bocconcino, non ti pare?»

Beth annuì con convinzione. «Puoi dirlo forte!» Le lanciai un'altra occhiataccia mortale. «Che c'è? Eddài, Amanda. Non venirmi a dire che non ti rendi conto di quanto è fico!»

«È il mio migliore amico. Non penso a lui in quel modo.»

Avevo mentito. Ci pensavo eccome. Parecchio, ultimamente. Anzi, cominciava pure ad apparirmi in sogno. Mi veniva la pelle d'oca ogni volta che si avvicinava a meno di tre metri o quando sentivo il suono della sua voce. Qualche giorno prima, lo avevo visto tosare il prato del giardino sul retro. Era senza maglietta, sudato, e i calzoncini gli cadevano bassi sui fianchi. Tra la tachicardia e lo stordimento, mi ero convinta di avere un infarto in corso.

La Guastafeste prese un tovagliolo e cominciò a sventolarsi. «Non è questione di pensare. È una sensazione che ti attraversa tutto il corpo.»

«Sì, tutto il corpo» le fece eco Beth, con voce sognante.

Rimasi lì in silenzio a sentire quelle due che snocciolavano tutte le qualità di Noah. Una rabbia cocente mi invase il petto a sentirle parlare di lui.

«È sexy da morire. Dà dei punti a tutti i ragazzi della sua età. Cioè, guardate un po' quelli della nostra classe: sono ricoperti di brufoli, pelle e ossa e scoordinati» sentenziò la Guastafeste, agitando le braccia per aria. «Si vede subito che il fisico di Noah è scolpito nella roccia. I muscoli delle sue braccia sono fa-vo-lo-si».

Avevo sentito quei muscoli stringersi attorno a me. *Erano* favolosi.

«È un giocatore di baseball» si accodò Beth.

«Questo spiega tutto.»

«Così abbronzato e con quei capelli scuri è bello da togliere il fiato» ridacchiò Beth. «Vorrei accarezzarli. Sembrano così soffici!»

Avevo sentito quei capelli sulla guancia quando Noah mi aveva abbracciata. Erano molto soffici e profumavano d'arance.

«Oddio! Beth, ma glielo hai visto il sedere?»

«Ehm… sì. È perfetto.»

«Quel sedere fa venire l'acquolina in bocca.» Posandosi il mento sulla mano, la Guastafeste rimase con lo sguardo perso nel vuoto, sognando a occhi aperti. Senza dubbio, il sedere di Noah. «Vorrei strusciarmi su tutto il suo corpo.»

«Come una gatta in calore?» chiesi, infilandomi in bocca l'ultima crocchetta al formaggio.

Lei mi guardò con scherno. «Ah-ah. Lo farò entro la fine del semestre. Te lo garantisco. A meno che tu non gli abbia messo gli occhi addosso per prima, Beth. Non andrei mai dietro a un ragazzo se una mia amica avesse diritto di priorità su di lui.»

«Non ho diritto di priorità su di lui.» Beth mi fissò con espressione contrariata.

«Bene.»

«E io?» domandai.

«E tu cosa?» La Guastafeste socchiuse gli occhi. Un sorriso compiaciuto le paralizzò la faccia.

«Magari sono io ad avere diritto di priorità su di lui.»

«Hai appena detto che non pensi a lui in quel modo. E anche se fosse, non avrebbe importanza.»

«Sarebbe a dire?» le chiesi. Lei e Beth si scambiarono un'occhiata d'intesa.

«Noah è decisamente fuori dalla tua portata, non ti pare?»

«Brittani, lascia stare» la supplicò Beth.

«Lo ha chiesto lei.» La Guastafeste riportò l'attenzione su di me. «Non ti conosco per niente, ma è chiaro che non sei un granché. Non sei brutta, ma nemmeno bella. Dovresti proprio darti una sistemata.»

«Brittani, smettila.» Beth si stava davvero infuriando.

«Le sto facendo un favore. Cioè, guardala: capelli di un castano insulso, pelle chiara... e i suoi occhi sono strani. Spenti e noiosi. Magari se si facesse i colpi di sole e si abbronzasse un po'... ma non le servirebbe più di tanto. Ci vorrebbe un miracolo.»

Parlava di me come se non fossi lì.

«Su una scala da uno a dieci, Noah è un dieci pieno. Dovrebbe uscire con un otto o un nove, se non con un altro dieci. A essere sincera, e lo sono sempre, tu sei a malapena un due... a dir tanto.»

«D'accordo, adesso basta. Vieni, Amanda, dobbiamo andare a Inglese.»

Osservai Beth e la Guastafeste raccogliere le proprie cose. Rimasi seduta lì, impietrita. Sapevo di non essere all'altezza di Noah. Il fatto sconvolgente era che lo sapeva anche quella ragazza che mi conosceva solo da due minuti. Mi vennero le lacrime agli occhi.

Non piangerò nel bel mezzo della mensa.

Mi alzai di scatto, radunai le mie cose e corsi via. Feci appena in tempo a entrare in bagno, prima di scoppiare in lacrime.

CAPITOLO 5

Quando mia madre si mette in testa qualcosa, non c'è verso di farla desistere. L'idea resta cementata lì, impossibile da rimuovere. Ultimamente mi sono resa conto che sto diventando come lei, perché non riesco a togliermi dalla mente due occhi azzurri da sogno, capelli scuri morbidi come seta e splendide braccia muscolose.

Io e Noah stavamo ascoltando musica nella sua stanza. Dopo tutte le chiacchiere tra Beth e Brittani, era stato difficile guardarlo senza pensare al suo sedere perfetto. Per fortuna, adesso era seduto alla scrivania, quindi lo teneva nascosto. Per ulteriore precauzione, decisi di sdraiarmi sul letto a pancia in su, i piedi appoggiati alla testata e gli occhi fissi sul soffitto.

Sentii le ruote della sedia di Noah muoversi nella mia direzione sul pavimento di legno. Il rumore si interruppe e la musica si abbassò. Serrai forte le palpebre e deglutii a fatica.

Continuai ad agitare il piede in aria al ritmo della musica, fingendo di essere concentrata su quello. Voleva parlarmi? Sarei stata costretta a guardarlo in quegli occhi azzurri da sogno e a vedere quel sedere perfetto?

Accidenti a Beth e a Brittani. Dovevo sbarazzarmi di quei

pensieri. *Concentrati, Amanda. La zia Agnes in costume da bagno. La zia Agnes in costume da bagno. La zia Agnes in costume da bagno. Noah in costume da bagno… che gli cade basso sui fianchi, proprio sopra i glutei scolpiti. Merda.*

«Tweet» esordì, e il suono della sua voce fece accelerare le mie pulsazioni.

«Sì?»

«La conosci quella ragazza che si è seduta con noi a pranzo, Brittani Monroe?»

«Sì.»

«Che ne pensi di lei?»

«È una zoccola con un nome da spogliarellista.»

Il suono della sua risata mi fece sorridere. «Dimmi cosa pensi davvero. Non tenerti tutto dentro.»

Abbassai le gambe oltre il bordo del letto, mi puntellai sui gomiti e lo affrontai, cercando con tutta me stessa di non guardarlo negli occhi. «Perché vuoi saperlo?» gli domandai, sforzandomi di apparire disinvolta.

«Mi ha chiesto di uscire.»

Mi raddrizzai di scatto. «Per un appuntamento?!»

«Direi di sì.»

«Roba da matti!» Sprizzavo gelosia da ogni poro.

«Perché?»

Alzando lo sguardo, vidi un lieve sorriso sul suo volto. Era come se godesse per la mia reazione. Che bastardo.

«Be', per prima cosa abbiamo solo quattordici anni e non abbiamo il permesso di uscire con qualcuno prima dei sedici. Secondo…»

«Adesso ho il permesso.»

Incrociai le braccia e lo scrutai con gli occhi ridotti a fessura. «Scherzi?»

«I miei hanno detto che va bene.»

Ero alla disperata ricerca di altre ragioni per impedirgli di uscire con quella zoccola/spogliarellista. Con quella *zoccorellista.* La mia lista di nomignoli affettuosi cresceva alla velocità della luce.

«Come pensi di andarci all'appuntamento? Non hai nemmeno il foglio rosa. Mi sa che il manubrio della tua bici non è abbastanza largo. Cioè, hai visto il culone di quella là?»

«Sì, l'ho notato il suo culo» aggiunse lui, con un ghigno.

Non mi piaceva affatto il verbo che aveva scelto. *Vedere* e *notare* erano due cose completamente diverse.

«Mi ha proposto di andare al bowling. Ci accompagna suo padre.»

«Quindi hai intenzione di uscirci?»

«Credo di sì. Perché non dovrei? Mi sembra abbastanza simpatica, ed è piuttosto carina.»

Carina? Ma per favore! Era fuori di testa? Brittani aveva le tette grosse, il culo grosso e non vedeva l'ora di farseli palpare dal primo venuto.

Abbassando lo sguardo, cominciai a stuzzicare un immaginario pelucco dei jeans. «Be', fai come ti pare. Se vuoi rovinarti la vita, affari tuoi.»

«Andiamo al bowling, Tweet. Tutto qui» disse, e dalla sua voce era chiaro che stava sorridendo. Lo trovava divertente.

Inclinai la testa all'indietro per tenere gli occhi fissi sul soffitto. «Già. Inizi con il bowling, poi la porti al cinema e finisce che la sposi, compri casa e mettete al mondo tante piccole spogliarelliste. Ma se la cosa ti rende felice, chi sono io per metterti i bastoni tra le ruote?»

Noah rimase in silenzio per diversi secondi. «Posso chiederti un'altra cosa?»

«Spara.»

Lui esitò per un istante. «Hai mai baciato qualcuno di sesso maschile?»

«Ho baciato mio padre e mio nonno.»

Scosse la testa. «Non parlo dei parenti. Dico i ragazzi. Hai mai dato un vero bacio a un ragazzo?»

«Sai bene che la risposta è no.» La mia voce era un sussurro. Fissai il pavimento e feci dondolare i piedi nervosamente avanti e indietro.

«Be', ho saputo da una fonte affidabile che Brittani ha baciato un ragazzo. Più di uno, a dir la verità.»

«Sai che sorpresa.» Rimanemmo in silenzio per un altro minuto, poi un pensiero mi attraversò la mente. «Oh mio Dio!!! Vuoi uscire con lei per fare *pratica*?»

Noah sussultò sulla sedia. «Che?! Pratica di cosa?»

«Di pomiciate, tesoro!» Lo guardai. Avevo i muscoli del collo e delle spalle irrigiditi.

«No! Esco con lei perché... non lo so... me lo ha chiesto. E poi sai quanto adoro il bowling e le patatine fritte. Ma se non vuoi che ci vada, non ci andrò. Basta dirlo.»

Ecco. Dovevo prendere una decisione. Potevo tenermelo tutto per me ancora per un po', e sperare che alla fine i miei sentimenti cambiassero, o potevo lasciarlo andare. Forse vederlo con un'altra ragazza mi avrebbe aiutato a riacquistare un po' di buonsenso, anche se la diretta interessata era una zoccola.

«Vacci» dissi, senza guardarlo. Feci una pausa. «È che... non credo sia la ragazza giusta per te.»

«Oh, so bene che *non è* la ragazza giusta per me.»

Sollevai subito gli occhi per incontrare i suoi. Avevo le farfalle nello stomaco. Noah era incredibilmente dolce seduto lì con i jeans strappati, la maglietta e il cappello dei Red Sox. Lo portava con la visiera al contrario e un ciuffo di capelli gli spuntava sulla fronte, proprio sopra la fibbia regolabile. Avevo voglia di saltar su e gettargli le braccia al collo.

Lui si passò una mano dietro la nuca. «Il fatto è... cioè... Lo sai che non ho mai baciato una ragazza. Non dico che succederà per forza, ma se lei mi bacia e io non sono capace? Si spargerà la voce e mi converrà farmi prete, perché nessun'altra vorrà più uscire con me.»

Feci un respiro profondo mentre pensavo a come sarebbe stato farsi baciare da lui. Dovevo essermi deconcentrata, perché un attimo dopo lo sentii dire: «Terra chiama Tweet».

«Scusa. Ehm... Non preoccuparti. Te la caverai benissimo.»

Lui si protese in avanti e posò i gomiti sulle ginocchia, venendomi più vicino.

«Lo sai cosa potrebbe essermi utile?»

«Cosa?»

«Allenarmi un po'» aggiunse, con una certa ansia.

Sostenne il mio sguardo per diversi secondi finché non mi balenò nella mente cosa intendesse dire. «Con me?»

«Sì.»

Scossi la testa. «Non credo sia una buona idea.»

«È un'idea grandiosa. Faremo pratica tutti e due, così non ci troveremo in imbarazzo quando sarà il momento.» I suoi occhi scintillavano d'eccitazione per quella trovata incredibilmente stupida.

«Non c'è nessuno che abbia intenzione di baciarmi nell'immediato futuro» ammisi, imbarazzata.

«Io non ne sarei così sicuro.»

Sollevai lo sguardo e vidi che sorrideva sempre di più. Scivolò giù dalla sedia e si mise in ginocchio, a supplicarmi: «Pensa che ti stai preparando per il futuro. Ti prego, Tweet. Ho bisogno di te».

Rimasi lì seduta per quella che mi parve un'eternità. Volevo farlo davvero? Tanto per cominciare non volevo che Noah uscisse con Brittani, e di certo non volevo che la baciasse. Volevo che baciasse *me*, e io volevo baciare *lui*. Era il mio migliore amico: lo avrei fatto per lui. E poi forse mi sarebbe bastato baciarlo una volta sola per togliermi lo sfizio, dopodiché tutto sarebbe tornato normale.

Lo guardai in quegli splendidi occhi azzurri e dissi: «Okay».

«Davvero?»

«Sì.»

Noah balzò in avanti placcandomi sul letto. Cominciò a farmi il solletico, senza pietà. Ridevo talmente forte che non riuscivo più a respirare.

«Tweet, sei la migliorissima migliore amica che si possa avere. Sei grandiosa, incredibile, fantastica...»

Continuai a ridere e ad ansimare in cerca d'ossigeno.

«Smettila! Ti ho detto che ti aiuto. Non ti farò fare la figura dello stupido.»

Lui proseguì con quella tortura. «Promesso?»

«Sì» risposi, con le lacrime agli occhi.

«Promettilo!»

Noah era sospeso su di me, le mani ai lati della mia testa, le nostre gambe intrecciate. A ogni respiro, il mio petto sfiorava il suo. Rimanemmo così per diversi secondi, a fissarci, poi mi resi conto che non avevo risposto.

«Lo prometto» sussurrai.

«Sta diventando un'abitudine.»

Corrugai la fronte. «Che cosa?»

«Finiamo sempre l'uno sopra l'altra.» Aveva un luccichio demoniaco negli occhi mentre sorrideva di nuovo.

Le sue labbra erano così vicine… Mi domandai che sapore avessero. Di ciliegie, ci avrei scommesso. La sua bocca cominciò a muoversi verso il mio collo. Stava per baciarmi? Mi irrigidii quando la punta del suo naso mi sfiorò appena sotto l'orecchio.

«Wow. Che buon profumo che hai» mormorò. Il suo fiato caldo mi accarezzò la guancia, provocandomi la pelle d'oca.

«Ho mangiato un leccalecca alla mela verde prima di venire qui.» Lo sentii ridere.

Non battevo ciglio da almeno cinque minuti. Ero completamente ipnotizzata.

Allontanandosi dal mio collo, mi sorrise e sussurrò: «Grazie dell'aiuto, Tweet».

«Prego.» Ero così sopraffatta che la mia voce era appena percettibile.

Noah incrociò il mio sguardo e mi chiese: «Sai cosa dicono, vero?» Scossi il capo. «Che la pratica rende perfetti. Potremmo aver bisogno di farne parecchia, perché sono un po' duro di comprendonio.» Esibì un sorriso compiaciuto.

Feci un bel respiro. «Vuoi cominciare adesso?»

Lui si avvicinò per un attimo, poi saltò giù dal letto. «Adesso non posso. Devo andare dal dentista. La mamma mi passerà a prendere tra poco.»

Mi puntellai sui gomiti, ancora scossa. «Ah... okay.»

Feci scivolare le mani in quelle di Noah, che mi tirò su bloccandomi delicatamente le braccia dietro la schiena.

Guardandomi dall'alto, disse in tono imperioso: «Stasera. Alle sette. Al nostro posto».

«Okay, ci vediamo più tardi» risposi.

Si tolse il cappello dei Red Sox, si passò le dita tra i capelli e si rimise il berretto al contrario. Non ci staccammo gli occhi di dosso. Deglutì un paio di volte, poi disse: «Grazie ancora dell'aiuto, Tweet. Ci vediamo stasera, allora».

«Sì... a stasera...»

Lo osservai uscire, e mi sfuggì un profondo sospiro quando il suo sedere perfetto scomparve. Dovevo darmi una calmata e togliermelo dalla testa. Non volevo rischiare di perdere il mio migliore amico per una stupida cotta da ragazzina.

Dopo aver lasciato la casa di Noah avevo così tanta adrenalina in corpo che saltai sulla bici e andai a fare un lungo giro. Ogni volta che avevo un problema o dovevo schiarirmi le idee, la bici era la terapia migliore. Adoravo la solitudine, la libertà e il controllo che sentivo di avere mentre pedalavo.

Quando arrivai a casa feci una doccia e mi infilai il maxi-abito verde pastello e i sandali. Raccolsi i capelli in una coda e scelsi un paio di orecchini a cerchio. Non stavo cercando di mettermi in tiro, mi dissi.

Mentre entravo nel parco, vidi Noah fermo al nostro posto, di spalle. I miei passi scricchiolarono sulla ghiaia che circondava l'area picnic. Quando si voltò, sgranò gli occhi e la sua bocca parve formare la parola "Wow!". Gli sorrisi timidamente. Era perfetto con i bermuda cascanti che gli arrivavano appena sotto il ginocchio, mettendo in risalto i polpacci muscolosi. Aveva una maglietta bianca e le Nike bianche e nere, e come al solito il cappello dei Red Sox girato al contrario.

Si allontanò di un passo e io rimasi senza parole. Aveva apparecchiato per due: una tovaglia a quadretti bianca e rossa, piatti di carta, bibite e tovaglioli erano perfettamente sistemati sul nostro tavolo. Al centro c'era una candela in un vasetto di vetro rosso, proprio come in pizzeria. Dal suo iPod uscivano le note di *You and Me* dei Lifehouse.

Venendomi incontro, allungò il braccio che teneva nascosto dietro la schiena e mi consegnò uno splendido mazzo di fiori. Nessuno mi aveva mai regalato dei fiori prima.

«Questi sono per te» disse con un sorriso.

Li presi e ne inspirai il profumo dolce.

Noah rimase lì a dondolare avanti e indietro sui talloni, con le mani in tasca. Era nervoso. Adorabile. «Sei molto carina, Tweet.»

Il mio viso andò a fuoco. «Grazie. E tutto questo?» Ero sbalordita dal fatto che si fosse preso tanto disturbo per me.

«Volevo ringraziarti per il tuo aiuto. So che ti sto chiedendo tanto.»

Sorrisi, anche se avevo le lacrime agli occhi. Desiderai tantissimo che il nostro fosse un vero appuntamento. Una profonda tristezza mi pervase mentre ricordavo a me stessa che quello era solo il modo dolce di Noah per ringraziarmi, ben sapendo che la sera dopo un'altra ragazza avrebbe avuto un vero appuntamento con lui.

Per alleggerire l'atmosfera, mi diede una lieve gomitata sul braccio. «Smettila di startene lì come una ragazzina» scherzò. «È il nostro solito, vecchio tavolo. Siediti.»

«Grazie, Noah. È tutto… è…» Per la prima volta in vita mia ero a corto di parole. Ci sedemmo uno di fronte all'altra e restammo a guardarci e ad ascoltare la musica. Non era affatto imbarazzante. Era naturale, normale.

«Posso chiederti una cosa?» dissi, infrangendo il silenzio.

«Qualunque cosa, Tweet.»

«Pensi che sia strano che siamo amici?»

«In che senso… strano?»

«Beth crede che sia strano» risposi con un'alzata di spalle.

Noah allungò una mano attraverso il tavolo e intrecciò le dita alle mie.

«Per me non è strano. Quando sono con te, mi sembra tutto perfetto. Non riesco a immaginare nessun altro come mio migliore amico e non voglio nemmeno farlo.»

Mentre guardavo le nostre mani unite, i battiti del mio cuore accelerarono. Dovetti continuare a ripetermi che non ero la sua ragazza, e non lo sarei mai stata. Mi schiarii la voce. «È lo stesso anche per me.»

Una lacrima mi scivolò lungo la guancia. Cercai di asciugarla prima che Noah se ne accorgesse, ma non fui abbastanza veloce.

Si portò la mia mano alle labbra e mi posò sul palmo un bacio delicato, senza smettere di guardarmi. «Non piangere, Tweet.»

Qualcosa nel tono della sua voce e nel suo sguardo mi fece pensare che volesse dirmi qualcosa, ma non sapesse da che parte cominciare. Mi conosceva meglio di chiunque altro e senza dubbio aveva capito che mi ero emozionata per la cena, la musica, i fiori e... lui. Stava cercando un modo per farmi capire che questo era solo un grazie, senza ferire i miei sentimenti.

Il rumore di un clacson salvò Noah dal disagio che provava al pensiero di deludermi e me da qualunque imbarazzo. Alzando la mano libera, disse: «Credo che sia arrivata la nostra cena».

Mangiammo la pizza, e per dessert... delle mentine. Noah aveva pensato proprio a tutto. Adesso era arrivato il momento della pratica.

Noah colpì il tavolo un paio di volte come se stesse suonando la batteria. Aveva l'aria di chi sta prendendo una decisione. Smise di tamburellare e mi guardò. «Credo che se ci alziamo in piedi è meglio» disse. Feci un cenno d'assenso.

Ci alzammo e lui si avvicinò, fermandosi a circa mezzo metro da me. Ruotò le spalle avanti e indietro, allungò il collo a destra e a sinistra, poi sciolse le braccia. Sembrava che si stesse preparando per una gara d'atletica. Strofinò i palmi sui bermuda mentre faceva qualche respiro profondo. Raddrizzandosi, annunciò: «Okay, pronti… via».

«Non credo sia la cosa migliore da dire prima di un bacio.»

«Non lo dirò domani.»

Gli mostrai i pollici sollevati. «Scusa, pensavo fosse una delle tue tattiche per fare colpo.»

Mi venne più vicino, lasciando solo pochi centimetri tra noi. Guardandolo negli occhi capii che il nervosismo in qualche modo era scomparso e aveva lasciato il posto all'eccitazione. Ci fissammo. Il mio cuore batteva così forte che ero sicura che lui riuscisse a sentirlo. Un formicolio si impadronì del mio corpo, partendo dalla pancia e diffondendosi in tutte le direzioni.

Quando le mani di Noah mi incorniciarono il viso e il suo pollice mi accarezzò la guancia destra, ebbi un fremito. Mi sorrise accorgendosi che la mia pelle reagiva al suo tocco.

I suoi occhi azzurri mi fissarono con intensità. Era come se stesse cercando di memorizzare ogni tratto del mio volto. Il suo sguardo indugiò sulle mie labbra, poi tornò ai miei occhi. Il suo pollice si fece strada verso la mia bocca e delicatamente mi percorse le labbra un paio di volte prima di tornare sulla mia guancia.

Cominciammo a respirare più in fretta. Il sangue mi pulsava nelle vene, mentre la nostra canzone, *Everything*, riempiva l'aria.

Quando le nostre bocche si toccarono, dentro di me ci fu un'esplosione di fuochi d'artificio. Da principio, le labbra di Noah sfiorarono le mie con delicatezza. Poi mi sentii succhiare lievemente il labbro inferiore, e per poco non svenni. Gli afferrai le braccia per restare in equilibrio. La sua lingua guizzò tra le mie labbra in attesa che io prendessi una decisione. Le schiusi. Le nostre lingue si incontrarono, accarezzandosi dolcemente.

Avevo sentito parlare del bacio alla francese e avevo creduto che fosse disgustoso. Be', non era disgustoso *affatto*.

Noah aveva un così buon sapore! Non di ciliegie, ma di menta. Non avevo mai provato nulla di così meraviglioso in vita mia.

Mi sfuggì un piccolo gemito quando i nostri movimenti iniziarono a rallentare. Noah si ritrasse leggermente, ma le nostre labbra restarono unite. Pensai di averlo sentito mormorare: «Sei perfetta». Ero talmente frastornata che potevo anche essermelo immaginato.

Rimanemmo lì, a occhi chiusi, le fronti che si toccavano mentre cercavamo di riprendere fiato. Noah mi fece scorrere le mani lungo le braccia, per poi intrecciare le dita alle mie. Non esisteva più niente intorno a noi: il tempo si era fermato, lo spazio era svanito.

Quando i nostri respiri si placarono, aprimmo gli occhi.

«Wow» sussurrò Noah.

«Cavoli» dissi, ansimando. «Sicuro di non averlo mai fatto prima? Perché sembri proprio un esperto. Dov'è che hai preso certe dritte?»

«Al supermercato.» Un lieve sorriso gli attraversò il volto.

Gli angoli della mia bocca si sollevarono lentamente. «Per quanto te la sei studiata questa battuta?»

«Veramente mi è venuta spontanea. Mi sembrava piuttosto buona.»

* * *

Dopo aver sparecchiato, Noah mi accompagnò a casa in un silenzio rilassato. Sulla porta, esitammo entrambi. Mi sentivo strana, come se nessuno dei due sapesse come concludere la serata. Eravamo ancora amici… anche se quel bacio era stato decisamente più che amichevole. I miei sentimenti stavano diventando sempre più forti, ma dovevo costringermi a tenerli a freno perché non avevo intenzione di mettere a repentaglio la nostra amicizia. Dovevo continuare a ripetermi che non sarebbe mai accaduto nulla tra di noi. Lui non pensava a me in quel modo, anche se quel bacio era stato straordinario.

Alla fine fui io a rompere il silenzio. «Be', buonanotte. È stato proprio divertente fare pratica con te. Brittani è una ragazza fortunata.» Mi pentii all'istante delle parole che mi erano sfuggite.

«Non parlare di lei, non adesso.» Continuava a spostare lo sguardo dalla mia bocca ai miei occhi. «Grazie per stasera.» Distolse lo sguardo per un secondo, poi mi guardò di nuovo, con un dolce sorriso sulle labbra. «Buonanotte, Tweet.»

«Buonanotte, Noah.»

Mentre lo osservavo scendere i gradini davanti a casa mia, gli occhi mi si riempirono di lacrime. Provai un'improvvisa sensazione di vuoto. Non volevo che se ne andasse. Non volevo provare quelle emozioni. Avrebbero rovinato tutto.

D'un tratto Noah si fermò. «Tweet.» La sua voce era bassa e stridula.

«Sì?» Cercai di apparire calma.

«Stasera è stato fan…» Si interruppe. «*Tu* sei fantastica.»

«Noah…» Mi bloccai per trattenere i singhiozzi.

«Vorrei che ne fossi convinta anche tu» concluse. E se ne andò senza aggiungere altro.

Rimasi lì da sola, con un unico pensiero in testa: *Vorrei esserne convinta anch'io, così potrei essere la tua ragazza.*

Il lunedì successivo ero a scuola, davanti al mio armadietto. Non vedevo Noah né gli parlavo da quel famoso venerdì sera. Sabato era uscito con la Guastafeste, e domenica io ero stata in casa tutto il giorno a preparare un tema, per cui non avevamo avuto il tempo materiale per vederci.

E poi non è che morissi dalla voglia di scoprire com'era andato il loro appuntamento. *Balle.* Un po' curiosa lo ero. *Ancora balle.* Per tutto il fine settimana ero stata divorata da quel pensiero. Ma ero troppo spaventata da quello che mi avrebbe raccontato, così lo avevo evitato. Se non avessi saputo nulla, avrei potuto far finta che non fosse mai accaduto.

Sobbalzai quando mi raggiunse alle spalle e mi sussurrò all'orecchio: «'Giorno, Tweet».

«Buongiorno.»

«Mi sei mancata. Ti ho chiamata per tutto il weekend. Ho visto tua madre ieri, mi ha detto che avevi da fare.» Si appoggiò con una spalla agli armadietti.

«Sì» confermai.

Proprio in quel momento, uno dei suoi compagni di squadra, Brad Johnson, ci raggiunse, gli diede una pacca sulla schiena e disse: «Ehi, Stewart, ho sentito che te la sei spassata questo weekend. Ho appena avuto lezione con la tua Brit. Non la smetteva un attimo di tessere le tue lodi, bello. Evvai!» Mentre Brad si allontanava, Noah si voltò verso di me e si strinse nelle spalle.

Arrivarono altri due suoi compagni, Jeremy e Spencer. Spencer lo afferrò scherzosamente per la nuca. «Ho sentito dire che il tuo appuntamento è andato alla grande. Che roba, sei un novellino e già ci dai dentro.» Quando i ragazzi se ne andarono, Noah tornò a guardarmi.

«L'appuntamento era questo weekend?» gli chiesi con aria innocente.

«Smettila.»

«Di fare cosa?»

«La finta tonta. Non ne sei capace, Tweet.»

«Be', pare che il tuo primo appuntamento sia stato un successone» dissi con un filo di stizza nella voce.

«Direi che il mio primo appuntamento è stato perfetto.»

Iniziai a infilare i libri nell'armadietto, senza guardarlo. Sapevo di aver fatto una figura patetica. E, mentre sbatacchiavo le mie cose, sapevo che lui stava sorridendo. Che bastardo.

«Ehm... hai finito di malmenare quel povero armadietto, Rocky?»

«Congratulazioni! Sono contenta che il tuo primo appuntamento sia stato...»

«Perfetto.» Si stava divertendo a mie spese.

«Perfetto» ripetei, in tono incazzoso. «Oh, te l'ho detto che sono entrata nella redazione del giornale scolastico? Sai, magari potrei scrivere un articolo su come organizzare un appuntamento perfetto e intervistare te e la tua ragazza perfetta, visto che il vostro appuntamento è stato tanto perfetto.» Il mio tono si era fatto via via più sgarbato.

«Hai una vaga idea di quanto sei adorabile in questo momento?» Lo guardai in cagnesco. «Quelli parlavano del mio *secondo* appuntamento.»

«Hai già avuto un secondo appuntamento?»

«Sabato sera.»

«Sabato sera?» Stavo per esplodere dalla rabbia e dalla confusione. «Pensavo che il tuo *primo* appuntamento fosse sabato sera.»

«Il mio primo appuntamento è stato venerdì.»

«Ma venerdì sera eri con me...»

Si protese verso di me e per poco i nostri nasi non si sfiorarono. «Non avrai mica pensato che volessi dare il mio primo bacio a Brittani, vero?» sussurrò. «Io e te abbiamo sempre condiviso tutte le nostre prime volte.» I suoi occhi mi scrutarono il viso mentre un sorriso timido faceva la sua comparsa su quelle splendide labbra carnose.

Mantenendo il contatto visivo, si allontanò dagli armadietti con una spinta, si voltò e percorse lentamente il corridoio, lasciandomi stupefatta, confusa e senza fiato. Quella doveva essere la cosa più dolce e sexy che un ragazzo avesse mai detto a una ragazza.

CAPITOLO 6

Aveva il potere di donarmi mille vite di felicità. Ma aveva anche il potere di ridurmi in ginocchio. Molte persone non ci penserebbero due volte ad afferrare tanta felicità, ma io no. Più felicità si prova, più devastante sarà la caduta, e c'è sempre una caduta. È inevitabile.

No, io manterrò la mia felicità sotto la media. Ho avuto un assaggio di come ci si sente quando si comincia a cadere, e mi ha quasi distrutta. Forse non vivrò mille vite di felicità, ma almeno non finirò in un milione di pezzi.

(Promemoria: mangiare una mega barretta di cioccolato e bere Pepsi Diet alle 23.25 non è una buona idea. Spero che quello che ho scritto abbia senso domani, quando mi riprenderò dall'overdose di caffeina e saccarosio... di cafferosio. Devo controllare se questa parola esiste davvero. Cavoli, sono proprio strafatta.)

Conclusi il primo anno di liceo con la media del 7 e mezzo. Come al solito, avevo mancato l'obiettivo, ma avevo ricevuto un premio di consolazione per aver partecipato. Urrà. Ero più che tenace, però, e decisi che il secondo anno avrei raggiunto la perfetta media del 9, come aveva sempre fatto Emily.

I sentimenti che provavo per Noah erano sempre più forti.

Lo sognavo a occhi aperti di continuo e pensavo a lui ogni minuto. Avvertivo un senso di calore e un formicolio quando mi tornava in mente qualcosa che mi aveva detto o quando mi toccava. E mi veniva la pelle d'oca ogni volta che pensavo al nostro primo bacio. Il che accadeva molto spesso.

La mamma mi sorprese diverse volte in questo stato di trance. Una mattina, a colazione, lei e papà mi consegnarono una manciata di opuscoli di una campagna contro la droga degli anni Ottanta, dal titolo "Di' di no". Credo facessero parte della loro scorta personale di quando erano adolescenti.

Da principio, pensai che fosse una fase passeggera. Avevo sempre amato Noah. Era una cosa che mi veniva spontanea, come respirare. Quando cominciammo ad abbracciarci di più e a tenerci per mano, immaginai che fosse una progressione naturale della nostra amicizia. Poi notai le sensazioni che provocava in me, e mi resi conto che non sarebbero scomparse tanto presto. Mi dissi che era colpa dei nostri ormoni impazziti, e che alla fine tutto si sarebbe esaurito da sé. Be', ero un'idiota, perché successe esattamente il contrario.

Nel frattempo, sempre più ragazze gli andavano dietro, e il loro civettare senza vergogna mi faceva diventare matta. Brittani era la più insistente. Flirtava spudoratamente con lui a ogni occasione, ma Noah la ignorava sempre. Poi un giorno, mentre io e lui eravamo agli armadietti, Brittani sbucò dal nulla, come al solito, e cominciò a provocarlo, come al solito. Stavolta, però, notai che la cosa lo metteva a disagio. Mi guardò con un'espressione carica di tristezza prima di farmi allontanare in fretta. Non impiegai molto a capire che tra loro era successo qualcosa. Non gli chiesi mai nulla. Continuai a vivere nel mio mondo di fantasia, in cui niente poteva frapporsi tra me e il mio cavaliere.

Fuori era bel tempo, così Beth e io decidemmo di lasciar perdere la mensa e di pranzare in cortile.

«Ci vai al ballo?» mi chiese, una volta finito di mangiare.

«Che ballo?»

«Il ballo alla rovescia.»

«Cioè?»

«Sono le ragazze che devono invitare i ragazzi.»

«E allora direi proprio di no.»

«Ma devi venire!»

«Perché? Non so ballare.»

«Ci divertiremo un sacco.»

«Ne dubito fortemente. E poi non ho nessuno da invitare.»

Appallottolai il sacchetto delle patatine e lo lanciai in direzione del cestino, mancandolo di mezzo metro. Lo raccolsi, feci un altro tentativo e lo mancai di nuovo. Ero una frana. «'Fanculo» borbottai, tornando a sedermi sulla panchina.

«*Devi* invitare qualcuno, scema.»

«Smettila.»

«Di fare cosa?» domandò Beth.

«Di darmi della scema. Eccentrica va bene. Stravagante mi piace. Ma non chiamarmi scema.»

«Cavoli, sei strana forte a volte.»

«Anche strana può andare.»

Avevamo ancora qualche minuto di pausa pranzo, così

decisi di migliorare il mio colorito. Mi appoggiai alla panchina, chiusi gli occhi e lasciai che il sole mi scaldasse il viso. Non ero stata abbastanza coraggiosa da farmi i colpi di sole, come aveva suggerito quella stronza di Brittani, ma avevo preso un po' di colore durante l'estate, e stavo cercando di conservare l'abbronzatura.

Beth e io sedevamo in silenzio. Ultimamente si comportava in modo un po' strano, ma sapevo che Beth era fatta così, specie quando aveva in testa qualche ragazzo. La guardai con la coda dell'occhio e vidi che si stava rosicchiando le unghie.

«Sto pensando di chiederlo a Noah» disse a voce bassa, in tono concitato.

Rimasi impietrita. Riuscii solo a muovere la bocca per dire: «Noah chi, cosa devi chiedergli?»

«Noah Stewart. Voglio invitarlo al ballo.»

Restai immobile per almeno un minuto, tentando di assimilare il concetto. Cercai di nascondere qualunque segno visibile della mia irritazione crescente, ma avevo la mascella serrata e sentivo le unghie che affondavano nelle cosce. Un impeto di rabbia e gelosia montò dentro di me. Lentamente mi voltai verso di lei, esibendo la mia miglior faccia da poker.

«È ridicolo» sentenziai.

«Perché?» domandò, togliendosi la mano di bocca.

«Perché sì. Non verrà mai a un pallosissimo ballo con te.»

«Perché no?»

«Be', primo: lui odia ballare. Secondo: se proprio deve andarci con qualcuno, quel qualcuno sarei io. Sarebbe il primo ballo per entrambi, e noi condividiamo tutte le nostre prime volte. Terzo: voi due non potete uscire insieme senza di me.»

«E perché non possiamo?»

«Perché io sono la *colla*.»

«Scusa?» Fece una smorfia, in preda alla confusione.

«Io e Noah eravamo amici da prima. Poi ti sei trasferita e sei diventata amica mia. Io ti ho presentato a Noah. E dopo sei diventata sua amica.»

Beth mi guardò come se mi fosse spuntata un'altra testa. Cercai di parlare più lentamente perché le fosse chiaro il concetto. «Vi ho presentati io. Voi due non sareste amici se non fosse per me. Io sono la colla, l'anello di congiunzione tra voi due. Noah e io possiamo uscire insieme. Io e te possiamo uscire insieme. Ma tu e Noah non potete uscire insieme senza di me.» Mi posai un palmo sul petto.

Beth mi fissò per un minuto, poi scosse il capo. Abbassò lo sguardo sulle proprie mani contorte e fece un respiro profondo. «Gliel'hogiàchiestoehadettodisì» disse tutto d'un fiato.

«Come?»

«Gliel'ho già chiesto e ha detto di sì.»

«Da quant'è che tu e Noah progettate questa cosuccia del ballo?» La guardai con un sopracciglio alzato, ma tenni la voce calma e salda.

«Non è tanto» esitò lei. «Un paio di giorni… o settimane… o forse un mese.»

«Un mese!?!» Mi protesi verso di lei.

Beth evitò di guardarmi negli occhi mentre balbettava una giustificazione. «Mi serviva almeno un mese. Dovevo comprare un vestito nuovo e le scarpe e…»

«Perché nessuno dei due mi ha detto niente? Dovrei saperle queste cose.»

«Non eravamo sicuri di come avresti reagito. Sei un po' strana quando si tratta di Noah.»

«Strana? Sai, è la seconda volta che definisci strana la mia amicizia con lui» ribattei, seccata.

«Magari "strana" è una parola grossa. Possessiva. Sei molto possessiva con Noah.»

«Non è vero per niente.»

«Diventi incredibilmente gelosa quando altre ragazze gli ronzano intorno.»

«Io non divento gelosa. È che non credo vadano bene per lui.»

«Amanda, ti piace Noah?» mi chiese.

«Che domanda stupida, certo che mi piace. È il mio migliore amico.»

«Sai cosa intendo. Ti piace-*piace*?»

«Noah è il mio migliore amico e significa tutto per me.»

Non volevo dire a Beth cosa provavo per Noah. Ero piuttosto confusa a riguardo. Sapevo che non potevo averlo, ma non volevo nemmeno che lo avesse qualcun'altra.

«Bene. Non ti capisco.» Rimase in silenzio per un po'. «Perché non inviti un ragazzo e non vieni anche tu? Sarà divertente.» Si alzò e prese lo zaino. «Senti, devo passare dal mio armadietto prima di andare a lezione. Almeno pensaci.»

La guardai allontanarsi ed entrare nell'edificio principale. Non ce l'avevo con lei perché voleva uscire con Noah. Tutte le ragazze della scuola volevano uscire con lui. Ero furiosa con Noah. Perché non mi aveva detto nulla di questo appuntamento? Ci confidavamo tutto. Cos'era cambiato?

Forse dovevo andare al ballo. Vederli insieme mi avrebbe aiutato. Però non sapevo chi invitare. Di certo non volevo dare a un ragazzo l'impressione sbagliata. Mi serviva un accompagnatore, tutto qui. E siccome mancava solo una settimana, sarebbe andato bene chiunque.

Mi guardai attorno nel cortile sperando che il mio cavaliere si materializzasse per magia. Dopo aver visto che le mie prospettive erano praticamente nulle, mi sedetti e abbassai lo sguardo, come se la soluzione fosse scritta sul cemento.

Quando alzai gli occhi per tornare a lezione, trovai la mia risposta, seduta proprio di fronte a me.

«Ehi!» Nessuna reazione. «Ehi!»

Vincent guardò a destra e a sinistra per vedere se ci fosse qualcuno dietro di lui. «Parli con me?» domandò.

Vincent Chamberlain era il ragazzo più intelligente di tutto il secondo anno, forse dell'intera scuola. Era anche un nerd, e sfigato come pochi, ma gentile e innocuo.

«Certo. Con chi altro dovrei parlare?»

«Praticamente con chiunque a parte me.»

«Hai programmi per venerdì sera?»

«Dici sul serio?» Guardò per aria come se la sua agenda fosse scritta tra le nuvole. «No.»

«Vuoi venire a quel cavolo di ballo con me?»

«Mi stai chiedendo di uscire?»

«Tecnicamente sì.»

«Be'... ehm... fammici pensare un attimo. Non me lo ha mai chiesto nessuno prima d'ora.» Si prese il mento tra pollice e indice, facendo scorrere le dita lungo la mascella mentre ponderava la risposta. «Io e te ci conosciamo dai tempi dell'asilo. Ma non mi hai quasi mai rivolto la parola né degnato di considerazione.»

Non potei fare a meno di alzare gli occhi al cielo. Vincent aveva intenzione di farmela sudare. «Sono timida, che posso farci? Allora, sì o no?»

«Sì. Sarebbe un onore accompagnarti al ballo. A che ora passo a prenderti?»

«Sai dove abito?»

«Non ne sono sicuro» rispose.

Mi alzai. «Ci vediamo al ballo. Non vorrei mandarti in confusione dandoti il mio indirizzo.»

«Non ti va di andare a cena fuori, prima?»

«Mi piacerebbe tanto, ma credo che sarò talmente nervosa che potrei vomitarti tutto addosso.» Vincent fece una smorfia disgustata. Mi protesi verso di lui per fare scena e continuai: «Non ti piacerebbe ritrovarti coperto di vomito, vero?»

Lui si scostò, scuotendo la testa rapidamente. «Ci vediamo al ballo.»

Masochista: chi prova piacere nel subire umiliazioni, alias Amanda Marie Kelly. Non ero nemmeno una brava masochista, perché non avrei tratto il minimo piacere da quello che stavo per fare.

Per tutto il giorno riuscii a concentrarmi soltanto sull'appuntamento imminente tra Noah e Beth. Volevo e avevo bisogno di sapere perché lui me lo aveva tenuto nascosto, e lo avrei scoperto dopo la scuola.

Anche quell'anno mi ero offerta di scrivere per il giornale scolastico. Adoravo scrivere. Progettavo di studiare Giornalismo al college, ma ero indecisa su quale settore specializzarmi: televisione, carta stampata o internet. Magari un giorno avrei persino scritto un libro.

Noah era stato invitato a entrare nella squadra studentesca di baseball. Era piuttosto insolito per un ragazzo del secondo anno. Il giornale voleva un articolo su di lui e lo aveva assegnato a me, ovviamente perché eravamo amici, non certo per la mia preparazione su quello sport.

Pensai che sarebbe stato grandioso condurre l'intervista sul campo da gioco. Ogni volta che Noah era in campo succedeva qualcosa di magico: volevo catturarlo nel mio articolo e, possibilmente, con una foto.

Scattammo prima le foto. Tony Hoffman, il fotografo del giornale, mise Noah in caratteristiche posizioni di gioco e lo fece sedere sulle gradinate sotto lo striscione con il nome e la mascotte della scuola. Una volta finito, se ne andò, lasciandoci soli.

Feci le solite domande, anche se conoscevo già le risposte. Quanti anni avevi quando hai cominciato a giocare a baseball? Quale giocatore ti ha influenzato di più? Dopodiché passai a domande più profonde.

«Okay, un'ultima cosa e poi ti lascerò libero.» Alzai gli occhi dai miei appunti e gli sorrisi. «Cosa ti ha fatto innamorare di questo sport?»

«Mio padre, adora il baseball. Me lo ha fatto conoscere quando avevo quattro anni. È stato allora che ho guardato la mia prima partita in TV, seduto accanto a lui sul divano con un litro d'aranciata e due enormi sacchetti di patatine.»

Un lieve sorriso gli attraversò il volto. «Non ricordo quali squadre giocassero, ma non aveva importanza. Quello che contava era passare del tempo con mio padre condividendo qualcosa che amava. I primi due anni in cui ho giocato nei pulcini, per quanto avesse da fare con il lavoro veniva a tutti gli allenamenti e le partite. Quando avevo sei anni, mi ha portato alla mia prima partita del campionato professionista a Fenway Park. I Red Sox giocavano con i Minnesota Twins, 9-1 per i Sox. Ero sbalordito da tutto: i giocatori, lo stadio, il campo, le tribune, le panchine, il parcheggio.» Si lasciò sfuggire una risatina. «Mio padre mi ha regalato una delle giornate più belle della mia vita.

«Per quanto riguarda lo sport in sé, ne amo ogni aspetto: lo spirito di squadra, la sensazione della mazza tra le mani, il rumore della palla che finisce nel guantone, l'odore dell'erba e il cibo che vendono allo stadio. Adoro guardare gli spalti e vedere i tifosi e le persone più importanti della mia vita.»

I nostri sguardi si incontrarono. L'affetto che lessi nei suoi occhi mi catturò per diversi secondi. Volevo accoccolarmi in braccio a lui e stringerlo a me per sempre. Per fortuna avevo portato un registratore. C'era così tanto rispetto e amore nella sua voce quando parlava del padre che ero rimasta troppo affascinata per prendere appunti.

In preda all'emozione, si schiarì la voce e disse: «Scusa, Tweet. Non volevo divagare».

«Non hai divagato. Sei stato perfetto.» Non riuscivo a smettere di fissarlo.

«Allora, qualche altra domanda?»

«No. Sono a posto. Grazie per l'intervista.»

«Figurati. Non rinuncerei mai a un po' di tempo da solo con la mia ragazza» disse facendomi l'occhiolino.

A quel punto, non avevo più bisogno di sapere perché mi aveva tenuto nascosto l'appuntamento con Beth. Mi sembrava insulso chiederglielo dopo che mi aveva dato quella splendida risposta. Iniziai ad agitarmi e a picchiettare la penna sul taccuino.

«Che c'è che non va, Tweet?»

La voce nella mia testa continuava a ripetermi: *Alzati e vattene, Amanda. SUBITO! Non chiedergli nulla del ballo, non adesso. NON FARE DOMANDE!!!*

«Perché non mi hai detto che vai al ballo con Beth?»

Con un profondo sospiro, poggiò i gomiti sulle ginocchia, si tolse il cappellino e si passò una mano tra i capelli. Deglutì alcune volte prima di decidersi a parlare.

«Sai una cosa, dimentica la mia domanda» lo anticipai, e inizai a radunare in fretta le mie cose. Feci in tempo ad allontanarmi di un solo passo prima che lui mi afferrasse per il polso.

«Non scappare via da me in questo modo. Rimettiti a sedere.» La sua voce era decisa. Respirai profondamente e mi sedetti accanto a lui. Non ci guardammo. «Mi sentivo in colpa. So che sto per fare una figura da femminuccia, ma ero deluso che tu non me lo avessi chiesto.»

«Non sapevo che ci volessi andare.»

«Non me ne frega un tubo di andare a un ballo del cavolo. Volevo andarci con te e speravo che tu volessi andarci con me, ma tu non mi hai mai detto niente. Quando Beth me l'ha chiesto ho risposto di sì, non so perché. Vorrei che non mi fosse uscito di bocca. Sembrava così eccitata e felice. Non potevo dirle che avevo cambiato idea.»

«Perché ti sei sentito in colpa?»

«Non lo so. Mi sembrava di tradirti.» Rimase in silenzio per qualche istante, come se fosse combattuto su cosa dire dopo. Guardandomi negli occhi, aggiunse: «Tweet, mi sono venuti certi pensieri su di te».

Non ero pronta per questa conversazione. Avevo la sensazione di soffocare. I muscoli del collo e delle spalle si stavano irrigidendo. Dovevo andarmene da lì. Le parole di Noah furono sostituite da un fruscio pulsante nelle mie orecchie mentre il cuore mi batteva sempre più forte. Poi sentii una mano calda sulla mia e questo mi riportò alla realtà. Mi voltai e vidi quegli occhi azzurri in cui mi sarei potuta perdere.

«Penso a te tutto il tempo, Tweet» disse, intrecciando le dita alle mie.

«È bello sapere che qualcuno ti pensa.» Per la cronaca, quella è stata una delle frasi più stupide che abbia mai detto.

Lui fece un sorrisetto. «Quando ci sei tu, mi viene voglia di toccarti, di prenderti per mano o di abbracciarti. Mi viene voglia di baciarti di nuovo.» Continuò a sostenere il mio sguardo, in cerca di una reazione sul mio viso.

Ero a dieci secondi da un attacco di panico coi fiocchi. Sentivo che fronte e collo iniziavano a imperlarsi di sudore. La gola mi si serrò ancora di più e i muscoli si tesero ulteriormente. Non sapevo cosa dire, quindi feci quello che facevo di solito. Scappai.

«Ehm… Noah, devo andare.»

Quegli splendidi occhi, pieni d'affetto un attimo prima, ora parvero scioccati, dolenti e… incazzati. «Te ne vai?!» Sì, era decisamente incazzato.

«Devo andare a controllare che Tony abbia fatto abbastanza foto e… Senti, mi dispiace. Ci vediamo dopo. Grazie ancora per l'intervista.» Mi alzai e mi allontanai a tutta velocità, liberando la mano dalla sua stretta.

CAPITOLO 7

L'onestà non sempre paga, se fa soffrire le persone cui vuoi bene e le allontana da te.

Rimasi in redazione per un'ora prima di andarmene. La mia speranza era che Noah fosse già tornato a casa. Era stato orribile da parte mia scappare via in quel modo, specie dopo che lui era stato tanto meraviglioso e dolce. Mi aveva colto alla sprovvista. Non davo il meglio di me se venivo messa alle strette, soprattutto quando si trattava di cose importanti. Mi serviva soltanto un po' di tempo per schiarirmi le idee.

Brenda, una dell'ultimo anno che lavorava al giornale, fu tanto gentile da darmi uno strappo fino a casa. Quando entrai, fui accolta dal profumo delizioso del sugo al pomodoro di mia madre. Posando lo zaino sul bancone della cucina, trovai la mamma intenta a preparare la glassa per una torta al cioccolato.

«Ciao» dissi, mentre prendevo una bottiglia d'acqua dal frigo. Mi appoggiai al piano di lavoro. «Che fai?»

«Be', amore, sto stuccando le pareti» rispose con un sorriso ironico.

«La gente mi chiede spesso da chi ho preso il mio atteggiamento da saputella» ribattei.

«E tu rispondi che lo hai ereditato dalla famiglia di tuo padre, vero?»

Notai che la tavola era apparecchiata per sei. Eravamo rimasti in tre adesso che Emily era partita per il college.

«Come mai hai apparecchiato per sei?»

«Gli Stewart vengono a cena da noi stasera.»

«Perché?» Quell'unica parola uscì a fatica dalla mia gola.

«Perché devono pur mangiare, tesoro.»

Mi porse la spatola ricoperta di cioccolato e portò la torta in tavola.

«Tutti?» chiesi, con la bocca piena di glassa.

«L'ultima volta che ho controllato mangiavano ancora tutti.»

Si muoveva per la cucina a velocità supersonica, perché fosse tutto pronto per l'arrivo dei nostri ospiti. Era una mamma fantastica, davvero, in particolare quando preparava un po' di glassa in più perché sapeva quanto mi piacesse. Però c'erano occasioni, come in quel momento, in cui avevo l'impressione che lei e l'intero universo stessero complottando contro di me.

Mentre leccavo le ultime gocce di glassa, sentivo montare l'ansia al solo pensiero di rivedere Noah. Gettai la spatola nel lavandino, presi le mie cose e andai nella mia stanza. Un attimo prima di chiudere la porta, sentii la mamma dire: «La cena sarà pronta tra due ore».

Come avrei fatto a superare quella serata? Avevo troppa energia nervosa in corpo, così andai a fare un giro in bici attorno al quartiere, evitando la via di Noah. Di solito una bella pedalata mi schiariva le idee. Ma quel giorno avevo talmente tanti pensieri ed emozioni che mi mulinavano dentro che non riuscivo a venire a capo di nessuno.

Quando rientrai a casa, feci una doccia e infilai un vestito a righe bianche e grigie. Tamponai i capelli con un asciugamano e poi li lasciai asciugare all'aria. Ero seduta alla scrivania a preparare l'articolo su Noah che dovevo consegnare alla fine della settimana, quando qualcuno bussò.

«Sì?»

La porta si aprì leggermente. Non fu necessario alzare lo sguardo per sapere chi era. Mi bastò sentire le farfalle nello stomaco e la pelle d'oca.

Noah fece capolino. «Tua madre mi ha chiesto di dirti che si cena tra venti minuti.»

«Grazie.»

Rimase fermo sulla soglia per un attimo prima di entrare e chiudere la porta dietro di sé. Venne verso di me, posò le mani sullo schienale della sedia e chiese: «Cosa scrivi?»

«Il tuo articolo» risposi, inclinando la testa all'indietro per guardarlo.

«Fammi fare bella figura.»

«Non potresti sembrare più perfetto di come sei.»

E questa da dove cavolo ti è uscita, Amanda Marie Kelly?

Quando lui era così vicino, non riuscivo a controllare quello che mi sfuggiva di bocca.

Sorridendomi, Noah attraversò la stanza e si sedette in fondo al letto, appoggiandosi all'indietro sulle braccia. Voltai la sedia per guardarlo. Sapevo che voleva parlarmi, ma non sapevo ancora cosa gli avrei detto io. Decisi di aspettare e vedere se avrebbe tirato fuori lui l'argomento.

«Tweet, quali erano gli accordi?»

«A cosa ti riferisci?»

«Smettila. Non è il momento di fare la finta tonta. Perché oggi sei scappata via in quel modo?»

«Perché dovevo andarmene.»

Cominciava a venirmi un po' d'ansia, e quando mi prende l'ansia devo muovermi. Andai verso il comò e rovistai in un cassetto finché non trovai la spazzola. Mi passai le setole tra i capelli con forza prima di raccoglierli e fermarli in cima alla testa. Nello specchio, vedevo che Noah osservava ogni mio movimento.

«Perché?» mi incalzò.

«Perché avremmo avuto ospiti a cena.» Cercavo di alleggerire l'atmosfera, ma dalla sua espressione era chiaro che non era in vena di leggerezza.

Si tirò su a sedere e cominciò a scuotere la testa. Sbuffando, aggiunse: «Cavoli, Tweet, smettila di fare la spiritosa per un minuto». Mi voltai a guardarlo. «Fai sempre così quando bisogna affrontare un discorso serio.»

«Così come?»

«Fai battute e poi scappi via.» Teneva la voce bassa, ma fumava di rabbia. Si passò le mani sul viso un paio di volte mentre aspettava una mia risposta.

«Scusa» sussurrai.

«Ti prego, parla con me.»

«Non sono sicura di cosa vuoi sentirmi dire.»

«Allora comincerò io» ribatté con dolcezza. Si alzò e venne lentamente verso di me. «Sei la prima ragazza che ho notato e l'ultima che noterò mai. Il mio primo bacio è stato il più fantastico nella storia dei primi baci perché è stato con te. Non riesco a smettere di pensarti.»

Indietreggiai di un passo, andando a sbattere contro il comò. Lui era proprio davanti a me, i suoi occhi azzurri mi tenevano prigioniera. Posò le mani sul comò, bloccandomi all'altezza dei fianchi, e si fece più vicino. Il mio respiro accelerò. Sentii le sue labbra sfiorarmi lievemente la tempia. I brividi che mi provocò erano indescrivibili. La sua bocca scese sul mio orecchio, leggera come una piuma. La sensazione del suo respiro caldo sul collo mi fece girare la testa e dovetti aggrapparmi al mobile per restare in equilibrio. «Voglio che tu sia più della mia migliore amica» mormorò. «Voglio che tu sia la mia ragazza. Tu cosa vuoi, Tweet?»

Sapevo che sarebbe successo. Ero debole. Cedetti. Non ce la facevo più, dopo tutti quei mesi a sognarlo giorno e notte, a sentire perennemente un buco nello stomaco a forza di pensare a lui. Era così vicino... Le sue labbra lasciavano una scia di calore ovunque mi toccassero, le sue parole mi stordivano. Profumava di arance fresche.

«Voglio te» risposi con un filo di voce.

Noah si ritrasse leggermente e inclinò la testa. Mentre le sue labbra si avvicinavano, il mio respiro divenne irregolare e il cuore prese a martellarmi nel petto. Fra le gambe percepii una nuova sensazione, e mi sembrò di impazzire.

Il suo sguardo vagò su e giù per il mio viso. «Dio, sei bellissima» sussurrò.

I miei occhi si chiusero automaticamente. Proprio quando sentii il tocco lieve delle sue labbra sulle mie, un colpo deciso alla porta riverberò per tutta la stanza, facendoci sussultare. Noah indietreggiò di scatto, dandomi le spalle. Il rapido movimento mi fece sbilanciare in avanti. Sentimmo mio padre che urlava: «È pronto!»

Noah mi guardò di sfuggita, l'espressione carica di terrore.

«Non preoccuparti. Non entrerà» lo tranquillizzai.

Mio padre era famoso per la "bussata e fuga". Una strategia che aveva adottato il giorno in cui, entrando in casa, aveva trovato la Prof. Tampone, ossia mia madre, che dava istruzioni a una Emily dodicenne e a due sue amiche sul corretto uso degli assorbenti interni, con tanto di supporti visivi.

Cercai di ricompormi, mi sistemai il vestito e guardai Noah. Continuava a darmi la schiena. I miei occhi partirono dalle sue spalle ampie e percorsero il dorso muscoloso fino ai fianchi, dove teneva le mani. I suoi bicipiti tendevano il tessuto della maglietta. Scossi il capo nel tentativo di allontanare i miei pensieri da quel corpo ultrasexy. Poi mi schiarii la voce e dissi: «Noah, vieni?»

Lui sollevò un dito, a indicare che gli serviva ancora qualche minuto prima di raggiungerci a tavola. Pensai che era meglio lasciarlo da solo, quindi mi avviai in sala da pranzo.

Eravamo già tutti a tavola quando Noah ci raggiunse. Prese posto sull'unica sedia rimasta vuota, che guardacaso era proprio accanto a me.

Papà e il signor Stewart parlavano di lavoro, mentre la mamma e la signora Stewart si scambiavano pettegolezzi sul vicinato. Io stavo cercando di riprendermi dalle intense emozioni di poco prima, e sarei stata in grado di farlo se Noah non si fosse seduto proprio lì. Era già abbastanza difficile così, ma lui continuava a trovare il modo per toccarmi di nascosto. Quello che era successo nella mia stanza era stato un errore, e anche se non ci eravamo spinti troppo oltre, per me era già abbastanza.

Noah mise un braccio attorno alla spalliera della mia sedia e allungò l'altra mano per prendere il pane. Il suo viso era talmente vicino al mio che le sue labbra per poco non mi sfiorarono la guancia.

Tenendo la voce bassa, dissi: «Lo so cosa stai facendo».

«Adoro il pane all'aglio.»

«Avrei potuto passartelo io, se me lo avessi chiesto.»

«Lo so, ma così ho avuto modo di dare una sbirciatina dentro il tuo vestito.» Lo fissai subito negli occhi. «Oh, a proposito... bel reggiseno.»

Mi portai una mano sul petto per coprire la scollatura.

«Ti prego, dimmi che le mutandine sono in tinta» sussurrò, e poi indietreggiò leggermente, abbassando gli occhi sul mio bacino. Quando lo guardai, fui salutata da un occhiolino e da un ghigno compiaciuto, prima che si infilasse in bocca un grosso pezzo di pane.

«Congratulazioni, Noah» esclamò mio padre.

Proprio in quel momento sentii una mano sul ginocchio e dita che scivolavano sotto l'orlo del vestito. Il mio respiro si fece irregolare e i miei occhi dardeggiarono su Noah. Sarei stata incazzatissima con lui, se la sensazione della sua mano sulla mia coscia nuda non fosse stata tanto inebriante.

«Grazie, signore.»

Come faceva a restare così impassibile davanti ai nostri genitori mentre mi accarezzava il ginocchio?

«È piuttosto raro che uno studente del secondo anno venga ammesso nella squadra della scuola. Siamo orgogliosi di te.» Mio padre aveva sempre considerato Noah come un figlio.

«Sua madre e io siamo molto fieri di lui. È tutto suo padre, non c'è che dire» aggiunse il signor Stewart.

I papà scoppiarono a ridere come se quel commento fosse spassosissimo. Noah sorrise a suo padre mentre la sua mano cominciava a salire lungo la mia coscia. La schiaffeggiai e inavvertitamente colpii il tavolo, producendo un tonfo sonoro e facendolo vibrare.

«Amanda, va tutto bene?» mi chiese la mamma.

«Sì. Sto bene.» Noah cercò di trattenere una risata. «Stavo scacciando una mosca.»

Lei mi guardò, lievemente infastidita, ma mantenne un tono allegro: «È ridicolo. Non ci sono mosche in casa».

«Colpa mia» mi scusai.

La mano di Noah tornò sul mio ginocchio e lo strinse leggermente, facendomi sfuggire un gemito. Tutti e quattro i genitori si voltarono nella mia direzione.

«Ehm... mamma, per favore, mi passeresti la... ehm...»

La mano di Noah era inarrestabile. Mi strizzava il ginocchio, poi accarezzava l'interno coscia... mi era impossibile pensare o formare una frase di senso compiuto.

«La roba nella bottiglia, quella che... versi... sulla... lattuga?» La mia voce si fece sempre più acuta a ogni parola.

«Intendi dire *il condimento per l'insalata*?» mi chiese la mamma, con evidente sarcasmo. Annuii. «Non l'hai già condita?»

«Me ne serve ancora. Per favore.»

Mi guardò come se non fossi più sua figlia, prima di passarmi la bottiglietta.

«Come sta Emily?» chiese la signora Stewart mentre inondavo l'insalata di salsa.

Sul volto di mia madre spuntò un sorriso orgoglioso. «Alla grande. Adora il college.»

«È fantastico» disse la signora Stewart.

«A dire il vero, è entrata nella squadra di dibattito. Lei sì che sa esprimersi come si deve» concluse la mamma lanciando un'occhiata nella mia direzione.

Ero talmente sfasata che mi cadde la forchetta di mano.

«La prendo io, Tweet.»

La mano di Noah lasciò la mia gamba. Colsi l'occasione per bere un sorso d'acqua, cercando di calmarmi. Noah allontanò la sedia dal tavolo e si piegò per raccogliere la forchetta.

«La scorta è finita!» annunciò papà sollevando la bottiglia del vino ormai vuota.

Tutt'a un tratto, sentii un paio di labbra sull'esterno della coscia, proprio sopra il ginocchio. L'acqua mi andò di traverso e inziai a sputacchiare nello stesso istante in cui mio padre chiese: «Ne apriamo un'altra?»

Noah riemerse da sotto il tavolo e io mi ritrovai addosso tre paia d'occhi. Quelli degli Stewart mostravano pietà. Per i miei genitori, senza dubbio. Quelli di mia madre erano pieni di rimpianto per non avermi mandata a lezione di buone maniere, mentre mio padre non aveva nemmeno fatto caso alla mia gaffe. Era troppo occupato a tenere la bottiglia in verticale sopra il proprio bicchiere nel disperato tentativo di recuperare l'ultima goccia rimasta.

«Vado io a prendere il vino. Tanto ho finito di mangiare» dissi, mentre mi asciugavo gli schizzi d'acqua dal viso.

Mi alzai in fretta e andai in cucina per mettere il piatto nel lavandino. Senza fermarmi, proseguii per il garage, dove papà teneva la cantinetta con la sua collezione di vini.

Davanti allo sportello aperto, mi accorsi di non sapere se volevano bianco o rosso. Per sicurezza li presi entrambi. Chiusi lo sportello e, quando mi voltai, mi trovai davanti un Noah sorridente. Feci un passo indietro. Lui posò le mani sulla cantinetta, sopra le mie spalle, intrappolandomi. Gli piaceva davvero tanto tenermi in pugno.

«Che diavolo credi di fare con quelle mani? E mi hai baciato la coscia sotto il tavolo! Davanti ai nostri genitori, ti rendi conto?!»

«Non ho potuto resistere. Sei così appetitosa.» Inarcò le sopracciglia e si fece più vicino.

«Lasciami in pace per il resto della serata.» Cercai di sembrare furiosa, ma sentivo io stessa il riso nella mia voce. Era difficile arrabbiarsi con Noah, specie quando quello che faceva era così meraviglioso.

«Okay, tranquilla.» Abbassò le braccia e indietreggiò di un passo per lasciarmi un certo margine di movimento.

«Grazie.»

Mentre gli passavo accanto per raggiungere la porta sentii l'orlo del vestito sollevarsi dietro di me. Scattai di lato, fuori dalla sua portata. «Maledizione, Noah! Smettila! Non posso difendermi con queste bottiglie in mano.»

«Pensavo avessi una macchia sul vestito» disse alzando i palmi in segno di resa. «Cercavo soltanto di rendermi utile.» Lo guardai in cagnesco prima di ritornare in casa.

Saltai il dolce, anche se la torta al cioccolato era la mia grande passione. Chiesi scusa e mi alzai da tavola, dicendo che dovevo finire i compiti. Mi rifugiai nella mia stanza, lontano dagli occhi dei miei genitori e dalle mani e labbra erranti del mio migliore amico.

Mentre mi sedevo sul letto, ricordando la sensazione del suo tocco sulla pelle, provai un calore crescente dentro di me. Che diavolo mi stava succedendo? Me ne stavo lì a pensare a lui, e mi ritrovavo tutta eccitata. Un colpo alla porta mi riportò alla realtà. «Sì?» Mi uscì una voce roca.

La porta si aprì leggermente e tutto ciò che vidi fu un piatto fluttuante con sopra una fetta di torta al cioccolato. Sorrisi. Poi comparvero i miei occhi azzurri preferiti.

«Ti ho portato un po' di dolce.»

Noah entrò e chiuse la porta spingendola con un piede. Posò la torta sul comodino, si sedette di fronte a me e prese la forchetta, colma di glassa al cioccolato. Ero ancora sotto l'effetto di quanto accaduto a tavola mentre fissavo le due cose che più adoravo al mondo. Schiusi le labbra lasciandomi sfuggire un lieve sospiro. Senza staccarmi gli occhi di dosso, lui mi porse la forchetta.

Feci scivolare lentamente i rebbi tra le labbra. La punta della sua lingua guizzò fuori e leccò il suo labbro inferiore. Osservò la mia bocca che si arricciava attorno alla forchetta, e lo sentii deglutire mentre la sfilavo. Me la prese di mano.

Quando si allungò per posarla sul piatto, le sue labbra quasi mi sfiorarono la guancia.

Si fece più vicino e sussurrò: «Hai un po' di glassa all'angolo della bocca».

Rimasi immobile. I miei occhi erano fissi su di lui mentre indugiava per qualche secondo a non più di un centimetro dalla mia bocca. Che cavolo stavo facendo? Dovevo mettere fine a tutto questo. Ero troppo debole e stupida per permettere che accadesse. E poi i nostri genitori erano a pochi metri di distanza. Il pensiero di perdere Noah mi balenò nella mente. La sola idea che sparisse dalla mia vita era insopportabile. Con chi avrei condiviso i miei sogni e le mie paure? Come potevo sentirmi al sicuro senza di lui? Mi prese il panico e sentii una morsa al petto. Mi allontanai.

Lui si ritrasse e mi fissò. Non volevo vedere l'espressione che aveva negli occhi, ma mi costrinsi ad affrontarlo. Doveva capire quanto fossi seria nel pronunciare quelle parole. «Non possiamo farlo. Non posso essere la tua ragazza.»

Noah continuò a guardarmi intensamente per qualche secondo, poi abbassò lo sguardo e si sedette sul bordo del letto, la testa china.

«Perché?» chiese con voce brusca.

«Ho paura che possa finire male, e di incasinare a tal punto le cose che non vorrai più avere niente a che fare con me, dopo.»

«Stronzate.»

«Non è vero. Ti ricordi Tyler Evans? Lui ed Emily erano molto amici. Non come noi due, ma erano parecchio uniti. Hanno deciso di oltrepassare il limite e mettersi insieme. È durata sei mesi ed è finita male. Questa estate io ed Emily lo abbiamo incrociato al supermercato e lui è stato odioso con mia sorella. Non posso permettere che ci accada questo.»

«Noi non siamo come loro.»

«Lo so, ma Emily fa tutto in modo perfetto. Se non ci è riuscita lei, di certo non ce la farò io. Devo sapere che farai sempre parte della mia vita. Non supererò quel limite con te, è troppo rischioso. Mi dispiace per stasera. Non avrei dovuto permettere che le cose si spingessero tanto oltre.»

«A me non dispiace per quello che è accaduto stasera. A parte il fatto che non vuoi stare con me.»

«Non è che non voglio. È solo che non mi va di incasinare la nostra amicizia. E poi tu meriti una ragazza migliore di me, Noah.»

Tu meriti il meglio, e per quanto desideri di poter essere io a dartelo, so bene che finirei solo per deluderti, come ho sempre fatto con tutti. E tu sei l'ultima persona al mondo che voglio deludere.

«Non c'è una ragazza migliore di te, per me» disse lui.

«Queste emozioni si attenueranno e le cose torneranno alla normalità. I nostri corpi stanno attraversando un sacco di cambiamenti, sai... per via degli ormoni. Dobbiamo soltanto controllarci e supereremo tutto.» Mi stavo sforzando di non piangere. Lui si tirò su e si voltò verso di me, mostrandomi quanto fosse affranto. Fu impossibile non lasciarsi sfuggire qualche lacrima. «Non posso perderti, Noah.»

«Non mi perderai mai, Tweet. Io ci sarò sempre se avrai bisogno di me.» Mi accarezzò il viso. La punta delle sue dita mi sfiorò dalla mascella fino al mento.

Mi ritrassi leggermente. «Ti prego, Noah, non posso» mormorai.

Lasciò ricadere la mano, si alzò e raggiunse la porta.

«Ci vediamo domattina. Io e la mamma verremo a prenderti per andare a scuola, d'accordo?» dissi, con voce strozzata.

«Domani non mi serve un passaggio. L'allenatore ha indetto una riunione prima delle lezioni. Passa a prendermi Travis» rispose.

Non si voltò a guardarmi, e a quel punto fui travolta dal nervosismo che avevo tenuto a bada fino ad allora. Cominciò a tremarmi la voce. «Allora ci vediamo a scuola.»

«Forse. Ci si vede in giro, Tweet.»

Quando sentii la porta chiudersi, crollai del tutto. Mi girai e seppellii il viso nel cuscino per soffocare i singhiozzi. Non avevo mai provato un dolore così intenso in vita mia. Il senso di perdita era devastante. Continuai a ripetermi che gli avrei parlato il giorno dopo. Adesso era sconvolto, ma dopo averci dormito sopra si sarebbe accorto che avevo ragione io. Perché cambiare qualcosa che finora aveva funzionato perfettamente?

CAPITOLO 8

Le due emozioni più terribili al mondo sono il fallimento e la solitudine.

Il fallimento possiamo controllarlo, almeno fino a un certo punto. In teoria, se uno lavora sodo e dà il 100 percento, raggiunge il suo obiettivo. Io credo di lavorare sodo, ma forse nel mio DNA si annida un gene dell'inadeguatezza. Forse avevo un bis, bis, bis, bis, bisnonno che era uno sfigato totale.

La solitudine è peggio del fallimento, perché dipende dagli altri. Anzi, nel mio caso da una sola persona. Ed essere così vulnerabile nei confronti di qualcuno è spaventoso.

Non parlavo con Noah da tre giorni. Non eravamo mai stati così tanto senza rivolgerci la parola. Anzi, non era mai passato un giorno senza che ci vedessimo. Eppure io avevo fatto un tentativo. Lo avevo chiamato diverse volte, ma lui non aveva mai risposto, era sempre partita la segreteria. A scuola lo vedevo di sfuggita. In classe praticamente mi ignorava. Mi diceva *ciao* se proprio non poteva evitarlo, ma la cosa finiva lì. Passai un sacco di tempo in bagno a piangere ogni volta che lo incrociavo. Non riuscivo a concentrarmi su niente. Dopo un solo giorno senza contatti con lui fui tentata di andare a casa sua e costringerlo a parlarmi. Pensai di riuscire a mettere da parte le mie insicurezze. Pensai addirittura di provare a fare un passo in più e diventare la sua ragazza. Poi, però, la paura ebbe di nuovo il sopravvento su di me.

Subito dopo la scuola, mi ritrovavo nella redazione del giornale a scorrere tutte le foto scattate per l'articolo su di lui. Poi mi mettevo a pedinarlo. Stazionavo davanti agli armadietti dei ragazzi, il che mi procurò strane occhiate e anche qualche numero di telefono. Alcune volte lui mi notò, ma fece finta di non vedermi. Mi sentivo persa, non sapevo più chi ero. Le mie parole lo avevano fatto soffrire, di questo ero consapevole, ma forse non avevo capito quanto. Aveva detto che ci sarebbe sempre stato se avessi avuto bisogno di lui. Adesso che avevo bisogno di lui, Noah non mi degnava nemmeno di uno sguardo.

Arrivò il giorno del ballo. Rientrai a casa prima del solito, come mi aveva chiesto Emily, che era tornata per il weekend e si era offerta di aiutarmi con i preparativi. Disse che ci servivano diverse ore per studiare il mio look. Non sapevo bene come prenderla. Di solito non mi ci voleva molto per prepararmi. E poi, a quel punto, non volevo nemmeno andarci a quello stupido ballo. Ma ormai avevo invitato Vincent, e non riuscivo a trovare il coraggio di dargli buca.

Ero sdraiata sul letto di Emily mentre lei rovistava nel proprio armadio in cerca del vestito perfetto per me. Per fortuna, mia sorella andava a un sacco di feste e aveva più o meno la mia taglia. Ero ancora più bassa e un po' più formosa di lei, ma la differenza non si notava più come quando eravamo piccole. Comunque non avrebbe potuto fregarmene di meno di cosa avrei indossato quella sera. La sentii borbottare qualcosa con la testa infilata nell'armadio. Quando non risposi, fece capolino. «Amanda, mi hai sentito?»

«Eh?»

«Che ne dici del giallo?»

«Basta che non ci siano delle piume incollate sopra» replicai con voce piatta.

Mi guardò per un secondo e poi scoppiò a ridere. «Giusto, avevo dimenticato Titti. È stato uno spasso. Sapevamo esattamente dove trovarti, bastava seguire la scia di piume.» Le scoccai un'occhiataccia. «Non hai ancora superato il trauma, eh? Scusa. Okay, vai a farti una doccia, lavati i capelli e depilati.»

Controllai l'orologio sul comodino. «Mancano ancora due ore e mezza all'appuntamento» mi lamentai.

«Lo so. Devi sbrigarti. Non abbiamo molto tempo.» Mi tirò su per le braccia e mi spinse fuori dalla porta.

Feci esattamente quello che mi aveva detto di fare, anche se non ne capivo il senso. Il mio cervello era talmente annebbiato che non ero in grado di prendere alcuna decisione. L'unico pensiero che mi ronzava in testa era Noah.

Dopo la doccia, tornai nella stanza di mia sorella. Il vestito che aveva scelto era appeso all'anta dell'armadio. Era quello che aveva indossato la prima volta che aveva concorso al titolo di reginetta del ballo. Vincendolo, naturalmente. L'abito era di taffettà giallo pallido, senza spalline. Il corpetto mi stava alla perfezione, evidenziando tutti i punti giusti. La gonna arrivava al ginocchio ed era vaporosa e svolazzante, con dei fiori applicati sull'orlo. Vi aveva abbinato un paio di sandali d'argento con un tacco di sette centimetri. Non mi andavano a genio quei trampoli, ma in fondo, come per tutto il resto, non me ne importava niente.

Dopo avermi fatto indossare il vestito, Emily passò a occuparsi di trucco e acconciatura. Ero seduta alla sua toeletta, coperta da un enorme asciugamano in modo che l'abito non si rovinasse.

«Credo che staresti benissimo con i capelli raccolti. Oh, e potresti metterti gli orecchini di diamante a goccia che mamma e papà mi hanno regalato per i sedici anni» disse, entusiasta.

«Fa' quello che vuoi, per me va bene tutto.» La mia voce era monotona.

«Per una che sta andando al primo ballo della sua vita non mi sembri molto entusiasta.» Alzai le spalle. «Allora, a che ora passa a prenderti Noah?»

Sentii una stretta al petto. Non le avevo detto con chi sarei andata. «Noah non mi passa a prendere.»

«Perché no?» mi domandò, guardandomi nello specchio mentre mi spazzolava i capelli.

«Perché non ci vado con lui.»

La sua mano si fermò a mezz'aria per qualche secondo. Un'espressione confusa le attraversò il viso. «Oh, scusa. È che immaginavo...»

«Be', hai immaginato male» dissi.

«Come mai non ci vai con lui?»

«Perché non gliel'ho chiesto.»

«Hai intenzione di continuare così o vuoi spiegarmi una buona volta perché non vai al tuo primo ballo con Noah?»

«Non gliel'ho chiesto, tutto qui. E poi non è che sia molto felice di avermi attorno in questo momento.» Abbassai gli occhi per evitare il suo sguardo.

Lei smise di pettinarmi e si appoggiò alla toeletta, di fronte a me. «Vuoi dirmi cos'è successo?»

Se avessi aggiunto un'altra parola, sarei crollata. Così mi limitai a scuotere il capo. Con la punta delle dita, Emily mi fece sollevare la testa per guardarla. Avevo gli occhi lucidi. «Parlami, Manda. Cos'è successo?»

«Non so che dirti. So solo che non mi parla da tre giorni. Non risponde al telefono e a scuola continua a ignorarmi.» Mi asciugai una lacrima. Meno male che non mi aveva ancora truccata.

«Deve pur esserci un motivo. Non è da Noah comportarsi così. Con me puoi confidarti, non lo dirò a nessuno.»

Valutai se aprirmi con lei. Non che io ed Emily non fossimo unite, anzi, ma mi imbarazzava ammettere che il problema ero io. Avevo rovinato la mia amicizia con Noah.

«Le cose stanno cambiando e io… non so che fare.» La mia voce si incrinò e dagli occhi traboccarono altre lacrime.

Sul volto di mia sorella spuntò un lieve sorriso. «È dura quando il tuo migliore amico diventa un ragazzo molto carino, non è vero?» Non risposi. Lei capì dal mio sguardo che aveva centrato il punto. «A Noah piace qualche ragazza?»

Feci di sì con la testa.

«E a te lei piace?»

«No. Non va abbastanza bene per lui.» Distolsi gli occhi.

Non stavo proprio mentendo. Solo che Emily non aveva capito che la ragazza di cui stavamo parlando ero io.

«È questo che lo ha fatto arrabbiare?»

«Sì» mormorai.

«Tesoro, so che è difficile e che adesso ti sembra che le cose non andranno mai a posto, ma si sistemeranno. Tu e Noah avete un legame speciale, lo avete sempre avuto. Nulla vi potrà mai separare.»

«Grazie.»

«E adesso facciamo di te la ragazza più strafica del ballo.» Mi abbracciò e tornò al lavoro.

Questa faccenda del ballo era già diventata un incubo, e non ero ancora nemmeno scesa dalla macchina. Nell'istante in cui entrammo nel parcheggio della scuola, ero già sul punto di vomitare per il nervosismo. Continuai a giocherellare con i fiori applicati al vestito per tutto il tragitto. Come se non bastasse, ero in macchina con i miei genitori. Avrei voluto che mi accompagnasse Emily, ma loro avevano insistito. Volevano vedere me e Vincent insieme e farci qualche foto. Accettai. Dopotutto era il mio primo ballo.

Papà posteggiò e scortò me e la mamma verso la palestra. Mentre ci avvicinavamo, vidi una raffica di flash. Erano i genitori di Vincent che gli scattavano una foto dopo l'altra. In fondo non era un brutto ragazzo. Lo si sarebbe potuto definire addirittura carino. Nerd, ma carino. Indossava una giacca scura, pantaloni cachi e una camicia azzurra con tanto di papillon a fantasia cachemire. Non esattamente un modello di *GQ*, ma nel suo piccolo stava bene.

Gli andai incontro. Sorrisi quando rimase a bocca aperta e batté le palpebre, come se fosse sbalordito da ciò che vedeva. Mi sentii carina per la prima volta in vita mia. Emily aveva fatto un lavoro fantastico con quel poco che aveva a disposizione. Vincent e io rimanemmo lì a soffrire mentre i nostri genitori fecero almeno un milione di foto. Alla fine li salutammo e ci avviammo in palestra.

A ogni passo verso l'ingresso, il mio stomaco sussultava. L'entrata era molto bella, decorata da un arco di rose bianche e minuscole lucine. Ci volle un po' prima che i miei occhi si adattassero alla luce soffusa. In ciascun angolo del campo da basket erano state collocate delle colonne bianche, abbellite dalle stesse lucine. Palloncini bianchi e blu, i colori della scuola, erano stati legati ovunque. La consolle del DJ era sistemata a ridosso della parete più lontana, mentre dalla parte opposta era stato allestito un buffet con punch e stuzzichini.

Scorsi la folla in cerca di Noah e Beth. Nessuno dei due sapeva che sarei stata lì e non ero sicura di volere che mi vedessero. Era già arrivata un sacco di gente, quindi sarebbe stato facile perdersi in quella confusione. Volevo soltanto dar loro una rapida occhiata, tutto qui.

Vincent e io prendemmo posto contro la parete, dietro un folto gruppo di ragazze e ragazzi troppo spaventati per fare il primo passo e invitarsi reciprocamente a ballare. Il mio sguardo si spostò sull'entrata, setacciò la folla e poi tornò indietro.

«Ti va di ballare?» mi domandò Vincent, nervoso.

«E a te va di ballare?»

«Be', siamo a un ballo.»

«Vinnie, non lasciamoci influenzare dalle convenzioni sociali. Pensavo fossi un libero pensatore, amico. È questo il motivo principale per cui ho invitato te.»

Lui si strinse nelle spalle e si riappoggiò al muro.

Ero lì impalata a scandagliare la folla da almeno quaranta minuti e ancora non c'era traccia di Noah e Beth. «Vado a prendere del punch. Ne vuoi un po'?» propose Vincent, con scarso entusiasmo.

«Cosa? Oh, no, grazie. Sto bene così.»

Mentre si allontanava, mi bloccò la visuale per un decimo di secondo. Quando finalmente si spostò, li vidi. Noah e Beth erano appena entrati. Non so se fosse per via dei tacchi, ma le mie ginocchia cominciarono a vacillare. Dovetti appoggiarmi al muro per non cadere. Noah era magnifico. A differenza della maggior parte degli altri ragazzi, si era messo un completo a giacca. Era nero e l'aveva abbinato a una camicia grigio chiaro e una cravatta di un grigio un po' più scuro. Anche nella luce soffusa, i suoi occhi azzurri sembravano ancor più brillanti in contrasto con i colori sobri dell'abbigliamento. Se si sommavano ai capelli scuri e al completo elegante... Noah trasudava sensualità da ogni poro.

Mentre lui e Beth avanzavano tra la folla, si fermarono a salutare altre coppie. Le ragazze finirono per formare un gruppetto, e i ragazzi un altro. Ero talmente concentrata su Noah che sussultai quando Vincent fece ritorno.

«Amanda... Sarah Grice mi ha appena invitato a ballare. Le ho detto che prima dovevo chiederti se per te va bene.»

«Mi stai scaricando a metà del nostro appuntamento?»

Sarò sincera: il suo comportamento mi lasciò un po' basita.

«No. Non lo farei mai. Ascolta, lo so perché mi hai invitato al ballo. L'altro giorno in pausa pranzo ho sentito te e Beth che parlavate.» Mi sentii in colpa per averlo usato. «È tutto a posto, sono contento di esserci venuto con te invece che con una ragazza vera.» Corrugai la fronte, sul punto di mandarlo a quel paese. «Hai capito cosa voglio dire. E poi a scuola lo sanno tutti come siete fatti tu e Noah.»

«E come siamo fatti?»

«Boh… sembra che stiate insieme.»

«Siamo migliori amici. Siamo cresciuti insieme. Tutto qui.»

Cominciò a giocherellare con il bottone della giacca. «Senti, questa conversazione mi sta mettendo a disagio. Non voglio che Sarah chieda di ballare a qualcun altro, quindi ti spiace se adesso vado?»

«Fa' pure.»

«Grazie, Amanda. Sei una vera amica.» Mi diede una pacca sulla spalla, si voltò e scomparve tra la folla.

Tornai a rivolgere la mia attenzione su Noah e Beth, che erano ancora nella stessa posizione, separati l'uno dall'altra. Fin qui, tutto bene. Io ero nascosta e loro non stavano ballando. La serata procedeva abbastanza liscia.

Fu allora che sentii quella voce. «Ciao, Amanda. Che cavolo ci fai qui?»

«Ciao, Brittani. È una festa scolastica. Non posso partecipare a una festa scolastica?»

«Lo sai che in teoria avresti dovuto portare qualcuno.»

«Ho portato qualcuno.»

«Chi?» sbottò lei.

«Vincent Chamberlain.» Tese il collo per cercare tra la folla. «Ah sì, e dov'è?»

Esitai per qualche secondo. «Adesso sta ballando con Sarah Grice.»

«Oh mio Dio! Sei patetica! Non riesci a tenerti stretto nemmeno uno sfigato come lui.»

La guardai in cagnesco. Con la coda dell'occhio la vidi prendere qualcosa dalla borsetta e nasconderla nel palmo della mano. Se la portò alla bocca e buttò la testa all'indietro. Stava bevendo da una fiaschetta. «Ne vuoi un po'?» La sollevò per offrirmene un sorso.

«Sei proprio un cattivo esempio ambulante, eh?» Scossi la testa. «Meglio che stai attenta. Se ti beccano, verrai espulsa.»

Lei seguì il mio sguardo fino al punto in cui si trovava Noah. «È perfetto. Non lo avrai mai.» Non risposi. Sperai che si levasse dai piedi. «Un po' mi dispiace per te. Non saprai mai cosa vuol dire stringersi contro il suo corpo, avere le sue mani e le sue labbra dappertutto. Ha una particolare predilezione per queste.» Si indicò le tette. «Non riesce a tenere le mani a posto e il mio sedere lo ipnotizza...»

«Dove vuoi andare a parare?» le chiesi brusca.

«Credi di essere migliore di me, eh?»

«Non *credo* di essere migliore.»

«Capisco perché Noah non vorrebbe mai uscire con te. Ti considera una stronza che se la tira un sacco. Anzi, ha detto a me e a Beth che è dall'inizio del primo anno che cerca di scaricarti. Non voleva ferire i tuoi sentimenti, immagino. Adesso che lo sai, perché non lo lasci stare? Lui e Beth stanno benissimo insieme. Sono perfetti.»

Sentivo le lacrime che mi bruciavano gli occhi. Non sapevo se fosse l'alcol a renderla tanto cattiva o se fosse così di natura. Ma non le avrei dato la soddisfazione di vedermi piangere.

Facendomi largo tra la calca, attraversai in fretta la pista da ballo per raggiungere l'uscita. Le risate di Brittani mi seguirono per tutto il tragitto.

Fuori, l'aria della sera mi sferzò il viso. Feci un paio di respiri profondi per calmarmi. Avevo bisogno di stare da sola. Dietro l'angolo dell'edificio c'era la scala d'accesso alle gradinate della palestra, nascosta in una nicchia e protetta da una parete di mattoni su ciascun lato. Pensai che mi avrebbe concesso un po' di privacy finché i miei genitori non fossero venuti a prendermi. Salii un paio di gradini e mi sedetti. Quando ebbi la certezza di essere al riparo, mi coprii il viso con le mani e diedi libero sfogo alle lacrime.

Mi odiavo per aver permesso a Brittani di sconvolgermi tanto. Sapevo che molto probabilmente stava mentendo, ma era bravissima ad approfittare delle mie insicurezze. Mi sembrava di precipitare nel vuoto senza trovare alcun appiglio. Forse Noah voleva davvero che uscissi dalla sua vita. In fondo, mi ignorava da giorni.

Quando finalmente mi parve di riuscire a tenere sotto controllo i singhiozzi, udii dei passi. Mi addossai il più possibile al muro sperando che, chiunque fosse, mi avrebbe superato senza notarmi. Era buio pesto, a parte il piccolo fascio di luce che filtrava dall'esterno della sezione di musica. I passi si avvicinarono sempre più, poi all'improvviso si fermarono. Trattenni il fiato.

«Tweet?»

Alzai lo sguardo e vidi la testa di Noah che faceva capolino da dietro l'angolo.

«Ciao» dissi, con la gola serrata.

«Ti senti bene?» Fece un passo avanti e si fermò in fondo agli scalini. Non potevo permettergli di vedermi in quello stato. Rimasi seduta al buio e cercai di sembrare tranquilla.

«Certo. Cosa ci fai qui fuori?» Non ebbi successo nel tentare di mascherare la mia voce scossa.

«Stavo per chiederti la stessa cosa. Non sapevo che saresti venuta stasera.»

«Già, be', è stata una specie di decisione dell'ultimo minuto. Come facevi a sapere che ero qui?»

«Ti ho visto attraversare la pista da ballo e ti ho seguita. A quanto pare continui a lasciarti dietro una scia, Tweet.» Sorrise e mi porse due fiori gialli di taffettà che si erano staccati dal mio vestito. Senza dubbio quelli che avevo tormentato di più durante il tragitto in macchina. «Posso sedermi vicino a te?»

Provai una fitta allo stomaco mentre il petto cominciava a stringersi in una morsa. Mi asciugai in fretta le lacrime e mi alzai, ma rimasi lì. «No, tra poco me ne vado. I miei genitori verranno a prendermi presto.»

«Perché piangi, Tweet?» La sua voce era piena di affetto.

Dovevo pensare a qualcosa da dirgli, quindi mentii. «Perché il ragazzo che ho invitato mi ha scaricata a metà di questo stupido ballo ed è corso tra le braccia di un'altra.»

«Dimmi chi è e lo prendo a calci nel culo. Chiunque ti pianti in asso è un pezzo di merda.»

«Be', a quanto pare c'è la fila fuori.» Mi pentii all'istante di essermi fatta sfuggire quelle parole. Non volevo litigare con Noah. Volevo solo che tornasse da me.

Trattenendo una risatina, mi chiese: «Me lo faresti un favore?»

«Dipende.»

Mi tese una mano. «Balli con me?»

«Non posso tornare dentro. I miei mi aspettano fuori, e...»

«Non dobbiamo tornare dentro.» Si interruppe per qualche secondo. «Per favore, Tweet.»

Non riuscivo a vederlo bene in faccia, ma la sua voce sembrava incrinata, come se stesse trattenendo le lacrime. Feci un respiro profondo, raddrizzai le spalle e scesi lentamente le scale. Presi la mano di Noah, che mi guidò giù dai pochi gradini rimasti. Indietreggiando di un paio di passi, ci ritrovammo al centro della piccola pozza di luce. Noah mi cinse la vita con un braccio e mi attirò a sé. Mi si mozzò il respiro. Avevo i brividi dalla testa ai piedi. Mi lasciò andare la mano, mi accarezzò il viso e mi asciugò le lacrime con il pollice. Poggiando la fronte contro la mia, sussurrò: «Sei bellissima. Mi piaci con i capelli tirati su».

Alzai lo sguardo sperando che non notasse i miei occhi arrossati. «Non c'è la musica» dissi sottovoce.

Lui riportò la mano attorno alla mia vita e io gli allacciai le braccia dietro la nuca. Premendo la guancia sulla mia tempia, appoggiò la bocca proprio sopra al mio orecchio. Cominciammo a dondolare dolcemente avanti e indietro. Con voce quasi impercettibile iniziò a cantare *Everything*.

Chiusi gli occhi. Sapevo di aver sentito la sua mancanza negli ultimi giorni, ma non avevo capito fino in fondo quanto, prima di trovarmi lì, tra le sue braccia. Non riuscii più a controllare il pianto e seppellii il viso contro il suo petto. Noah smise di cantare e mi strinse ancor di più.

«Scusami» mi sussurrò all'orecchio. «Mi sei mancata da morire. Ho cercato di starti lontano finché non mi fosse passata la voglia di toccarti, ma è diventata soltanto più forte.»

«Noah...» fu tutto ciò che riuscii a dire tra i singhiozzi.

«Sei sempre stata la mia ragazza e lo sarai sempre. Nessuno mi porterà via da te, Tweet. Sei il mio cuore e la mia anima e questo non cambierà mai, qualunque cosa tu dica.»

Ero tra le braccia di Noah, ad ascoltare le sue parole, e non c'era altro posto al mondo in cui volessi stare. Ero talmente innamorata di lui che non mi importava nient'altro. Forse, se ci andavamo con i piedi di piombo, potevamo provare a stare insieme. Potevo chiedere a mia sorella cos'era successo tra lei e Tyler, così avrei evitato che accadesse tra me e Noah. In una frazione di secondo, decisi di dirgli che lo amavo. Feci un respiro profondo. «Noah, io...»

Fui interrotta bruscamente dalla voce di Beth che lo chiamava. Facemmo un passo indietro. L'incantesimo si era spezzato.

«Eccoti» disse Beth, svoltando l'angolo. «Oh, ciao Amanda. Non sapevo che venissi stasera.»

«Ho deciso all'ultimo momento.»

Io e Noah non ci staccammo gli occhi di dosso. Beth guardò prima l'uno e poi l'altra. «Che stavate facendo qui fuori?»

«Non mi sono sentita tanto bene e avevo bisogno di un po' di aria fresca. Noah è venuto a vedere come stavo» risposi.

«Adesso stai meglio?»

«Non proprio. Ma tanto i miei genitori arriveranno a minuti.»

«Bene.» Beth afferrò Noah per un braccio e fece per trascinarlo via. «Vieni.»

Lui non si mosse. I suoi occhi erano ancora incollati ai miei. «Volevi dirmi qualcosa, Tweet?»

Guardai in quei meravigliosi occhi azzurri che trasudavano amore, dolore e desiderio. Sapevo che erano lo specchio dei miei. Ma ero fermamente convinta che tutto accadesse per un buon motivo, perciò risposi: «No. Niente».

Delusione e frustrazione si dipinsero sul suo volto.

Beth lo tirò un po' più forte per il braccio. «Dobbiamo tornare dentro. Non abbiamo ancora ballato insieme.»

Sgranai gli occhi per la sorpresa.

Prima di lasciarsi trascinare oltre la porta, lui mi rivolse un lieve sorriso. «Buonanotte, Tweet.»

«Buonanotte, Noah.» La mia voce era ridotta a un sussurro. «Anche tu sei il mio cuore e la mia anima.»

CAPITOLO 9

Gli esercizi per rafforzare l'autostima sono... qual era la parola? Ah, sì: stronzate.

Ci sono un mucchio di libri che cercano di convincerti che sei meravigliosa. Gli autori non ti conoscono, perciò come possono anche solo affermare che sei perfetta così come sei? La verità è che al mondo ci sono un sacco di puri e semplici sfigati. (Ehilà, amici, sono una di voi!)

Questi nuovi profeti suggeriscono di creare una frase che si adatti alla tua personalità e di ripetertela durante il giorno. Ora, anche se fossi capace di scodellare la mia "asserzione positiva", perché dovrei darmi ascolto? Cosa posso saperne io, una povera sfigata? Se riuscissi ad autoconvincermi che devo stare bene con me stessa, non avrei comprato i vostri stupidi manuali!

Lentamente, io e Noah ricominciammo a frequentarci. All'inizio fu imbarazzante. Io rivolevo la nostra vecchia amicizia. Noah voleva portarla in territori inesplorati. Eravamo bloccati in uno strano limbo. Osservavo le ragazze che flirtavano con lui ogni giorno, e alla fine cominciò a uscire con qualcuna, a caso. Per cercare di fingere che non stesse accadendo davvero, mi concentrai sugli studi e sulla scrittura.

Negli ultimi due anni avevo seguito delle lezioni extra durante l'estate per portarmi avanti. Adesso, al penultimo anno di liceo, potevo godermi qualche ora libera a fine giornata. Ogni tanto me ne andavo prima, ma molto spesso mi fermavo a scuola per finire i compiti o un articolo per il giornale. Per qualche motivo, poi, mi ero lasciata trascinare in un gruppo di studio con Stacey e Kim del mio corso di Educazione civica. Ci vedevamo una volta a settimana in aula studio, dove loro si trovavano spesso in punizione.

Ero seduta a un tavolo a controllare i capitoli che ci avevano assegnato per il compito della settimana successiva, quando Cip e Ciop arrivarono e occuparono i loro soliti posti. Lì per lì nessuna delle due mi rivolse la parola. Alzai lo sguardo dal libro. Avevano un'espressione compassionevole. Non le conoscevo bene, ma non mi davano l'idea di essere molto simpatiche. Stacey era soprannominata Principessa, Kim Duchessa... e da come si comportavano credo si fossero davvero illuse di avere il sangue blu. Adoravano alimentare pettegolezzi e scatenare casini.

Stacey inclinò la testa di lato, abbozzando un sorriso, poi sospirò profondamente. «Le cose miglioreranno, vedrai.»

Scambiò un'occhiata d'intesa con l'amica, che fece un cenno d'assenso. Riportarono l'attenzione su di me. Kim, che mi sedeva di fronte, posò la mano sulla mia. «Non ci conosciamo molto bene, ma vogliamo farti sapere che non sei sola.»

«Esatto. Se hai bisogno di parlare, non esitare a chiamarci. Anzi, possiamo scambiarci i numeri così saremo sempre in contatto.» Stacey si produsse in un altro sospiro di rito e inclinò di nuovo la testa.

Mi sembrava di essere in una puntata di *Ai confini della realtà*. Ero sconcertata, ma incuriosita. Osservai alternativamente l'una e l'altra, poi chiesi: «Di cosa state parlando?»

Ancora una volta, si guardarono con l'aria di chi la sa lunga. Quando tornarono a posare gli occhi su di me, inclinarono la testa in direzioni opposte. Kim si sporse sul tavolo e sussurrò a voce altissima: «Abbiamo saputo di Noah e Beth».

Appena suonò la campanella, mi precipitai fuori dall'aula e percorsi a grandi falcate il corridoio per raggiungere gli armadietti. Avevo le unghie conficcate nei palmi delle mani per quanto stringevo la tracolla dello zaino. Dentro di me sentivo crescere il calore della rabbia e del senso di tradimento. Beth era davanti al suo armadietto. Rimasi lì in silenzio, in attesa che si voltasse. Sussultò quando mi vide.

«Amanda! Mi hai quasi fatto venire un infarto.»

«Tu e Noah uscite insieme?» Le mie parole suonarono come un'accusa.

Lei si guardò attorno, per assicurarsi che nessuno potesse sentire. Mordicchiandosi il labbro e giocherellando con la tracolla della borsa, disse sottovoce: «Ehm... sì, più o meno».

«Da quanto cavolo va avanti questa storia?» sbottai. Ero furente.

«Vuoi davvero discuterne qui? Adesso?»

Sbirciai lungo il corridoio. Gli altri studenti erano spariti, lasciandoci sole. Incrociai le braccia e rimasi immobile. «Rispondi. Da. Quanto. Va. Avanti?» scandii a denti stretti.

«Ehm... ecco... vediamo. Non ne sono proprio sicura» balbettò, cercando di guadagnare tempo.

«Piantala di cincischiare.» Ero sempre più impaziente. Socchiudendo gli occhi, la incalzai: «Da quanto?»

«Da un po'.»

«Da un po' *quanto*?»

Abbassando lo sguardo, cominciò a far girare l'anello che portava alla mano destra. Lo faceva sempre quando era nervosa. Esitò ancora per qualche istante prima di rispondere. «Da circa un mese.»

L'aria defluì completamente dai miei polmoni. «Mi avete mentito entrambi per un mese?» Sapevo già che la risposta era *sì*. Volevo soltanto che lo ammettesse.

«Non ti abbiamo mai mentito, Amanda.» Guardò dappertutto tranne che nella mia direzione.

«Me lo avete tenuto nascosto. Per tutto questo tempo ho continuato a vedervi ma non ho notato nulla di diverso.»

«Io volevo dirtelo fin dall'inizio, ma secondo Noah era meglio di no.» Le sue labbra si serrarono in una linea sottile.

A ogni nuova informazione che ricevevo, mi irrigidivo sempre di più. Era come se il mio corpo, la mia mente e il mio cuore stessero smettendo di funzionare. Eppure non riuscivo a impedire alla mia bocca di continuare a fare domande le cui risposte – lo sapevo – mi avrebbero distrutta.

«Vuoi sapere come ho fatto a scoprirlo? Me lo hanno detto Stacey e Kim. Mi hanno offerto tutta la loro comprensione e adesso vogliono essere le mie migliori amiche. A quanto pare lo sapevano tutti tranne me.»

«Ci hanno visti al cinema un paio di giorni fa. Immagino abbiano intuito che c'era qualcosa tra noi.» Evitava ancora di guardarmi negli occhi e continuava a tormentarsi l'anello.

«E da cosa lo avranno capito?» domandai.

«Perché ci tenevamo per mano.»

Cominciai a tremare. Presto sarei crollata. Non avevo ancora metabolizzato il fatto che Beth e Noah uscissero insieme, men che meno che ci fosse un contatto fisico tra loro.

«Ci sono un centinaio di ragazzi in questa scuola. Avresti potuto sceglierne uno qualsiasi. Perché proprio Noah?»

«Lo sai che mi è sempre piaciuto. È dolce, divertente, popolare...»

«È *mio*!» urlai. Ecco la prima crepa nelle mie già fragili fondamenta.

«Calmati.» Rimase in silenzio per un istante. Raddrizzando le spalle, mi fissò dritto negli occhi. «Senti, Amanda, lo so che tu e Noah avevate questo *legame*... o qualunque cosa fosse, quando eravate bambini, ma...»

«*Abbiamo*» la interruppi.

«Cosa?»

«Noi *abbiamo* un legame. Non usare il passato» insistei.

«Okay. Be', poteva essere una cosa tenera quando eravate piccoli, ma adesso non lo siete più. Il vostro rapporto non l'ho mai capito, comunque. Credi davvero che avrebbe evitato di uscire con qualcuno per sempre? Noah è uno dei ragazzi più carini della scuola. Non conosco una sola ragazza che non sogni di mettersi con lui. Non voglio sembrare crudele, perché sei mia amica e ti voglio bene, ma è ora di crescere.»

Odiavo ammetterlo, ma sapevo che aveva ragione. Mi ero convinta che Noah sarebbe sempre stato mio. Quando era uscito con qualcuno, me ne ero fatta una ragione visto che non erano mai state storie serie. Non avevo immaginato che avrebbero potuto diventarlo.

«Lo so» mormorai.

Dopo aver inspirato ed espirato profondamente, Beth aggiunse: «Credo di essermi innamorata di lui, Amanda».

Ed ecco la crepa numero due. Continuai a fissarla, anche se in realtà non la stavo guardando. La mia mente era completamente annebbiata. Vedevo le labbra di Beth muoversi e sentivo il suono che producevano, ma era ovattato, come se mi trovassi sott'acqua. Poi lei mi toccò il braccio, ridestandomi dal mio torpore.

«A questo punto sarà meglio che ti dica tutto. Sai com'è... via il dente, via il dolore. Dormo da lui stasera.» Vide la mia espressione confusa. «I suoi genitori saranno fuori città per il weekend.»

«Lo so. Anche i miei. Vanno via insieme tutti gli anni.»

Si guardò attorno nervosa. Avvicinandosi, mormorò: «Stasera farò sesso con lui».

Quella fu la crepa numero tre. Beth non aveva la minima idea di quanto fossi sconvolta. Continuò a blaterare mentre io me ne restavo lì, pietrificata. Era l'esperienza più surreale che avessi mai vissuto. Beth. Noah. Sesso. Amore. Quelle parole continuavano a risuonarmi nella testa come un disco rotto.

«Morivo dalla voglia di dirtelo. Ho pensato che avresti potuto aiutarmi. Vorrei fargli una sorpresa e preparargli la cena.» Ancora non capivo perché continuasse a parlare. «Immagino tu sappia qual è il suo piatto preferito. Amanda, ti senti bene? Hai uno sguardo strano.»

Mi ero sentita ferita e gelosa, ma a un certo punto, tra il suo "Farò sesso con lui" e "Dimmi qual è il suo piatto preferito", mi incazzai di brutto. «Non ho intenzione di aiutarti a fare sesso con Noah!»

«Ti ho chiesto soltanto qual è il suo piatto preferito.»

«Uscite da un mese. Non avete mai mangiato insieme?» ribattei sarcastica. Cominciai a riavere coscienza del mio corpo mentre l'adrenalina montava dentro di me. Per tutto il tempo avevo stritolato la tracolla dello zaino, per cui avevo le nocche bianche. Il cuore mi batteva così forte che pensai mi sarebbe esploso nel petto. La guardai in cagnesco e lei capì che in me era scattato qualcosa.

«So che sei incavolata perché non te lo abbiamo detto, ma non dirmi che sei incavolata perché stiamo insieme.» Sbuffò e alzò gli occhi al cielo. «Sei davvero impossibile, lo sai? Ti ho chiesto più di una volta se ti piaceva, e tu mi hai sempre detto che siete solo amici. Be', a me piace molto più di un semplice amico. Se volevi che fosse il tuo ragazzo, avresti dovuto fare qualcosa molto tempo fa. Hai perso la tua occasione con Noah, e adesso è mio. Stiamo insieme, fattene una ragione.»

«Non sono nemmeno sicura che stiate davvero insieme. Noah mi dice tutto. Non ha parlato di te neanche una volta.»

Cominciò a tremarmi il mento mentre gli occhi si gonfiavano di lacrime. Presero a tremarmi anche le mani. Sapevo che il mio tempo era scaduto.

Beth mi guardò con espressione soddisfatta. «Oh, te lo assicuro, noi *stiamo* insieme. Avrei potuto dimostrartelo, se avessi visto quanto erano gonfie le mie labbra dopo tutti quei baci. Quindi se tu...»

Furono le ultime parole che udii prima di essere sopraffatta dalla scossa che mi fece crollare definitivamente. Girai sui tacchi. Dovevo allontanarmi il più in fretta possibile prima che le lacrime mi inondassero le guance.

Aprii il portone con una spinta e andai dritta alla macchina. Guidai verso casa a velocità supersonica e mi fermai solo quando mi accasciai sul mio letto.

Asciugandomi il viso con il dorso della mano, cercai di calmare il respiro. Avrei dovuto continuare a muovermi, però, perché una volta ferma, la mia mente partì in quarta.

Stavo perdendo Noah. La nostra amicizia non era più abbastanza per lui. *Io* non ero più abbastanza per lui. Sapevo che prima o poi sarebbe successo. Solo non credevo che sarebbe accaduto proprio quel giorno, e per giunta con Beth. Mi sentivo tradita, furiosa e messa da parte. Quando lei mi aveva chiesto se ero arrabbiata perché mi avevano mentito o perché stavano insieme, non avevo risposto. La verità era che mi ero già scordata della bugia tre secondi dopo aver sentito che lo amava.

Non volevo che andassero a letto insieme. Non ero pronta. Era irrazionale, certo, ma al momento pensare in modo logico mi era del tutto impossibile. Continuavo a ripetermi che non potevo perderlo.

CAPITOLO 10

Il sesso cambia le carte in tavola, anche quando non sei tu a farlo.

Controllai l'orologio. Erano solo le cinque. La gente non fa sesso alle cinque del pomeriggio. Per il sesso di solito si aspetta il buio. Sapevo che era una stupidaggine, ma mi calmava un po' la consapevolezza di avere tutto il tempo per mandare a monte i programmi di Beth.

Mi alzai dal letto e corsi in bagno. Mi sciacquai il viso, misi un po' di mascara, un filo di lucidalabbra e uscii dalla porta di servizio. Raggiunsi la staccionata che separava il nostro giardino sul retro da quello degli Stewart. Da lì riuscivo a vedere Noah attraverso la finestra. Stava camminando avanti e indietro, parlando al cellulare. Aveva una strana espressione che non riuscivo a interpretare. Si passò la mano libera tra i capelli un paio di volte mentre guardava fuori dalla finestra, lo sguardo perso nel vuoto. Non mi aveva visto, era troppo preso dalla telefonata.

Saltai la staccionata e corsi alla porta sul retro di casa sua. Era aperta, come sempre. Noah era in soggiorno. «D'accordo. Lo farò. Lo so» stava dicendo. Sembrava irritato con l'interlocutore. Immaginai che fosse Beth. Mi vide e mi rivolse un rapido sorriso. «Devo andare.» Chiuse la chiamata senza salutare.

«Ehi, Tweet.» Cercò di sembrare allegro.

«Ehi, ehi, ehi.» Mi sforzai di fare altrettanto.

«Tutto okay?»

«Sì.» Misi una certa enfasi in quella parola. Aspettavo che fosse lui a tirar fuori l'argomento.

Mi avvicinai al divano e mi appoggiai allo schienale. «Che vuoi fare stasera? Visto che i nostri genitori staranno via per tutto il weekend, abbiamo carta bianca. Possiamo stare insieme quanto ci pare.» Presi il cellulare dalla tasca e cominciai a scorrere la rubrica. «Salsiccia e doppio formaggio va bene?»

«Cosa?» Sembrava sbalordito dalla mia domanda.

«La pizza. Salsiccia e doppio formaggio?»

«Sì. Va bene.»

Composi il numero e mi portai il telefono all'orecchio.

Noah si massaggiò la nuca un paio di volte prima di interrompermi. «Ehm… Tweet… è che stasera ho altri programmi.»

«Che genere di programmi?» chiesi con fare innocente, mentre mettevo via il cellulare.

Seguì un silenzio che parve durare un anno e mezzo. Noah era a meno di un metro da me, con le braccia incrociate, che guardava il pavimento.

«Ho una specie di appuntamento» disse a bassa voce.

«Un appuntamento? Con chi?»

Mi fissò da sotto le lunghe ciglia scure. Sulla sua faccia spuntò un sorriso ironico. «Smettila.»

«Di fare cosa?»

«La finta tonta. Non ne sei capace. E poi ho appena sentito Beth.»

«Ah sì? Vuoi dire Beth, *la tua ragazza*?» Cercai di non sembrare sarcastica, ma non ebbi molto successo.

«Mi dispiace. Volevo parlartene» rispose, imbarazzato.

«Allora parla.»

Mi invitò a sedermi sul divano. Rifiutai. Non volevo mettermi comoda. Volevo stare in piedi, nel caso in cui la fuga si rivelasse necessaria.

«Non so da dove cominciare» disse.

«Magari dal fatto che mi hai mentito.»

«Io non ti ho mai mentito.»

«Hai omesso di dirmi la verità! Questo non migliora la situazione.»

Lui scosse la testa. «Senti, lo so che sei sconvolta.»

«Che genio!» Gettai le braccia per aria.

«Vuoi star zitta per cinque secondi e darmi retta? Non è una gran cosa.»

«Cosa non è una gran cosa?»

«Questa cosa con Beth. È...» Si passò una mano sul viso per la frustrazione. «Qualunque cosa dica, farò comunque la figura del più grande cazzone del mondo. Quindi tieni le frecciatine per te.» Fece una pausa. «Questa cosa con Beth mi fa comodo e basta.»

«Comodo?!» esclamai con voce stridula. Non riuscivo a credere alle mie orecchie.

«Sì. Ci conosciamo da molto tempo. Sapevo che voleva che succedesse qualcosa tra noi.»

Le sue parole mi fecero venire il voltastomaco. «Perché tenermi all'oscuro di tutto?»

«Non volevo che tu lo sapessi.»

«Perché?»

Lui ridacchiò e scosse la testa. «Il solito motivo per cui non voglio che tu sappia quando esco con un'altra. Perché mi sembra di tradirti, il che è ridicolo, maledizione, dato che non stiamo nemmeno insieme!» disse, mentre si lasciava sfuggire un ringhio frustrato.

«Ma perché proprio lei?»

«Perché avevo la strada spianata.»

«Lei crede di amarti, lo sai?»

Noah chiuse gli occhi e inclinò la testa all'indietro. Mentre si scioglieva il collo, mi guardò. Il dolore e il desiderio nel suo sguardo mi fecero star male.

«Sistemerò io le cose con Beth.» Sospirò. «Io non la amo. Lo sai, vero?» Era come se mi stesse supplicando di credergli.

«Cosa le dirai?»

«Le farò sapere che non provo le stesse cose per lei, immagino. Che non era mia intenzione illuderla. Che non cerco una storia seria. E che, se a lei sta bene, possiamo continuare.»

«Cosa intendi per *continuare*?»

Noah sbuffò. Aveva una mano appoggiata al muro, l'altra su un fianco. «Ho delle esigenze» rispose sottovoce.

«Esigenze? Che genere di esigenze?»

«Quelle che hanno tutti i ragazzi.» Continuavo a non capire. Lui mi guardò e attese un momento prima di diventare impaziente. «Ho bisogno di fare sesso.»

«Hai *bisogno* di fare sesso?» Il mio tono era condiscendente.

«Sì.»

«Mi stai dicendo che se lei accetterà le tue condizioni te la porterai a letto?»

«Sì.» Stava digrignando i denti per la rabbia.

Non sapevo cosa dire. Un milione di parole mi affollarono la mente, ma ne uscì di bocca solo una. «Non…»

«Non *cosa*?»

«Non fare sesso con Beth. Non stare con lei.»

Rimanemmo lì, l'uno di fronte all'altra, a fissarci senza battere le palpebre. Sembrava una scena da film western.

«Non so nemmeno perché stiamo facendo questa conversazione.» Si stava infuriando sempre di più. «Che differenza fa per te? Hai fatto la tua scelta. Tu e io siamo solo amici.» L'ultima frase era piena di veleno.

«Solo amici? Non dirlo in quel modo» sussurrai.

«Non abbiamo certo bisogno del permesso reciproco per uscire con qualcuno.» Era freddo, pareva privo di emozioni.

Cominciava a bruciarmi la gola a forza di trattenere i singhiozzi. Deglutii rumorosamente, mentre le lacrime mi inondavano gli occhi. Noah mi stava scivolando via dalle dita, di nuovo. Non so perché continuai a punzecchiarlo. Sarei dovuta andarmene subito. «Stai pensando a qualcosa di più di un semplice appuntamento con lei, stasera» dissi.

Mi voltò le spalle, si passò le mani sul viso e poi tra i capelli. All'improvviso scagliò un pugno sulla parete di fronte e gridò: «Maledizione!!!» Sussultai e scoppiai a piangere. I suoi occhi perforarono i miei. «Sì, ho in mente di farmela» disse lentamente, a bassa voce e a denti stretti. «Ho in mente di farmela, di scoparmela, di...»

«Sta' zitto!» Ormai il mio pianto era incontrollabile. Riuscivo a malapena a parlare. «Ti prego, Noah, non farlo!»

«Perché no?!»

«Perché sei mio!!» urlai tra i singhiozzi.

Avevo gli occhi talmente pieni di lacrime che non lo vidi venirmi incontro. Un attimo dopo mi ritrovai con le spalle al muro, la bocca di Noah incollata al mio orecchio.

«E allora perché non mi prendi e non la smetti di incasinare tutto? Mi vuoi dire che ti sta bene che le mie mani esplorino ogni parte del suo corpo? Che la mia lingua lecchi ogni centimetro della sua pelle? Ti sta bene sapere che mentre tu sei nel tuo letto, io scivolerò dentro di lei, quando sappiamo entrambi che dovresti esserci tu insieme a me?»

Nel sentire quelle parole fui sopraffatta dal dolore. Pezzetto dopo pezzetto, mi sgretolai finché non fui completamente distrutta. Lui fece un passo indietro, permettendomi di scivolare lungo la parete fino al pavimento. Poi lasciò la stanza, senza aggiungere altro.

Non so per quanto tempo rimasi lì a singhiozzare, frustrata e arrabbiata con me stessa. Quando mi ricomposi e mi alzai da terra, il mio corpo era indolenzito e sentivo le gambe molli, ma stabili. Mi tremò leggermente la mano mentre la posavo sulla maniglia della porta. Esitai per un istante e pensai di andare a cercare Noah, ma non era rimasto nient'altro da dire.

* * *

Dicono che il corpo umano è composto per il 70 percento d'acqua. Oggi il 69,9 percento l'ho espulso sottoforma di lacrime.

In testa avevo un unico pensiero: ma che cavolo è successo?

Ero rimasta sdraiata sul letto per quasi un'ora e ancora stentavo a venire a capo di ciò che era accaduto a casa di Noah. Non lo avevo mai visto tanto arrabbiato o straziato. Non mi aveva mai parlato in quel modo, ma non potevo biasimarlo. Non avevo alcun diritto di impedirgli di vivere la sua vita.

I miei pensieri cominciarono ad andare alla deriva. Mi domandai cosa stessero facendo Noah e Beth in quel preciso istante. Le aveva già detto che non la amava? E lei l'aveva presa bene o lo aveva schiaffeggiato per poi andarsene sbattendo la porta? Mi chiesi se fosse lì a cucinare per lui. Era in piedi davanti ai fornelli, a mescolare qualche intruglio che si era inventata, mentre lui la guardava? E Noah l'aveva raggiunta alle spalle, posandole le mani sui fianchi, per poi farle scivolare sul suo stomaco, avvolgerle le braccia attorno alla vita e attirarla a sé in modo che potesse sentire quanto era eccitato? Dovevo smetterla di torturarmi.

Presi gli auricolari dal comodino, li infilai nelle orecchie e li collegai al telefono. I D-Bags esplosero nella mia testa. La voce di Kellan riusciva sempre a calmarmi. Chiusi gli occhi e cercai di concentrarmi sulle parole.

Ero a malapena cosciente quando mi accorsi che la musica era scomparsa e qualcuno si era seduto sul bordo del letto. Le mie palpebre si aprirono lentamente e vidi Noah che mi fissava. Aveva gli occhi lucidi e l'espressione stremata dalla tristezza. Rimasi immobile e feci finta di dormire.

«Lo so che non stai dormendo» mormorò dopo essersi schiarito la voce.

Aprii gli occhi e osservai quello splendido viso affranto.

«Da quanto sei qui?» gli chiesi, con un nodo in gola.

«Non lo so, non da molto.»

«Che cosa vuoi?» sussurrai.

L'unica cosa che io e Noah non potevamo sopportare era essere arrabbiati l'uno con l'altra. Sapevo che alla fine avremmo sistemato tutto.

Mi misi a sedere. Ci fissammo per un istante. Fui io a rompere il silenzio. «E Beth?» domandai con cautela.

«Non viene più. Abbiamo rotto.»

«Perché?»

«Le ho detto che c'era un'altra.»

Mi lasciai sfuggire un sospiro profondo. Sapevo che dal mio sguardo aveva capito quanto fossi sollevata.

«Forza, è l'ora della torta» disse, e sul suo volto si dipinse un sorriso. Indicò con il mento il comodino, dove c'era un piatto con un'enorme fetta di torta al cioccolato avvolta nella pellicola e una forchetta. «Andiamo al parco.»

Chissà perché voleva andare fin là. Non c'era nessun altro in casa, quindi potevamo parlare indisturbati.

Si alzò e mi tese una mano per tirarmi su dal letto. Senza dire una parola, mi abbracciò e mi tenne stretta al petto. Le mie mani si posarono sulle sue braccia muscolose. I nostri visi erano a un centimetro di distanza. Mi sentivo a disagio, vulnerabile, ma non riuscivo a distogliere lo sguardo dal suo. Lentamente Noah si protese verso di me e le nostre fronti si toccarono. «Mi dispiace tanto» sussurrò con voce roca, a occhi chiusi. «Non avrei mai dovuto dirti quelle cose. Ti prego, non essere arrabbiata con me, Tweet.»

Accarezzai lentamente i suoi bicipiti, le spalle, e infine gli allacciai le mani dietro la nuca. Lui si chinò leggermente, concedendo a entrambi la possibilità di sfiorare con il naso il collo dell'altro. Rimasi aggrappata a lui il più possibile e gli bisbigliai all'orecchio: «Mi dispiace tanto, Noah, di tutto. Non so cosa fare per cambiare e migliorare le cose». Volevo disperatamente cambiare per lui. Ma come fa una persona a cambiare l'unica identità che abbia mai avuto?

Sentii le sue braccia che mi stringevano mentre seppelliva il viso più a fondo nel mio collo, le sue labbra che si posavano sulla mia pelle.

Restammo abbracciati a lungo, nessuno dei due voleva staccarsi. Alla fine, Noah tirò su la testa e disse: «Credo che sia il momento della torta». Prese il piatto, mi afferrò la mano e uscimmo.

Giunti al parco, non andammo al nostro solito posto. Noah proseguì per l'area giochi e ci sedemmo sulle altalene. Lo osservai mentre scartava la torta e mi porgeva la forchetta. Infilzai la parte con più glassa, naturalmente, e la infilai in bocca per poi tirare fuori la forchetta piano piano, lasciandomi sfuggire un piccolo gemito di piacere. Volevo assicurarmi di prendere ogni briciola, ma ero distratta da Naoh che mi fissava. Poi inclinai la testa all'indietro per guardare le stelle.

«Tua madre compra le torte migliori» dissi, tenendo la forchetta tra noi due a indicare che era il suo turno.

Sospirò. «Certo che sai proprio come mangiare una torta.»

Rimanemmo seduti in silenzio, passandoci la forchetta finché il piatto fu vuoto. Mentre Noah gettava via la spazzatura, pensai che non era stato imbarazzante come avevo creduto. Saremmo andati a dormire, il giorno dopo ci saremmo svegliati e tutto sarebbe tornato alla normalità.

Quando Noah tornò indietro, mi alzai immaginando che saremmo rientrati a casa. Invece lui si fermò a mezzo metro da me, l'espressione cupa. «Dobbiamo parlare, Tweet» disse. La sua voce era poco più di un sussurro. Il mio stomaco precipitò all'istante fino al centro della Terra. Volevo correre via, a nascondermi sotto le coperte.

Ci sedemmo di nuovo sulle altalene, ma Noah non fece alcun tentativo di intavolare la conversazione. Avevo il presentimento di essere sul punto di perdere la persona più importante della mia vita. Il silenzio mi soffocava. Decisi di parlare prima di svenire. «Perché ci siamo seduti qui?»

«Non volevo parlare a casa tua o al nostro posto.»

«Come mai?»

Fece un respiro profondo. «Da quando hai lasciato casa mia, l'unica cosa che vedo in soggiorno sei tu seduta sul pavimento, che piangi e ti disperi. E sto male.»

«Non capisco.»

«Non voglio che provi lo stesso dolore che provo io quando sei in camera tua o al nostro posto.»

Proprio quando pensavo di aver esaurito le lacrime, le sentii tornare all'attacco.

«Credo sia meglio se non ci vediamo per un po'» aggiunse con voce rotta.

Mi si mozzò il respiro e la testa cominciò a pulsarmi. Sapevo che la litigata di poco prima era la peggiore che avessimo mai avuto, ma non credevo che avrebbe deciso di piantarmi in asso. Avevo bisogno di un chiarimento. Per la seconda volta quel giorno, un milione di parole si affollarono nella mia mente, ma solo una mi sfuggì dalle labbra. «Perché?»

Lo sguardo profondo di Noah si concentrò su di me. Aveva gli occhi umidi. Si schiarì la voce, ma era ancora talmente bassa e roca che faticai a sentirlo. «Credo che tu lo sappia.»

«Lo credo anch'io, ma vorrei sentirlo da te, in caso mi sbagliassi.»

Paura e apprensione gli attraversarono il viso. «Non lo so, Tweet.» Si interruppe. «Questa cosa mi confonde.»

«Quale cosa?»

Indicò entrambi con un dito. «Quello che c'è tra noi. È così strano.»

«Strano in senso positivo o in senso negativo?» Continuavo a fare domande di cui conoscevo già la risposta, nel disperato tentativo di prolungare il nostro tempo insieme. Sapevo esattamente cosa stava succedendo. Stavo perdendo la mia anima gemella, ed era tutta colpa mia.

«Strano… confuso. So che hai sempre avuto poca stima di te, e che credi di fare quel che è meglio per me. Ma odio il fatto che tu abbia una così bassa opinione di te stessa e non capisca che siamo fatti l'uno per l'altra. Ho cercato di limitarmi all'amicizia. Ci ho provato con tutte le mie forze, credimi.» Le lacrime scorrevano libere sui nostri volti. «Non posso starti vicino adesso. È troppo doloroso, perché ti amo. Sono totalmente e disperatamente innamorato di te, Tweet.»

Digli quanto lo ami, Amanda. Smettila di fare l'idiota e diglielo. Subito.

«Non c'è stato giorno nella mia vita in cui non ti abbia amata. Vorrei soltanto che mi permettessi di amarti» aggiunse. Mi accarezzò delicatamente il viso. Posando la fronte sulla mia, sussurrò: «Sarai sempre la persona più importante della mia vita. Per te ci sarò sempre, qualunque cosa succeda. Non ho un passato senza di te e non riesco a immaginare un futuro che non includa anche te. Ho solo bisogno di un po' di tempo per capire come posso *averti* nella mia vita senza che tu *sia* la mia vita».

Chiusi gli occhi e cercai di ricompormi. Li riaprii e guardai Noah. Gli accarezzai la guancia, fino al mento. «Mi dispiace tanto.»

Mentre tornavamo verso casa mia, le nostre mani si aggrapparono l'una all'altra come se da quel gesto dipendesse la nostra vita. Ci fermammo sotto il portico, stringendoci a lungo. Non avevo intenzione di lasciarlo per prima.

Noah mi sussurrò all'orecchio: «Devo andare o non riuscirò a farlo, e *devo* farlo».

«Lo so» dissi tra i singhiozzi.

Lui fece un passo indietro. Nel suo sguardo leggevo così tante emozioni… Amore, disperazione, e il dolore di chi sta perdendo l'amore della propria vita. Mi fissò per qualche altro secondo. «Addio, Tweet.»

«Addio, Noah.» Continuò a guardarmi mentre scendeva

gli scalini all'indietro, cercando di ritardare il più possibile il momento del distacco. Indugiò sull'ultimo per un istante.

Le mie labbra si mossero appena quando mormorai: «Ti amo». Per una frazione di secondo, pensai che mi avesse sentita, ma poi si voltò e sparì.

Era incredibile come tutto il mio mondo mi fosse crollato attorno, mentre io me ne stavo a guardare.

CAPITOLO 11

Credo di essere un fenomeno da baraccone. Ho quasi diciotto anni e ho baciato un ragazzo solo, una volta sola. L'unico su cui abbia mai fantasticato è Noah, anche se di tanto in tanto ho fatto qualche pensierino su Zac Efron. Sì, è molto, molto, molto carino. Ha degli occhi da panico e i suoi capelli sono così scintillanti...

Zac e Amanda Efron. OH MIO DIO!!! Suona benissimo!!

Ma dove eravamo rimasti? Ah sì, sono un fenomeno da baraccone perché non ho ancora fatto sesso? Un sacco di mie compagne di scuola lo hanno già fatto. Molti ragazzi mi hanno chiesto di uscire, ma io ho sempre trovato una scusa. Non so bene cosa sto aspettando, in fondo è solo sesso. Non è così importante. Balle. Certo che è importante, almeno per me. Da quando ho scoperto di cosa si trattava, ho sempre immaginato che il primo sarebbe stato Noah, il che è stupido perché non succederà mai. Devo stringere i denti e provare almeno a uscire con qualcuno.

Zac Efron viene mai in South Carolina?

Erano passati quattro mesi da quando Noah mi aveva "lasciata". Lo vedevo a scuola, ma non interagivamo molto. Smettemmo di pranzare assieme e lui iniziò a sedersi a un altro tavolo, con la squadra di baseball. Fummo costretti a vederci qualche volta quando le nostre famiglie si riunivano, e in un modo o nell'altro me la cavai.

Beth non mi aveva più rivolto la parola dopo la conversazione davanti al suo armadietto, e dalla lettera di diciotto pagine – fronte e retro – che mi aveva scritto pareva che la nostra amicizia fosse irrecuperabile. Mi dispiaceva che non fossimo più amiche, ma perdere lei non mi pesava quanto non frequentare più Noah.

Noi tre, che una volta passavamo la maggior parte del tempo insieme, avevamo tutti preso strade diverse. L'estate rese un pochino più facile evitarci l'un l'altro. La famiglia di Beth andò a Parigi per le vacanze. Ci aspettava l'ultimo anno di liceo, e io e Noah ci tenemmo occupati visitando i campus di diversi college – separatamente, ovvio – poi in luglio lui partì per il campo estivo di baseball.

Per la prima volta in vita mia, mi sentii completamente sola. Avevo la mia famiglia, ma non era la stessa cosa. La mia mediocrità sbocciava ogni volta che stavo con mia sorella per lunghi periodi di tempo. Emily si era accorta che ero preoccupata e cercò di farmi aprire, ma che cosa avrei dovuto dirle? *Ehm... Emily, da che ho memoria, mi sono sempre sentita estremamente inadeguata in ogni aspetto della mia vita. A causa delle mie insicurezze, non riesco a donarmi all'unica persona che desidero, il mio migliore amico. Ho cercato di controllare i miei sentimenti, e ho finito per perderlo comunque. Sono un'idiota. Ah, ti ho accennato che tutto questo è in gran parte dovuto al fatto che sei tanto perfetta?*

Non odiavo mia sorella perché era perfetta, intendiamoci. Meritava tutto l'amore e l'attenzione che aveva. È solo che, se fossi nata per prima e avessi avuto la sua vita perfetta, forse a quel punto sarei riuscita a stare insieme a Noah.

Stargli lontano non diminuì il mio bisogno o il desiderio per lui. Anzi, quei sentimenti si intensificarono. Mi mancava tutto di Noah: il suo sorriso, la sua voce, i suoi abbracci, come mi faceva ridere, il tempo che passavamo al nostro posto a parlare di tutto. L'ironia era che avevo impiegato tante energie a cercare di mantenere in piedi il nostro rapporto e la cosa mi si era ritorta contro. Adesso che avevo un bisogno disperato del mio migliore amico, non potevo averlo accanto.

Alla fine giunsi alla conclusione che dovevo provare a voltare pagina. Non volevo che l'ultimo anno di liceo mi sfumasse davanti agli occhi senza essermelo goduto. Dovevo spiegare le ali. Fare nuove esperienze. E nuove amicizie.

Brad Johnson sia era trasferito qui in prima liceo ed era un gran bel ragazzo. Aveva i capelli biondo cenere ed era evidente che li curava moltissimo. Li portava quasi rasati sulle tempie e un po' più lunghi e vaporosi in cima alla testa. Aveva gli occhi color zaffiro. Non erano belli come quelli di Noah, ma mi piacevano. Anche lui faceva parte della squadra di baseball, perciò aveva un gran fisico. E non gli mancava il gusto nel vestire: i suoi abiti mettevano sempre in risalto il torace muscoloso e gli addominali. Aveva braccia muscolose e mani grandi. Immaginavo che potesse essere una delle ragioni per cui era bravo nel baseball.

Io e Brad non eravamo amici, e nemmeno ci frequentavamo. Al di là dell'occasionale *ciao*, non ci rivolgevamo mai la parola. Anche se non lo conoscevo di persona, la sua reputazione lasciava parecchio a desiderare. Si diceva in giro che fosse un figlio di papà ricco e viziato che nella vita si faceva strada a suon di bugie e tradimenti, e lo stesso faceva con le ragazze. Ma mi ero ripromessa di non dare ascolto ai pettegolezzi. Dopotutto, ero una matura studentessa dell'ultimo anno. E poi avevo tollerato anni di false dicerie su Noah e me, oltre che voci altalenanti su lui e Brittani che sapevo non essere vere. Avrei mantenuto un atteggiamento aperto verso Brad, e non mi sarei lasciata influenzare dagli altri. Tutti meritavano una possibilità.

Io e Brad avevamo in comune un paio di corsi. Durante la seconda settimana di scuola, lo beccai che mi guardava durante la lezione. Aveva anche cominciato a bazzicare intorno al mio armadietto un paio di volte al giorno. Mi salutava e sorrideva, ma nulla di più. Dopo due settimane di "stalking", decisi di affrontare la situazione di petto.

Eravamo a fine giornata e stavo prendendo le mie cose dall'armadietto. Con la coda dell'occhio, lo vidi. Era fermo a circa tre metri di distanza. Mi voltai e gli sorrisi. «Tua madre non ti ha insegnato che è da maleducati fissare la gente?» dissi, con una punta di sarcasmo.

«Non ti stavo fissando. Ti stavo ammirando.» Mentre mi raggiungeva a passo lento, un sorriso demoniaco apparve sul suo volto. Si fermò a neanche mezzo metro da me.

«Wow, che battuta da rimorchio.»

«Non è una battuta.» Si portò una mano sul cuore, nel tentativo di apparire sincero. «Parola di scout.»

«Scout... in che sezione eri?» gli chiesi, con tono di sfida.

«543. Mio padre era il nostro caposezione.»

Sorrisi e scossi il capo. «Perché mi stai tampinando?»

Lui si appoggiò agli armadietti ed esibì un sorriso compiaciuto. Si prese tutto il tempo per pronunciare ogni parola, sorridendo sempre di più a ogni ragione che elencava. «Perché sei carina. E intelligente. E strana. E carina.»

«Hai detto *carina* due volte.»

«Be', ripeterlo non guasta.»

Non potei fare a meno di alzare gli occhi al cielo. «Su *strana* ci hai azzeccato.»

Il suo sorriso raggiunse il livello "Sfolgorante". Mi sfuggì un sospiro silenzioso. Prima impressione: era un viscidone, ma un viscidone sexy da morire.

Si avvicinò un po' di più e con convinzione disse: «I genitori di Jeremy Pratt gli lasciano dare una festa nella loro casa al mare questo sabato». Lo sguardo di quegli occhi zaffiro si fece più intenso. «A che ora passo a prenderti?»

«Andiamo a scuola insieme da tre anni. Perché all'improvviso mi chiedi di uscire?» Ero un po' sospettosa.

«Vuoi la verità? Non te l'ho mai chiesto perché pensavo che tra te e Stewart ci fosse qualcosa.»

«Io e Noah siamo solo amici.»

«Mi dispiace saperlo.»

«Perché?»

«Perché ho sprecato tre anni prima di farmi avanti. Quindi… hai intenzione di continuare a tenermi sulla corda o usciamo insieme?» Ed eccolo di nuovo, come da copione, il Sorriso Sfolgorante.

«Cos'è cambiato? Sono sempre amica di Noah.»

«Davvero? Voi due non mi sembrate in rapporti molto amichevoli. Sei sicura che sia ancora tuo amico?»

Non risposi. Odiavo ammetterlo, ma forse aveva ragione.

«Allora, Bellissima, a che ora passo a prenderti sabato?»

«Sei proprio un ammaliatore.» Valutai la mia risposta per un istante. «Alle otto. Ci divertiremo, credo.»

«Oh, ti garantisco che ci divertiremo *molto*.» Si allontanò dagli armadietti con una spinta. «Prendi la tua roba, così ti accompagno alla macchina.»

«Te lo ha mai detto nessuno che sei un gran prepotente?»

Mi venne molto vicino. Se fosse stato meno attraente, avrei detto: *un po' troppo* vicino.

«Non sono prepotente. So quello che voglio e non mi piace perdere tempo.» Mi fece l'occhiolino.

In quel momento capii cosa intendeva dire Noah quando mi aveva confessato che gli sembrava di tradirmi se usciva con altre ragazze. Avevo l'impressione di fare qualcosa di sbagliato anche solo chiacchierando con Brad. Volevo scappare, ma tenni duro. Dovevo spiegare le ali e fare nuove esperienze, giusto? Raccolsi i miei libri e li infilai nello zaino. Non appena mi voltai, Brad lo afferrò e mi accompagnò alla mia auto.

Aprii la portiera del passeggero e gli feci cenno di gettare lì lo zaino. Poi mi spostai dal lato del guidatore e lui mi seguì. Infilai il busto in macchina per buttare la borsa sul sedile e, quando mi raddrizzai, mi trovai naso a naso con Brad.

Era fermo tra me e la portiera aperta, la mano sinistra appoggiata sul tettuccio. Eravamo così vicini che riuscivo a sentire il suo respiro caldo sulle labbra. Parlò a voce bassa:

«Sono proprio contento che tu mi permetta...» Si fermò per un istante mentre il suo sguardo si spostava sulle mie labbra e poi di nuovo sui miei occhi. Deglutii a fatica. «... di accompagnarti alla festa.»

Mi schiarii la voce e dissi nervosamente: «Anch'io».

«Sai una cosa?»

«Dimmi» mormorai.

Si concentrò sulla mia bocca mentre si succhiava il labbro inferiore, mettendo in mostra i suoi perfetti denti bianchi. «Sabato sarà l'inizio di un grandioso ultimo anno di liceo.»

Non riuscivo a distogliere lo sguardo da quegli occhi zaffiro. Le farfalle avevano preso il controllo del mio stomaco. La sicurezza di Brad mi aveva colto alla sprovvista. In lui c'era un'aria di mistero e pericolo, e io ne ero affascinata.

«Già... be'... grazie per... l'invito e la passeggiata» dissi alla fine, incespicando nelle parole.

Lui sorrise e il suo sguardo scivolò di nuovo dai miei occhi alle mie labbra. Feci un altro respiro profondo e aggiunsi: «Sarà meglio che vada».

«Sei carina da morire, lo sai?»

Accidenti, se era fico! Dovevo allontanarmi da questo tizio. Stavo cominciando ad agitarmi ogni secondo di più che passavo con lui. Con una risatina nervosa, risposi: «Sì... be'... io sono quella carina della famiglia. Mia sorella è quella bella. Ehm... conosci mia sorella?» La mia voce era talmente acuta che l'avrebbero sentita solo i cani. Lui scosse la testa e sorrise. «Si chiama Emily. Emily Kelly. Ma certo, ci chiamiamo allo stesso modo, siamo sorelle. Cioè, nel senso che abbiamo lo stesso cognome. Ecco perché siamo sorelle, perché abbiamo lo stesso cognome. Cioè, non è solo per quello. Ci sono un sacco di persone che di cognome fanno Kelly ma che non sono miei parenti. È un cognome piuttosto comune. Abbiamo gli stessi genitori. Ecco perché siamo imparentate...» Mi interruppi. La voce dentro la mia testa continuava a urlare: *Chiudi il becco, Amanda Marie Kelly!*

«Sì, incredibilmente carina» ripeté lui, con quel ghigno sicuro di sé. Con una spinta si allontanò dalla macchina e si fece da parte, lasciandomi un po' di spazio per respirare.

Dopo aver chiuso la portiera e giocherellato con le chiavi, raccolsi il coraggio e alzai lo sguardo. Brad era ancora lì accanto con le mani in tasca, che mi guardava con un sorriso... da baciare.

Un sorriso da baciare?! Ma che cavolo ho in testa?

Alla fine, riuscii a infilare la chiave nell'accensione, misi in moto e uscii dal parcheggio. Quando fui abbastanza lontana, recuperai la lucidità. Anche se l'incontro con Brad mi aveva scombussolata, ero fiera di me per aver accettato di andare alla festa insieme a lui. Avevo bisogno di farlo. *Dovevo* farlo. Era arrivato il momento di crescere e vedere quel che il mondo aveva da offrirmi.

CAPITOLO 12

A volte, per quanto ti impegni ad andare avanti, ci sono forze incontrollabili che te lo impediscono.

Ero nella mia stanza che cercavo di studiare, ma avevo molte difficoltà a concentrarmi sui compiti di chimica. I miei pensieri oscillavano da Noah a Brad. Trascorrere la serata a pensare a Noah non era una novità. Lo facevo da un sacco, ormai. Pensare a Brad, invece, era del tutto insolito.

Che cosa aveva di tanto speciale? Non riuscivo a capire perché avesse catturato la mia attenzione in maniera così aggressiva. Lo avevo visto in giro per la scuola per tre anni e non mi ero mai soffermata a pensare a lui. Non mi consideravo una di quelle che finiscono sull'orlo dello svenimento quando un bel ragazzo le nota. Eppure, quando lui mi si era avvicinato un po' troppo dopo la nostra schermaglia verbale, avevo iniziato a balbettare come un'idiota.

Mi concessi di fantasticare a occhi aperti su Brad ancora per qualche secondo prima di riportare i miei pensieri su Noah. Sapevo che era sciocco e non aveva senso, dato che da quattro mesi faceva a malapena parte della mia vita, ma mi sentivo in colpa comunque.

Un colpo alla finestra mi fece trasalire. Mi ero talmente

concentrata su Noah e Brad che ormai cominciavo anche a immaginarmi le cose. Tornai a studiare. Lo sentii di nuovo, questa volta più forte. Non era la mia immaginazione. Andai alla finestra e la aprii. Gli occhi azzurri più belli del mondo mi guardavano, accompagnati da un sorriso mozzafiato. Sentii un tuffo al cuore e cominciarono a sudarmi le mani. Era passato parecchio tempo dall'ultima volta che lo avevo visto così da vicino, e la cosa era quasi inebriante.

«Ciao, Tweet» disse Noah con voce roca.

Quanto mi era mancato quel soprannome pronunciato dalle sue labbra, quelle labbra morbide e incredibilmente carnose! Scossi la testa, cercando di riportare i pensieri al presente.

«Ciao» mormorai.

«Possiamo parlare?»

«Certo. Di cosa?»

«Non qui, al nostro posto.»

Per poco non volai fuori dalla finestra, tanto ero eccitata. Non me ne fregava un accidente del motivo di quella chiacchierata improvvisa. Dovevano essere buone notizie. Lui sorrideva! Forse aveva avuto abbastanza tempo per riflettere e potevamo ricominciare a frequentarci. L'unica cosa che mi importava era che io e Noah stavamo andando al nostro posto per stare da soli.

Camminammo in silenzio per tutto il tragitto. Lui sembrava un po' a disagio. A essere sincera, anch'io ero nervosa. Immaginai fosse perché non restavamo da soli da molto tempo.

Una volta arrivati, Noah mi tese una mano per aiutarmi

a sedermi sul tavolo. Lui si appoggiò al bordo accanto a me, con le caviglie incrociate e le braccia conserte.

Rimanemmo così per diversi minuti, poi si schiarì la voce e mi domandò: «Come vanno le cose?» Guardava per terra.

Fissai lo stesso punto e risposi: «Abbastanza bene. E a te?»

«Tutto okay. L'allenatore dice che abbiamo buone chance di vincere il campionato quest'anno.»

«Sul serio? Ma è fantastico.» Non me ne poteva fregare di meno della sua squadra di baseball, in quel momento.

«Già. Dovremmo almeno riuscire ad arrivare ai playoff.» Con la coda dell'occhio, vidi che si era voltato a guardarmi e sorrideva. «Come va la scuola finora?»

«Bene. E a te?»

«Bene» rispose.

Mancava solo che ci mettessimo a parlare del tempo. Odiavo il fatto che restare separati tanto a lungo avesse creato imbarazzo tra noi. Cominciava a venirmi l'ansia e stavo perdendo la pazienza.

«Noah, perché mi hai chiesto di venire qui?» La mia voce era bassa ed esitante.

Mantenne lo sguardo fisso a terra e sussurrò: «Mi manchi».

In quell'istante, udii un coro di angeli che intonava un alleluia. Avevo una voglia matta di gettargli le braccia al collo e non lasciarlo andare mai più, ma non lo feci.

«Anche tu mi sei mancato» dissi, cercando di contenere l'eccitazione.

«È dura starti lontano. Ti penso in continuazione.»

«E a cosa pensi?» Quelle parole mi uscirono di bocca in tono più provocante di quanto avrei voluto.

Noah si allontanò dal tavolo e si mise di fronte a me. Osservò per parecchi secondi il mio viso, come se non lo vedesse da anni. «Penso a quanto mi sento solo senza di te. A quanto sono noiose le mie giornate senza di te. A quanto mi mancano la tua voce e la tua risata. A quanto mi manca ascoltare la musica e mangiare la torta insieme a te.» Ci sorridemmo timidamente. Sollevò lo sguardo, e mi fissò dritto negli occhi. «Mi manca prendermi cura di te.» Esitò per un istante. «Mi manca la mia migliore amica e la rivoglio indietro.»

Le sue parole saldarono ogni pezzettino del mio povero cuore infranto.

Noah sembrava solo e sperduto quanto me. Avevo sognato questo giorno fin dalla sera in cui avevamo parlato per l'ultima volta. Era stato terribile stargli lontana. Anch'io rivolevo indietro il mio migliore amico.

Poggiò le mani sul tavolo, accanto ai miei fianchi, e posò la fronte sulla mia. «Allora, Tweet, vuoi essere di nuovo la mia migliore amica? Ti prometto che mi limiterò all'amicizia.»

Lui non poteva saperlo, ma dentro di me saltavo, battevo le mani e facevo la ruota.

«Non ho mai smesso di essere la tua migliore amica» risposi. Il sorriso più sexy di sempre spuntò sullo splendido volto che avevo desiderato tanto rivedere.

Inclinò la testa e mi posò le labbra sulla guancia. «Ciao, amica. Sono felice che tu sia tornata al tuo posto.»

Sorrisi di gioia. Anch'io ero felice di essere tornata.

Si sedette accanto a me sul tavolo. Sentii l'elettricità scorrere tra noi quando le nostre braccia e spalle si sfiorarono.

Mi prese la mano e intrecciò le dita alle mie, se la portò alle labbra e la baciò sul dorso. Iniziava a farmi male la faccia per quanto sorridevo. Il suo pollice cominciò ad accarezzarmi delicatamente il polso. Quello era permesso tra amici… giusto?

Dopo un lungo sospiro, mi disse: «Tweet, c'è un'altra cosa di cui volevo parlarti».

«Spara.»

Si voltò verso di me, l'espressione seria e determinata. «È vero che Brad Johnson ti ha invitato alla festa di Jeremy?»

«Come hai fatto a scoprirlo così in fretta? Me lo ha chiesto solo qualche ora fa.» Non finirà mai di stupirmi la velocità con cui le voci corrono al liceo. Non ricordavo nemmeno di aver visto qualcuno nei paraggi mentre parlavo con Brad. Anche se in quel momento ero completamente nel pallone…

«Non importa come ho fatto a scoprirlo. L'importante è che l'ho scoperto in tempo. Non puoi uscire con lui, Tweet.»

Lo fissai incredula mentre ritraevo la mano dalla sua. «Aspetta un attimo. È per questo che all'improvviso mi rivuoi nella tua vita, così puoi ordinarmi con chi devo o non devo uscire?»

«No!»

«Perché, per tua informazione, non sono mai uscita con un ragazzo, a meno che tu non voglia contare Vincent Chamberlain in seconda liceo, cosa che io non faccio, visto che mi ha scaricato per Sarah Grice nel bel mezzo di quello stupido ballo.»

«È un bastardo schifoso, e tu non uscirai con lui né sabato né mai» disse alzando la voce.

Continuai a fissarlo, sempre più tesa. Saltai giù dal tavolo e mi girai per affrontarlo, le mani piantate sui fianchi.

«Chi credi di essere? Per quattro mesi mi hai praticamente ignorata. Lo sai a cosa ho dovuto assistere mentre tenevo la bocca chiusa? A quella zoccola di Brittani che ronzava attorno al tuo armadietto tutte le mattine. Poi ci sono state Amy, Paige e Tiffany. Qualcun'altra? Ah sì, non dimentichiamo l'inizio di questo periodo sabbatico, il giorno in cui progettavi di scopare con Beth» gridai. Stavo andando in iperventilazione.

«È diverso.» Adesso Noah era in piedi di fronte a me. Le vene del suo collo si tesero mentre parlava a denti stretti.

«E com'è?»

«È così e basta. Ascolta, è compito mio prendermi cura di te e guardarti le spalle.»

«Noah, è solo un appuntamento. La festa è tra qualche giorno. Ho già accettato l'invito, sarebbe scortese disdire adesso.»

Mi guardò con gli occhi sgranati. «Ma dove cavolo credi di andare, al ballo delle debuttanti?» Il sarcasmo era palpabile nella sua voce.

«So *esattamente* dove andrò. Alla festa di Jeremy! Sabato sera! Con Brad!» urlai, e feci per andarmene.

«Non riesco nemmeno a capire perché te lo abbia chiesto.»

A quelle parole mi fermai di colpo. Mi voltai per fargli vedere quanto mi avessero ferita. «Grazie tante.» Non so che cosa mi prese. Feci un passo avanti e lo spintonai forte sul petto. «Questa è stata davvero una carognata da parte tua.» Mi girai e ripartii a tutta velocità.

Noah mi corse dietro, mi afferrò per un gomito e mi costrinse a voltarmi. «Tweet. Scusami. Mi è uscita male. Lo sai cosa intendevo dire.»

Mi liberai con uno strattone. Sentii le lacrime incombere, ma ero determinata a trattenerle. «Ti è uscita benissimo. So esattamente cosa intendevi. Un ragazzo come Brad non vorrebbe mai uscire con una come me, a meno che non abbia uno scopo ben preciso.»

«Maledizione! Quello stronzo non è degno nemmeno di rivolgerti la parola!» Cominciò a camminare al mio fianco. Alzai una mano, per fargli capire di non avvicinarsi.

«Va bene. Mi sono posta la stessa domanda più volte da quando me lo ha chiesto. È che fa male da morire sapere che il tuo migliore amico si domanda la stessa cosa.»

«Ti ho detto che non era quello che intendevo.» Lo sentii digrignare i denti.

«Devo andare.» Noah fece un passo verso di me. «Fermo lì.» Girai i tacchi e mi allontanai dal parco il più in fretta possibile.

«Dove vai?» mi gridò dietro.

«A casa!»

«Tu non ci vai a casa da sola di sera!»

«E invece sì!» Continuai per la mia strada.

Lui mi seguì a qualche passo di distanza, in silenzio, per tutto il tragitto. Man mano che mi avvicinavo a casa, accelerai, finché arrivai di corsa sul portico. Presi la chiave dalla tasca e la infilai nella serratura. Mi sentivo gli occhi di Noah addosso, mentre lui restava in fondo ai gradini.

«Non mi dai nemmeno la buonanotte?» disse.

Continuando a tenere gli occhi incollati sulla porta, borbottai: «Buonanotte, Noah».

«Buonanotte, Tweet.» Percepii l'angoscia nella sua voce.

Cominciai a girare la chiave nella serratura, quando vidi le mani di Noah posarsi su ciascun lato dell'intelaiatura. Le sue labbra mi sfioravano l'orecchio.

Quando sentii il suo respiro caldo sul collo, fui scossa dai brividi. Volevo appoggiare la testa sulla sua spalla e restare così per sempre. «Ti prego, non essere arrabbiata con me» sussurrò. «Voglio solo proteggerti.»

«Non sono arrabbiata. Sono spaventata» dissi senza fiato.

«Da cosa?»

«Dal pensiero che non riusciremo più a tornare come prima. Sei rientrato nella mia vita da un'ora e mi sembra già che stiamo superando quel limite. Ti ho appena riavuto indietro. Non voglio perderti di nuovo.»

«Ti ho promesso che mi sarei limitato all'amicizia e lo farò. Ma quel limite è già stato superato, Tweet. E vorrei tanto che lo avessi superato insieme a me.»

Prese a girarmi la testa e le mie ginocchia furono sul punto di cedere. Mi appoggiai inavvertitamente contro il suo petto, cercando di restare in piedi. Lui mi cinse la vita. Posandomi un lieve bacio dietro l'orecchio, disse: «Ci vediamo domani». Mi baciò in cima alla testa e mi lasciò andare. Udii i suoi passi che si allontanavano.

Rimasi lì imbambolata a ripercorrere la serata nella mia mente… le sue braccia che mi stringevano, i suoi sussurri all'orecchio, la sensazione del suo petto solido contro la schiena. Cominciò a farmi male la testa a forza di pensare alla litigata di poco prima. Non avevo intenzione di compromettere la nostra amicizia un'altra volta. Uscire con Brad sarebbe stato un bene per entrambi.

Certo che la vita cambiava direzione in fretta... Quella mattina avevo avuto l'impressione di essere finalmente sul punto di andare avanti. Adesso, invece, mi sembrava di essere ripartita dal via.

Finalmente arrivò il venerdì pomeriggio. Gli ultimi giorni erano stati a dir poco strani. Non avevo più parlato con Noah dopo quella famosa sera, ma lo vedevo dappertutto. Quando io e Brad uscivamo insieme da lezione, Noah era lì. Quando io e Brad eravamo davanti al mio armadietto, Noah era lì. Quando io e Brad pranzavamo insieme, Noah era seduto a qualche tavolo di distanza. Non smetteva mai di guardarci. Volevo ignorarlo e fare l'offesa, ma non ne ero capace.

Stavo salendo in macchina per tornare a casa, quando udii delle urla provenire dagli armadietti dei ragazzi. Non riuscivo a capire di chi fossero le voci o cosa stessero dicendo, ma sapevo che quel giorno c'erano gli allenamenti di baseball. Decisi di ignorare la confusione e feci per salire in auto. Poi sentii qualcuno che gridava: «Stewart, lascialo andare!»

Infilai lo zaino in macchina e tornai indietro di corsa. Svoltato l'angolo, vidi Noah che spingeva Brad contro il muro di mattoni. Aveva la mascella contratta, le vene del collo gonfie e i muscoli delle braccia tesi mentre lo stringeva per la maglietta. Due compagni di squadra cercavano di fargli mollare la presa, ma non erano abbastanza forti.

Tirandolo per la maglia, Noah allontanò Brad dal muro con uno strattone, poi lo sbatté di nuovo contro la parete. Avvicinò il viso al suo e sibilò a denti stretti: «Scordati dell'appuntamento e lasciala in pace».

Non capivo se Brad fosse spaventato, furioso o entrambe le cose. Non stava reagendo. Guardò Noah negli occhi e ribatté con voce tesa: «Quello che fa Amanda non ti riguarda, Stewart. È grande e vaccinata. Può uscire con chi vuole, e vuole me». Gli rivolse un sorriso strafottente. Quel ragazzo aveva le palle, dovevo ammetterlo.

Noah lo spinse di nuovo contro il muro e aggiunse: «Quello che fa sarà sempre affar mio, stronzo. Se osi toccarla, ti spacco quella faccia di merda che ti ritrovi».

Uno degli altri giocatori, Spencer, intervenne: «Eddài, Stewart. Se ti becca il coach, ti butta fuori dalla squadra».

Noah si immobilizzò, guardando Brad con scherno. Dopo diversi secondi carichi di tensione, lo lasciò andare e indietreggiò. Quando si voltò, i nostri occhi si incontrarono. Non riuscivo a credere a quel che avevo appena visto. Lui distolse lo sguardo, si girò e scomparve nello spogliatoio, senza dire una parola. Gli altri ragazzi lo seguirono.

Raggiunsi Brad, che era appoggiato al muro, piegato in avanti. Gli posai una mano sulla spalla e domandai: «Stai bene?» Mi guardò negli occhi e annuì. «Brad, mi dispiace. Gli parlerò io. Non so cosa gli sia preso.»

Si raddrizzò. «Sei sicura che non ci sia niente tra voi due?»

«Noah è solo molto protettivo nei miei confronti.» Mentivo. Più o meno. Sapevo che c'era dell'altro: gelosia e possessività. Era esattamente ciò che provavo io ogni volta che una ragazza si azzardava anche solo a guardarlo. «Gli parlerò io» promisi a Brad.

Si allontanò dal muro con una spinta e mi venne vicino. Molto vicino.

«Fallo ragionare, perché ho intenzione di toccarti. Parecchio. Se me lo permetterai.» Si protese in avanti e mi sfiorò delicatamente le labbra con le sue. Quando si allontanò, ero senza fiato. Si stava mordicchiando il labbro inferiore. Lo stesso gesto che mi aveva sconvolta il primo giorno.

Indietreggiò di un paio di passi, senza smettere di fissarmi negli occhi, poi si voltò e andò via. Guardai la porta dello spogliatoio chiudersi e lentamente liberai il respiro che era rimasto intrappolato nei miei polmoni. Cercai di ricompormi. Avevo temuto di svenire. Cavoli, quel ragazzo era sesso allo stato puro.

CAPITOLO 13

Non si può dimenticare qualcuno gettandosi tra le braccia di un altro. Non farà che ricordarti chi avresti dovuto tenerti stretto.

Brad e io eravamo diretti alla festa a Folly Beach, meglio nota come il Margine d'America. Io e Noah eravamo cresciuti su quella spiaggia. Essendo a soli venti minuti da casa nostra, vi passavamo più tempo possibile durante l'estate. In quella piccola comunità balneare, il vecchio cozzava con il nuovo. Center Street era piena di bar, ristoranti e classici negozietti di souvenir. Le abitazioni erano variegate come i suoi abitanti. C'erano le ville esclusive dei fantamilionari e le casupole degli hippie che andavano ancora in giro con i pantaloni a zampa.

Ovviamente i Pratt vivevano in un villone orrendo proprio di fronte al mare. Parcheggiammo nel loro vialetto ed entrammo in casa.

Mi sentii immediatamente sopraffatta. C'era gente ovunque. Coppie che pomiciavano negli angoli del salotto, coppie che pomiciavano mentre ballavano e coppie che pomiciavano lungo le scale. Dovevano essere venuti tutti gli studenti dell'ultimo anno. C'era la musica a palla e i bassi pulsanti mi facevano vibrare tutto il corpo. La stanza era punteggiata di bicchieri rossi, a indicare che l'alcol aveva già cominciato a scorrere a fiumi.

Brad mi tenne al suo fianco mentre attraversavamo quell'intrico di corpi. La sua mano non lasciò mai il fondo della mia schiena. Indossavo dei jeans sbiaditi e una maglietta lilla senza maniche che mi sfiorava la cintura. Le dita di Brad scivolarono sotto l'orlo e mi accarezzarono la schiena, provocandomi un brivido leggero. Era sempre molto carino, ma quella sera era un vero schianto. Portava dei bermuda neri e una camicia blu zaffiro con le maniche arrotolate fino al gomito. Il colore si abbinava perfettamente ai suoi occhi. E profumava di cannella.

Diverse persone lo fermarono per chiacchierare. Lui rivolgeva a tutti un frettoloso *ciao*, e poi riportava l'attenzione su di me. Arrivammo in cucina. I piani di lavoro erano pieni di vino, tequila, vodka, rum e altri alcolici. Una porta scorrevole dava su un terrazzo che ospitava un paio di barilotti. Il menù della serata sembrava essere composto solo ed esclusivamente da patatine. Ce n'erano di ogni tipo.

Fummo accolti dal nostro anfitrione, Jeremy. «Ehi, fratello! Finalmente sei arrivato. Adesso sì che comincia la festa» disse mentre dava il cinque a Brad. Ero piuttosto sicura che il padrone di casa avesse già provato tutte le bevande.

«Pratt, conosci Amanda?» gli chiese Brad.

«Sì, sì, sì! Sei la ragazza di Stewart.» Sentii Brad irrigidirsi dietro di me. «Mi fa piacere che tu sia venuta.» Notando dove era posata la mano di Brad, Jeremy si protese verso di lui e sussurrò forte: «Meglio che stai attento, amico. Non vorrai farti beccare da Stew a toccare la sua ragazza, dopo quello che è successo ieri? Non l'avevo mai visto tanto incazzato».

«Non è la sua ragazza.» Brad mi rivolse un lieve sorriso.

Cominciò a formarmisi un nodo alla bocca dello stomaco. «Dov'è Noah?» chiesi a Jeremy.

«Da qualche parte...» farfugliò, agitando le mani per aria. Perse l'equilibrio e andò a sbattere contro il bancone. Dando a Brad una pacca sulla spalla aggiunse: «Fate come se foste a casa vostra. *Mi casa es su casa.* Mangiate, bevete, divertitevi eccetera eccetera».

Mentre Jeremy scompariva, controllai la stanza per vedere se avvistavo Noah. Guardai Brad, preoccupata. «Venire qui con te è stata una pessima idea. Non sono riuscita a parlare con Noah di quello che è successo ieri.»

Le sue labbra mi sfiorarono delicatamente l'orecchio. «Stare con te non è mai una pessima idea» sussurrò. «C'è un casino di gente. Probabilmente non lo incroceremo nemmeno. Rilassati, mi prenderò io cura di te.» Mi posò un bacio leggero proprio sotto il lobo. «Gradisci qualche cosa? Da bere, intendo. Se gradisci dell'altro, potremo pensarci dopo.» Mi fece l'occhiolino.

Scossi la testa bofonchiando: «Sei incredibile».

Brad sfoderò il suo Sorriso Sfolgorante. «Non immagini quanto, Bellissima.»

Non andavo matta per l'alcol. Avevo assaggiato il vino in passato, ma la mia esperienza alcolica finiva lì. E poi, con lo strano effetto che mi faceva Brad, ritenni fosse meglio restare sobria.

Gli sorrisi timidamente. «Una Coca Light. Grazie.»

«E Coca Light sia. Torno tra un attimo.» Mi baciò la guancia prima di allontanarsi. Sì, era decisamente da svenimento.

Nel giro di qualche minuto tornò con due bicchieri di Coca. «Tu non bevi roba più forte?» gli chiesi stupita.

«Magari dopo. Voglio essere del tutto lucido finché non ti conosco meglio.» Mi guidò attraverso la porta a vetri. «Andiamo sul terrazzo. È meno affollato.»

Era una splendida serata. Il cielo era talmente limpido che le stelle sembravano tante piccole lucine di Natale. In lontananza riuscivo persino a vedere il faro di Morris Island. Una calda brezza soffiava dall'oceano e il rumore delle onde che si frangevano contro gli scogli placò il mio nervosismo. Ci avvicinammo al parapetto per guardare l'oceano. Mentre mi godevo la brezza marina e osservavo le onde, Brad osservava me. Sentii le guance avvampare.

Mi voltai verso di lui, cercando di sembrare scherzosa, e domandai: «Cos'è questa mania che hai di fissarmi?»

«Te l'ho già detto, ti sto ammirando. Perché ti dà tanto fastidio che i ragazzi ti guardino?»

Adesso ero rossa come un peperone. «Be', prima di tutto non è che ci sia la fila... Secondo, non sono esattamente il tipo di ragazza da guardare a bocca aperta.»

Lui si protese verso di me per scrutarmi negli occhi. A bassa voce disse: «Tu non hai la minima idea di quanto sei sexy, eh?»

«Sicuro che ci sia solo Coca in quel bicchiere?»

Scosse la testa e sorrise. «Sei fantastica. Sono proprio contento che tu abbia accettato il mio invito.»

Posò le labbra sulle mie. I miei occhi si chiusero automaticamente e una scossa elettrica mi attraversò da capo a piedi. Mi mordicchiò il labbro inferiore e poi lo sfiorò con la lingua. La sua bocca era morbidissima e sapeva di Coca Cola. Ogni suo movimento era lento, deliberato e sensuale da morire. Non aveva fretta di porre fine a quel bacio, e nemmeno io.

D'un tratto, si ritrasse di scatto. Sentii la gente gridare e aprii gli occhi. Ero talmente stordita dal bacio che non capii subito cosa stesse succedendo. Una volta che riuscii a mettere a fuoco, vidi Noah che trascinava Brad giù per le scale, fino alla spiaggia. Diverse persone li seguirono. Quando li raggiunsi, era già in corso una scazzottata.

«Ti avevo avvertito di non provare a toccarla, cazzo!» urlò Noah tempestando di pugni Brad.

A differenza del giorno prima, lui stavolta si difese. Diede uno spintone a Noah, e poi gli afferrò la mascella. Noah incespicò all'indietro e allontanò la mano di Brad dal proprio viso. Lo attaccò con tutta la forza che aveva, inchiodandolo a terra. La sua furia era inarrestabile.

Li raggiunsi di corsa, gridando: «Noah, fermati! Lo ucciderai!» Le lacrime mi solcavano il viso.

Alla fine, Jeremy e altri due ragazzi riuscirono a separarli.

Mi inginocchiai accanto a Brad e cercai di aiutarlo a mettersi a sedere. «Oddio! Stai bene? Dobbiamo portarti al pronto soccorso.»

Lui fece segno di no con la testa, poi sussurrò: «Mi riprenderò. Dammi solo un momento». Ansimava in cerca d'ossigeno.

Con lo sguardo, supplicai Noah di calmarsi. Il suo petto andava su e giù mentre i respiri divenivano rapidi e pesanti. Aveva la mascella serrata e le mani ancora strette a pugno. Non fece un'altra mossa verso Brad, però. I suoi occhi mi trafissero come pugnali. Il giorno prima avevo creduto che fosse furioso, ma era niente se paragonato alla rabbia che emanava dal suo corpo in quel momento.

Con una smorfia, mi domandò: «È questo che vuoi? Un pezzo di merda che spera soltanto di infilartisi nelle mutande?»

Non seppi cosa rispondere. Ero nell'imbarazzo più totale, ed era colpa sua. Mi limitai a guardarlo con le lacrime agli occhi. Sapevo che odiava l'idea che uscissi con Brad. Ma era solo un appuntamento. Lui si comportava come se stessi per sposarlo e fossi condannata a una vita d'inferno. Senza aggiungere una parola, si voltò e salì la scala aprendosi un varco come un bulldozer per rientrare in casa.

«Adesso sì che è una festa!» sentenziò Jeremy cercando di riportare tutti in carreggiata. «Okay, gente, non c'è niente da vedere qui. Tornate dentro.» La folla cominciò a disperdersi.

Aiutai Brad a rialzarsi. «Sei sicuro di stare bene?»

«Sì. Sto bene» borbottò. Mi mise un braccio attorno alle spalle mentre io gli cingevo la vita. Sorreggendolo, lo aiutai a tornare sul terrazzo e a sedersi su una sdraio. Mi sentivo malissimo. Quello che gli era successo era colpa mia. Mi sedetti accanto a lui e continuai a chiedergli scusa. Al momento non sapevo che altro dire o fare. «Mi dispiace tantissimo. Posso portarti qualcosa? Posso fare qualcosa per te?» aggiunsi con uno sguardo solidale.

Un sorriso sensuale comparve lentamente sul suo volto.

«Riesco a pensare a un paio di cosette che vorrei tu facessi per me. Lasciami ancora un po' seduto qui finché non mi passa il dolore.»

Scossi la testa. «La smetti mai di flirtare?»

«Non quando c'è qualcuno con cui valga la pena farlo.» Mi strizzò l'occhio.

«Forse dovrei ascoltare tutti quelli che cercano di mettermi in guardia su di te.»

«Sarò sincero: ti ho immaginata in diverse posizioni. E in tutte avevi le gambe allacciate attorno a me. Ma non è solo questo che voglio.»

Avevo la pelle d'oca, sopra la pelle d'oca, sopra altra pelle d'oca. Dopo quella che mi parve un'eternità, gli domandai con un certo nervosismo: «E che cosa vuoi?»

«Tutto di te.» Ed eccolo lì, quello straordinario sorriso sexy. Quel ragazzo riusciva sempre a spiazzarmi. Un attimo prima diceva cose assolutamente inappropriate, e subito dopo snocciolava frasi da capogiro. Dio, ero proprio una ragazzina!

Brad e io rimanemmo sul terrazzo per un'ora a parlare di scuola, progetti per l'estate e dei college in cui speravamo di entrare. Continuammo anche a flirtare senza vergogna. Fu Brad a fare il grosso del lavoro, naturalmente. Dopotutto, era piuttosto abile in questo. Non mi sentivo ancora del tutto a mio agio con lui, ma ci stavo lavorando.

«Vuoi scusarmi un attimo? Devo andare in bagno» dissi timidamente.

«Certo, ma non metterci troppo. Ho ancora bisogno del tocco magico delle tue mani sulla bua. E anche in un altro posticino, a dire il vero…» Mi lanciò un'occhiata diabolica e inarcò un sopracciglio.

Sorridendogli, ribattei: «Sei molto compiaciuto da te stesso, vero?»

Lui ci pensò su un momento e rispose: «*Mmm…* credo di sì, e sono sicuro che lo sarai anche tu».

«Sai dov'è il bagno?»

Si lasciò sfuggire una risatina. «Ce n'è uno al piano di sotto e due di sopra.»

«Grazie. Torno subito.»

Oltrepassai la porta-finestra che conduceva nell'enorme salotto. La folla non aveva accennato a diradarsi, ma era leggermente più tranquilla. Mi guardai attorno in cerca di Noah. Era meglio mantenere le distanze per un po'. Ancora non riuscivo a togliermi dalla mente l'occhiataccia che mi aveva rivolto dopo la scazzottata. Chiesi a un paio di persone se lo avessero visto. Dissero che se n'era andato subito dopo la rissa. Bene. Era la cosa migliore da fare. Doveva calmarsi. Io sapevo badare a me stessa.

Vidi Jeremy al centro della pista da ballo improvvisata che sorrideva nientemeno che a Beth. Doveva essere arrivata mentre ero fuori con Brad. Ancora non ci parlavamo, e dall'espressione dei suoi occhi di certo non lo avremmo fatto presto.

«Sei qui per portarmi via anche Jeremy, Amanda?»

«No. E non ti ho mai portato via niente e nessuno, Beth.»

«Stronzate!»

«Signore, non litigate. Ce n'è abbastanza per tutt'e due» farfugliò Jeremy.

«Puoi dirmi dov'è il bagno, per favore?»

«Non usare quello di sotto. C'è una gran fila. Vai di sopra» mi consigliò.

Mi diressi verso le scale, mentre quei due tornavano a sorridersi ignari di tutto. Solo quando raggiunsi il piano superiore mi resi conto che non avevo chiesto indicazioni più precise. L'unica alternativa era cominciare ad aprire le porte a caso.

La prima dava su un ripostiglio. Quella dopo su uno studio. Forse trovare il bagno sarebbe stato più difficile di quel che pensavo. Fortunatamente, notai qualcuno che usciva da una stanza in fondo al corridoio. Bingo! Feci per proseguire quando sentii un rumore provenire da dietro la porta che avevo appena raggiunto. Un tonfo, come se qualcuno vi fosse stato spinto contro. Poi udii una voce femminile che gemeva: «Oh, sì. Scopami, più forte».

Rimasi impietrita. Sapevo di dovermene andare, ma non riuscii a impormelo. Dopo un paio di altri tonfi e gemiti, la ragazza piagnucolò: «Perché non vuoi baciarmi? Voglio sentire le tue labbra sulle mie». Una voce maschile, furiosa, le borbottò qualcosa contro. Ansimando, la ragazza replicò: «Cos'è, non posso nemmeno parlare adesso? D'accordo, allora diamoci una mossa». Dopo qualche secondo scese il silenzio.

Raggiunsi il più in fretta possibile il bagno, sperando che non ci fosse nessuno. Grazie al cielo era vuoto. Feci quello che dovevo fare, mi lavai le mani e controllai il trucco nello specchio. Stavo tergiversando, lo sapevo. Volevo prendere tempo, così non avrei avuto modo di incrociare gli

Spudorati. Per me era incredibile che qualcuno potesse fare sesso a casa di qualcun altro durante una festa come quella. Non ero una bacchettona, ma mi sembrava squallido. C'era gente di sopra e di sotto, chiunque avrebbe potuto sentirli.

Sbirciai fuori dal bagno per assicurarmi di avere via libera. Perfetto. Feci tre passi lungo il corridoio e poi sentii un rumore. La porta della camera del sesso si stava aprendo. Mi bloccai.

Amanda Marie Kelly, perché non sei corsa via prima che quella maledetta porta si aprisse?

Noah imboccò il corridoio a testa bassa. Immaginai che avesse sentito che c'era qualcuno lì fuori, perché alzò immediatamente lo sguardo. Impallidì all'istante. Ero stordita, incapace di pensare, parlare e muovermi. Mentre mi dicevo che la situazione non poteva essere peggiore, lei lo raggiunse e mi guardò da sopra la sua spalla.

«Oh, ciao, Amanda. Che ci fai qui?» Brittani aveva una smorfia compiaciuta. Cosa non avrei dato per farle sparire quel sorrisetto a suon di sberle! Rimasi in silenzio. Come avevo fatto a non incrociarla durante la festa? Come al solito, era abbastanza appariscente.

Le sue braccia scivolarono attorno alla vita di Noah. Lui si divincolò. Lei parve scocciata, ma si riprese in fretta. Con voce dolce come il miele, gli disse: «Tesoro, è stato fantastico, come sempre. Dio, quando cominci a succhiarm…»

«Chiudi il becco, Brittani» la interruppe lui. Aveva la voce intrisa di rabbia ma il suo sguardo era velato di tristezza. Continuavano entrambi a fissarmi.

Lei fece per passargli le dita tra i capelli, ma lui la scostò in malo modo. «Che c'è che non va?» piagnucolò Brittani mettendosi le mani sui fianchi.

Noah borbottò: «Vattene».

Brittani mi guardò con quel suo odioso sorriso da Stregatto stampato in faccia. «Mi trovi di sotto quando sei pronto per il secondo round, tesoro» gli rispose facendo le fusa. E rivolgendomi un ultimo sorriso al veleno, andò via.

Io e Noah non avevamo smesso di guardarci neanche per un attimo. D'un tratto, il mio corpo riacquistò la sensibilità. Mi venne da vomitare. Mi voltai e corsi in bagno. Rimasi sospesa sulla tazza per qualche secondo prima di svuotare il contenuto del mio stomaco. La testa mi pulsava e provavo un dolore al petto talmente intenso che il mio cuore sembrava essere appena andato in mille pezzi.

Quando fui certa di aver finito, mi sedetti sul pavimento, appoggiando la schiena alla vasca da bagno. I singhiozzi seguirono a ritmo rapido, fuori controllo.

Ci fu un lieve colpo alla porta. Rimasi zitta. Un altro colpo. Poi sentii Noah chiedere: «Tweet, stai bene? Posso entrare, per favore?»

Mi prendeva in giro? Nell'arco di tre minuti ero passata da ferita a sconvolta a inferocita. Cercando di controllare il pianto, urlai nella sua direzione: «No e no!»

La porta si aprì lentamente dietro di me.

«Levati dalle palle, Noah!» strillai.

Mi alzai a fatica mentre la porta si spalancava. Colsi il mio riflesso nello specchio. Ero un disastro. Avevo gli occhi rossi, il viso macchiato e striato di lacrime. Noah entrò e si chiuse la porta alle spalle.

«So che adesso non vuoi starmi a sentire.» La sua voce era fievole e tesa. «Mi dispiace tanto, tantissimo.»

«Per cosa? Io non sono niente per te» dissi con il tono più piatto che riuscii a esibire.

«Non è stato niente di che. Solo una scopata.»

«Wow. Quanto sei romantico.»

Si passò le mani sul viso. «Ero furioso perché hai scelto lui.»

«Non provare a dare la colpa a me per quello che *tu* hai fatto con *lei*. Come hai potuto farlo proprio con lei?» Mi precipitai verso la porta, ma lui mi afferrò per un braccio.

«Non lo so. Quando ti ho vista chinarti ad aiutare quello schifoso… mi sono incazzato da morire.»

«Così ti sei scopato Brittani per farmela pagare?»

«No! Volevo solo stordirmi.»

Le lacrime continuavano a scivolarmi sul viso mentre ci guardavamo. Mi divincolai con uno strattone, feci un passo indietro e dissi: «Perché con lei? Non hai visto l'espressione che aveva quando è uscita da quella stanza dopo che avevate… e mi ha visto lì fuori. Sembrava così soddisfatta. Come se sapesse di aver ottenuto qualcosa che io non avrò mai». Fui travolta dai singhiozzi.

«Ma io *sono* tuo. Ogni parte di me. È sempre stato così. Solo che tu non mi vuoi.» Le sue parole mi colpirono come un ceffone in pieno volto. Perché non capiva? Il punto non era che non lo desideravo. Io non volevo perderlo. Cominciavo a sentirmi soffocare. Dovevo uscire di lì. Spinsi Noah più forte che potei, e questa volta mi lasciò fare.

Una volta in corridoio, cominciai a correre. Giù per le

scale, attraverso il salotto, il terrazzo, superando Brad che mi stava ancora aspettando. Non avevo idea di quanto tempo fossi stata via. Minuti, o forse ore. Quando arrivai in fondo alla scalinata, scalciai via le infradito e corsi come un razzo sulla spiaggia. Non sapevo dove stessi andando. Sapevo soltanto che dovevo allontanarmi da lì.

Alla fine collassai esausta sulla sabbia. Avevo il respiro talmente corto che mi sentivo intontita. Udii chiamare il mio nome in lontananza. Non mi importava chi fosse. Non mi importava di nulla, volevo solo dimenticare quella serata. Quando la voce si fece più forte, capii. Brad mi era corso dietro e crollò accanto a me. Mi portai le ginocchia al petto e le strinsi a me. Continuai a fissare l'oceano, sperando che il frangersi delle onde mi calmasse e mi aiutasse a cancellare dalla mente ciò che era successo.

Quando riprese fiato, Brad mi chiese: «Cosa posso fare?»

«Niente.» Risposi senza neanche guardarlo, con voce piatta.

Rimanemmo seduti in silenzio per diversi minuti prima che lui parlasse di nuovo. «Mi dispiace che tu abbia assistito a una cosa del genere.»

«Come hai fatto a saperlo?» gli domandai.

«A Brit piace vantarsi» disse lui con un certo imbarazzo.

«Voglio dimenticare del tutto quest'ultima ora» mormorai, tornando a guardare l'oceano. Poi mi voltai verso di lui e sussurrai: «Aiutami a dimenticare».

Brad mi accarezzò la guancia prima di sfiorarmi le labbra con le sue.

Si alzò e mi offrì una mano per tirarmi su. Mi cinse le

spalle per tutto il tragitto fino alla casa. Ai piedi della scalinata esterna, esitai. Non sapevo se Noah fosse ancora dentro, ma sapevo che non volevo vederlo.

Brad percepì la mia apprensione. «Andrà tutto bene» disse. «Mi assicurerò che non si avvicini a te. Te lo prometto.» Mi sollevò il mento e il suo sguardo mi trafisse. «Ti fidi di me?» I suoi occhi erano appassionati e sinceri.

«Sì» risposi con un filo di voce.

Cercò di stemperare la tensione e farmi ridere. «Fantastico. Resta qui, torno tra un minuto. Poi cominceremo l'Operazione tabula rasa.» Corse su per le scale.

Quando riapparve, aveva una coperta sotto il braccio, un sacchetto di plastica pieno di fette di lime, una saliera, due shottini e una bottiglia di tequila.

Mi diede una leggera gomitata per invitarmi a prendere la coperta. «Seguimi» disse superandomi.

Percorremmo qualche metro lungo la spiaggia. Dalla casa proveniva abbastanza luce e c'era la luna piena, ma eravamo comunque ben nascosti da eventuali curiosi.

«Correggimi se sbaglio» disse Brad «ma presumo tu non abbia mai bevuto uno shot di tequila.»

«Presume bene, signore.» Stendendo la coperta osservai tutto quel che aveva portato. «Sembra complicato. Serve un sacco di roba.»

«Be', per fortuna tua, Bellissima, sarai istruita dal maestro dello shot.» La sua giocosità mi provocò un lieve sorriso.

Ci sedemmo l'uno di fronte all'altra a gambe incrociate. Brad sistemò tutti gli ingredienti in mezzo a noi. Prese una fetta di lime con la mano sinistra, poi, senza staccarmi gli occhi di dosso, si leccò il dorso della stessa mano e vi cosparse sopra un po' di sale. Mi indicò con un cenno del mento la tequila. «Versane un po' in un bicchiere.»

Sorridendo, obbedii.

Con aria piuttosto seria, dichiarò: «Presta molta attenzione. Dopo ci sarà un test di verifica». Stava facendo un ottimo lavoro per tirarmi su di morale. Succhiò in fretta il lime, poi leccò il sale e buttò giù lo shot. Scosse la testa e gemette. «Wow, buonissima» concluse, facendomi ridere di gusto.

Brad mi guardò intensamente mentre preparavo il mio primissimo shot. Avevo già pronti il lime e il sale. Lui mi porse il bicchierino e mi istruì: «È meglio procedere il più velocemente possibile e rispettare la sequenza. Ricordati: SLI».

Lo guardai confusa. «SLI?»

«Succhiare. Leccare. Ingoiare.» Arrossii violentemente. Protendendosi verso di me, proseguì a bassa voce: «SLI è un metodo che può essere applicato anche in altre situazioni». Mi rivolse un sorriso diabolico.

Raddrizzai le spalle e ripetei "SLI" nella mia mente. Succhiai il lime, leccai il sale e ingoiai il liquore più in fretta che potei. Nell'istante in cui la tequila mi sfiorò la gola, cominciai a tossire.

Brad venne verso di me carponi e mi batté una mano sulla schiena. Mentre mi massaggiava, ammise: «Forse avrei dovuto accennare al fatto che se non hai mai bevuto tequila, i primi due shot sono particolarmente bastardi».

«Grazie dell'informazione tempestiva» tossicchiai.

Aveva ragione. Dopo il secondo shot, gli altri andarono giù che era un piacere.

* * *

Continuammo con l'Operazione tabula rasa finché le nostre scorte non si furono assottigliate. Avevo perso la cognizione del tempo. Ma mi sentivo splendidamente, senza la benché minima preoccupazione al mondo. Non soffrivo nemmeno più al pensiero di come-diavolo-si-chiamava.

«Wow, la bottiglia è quasi vuava... vuova... vuota» bofonchiai.

«Come ti senti?»

Inclinai la testa di lato e risposi: «Sbronza e allegra».

Ridemmo entrambi. «Sei adorabile e fantastica con la tequila.»

«Ho avuto un buon maestro» dissi, sbattendo le ciglia.

A quel punto, il coraggio dato dall'alcol mi scorreva nelle vene. Non avevo mai flirtato prima, quindi ero completamente fuori dal mio elemento. Speravo solo che Brad non mi ridesse in faccia.

Dopo essersi avvicinato, strofinò il naso contro il mio e mormorò: «Vorrei insegnarti un altro paio di cosette». Cominciò a mordicchiarmi dietro l'orecchio. Mi faceva il solletico, scatenandomi brividi dappertutto. Ridacchiai. Cosa mi stava succedendo? Mi ritrassi un pochino. Nel punto in cui mi aveva toccata, la mia pelle andava a fuoco.

Guardandolo di sottecchi, domandai con un sorriso: «Del tipo?»

Brad si puntellò su un braccio e tornò a farmi scorrere le labbra dietro l'orecchio, delicatamente. «Vieni qui» sussurrò. Mi afferrò per i fianchi e mi fece sedere a cavalcioni su di lui. Il movimento fu talmente rapido che mi colse di sorpresa. Cominciò a leccarmi e succhiarmi la mascella, scendendo giù fino al collo. Inclinai la testa di lato per dargli libero accesso. Mi piaceva aiutare il prossimo, quando possibile. Era meraviglioso. Le sue mani viaggiarono lungo i miei fianchi fino a posarsi sul sedere. Provai un formicolio in tutto il corpo.

«Ehiii!» Guardai le dita di Brad che affondavano nei miei glutei e cominciai a ridere. «Mi stai toccando il sedere. Nessuno lo aveva mai fatto prima.»

«Mai?» mormorò, stupito, mentre continuava a far scorrere le labbra sul mio collo.

«Non di proposito» ridacchiai.

Portò la bocca sulla mia e cominciò a mordicchiarmi il labbro inferiore. Mi attirò ancor di più a sé e mi strizzò di nuovo il sedere, strappandomi un piccolo gemito.

«La cosa mi sorprende» sussurrò contro le mie labbra. «È un sederino tanto grazioso.»

Sentii un calore umido diffondersi tra le gambe. La sua lingua esplorò a fondo la mia bocca prima di ritrarsi. Poi si fece strada dal mento alla gola a forza di morsetti. Il suo respiro caldo mi inondò il collo mentre le sue mani scivolavano verso la mia schiena, sotto la maglietta.

«Ci sono un sacco di altre parti di te che vorrei toccare di proposito.» Si spostò dietro il mio orecchio. Lo sentii bisbigliare: «Sei così dolce. Voglio leccare ogni centimetro di te».

Pensai di essere sul punto di esplodere. Le sue parole mi provocavano sensazioni di cui ignoravo l'esistenza.

Affondai le mani tra i suoi soffici capelli biondi. Brad si

lasciò sfuggire un lamento mentre glieli tiravo leggermente. I nostri respiri erano veloci e pesanti.

Lui emise un basso grugnito, poi aggiunse sottovoce: «In caso non fossi stato abbastanza esplicito, mi piaci davvero tanto».

«Anche tu mi piaci» dissi ridendo. Non so se dipendeva da Brad, dalla tequila o da una combinazione di entrambi, ma mi sentivo molto felice.

Mi tenne stretta a sé. «Lo senti quanto mi fai eccitare?»

«*Mmm...*» La mia risposta uscì sotto forma di gemito.

«Andiamo in un posto più riparato.»

«Okay.» Ridacchiai. Avevo la testa talmente leggera che non ero del tutto sicura di cosa avessi accettato. Sapevo soltanto che mi sentivo accaldata, fremente e su di giri.

Mi trascinai giù dal grembo di Brad. Lui si alzò a fatica, prendendosi un istante per riacquistare l'equilibrio. Mi tese la mano e mi tirò su dalla coperta.

Iniziai a raccogliere le nostre cose, ma lui disse: «Non preoccuparti di quella roba».

«Non dovremmo lasciare rifiuti sulla spiaggia» replicai con il broncio. Lui scoppiò a ridere e tirandomi con forza mi strinse tra le braccia.

«Ci penseremo dopo. Adesso ci sono questioni più importanti che richiedono la mia attenzione.» Mi diede un bacio frettoloso sulle labbra e mi trascinò fino in casa.

La festa si era calmata un po'. Brad mi guidò attraverso il salotto, diretto al piano di sopra. Avevamo fatto un paio di scalini, quando sentii una mano forte e calda che mi afferrava il polso, bloccandomi a mezz'aria. Incespicai all'indietro contro la ringhiera. Ero talmente sbronza che mi ci volle qualche secondo per capire chi fosse.

«Noah!!» Dovevo essere proprio ubriaca persa, perché ero entusiasta di vederlo.

Ritrassi la mano da quella di Brad e mi buttai verso Noah, gettandogli le braccia al collo. Parve scioccato da quanto fossi affettuosa con lui.

«Guarda, Brad! È Noah! Il mio Noah! È così dolce e sexy. È… *dexy*. Mi ha leccato una coscia sotto il tavolo dei miei genitori. Te lo ricordi quando mi hai leccato, Noah?» Quasi gridavo.

Posandomi le mani sulle spalle, Noah mi aiutò a stare dritta. «Ti porto a casa» disse piano.

Alzai lo sguardo sul suo bellissimo viso e replicai: «Ma Brad stava per farmi *delle cose* di proposito. Non so cosa, ma mi sto divertendo. Ehi, vuoi venire con noi?»

Guardai Brad, che se ne stava lì a fissare Noah, i pugni serrati, la mascella tesa. Noah mi mise un braccio attorno alla vita e fece per aiutarmi a scendere le scale. Brad mi afferrò per il gomito, staccandomi da lui.

Con voce bassa e minacciosa, gli disse: «Non le hai già fatto abbastanza stasera? Si sta divertendo un sacco con me, quindi levale le mani di dosso».

Sorrisi a Brad e poi mi voltai verso Noah: «Mi sto divertendo davvero. In fondo non è un bastardo schifoso».

Noah mi tirò per l'altro braccio, liberandomi dalla stretta di Brad. Ci avviammo di nuovo verso la porta d'ingresso, ma Brad tornò a bloccarmi, prendendomi l'altro braccio. Cominciavo a stufarmi di questo tira e molla. Che mi stava pure facendo venire la nausea. Senza dire una parola, Noah mi lasciò la mano, andò verso Brad e gli diede un pugno nello stomaco. Lui si piegò in avanti e cadde a terra. Noah tornò da me e mi sollevò di peso caricandomi in spalla.

Mentre procedevamo verso la porta, gli afferrai la cinta dei pantaloni, sollevai la testa e urlai: «Ciao ciao, Brad! Grazie! Magari la prossima volta la coscia me la lecchi tu!» Era ancora accasciato sul pavimento quando uscimmo.

CAPITOLO 14

Ti rendi conto della vera natura di una persona quando non approfitta di un'occasione sicura.

Dovevo essermi addormentata come un sasso in macchina, perché subito dopo mi ritrovai in camera di Noah, seduta sul letto. Lui era in piedi accanto al comò, di spalle. Mi girava la testa, e girava anche la stanza. Crollai di schiena sul materasso.

«Noah, la tua stanza è come una giostra.» Udii una risatina. Sollevando appena la testa, aprii lentamente un occhio e lo vidi di fronte a me, con in mano un paio di boxer a scacchi bianchi e verdi e una maglietta bianca. La sua rabbia era scomparsa, soppiantata da tristezza e senso di colpa.

Ero confusa. «Porti i boxer scozzesi?» domandai, lasciando ricadere la testa all'indietro e richiudendo gli occhi.

«Qualche volta. Perché?»

«Non ti ho mai immaginato con addosso i boxer scozzesi.»

Sentii il tessuto degli indumenti intimi sfiorarmi il braccio mentre lui si sedeva accanto a me.

«Mettiti questi. Vado a prenderti dell'acqua e un'aspirina.» La sua voce era cupa e rauca.

«Come faccio con i miei? Non posso andare a casa in questo stato.»

«I nostri genitori sono a Myrtle Beach questo weekend. Te lo ricordi?»

Udii i suoi passi che attraversavano la stanza, ma si fermarono quando piagnucolai: «Noah! Non riesco a tirarmi su. Aiutami!» Alzai entrambe le braccia, puntandole dritte verso il soffitto. Sentii le sue mani calde che prendevano le mie e mi sollevavano. Ondeggiai da una parte all'altra un paio di volte prima di stabilizzarmi.

Armeggiai con la chiusura dei jeans, ma il bottone continuava a sfuggirmi dalle dita. Se la memoria non mi ingannava, prima della festa c'era un solo bottone sui miei jeans, ma evidentemente aveva avuto dei bambini, perché adesso ce n'erano quattro.

Guardai Noah impotente, battendo le palpebre, e biascicai: «A quanto pare ho qualche problema qui». Ridacchiai.

Lui si inginocchiò di fronte a me, sorrise e sussurrò: «Ti aiuto io».

Mi sfilò le infradito e le mise da parte. Poi mi slacciò i jeans e tirò giù la cerniera. Un brivido mi percorse da capo a piedi quando mi sfiorò la pelle con le dita. Mi guardò negli occhi e disse: «Vado a prenderti acqua e aspirina intanto che ti cambi». Fece per dirigersi verso la porta.

Tentai di alzarmi. Quando mi protesi leggermente in avanti, la stanza cominciò a vorticare. Mi accasciai sul letto. «Noah, ho bisogno di te.»

Lo sentii avvicinarsi. «Tutto bene, Tweet?»

«Sì, ma mi serve il tuo aiuto. Non lasciarmi» lo implorai.

Lui si inginocchiò di nuovo davanti a me e disse: «Non ti lascerò mai. Aggrappati a me».

Posai le mani sulle sue spalle e mi allungai in avanti. Mentre mi alzavo, i miei seni toccarono il suo viso. Mi venne subito la pelle d'oca. La mia testa riprese a girare, ma finché potevo reggermi alle sue spalle forti riuscivo a restare in piedi.

Noah infilò le dita nei passanti dei miei jeans e li fece scivolare giù fino a metà coscia. Abbassai lo sguardo e notai che si stava sforzando di non guardarmi le gambe nude né la culotte di pizzo viola. Sentivo il suo respiro caldo sulle mutandine. Rimanemmo immobili per qualche istante, poi lo sentii deglutire a fatica. Mi aiutò a sedermi e mi sfilò completamente i jeans. Il suo imbarazzo faceva davvero tenerezza.

Infilai prima una gamba e poi l'altra nei boxer a scacchi. Mi alzai, aggrappandomi di nuovo a Noah per mantenere l'equilibrio, e lui me li tirò su. Dopo essersi schiarito la voce, mormorò: «Sono sicuro che riuscirai a fare il resto da sola».

La tequila mi rese audace e smemorata. Il ricordo di ciò che era accaduto tra noi solo poche ore prima non era più tanto doloroso. Volevo sapere cosa si provava ad avere le sue mani su di me. Volevo sentire le sue labbra sulla pelle. Volevo sapere che effetto faceva essere Brittani.

Mentre Noah era ancora inginocchiato davanti a me, afferrai l'orlo della maglietta, la sfilai via dalla testa e la gettai a terra. Lui si irrigidì, rimase lì a fissarmi.

«Che c'è da guardare?» gli chiesi sorridendo. «Non credevi che fossi il tipo da reggiseno di pizzo?» Mi mordicchiai il labbro inferiore e poi lo lasciai andare lentamente. «Ne ho uno nero, uno rosso, uno bianco, uno rosa, uno giallo e, come vedi, uno viola. E per ognuno ho anche le mutandine di pizzo in tinta» conclusi con un sorriso malizioso.

Accidenti, ma che mi era preso? Non ero più l'anonima Amanda Kelly. Ero diventata una specie di zoccola dedita alla tequila. Una... *zoquila*. Oh! Mio! Dio! Stavo parlando con Noah della mia biancheria! O meglio, era la *Señorita Zoquila* a farlo.

Lui non staccò gli occhi dal mio reggiseno, mentre prendeva la maglietta e me la porgeva. Fece un sospiro tremante, poi disse: «Mettitela. Subito!»

Obbedii. Noah stava cercando con tutto se stesso di non guardare nella mia direzione. Spensi il cervello e lasciai campo libero alla Señorita Zoquila. Alzando la gamba, strusciai lentamente il polpaccio lungo il suo fianco.

«Vuoi vedere quanto sono brava?» gli domandai sbattendo le ciglia.

«Di che stai parlando?» Doveva essere ancora confuso dal mio monologo sulla lingerie.

«Guarda e impara, bamboccio.»

Mantenendo il contatto visivo, Noah si accovacciò sui talloni, pronto per lo show.

Portai un braccio dietro la schiena, sotto la maglietta, e armeggiai con il reggiseno per qualche secondo. Una volta slacciato, infilai la mano in una manica e ne tirai fuori la spallina. Ripetei l'operazione dall'altra parte, sfilai dalla manica l'intero reggiseno, lo sollevai sopra la testa ed esclamai: «Ta-dààà!»

Noah mi fissò ridendo. Parte del suo nervosismo era svanito. «Sei fuori.»

«Ma piena di talento.» Gli feci l'occhiolino.

«Sì, molto talentuosa» convenne lui.

Per diversi secondi nella stanza scese un silenzio assoluto mentre continuavamo a fissarci negli occhi. Mi adagiai sul letto, sorreggendomi sui gomiti. Inclinai leggermente la testa di lato e la scossi, lasciando ricadere i capelli dietro le spalle.

Non so bene se volessi farlo ingelosire o sentire in colpa per via di Brittani quando gli domandai: «Vuoi sapere cosa mi ha fatto Brad?» Non aspettai una risposta. «Mi ha accarezzato la schiena nuda, ha fatto correre le mani sui miei fianchi, e mi ha palpato il sedere.»

Vidi la rabbia montare nei suoi occhi. Gli strusciai di nuovo la gamba sul fianco. D'un tratto, sentii le sue mani dietro le ginocchia, che mi tiravano sul bordo del letto, fin contro il suo petto. Mi si mozzò il fiato in gola.

Perdendomi in quegli ipnotici occhi azzurri, mormorai: «Vuoi toccarmi?»

Noah abbassò le palpebre, inclinò la testa all'indietro e sospirò: «Sì, da morire».

«E allora fallo» lo sfidai.

Venne più vicino. Mi fece scorrere le mani sui fianchi e sotto la maglietta. Sentirmele addosso sulla pelle nuda mi provocò un'ondata di calore tra le gambe.

Le nostre labbra stavano per sfiorarsi quando sussurrai: «Toccami, Noah».

Lui mi fissò per un lungo istante. Lo sguardo che gli lessi negli occhi era pieno di desiderio, ma anche combattuto. Sentii le sue mani uscire dalla mia maglietta. Si scostò da me.

«Cazzo. Cazzo. Cazzo» disse a denti stretti.

Non capivo cosa stesse succedendo. Ero confusa e in imbarazzo. Era chiaro che avevo fatto qualcosa di sbagliato.

Chiamando a raccolta tutto il mio coraggio, gli domandai: «Cos'ho che non va?»

«Assolutamente nulla. È che hai bevuto un sacco e non voglio che succeda qualcosa tra noi finché sei ubriaca.»

Sentivo le lacrime pronte a solcarmi le guance. Noah non mi voleva. Fui travolta dall'umiliazione.

Abbassando lo sguardo, mormorai: «Adesso voglio andare a casa».

Lui mi asciugò le lacrime e replicò a voce bassa: «Non piangere, Tweet. Parla con me».

Non riuscivo a guardarlo. «Brittani era ubriaca fradicia, eppure tu...» Mi interruppi. «Fammi andare a casa, per favore.»

Dio, quanto ero patetica! Se era così che doveva ridurmi l'alcol, sarei rimasta sobria a vita.

Noah mi cinse le spalle e mi strinse a sé. Disse dolcemente: «Mi dispiace tantissimo per stasera. Mi odio per averti fatto soffrire». Posò la fronte sulla mia. «Non ha importanza se lei era ubriaca. Di Brittani non mi frega niente, e lei lo sa. Nemmeno a lei importa niente di me. Tu, invece, non sei solo un corpo caldo da usare per stordirsi e dimenticare. Per me significhi tutto.» Mi baciò con delicatezza sulla fronte, poi mormorò: «Non andartene. Resta con me».

Annuii. Volevo restare.

Noah uscì per prendere l'aspirina e io mi sdraiai sul letto a fissare il soffitto. Mi sentivo completamente svuotata. La testa cominciò a pulsarmi per tutti gli eventi di quella sera. Scivolai sotto le coperte e mi accoccolai su un fianco.

Udii la porta aprirsi e chiudersi piano. Mi misi a sedere e mandai giù l'aspirina che mi aveva portato. Si era infilato i pantaloni del pigiama e una maglietta. Posai il bicchiere sul comodino e adagiai la testa sul guanciale. Le luci si spensero. Sentii il letto affossarsi quando lui si infilò sotto le coperte, dietro di me. Premendo il petto contro la mia schiena, mi posò un braccio attorno alla vita. Il calore del suo respiro mi sfiorava la nuca. Questo mi placò.

Non vedevo l'ora che quella serata finisse, perciò fui la prima a stupirmi quando diedi fiato alla bocca. «Noah, posso chiederti una cosa?»

«Puoi chiedermi qualunque cosa, Tweet» sussurrò lui contro la mia nuca.

«Anche se riguarda Brittani?»

Sentii il suo petto espandersi e contrarsi mentre faceva un respiro profondo e poi espirava lentamente. «Sì.»

«Perché non volevi baciarla sulla bocca, né che parlasse?»

Nella stanza scese il silenzio. Noah mi strinse forte a sé e bisbigliò: «Perché lei non è te».

In quel momento non avevo bisogno di sentire altro. Scivolai nel sonno con un sorriso di soddisfazione sulle labbra.

CAPITOLO 15

La forza invisibile permea il mio corpo e occupa ogni angolo della mia mente. Non c'è mai stato un giorno in cui non mi abbia tenuta in ostaggio. Quando ho iniziato a essere in grado di dare forma a pensieri coerenti, era già troppo tardi. E non sapevo trovare una via d'uscita.

Se avessi potuto vedere quella forza, toccarla, ragionarci, forse avrei avuto una possibilità di resisterle. Invece la percepisco e la sento soltanto. Il suo messaggio è una costante nella mia vita. Da dove viene? Perché ha scelto me? Si è infiltrata nella mia esistenza con una lentezza tale che non mi sono accorta che stesse prendendo il sopravvento finché non mi ha consumata.

(E questa, mia cara, è quella che si definisce una sega mentale in piena regola.)

Quando mi svegliai, mi servirono diversi minuti per capire dove diavolo fossi. Mi sembrava di avere una sega circolare nella testa. Non riuscivo nemmeno a sollevarla dal cuscino, da quanto mi pulsava. Pian piano, mi tornarono in mente immagini frammentate della sera prima.

Ricordavo che c'era stata una festa. Noah e Brad avevano fatto a botte. Mi ero presa una sbronza colossale. Brad mi aveva messo le mani dappertutto. Noah mi aveva portata a casa. Mi ero offerta a lui. Avevo ancora la strana sensazione che fosse successo qualcosa di orribile. Continuavo a ripercorrere mentalmente la serata, cercando di sistemare gli eventi in una qualche sequenza. Brad che mi baciava, poi la scazzottata. Ricordavo vagamente di essere andata al piano di sopra... A un tratto il mio cervello annebbiato cominciò a schiarirsi e tutti i pezzi andarono a posto. Porca vacca! Avevo beccato Noah a fare sesso con Brittani!

Un brivido glaciale mi percorse tutta. La gola prese a bruciarmi e un sapore amaro mi invase la bocca. Saltai giù dal letto di Noah, cercando di non svegliarlo. Mi fiondai in bagno senza far rumore, e arrivai in extremis. Ero sbalordita dalla quantità di *qualunque-cosa-fosse* che venne fuori dal mio stomaco. Era come nell'*Esorcista*.

Mi sdraiai sul pavimento, premendo la guancia sulle mattonelle fredde. Che splendida sensazione. Sarei rimasta lì tutto il giorno. Sapevo che da un momento all'altro avrei sentito Noah bussare alla porta. Sapevo anche a chi dare la colpa per quella colazione a base di succhi gastrici: la tequila che avevo bevuto con Brad. Ma il ricordo di Noah che usciva da quella stanza con *lei* di sicuro aveva dato il suo contributo.

Dovevo alzarmi. Se fossi rimasta lì ancora un po', mi sarei addormentata. Mi aggrappai al bordo della vasca per tirarmi su. Ci vollero tre tentativi, ma alla fine riuscii a rimettermi in piedi e a raggiungere il lavandino. Mi sciacquai la bocca diverse volte. Avevo una sete tale che avrei potuto scolarmi un oceano. Mi lavai il viso e mi passai le dita tra i capelli, prima di tornare in camera di Noah a recuperare i miei vestiti. Volevo soltanto raccogliere le mie cose e andarmene. Non potevo affrontarlo in quel momento. Provavo troppa vergogna, imbarazzo e umiliazione.

Aprii la porta più piano che potei. Grazie al cielo, lui dormiva ancora. Il cuore mi pulsava nelle orecchie mentre sgattaiolavo dentro. Maglietta e jeans erano sul pavimento ai piedi del letto. Lentamente, mi avvicinai e li raccolsi. Controllai la stanza in cerca del resto. Le infradito erano dal lato di Noah. Decisi di lasciarle lì e di tornare a riprenderle più tardi. Volevo che la mia ritirata fosse più rapida possibile.

Mi guardai attorno ancora una volta, e un'ondata di panico mi travolse. Chiusi gli occhi, cercando di calmarmi. Riaprendoli lentamente, indietreggiai. Sì, era tutto vero. Il mio reggiseno di pizzo viola era finito sulla lampada del comò di Noah. Se ne stava lì appeso, a schernirmi.

Raggiunsi il mobile in punta di piedi. Come cavolo era successo? Pensai di lasciarlo lì, ma la situazione era già abbastanza umiliante senza dover essere costretta a chiedere a Noah di restituirmi la biancheria.

Iniziai a sciogliere il groviglio di pizzo. Quando sganciai senza problemi una spallina dall'interruttore, pensai di essere fuori pericolo, così per velocizzare le cose strattonai il reggiseno. Un lembo di pizzo si impigliò nella lampada, rovesciandola. La afferrai un attimo prima che finisse per terra, ma produsse lo stesso un gran stridore. Trattenni il fiato e mi girai per controllare Noah. Era impossibile che quel fracasso non lo avesse svegliato. Eppure il suo respiro era ancora regolare e lui non si mosse.

Stavo per rimettermi all'opera, quando una profonda voce gutturale mi fece trasalire. «Lascialo lì. Adoro avere le tue cosine sexy sparpagliate per la stanza. Come si sente la mia Tweet stamattina?»

Sapevo che stava sorridendo. Godeva nel vedermi lì a disagio, in preda a un doposbronza e con la biancheria in mano. Non mi voltai. Non volevo che leggesse l'umiliazione sul mio viso. E poi gli avevo sporcato un po' di vomito la maglietta che mi aveva prestato per dormire. Alzando gli occhi sullo specchio, però, mi resi conto che riusciva a vedere perfettamente la mia faccia.

Feci per parlare, ma le parole mi si bloccarono in gola. Cercando di sembrare allegra, dissi: «Alla grande. Vado a casa a fare una doccia e a lavarmi i capelli». La mia voce sembrava quella di un'accanita fumatrice.

Noah scese dal letto e venne dietro di me, posandomi le mani all'altezza del bacino. Ci guardammo attraverso lo specchio. Accidenti, era fichissimo con i pantaloni del pigiama che gli pendevano sui fianchi e la maglietta grigia che copriva quel torace tonico e scolpito.

Avvicinò la bocca al mio orecchio e sussurrò con voce rauca: «Non andartene. Fa' la doccia qui».

Fece un passo indietro e si tolse la maglietta, gettandola sul letto. Eccolo lì, il torace meraviglioso su cui volevo spalmarmi! Noah continuò a parlare, riportandomi di colpo al presente. «Mi infilo nella doccia e dopo ti preparo un toast. Rimetterà in sesto il tuo stomaco.» Mi baciò in cima alla testa. Osservando la mia T-shirt, aggiunse: «Quella puoi tenerla». Abbassai lo sguardo mentre arrossivo. Allora mi sorrise, e prima di lasciare la stanza mi diede una pacca sul sedere.

Mi ha sculacciata! E mi è piaciuto!

Okay, dovevo assolutamente andarmene da lì.

Aspettai finché non udii lo scroscio della doccia, poi mi diedi alla fuga. Sapevo di dover fare i conti con quanto era accaduto, prima o poi, ma non potevo proprio farlo in quel momento. Mi girava la testa, avevo lo stomaco sottosopra e i miei pensieri vagavano in ogni direzione. Infilai in fretta i jeans, misi le infradito e zigzagai verso la porta.

Quando arrivai a casa, tirai un sospiro di sollievo. Non solo ero riuscita a dileguarmi prima che lui uscisse dal bagno, ma controllando il telefono vidi che avevo un messaggio della mamma in segreteria: sarebbero rimasti a Myrtle Beach un'altra notte e rientrati l'indomani, sul tardi. Avevo quasi due giorni per riprendermi completamente.

Avevo appena finito di lavarmi, quando sentii Noah entrare in casa urlando il mio nome. «Tweet!» Sembrava furioso.

Uscii dalla doccia e mi avvolsi rapidamente in un enorme asciugamano. Avevo cominciato a tamponarmi i capelli, quando la porta del bagno si spalancò. Mi voltai e vidi Noah che mi fissava, sostenendosi con una mano allo stipite. Si protese in avanti e borbottò: «Tu e io dobbiamo parlare. Subito!»

«Posso almeno mettermi qualcosa addosso?»

«No. Hai dieci secondi per portare il tuo culetto fuori di qui.» Girò sui tacchi e si allontanò con passo pesante, lasciando la porta spalancata.

Mi asciugai i capelli meglio che potei e li lasciai sciolti. Le farfalle nello stomaco si stavano agitando. Abbassai lo sguardo mentre entravo timidamente in salotto. Non avevo idea di cosa ci saremmo detti. Quando alzai gli occhi e non vidi Noah, fui colta da un senso di sollievo. Forse aveva cambiato idea e se n'era andato per calmarsi prima di parlare. Poi lo sentii schiarirsi la voce. Era in cucina, appoggiato al piano di lavoro con le braccia incrociate. Indossava un paio di calzoncini blu da basket e una maglietta arancione. Era a piedi nudi e aveva i capelli ancora umidi. Persino con quella faccia imbronciata, era il ragazzo più bello che avessi mai visto. Mi ci volle ogni briciolo di forza di volontà per impedirmi di correre ad abbracciarlo.

Entrai in cucina e rimasi in piedi dall'altro lato dell'isola. Pensai che fosse meglio mantenere una certa distanza.

Lì per lì nessuno dei due disse nulla. Quando Noah mi guardò, i suoi occhi si erano addolciti un po'. Strinsi forte l'asciugamano attorno a me. Il suo sguardo cominciò lentamente a percorrere tutta la lunghezza del mio corpo. Il caldo formicolio che provavo ogni volta che lui mi veniva vicino si intensificò. Alla fine distolsi gli occhi e iniziai a mordicchiarmi l'unghia del pollice. Quando tornai a guardarlo, la sua espressione era di nuovo cupa. «Parla» mi ordinò.

«Di cosa?» Lo osservai con aria innocente, continuando a rosicchiarmi l'unghia.

Scosse il capo. «Quante volte devo dirti di non fare la finta tonta? Non ne sei capace.»

Smisi di torturarmi il pollice e replicai: «Non sto facendo la finta tonta stavolta. Non so proprio cosa vuoi che ti dica».

«Okay. Tanto per cominciare, perché te ne sei andata stamattina?»

«Stavo da schifo e avevo bisogno di una doccia» risposi.

«Avresti potuto farla a casa mia.»

«Non mi andava.»

«Perché?»

«Perché preferisco usare il mio shampoo.»

Il respiro di Noah aumentò di velocità. I muscoli delle sue braccia si tendevano e si rilassavano ogni volta che fletteva le mani. Stava perdendo la pazienza. «Sei impossibile.»

Posò i palmi sull'isola della cucina, protendendosi verso di me. Negli occhi aveva uno sguardo che avevo visto soltanto una volta. La sera prima, quando ero corsa ad aiutare Brad. Con voce ferma e profonda, disse: «Perché sei scappata via? E non rifilarmi questa stronzata dello shampoo».

Sostenni il suo sguardo e risposi sottovoce: «Facevo fatica a ricordarmi cos'è successo stanotte. Sapevo che dovevamo parlarne, ma prima avevo bisogno di schiarirmi le idee». Mi interruppi per un istante. «Non mi ricordo niente di quello che è successo dopo la tequila.»

«Niente? Sul serio?» Scossi il capo. «Non ti ricordi che ti ho portato a casa mia?» Feci segno di no con la testa. «Non ricordi che ti ho spogliata? Non ricordi le mie mani che scivolavano sotto la tua maglietta, che ti accarezzavano la schiena? Non ricordi di avermi chiesto di toccarti?»

Feci un respiro profondo e scossi il capo un'altra volta. Ogni terminazione nervosa del mio corpo esplose, e lui non mi aveva nemmeno sfiorata. Mi sentivo stordita, e non per i postumi della sbronza.

Rimasi immobile, senza riuscire a togliergli gli occhi di dosso. Sapevo di dover dire qualcosa. Non se ne sarebbe andato finché non lo avessi fatto. Non ero in grado di formare una frase di senso compiuto, perciò dalla mia bocca uscì un'unica sillaba: «No».

«Questa è una cazzata bella e buona, e lo sai bene!» Noah abbassò lo sguardo, fissando un punto sulla superficie del bancone. Pareva davvero svuotato quando aggiunse: «Ieri sera, quando ti ho vista nel corridoio, il modo in cui mi hai guardato… mi ha distrutto. Sembravi così ferita e delusa. Ho pensato di averti perduta per sempre. Non riuscivo più a pensare lucidamente quando ho visto che ti baciava. Poi sei corsa al suo fianco… A quel punto volevo solo stordirmi e dimenticare, così ho bevuto un sacco di birra e mi sono fatto la prima ragazza che ho trovato».

«Noah…» sussurrai. Lo capivo benissimo. Le azioni di ognuno di noi avevano influito sulla serata dell'altro.

«Le dico sempre di stare zitta, così posso fingere che sia tu. È patetico, lo so. Non voglio più fingere, Tweet. Sto cercando disperatamente di essere solo un amico. Ma è difficile e ho pensato che dopo stanotte… il modo in cui ti sei comportata nella mia stanza… Sapevo che avevi bevuto, ma ho pensato che le cose adesso sarebbero state diverse per noi.»

«*Sempre*?» ripetei. Il dolore era palpabile nella mia voce. Lui si era aperto con me. Perché mi concentravo su quella parola? Perché avevo pensato che quanto era accaduto la sera prima fosse stato un impulso del momento, un errore? Quindi le voci erano vere. Le farfalle sparirono dal mio stomaco, sostituite da un enorme macigno.

«Qualche volta» mormorò lui, abbassando lo sguardo.

«È stata la prima per te?»

Le lacrime che avevo trattenuto cominciarono a sgorgare. La mia mente correva all'impazzata. Avrei dovuto essere io la prima, se solo non lo avessi allontanato.

Noah tornò a guardarmi. Non c'era bisogno che dicesse nulla. Mi bruciavano gli occhi, mi sentivo esausta e svuotata. «Mi dispiace di non poter stare con te in quel modo» dissi senza incrociare il suo sguardo.

Poi i miei occhi incontrarono i suoi, azzurri e penetranti. Noah aggirò l'isola della cucina e venne dritto verso di me. Mi prese il viso tra le mani, costringendomi a sollevarlo verso il suo. Il suo naso mi accarezzò la guancia fino alla tempia mentre sussurrava: «Smettila di respingermi».

Le sue labbra cominciarono a muoversi sulla mia pelle, scendendo lungo la guancia, la mascella, e fermandosi sul collo. Chiusi gli occhi e mi lasciai travolgere dalle meravigliose sensazioni scatenate dal suo tocco. Sarebbe stato così facile perdersi in lui, ma non potevo farlo.

«Noah, hai promesso di limitarti all'amicizia» mormorai mentre continuava a sfiorarmi il collo.

«Ma è stato prima di ieri sera.»

La sua bocca procedette lungo la mia spalla nuda, ma io mi allontanai. Le mani gli ricaddero lungo i fianchi, la testa bassa. «Non posso fare questo con te. Non lo capisci? Ti prego, smettila di farmi pressioni» lo supplicai.

Lui si girò e senza dire un'altra parola uscì dalla porta.

* * *

Mi ci volle tutto il pomeriggio per riprendermi. Dopo aver fatto un bel sonnellino, mangiato qualcosa ed essermi vestita, ricominciai a sentirmi come la vecchia, mediocre me stessa. Dovevo parlare con Noah. Dovevo riportare entrambi sul sentiero dell'amicizia.

Bussai alla porta di casa Stewart e mi spostai da un lato, così quando Noah la aprì la prima cosa che vide fu la mia mano che reggeva un piatto con un enorme pezzo di torta al cioccolato.

«Grazie» disse, afferrandola. «Mi ci voleva proprio qualcosa di dolce.» Poi chiuse la porta prima che avessi modo di entrare. Mi stava prendendo in giro, il che era buon segno.

Quando entrai, lo trovai in cucina, appoggiato al bancone. Andai verso di lui. Mi guardò, e con la bocca piena mi chiese: «Ne vuoi un po'?»

Lo scrutai con gli occhi socchiusi. «Non se la cosa dovesse ridurti in lacrime.»

Lui mi porse la forchetta e io la affondai nella parte con più glassa. Mi lasciava sempre quella parte perché sapeva quanto la adoravo. Mi misi a sedere sul bancone accanto a lui e gli restituii la forchetta. Continuammo a passarcela finché la torta terminò.

Noah posò il piatto sul piano di lavoro. Si passò le mani sul viso e mi domandò: «Che cosa faremo, Tweet?»

«Ho bisogno di te nella mia vita.»

«Anch'io ho bisogno di te nella mia.»

«Sii mio amico» dissi.

«Sempre.»

Sapevo che spettava a me sistemare le cose. Se volevamo continuare a far parte l'uno della vita dell'altro, dovevo essere onesta con lui.

Schiarendomi la voce, mi sforzai di trovare le parole giuste. «Noah, dopo mio padre, tu sei l'uomo migliore che conosca. Non posso tollerare l'idea di non averti nella mia vita.»

«Tweet...»

Fece per voltarsi, ma lo fermai. Sarebbe stato già abbastanza difficile senza i suoi occhi puntati addosso. Si riappoggiò al bancone, guardando a terra. Lo sentii sospirare profondamente.

«Meriti una ragazza migliore di me. Se ci mettessimo insieme, prima o poi sono sicura che incasinerei tutto. E allora ti perderei per sempre.» Mi si serrò la gola. «Il pensiero di perderti mi spaventa a morte. Quei quattro mesi in cui non ci siamo visti sono stati i più brutti della mia vita. Non mi sono mai sentita così sola.»

Noah incrociò le braccia. Vedevo i muscoli tendersi. Dovevo tirare fuori tutto. Dovevo riuscire a fargli capire.

«Voglio il meglio per te, e io non sono il meglio. Non sai quanto vorrei permetterti di trascinarmi oltre quel limite, ma c'è qualcosa che mi trattiene e non so come liberarmene. Ho cercato di lavorare su me stessa, credimi. Ma non ci sono riuscita.» Feci una pausa. «Ti prego, resta mio amico. Sei l'unico amico che ho e l'unico di cui ho bisogno.»

Con voce tremante, lui replicò: «Non so come o perché tu ti sia messa in testa di non essere alla mia altezza. Sei bellissima, intelligente, simpatica e gentile. Sei perfetta per me e lo sei sempre stata. Vorrei che ci credessi».

«Anch'io» sussurrai.

«Che cosa provi per Brad?» mi chiese, cercando di rendere la voce più ferma.

«Niente» risposi, rapida. «Mi ha invitata a una festa e ci siamo divertiti. Finché non gli hai piantato un pugno nello stomaco, naturalmente.»

Ridemmo, allentando un po' la tensione.

Noah si voltò verso di me. La sua espressione preoccupata e triste mi colpì dritta al cuore. «Non è neanche lontanamente alla tua altezza.» Mi accarezzò la guancia con il pollice. «Se dovesse farti soffrire, giuro che lo ammazzo.»

«Grazie che ti preoccupi per me» dissi sottovoce.

Le nostre fronti si toccarono.

«Io non mi limito a preoccuparmi per te, Tweet.»

Mi sfuggì un singhiozzo mentre le lacrime mi rigavano il viso. Gli strinsi le braccia attorno al collo e lui mi cinse la vita. Rimanemmo così a lungo. Sapevamo entrambi che, una volta che ci fossimo separati, le cose sarebbero cambiate. La vita avrebbe cominciato a condurci in direzioni diverse, verso nuove esperienze, nuove sfide e nuove persone.

Mentre continuavamo a stringerci, pregai in silenzio di diventare perfetta per lui, un giorno, e di trovare un modo per tornare ancora una volta tra le sue braccia.

CAPITOLO 16

Bisognerebbe sempre fidarsi del proprio istinto. Si può anche ignorare il perché di certe emozioni, ma se una strana, inconfondibile sensazione alla bocca dello stomaco ci spinge a esitare, ci dovrà pur essere un motivo.

Sfortunatamente, tendiamo spesso a pensare solo con la testa o con il cuore, ignorando l'istinto. E se lo ignoriamo una volta di troppo, finiamo per pagarne il prezzo.

Erano passati diversi mesi da quell'ultima e straziante conversazione. Io e Noah riuscimmo bene o male a mantenere intatta la nostra amicizia. Entrambi ci assicurammo di passare del tempo insieme, anche se eravamo impegnatissimi. L'ultimo anno di liceo stava per finire e dovevamo prepararci per il college.

Lui cominciò a uscire con una ragazza di nome Brooke, ormai stavano insieme da un paio di mesi. Era alta, carina, slanciata, con i capelli biondi e gli occhi azzurri. Era anche intelligente e sembrava comprendere il rapporto che ci legava. Non si sentiva minacciata da me e non era gelosa. La cosa, però, mi faceva un po' rabbia. La interpretai come un modo subdolo di comunicare a me e al mondo intero che sapeva bene che non ero all'altezza di Noah. Non è che

Brooke non mi piacesse, è che sospettavo non fosse tanto limpida come appariva esteriormente.

Per fortuna, non la vedevo molto spesso. Non frequentava il nostro liceo, era la cugina di un compagno di squadra di Noah. Si erano conosciuti a una partita, e lo aveva conquistato in fretta. Brooke sembrava soffrire di un disturbo che le impediva di reggersi in piedi da sola quando c'era Noah. Ogni volta che li incrociavo, lei era aggrappata a lui. Mi faceva male vederli insieme, ma Noah non ostentò mai la loro relazione davanti a me. Non mi parlava granché di lei.

Nel frattempo, io e Brad continuammo a frequentarci. Tecnicamente, non stavamo insieme, ma mi ero molto affezionata a lui. Era soltanto una distrazione, però. Una distrazione estremamente sexy, ma pur sempre una distrazione. Anche se gli volevo un sacco di bene, sapevo che non avrei mai provato per Brad quel che provavo per Noah.

Un pomeriggio, io e Brad eravamo a casa sua a studiare. Non parlava molto della sua famiglia, ma avevo l'impressione che stesse spesso da solo. In quella casa enorme vivevano soltanto lui e la madre. I suoi, entrambi avvocati, avevano divorziato quando aveva dieci anni, e suo fratello Peyton era al college a studiare Legge. Le poche volte che ero stata da lui, sua madre non c'era mai. Sembrava sempre impegnata con un caso importante. Ed era capitato di frequente che Brad mi proponesse di passare il weekend a casa sua perché i programmi con suo padre erano saltati all'ultimo momento. Avevo cercato di parlare di cose serie, qualche volta, ma lui trovava sempre il modo di scherzarci su e cambiare argomento.

Stavamo studiando sul divano da un'oretta quando Brad cominciò a sfiorarmi il collo con il naso, posandovi piccoli baci.

«Ho allenato abbastanza il cervello per oggi. È ora di fare ben altro esercizio» esordì.

Mi tolse il libro dalle ginocchia e lo gettò sul tavolino. Chiusi gli occhi e inclinai la testa di lato. Anche se non avevamo un relazione profonda, il mio corpo rispondeva sempre al suo tocco.

«Dovremmo studiare» dissi senza fiato. «Dobbiamo prepararci per quel grosso compito in classe.»

Mi afferrò per i fianchi e mi fece sedere a cavalcioni su di lui. «Anche qui c'è qualcosa di grosso che richiede la tua attenzione.»

Scoppiai a ridere e lui mi tempestò il collo di piccoli morsi mentre il suo braccio serpeggiava attorno alla mia vita.

«Devi essere il diplomando più immaturo di sempre.»

Mi rivolse un'occhiata allusiva. «Ammettilo. Lo desideri. Muori dalla voglia. Non riesci più a resistere» scandì, mordicchiandomi il labbro inferiore dopo ogni frase.

«Va bene, d'accordo, ti trovo affascinante, ma solo un pochino» dissi. La mia risata si affievolì mentre iniziavo ad avere sempre più caldo.

Due occhi zaffiro perforarono i miei, poi si spostarono sulle mie labbra e tornarono indietro. Posandomi una mano dietro la nuca, Brad mi attirò a sé. Le nostre labbra si toccarono e la sua lingua si spinse ad accarezzare la mia. Mi lasciai andare al desiderio divorante della sua bocca.

All'improvviso la porta si aprì e la madre di Brad entrò a rotta di collo.

La signora Johnson era una donna bellissima, con gli stessi capelli biondo cenere e gli occhi zaffiro di suo figlio. L'avevo incrociata pochissime volte, ma aveva una presenza tale che era impossibile non prestarle attenzione quando faceva il suo ingresso in una stanza.

Mi allontanai subito da Brad, mi lisciai i capelli e risistemai i vestiti.

Brad parve seccato. «Mamma, cosa ci fai qui?»

Senza alzare lo sguardo, lei controllò la posta mentre percorreva a grandi passi la stanza. «Sono stata bombardata di telefonate, in ufficio. Ho un caso importantissimo in arrivo e non sono riuscita a concludere niente con tutte quelle interruzioni. Voi due andate avanti, finite qualunque cosa steste facendo. Io mi chiudo nel mio studio.»

Gettò la posta sul tavolino dell'ingresso e si allontanò dicendo distrattamente: «Bradley, ricordati che non voglio essere disturbata per nessun motivo. Fa' finta che non ci sia».

«Sarà facile» borbottò lui. Si alzò, tendendomi una mano. «Vieni.»

«Dove andiamo?» chiesi.

«In camera mia» rispose mentre esibiva il suo Sorriso Sfolgorante. «Voglio stare da solo con te.»

Esitai. Non che non mi fidassi di Brad. Non mi fidavo di me stessa. Mentirei se dicessi che non avevo pensato di fare sesso con lui. Inoltre, aveva la straordinaria capacità di farmi fare cose per me insolite. A livello fisico, con Brad mi ero spinta più in là che con chiunque altro. Mi faceva ridere un sacco, era sempre dolce e adoravo pomiciare con lui. Però mi sentivo a disagio sapendo che sua madre era in casa.

Brad mi trascinò su per le scale. Quando raggiungemmo camera sua, aprì la porta e mi fece entrare per prima. Era la classica stanza di un giocatore di baseball del liceo. Trofei allineati su alti scaffali e bandierine appese alla parete. Un grande televisore, un armadio e un letto. Sulla scrivania c'era un portatile.

Venne dietro di me e mi strinse le braccia attorno alla vita, dandomi un lieve bacio sulla guancia. «La sai una cosa?» chiese allegro.

«Cosa?»

«C'è una ragazza nella mia stanza.» Sentii il suo sorriso contro la pelle.

«Chissà perché, ma non credo che sia un evento raro.»

«Non ho mai portato una ragazza in camera, a meno che non si contino mia madre e miss Sally, e fidati, non si ricordano nemmeno più cosa significhi essere una ragazza.»

Voltandomi verso di lui, domandai: «Chi è miss Sally?»

«La donna delle pulizie, viene un paio di volte a settimana. Ma oggi è il suo giorno libero» rispose facendomi l'occhiolino.

Socchiusi gli occhi e chiesi, sospettosa: «Dunque sono proprio la prima?»

«L'unica e sola.»

«Perché mi viene concesso questo onore?»

«Perché per me sei speciale» disse lui, e mi rivolse un sorriso dolce.

C'erano sincerità e calore nei suoi occhi. Capivo che diceva sul serio. In quel momento, non era un Casanova adolescente con la parlantina sciolta. Non era il moccioso viziato che lo ritenevano tutti a scuola. Era un ragazzo dolce che mi rendeva felice e mi considerava speciale.

«Mettiti comoda. Controllo un attimo la mail.»

Togliendomi le ballerine, saltai sul letto e mi appoggiai alla testata. Il mio sguardo vagò per la stanza prima di posarsi su Brad, seduto alla scrivania. Era ancora più sexy. Quando finì di controllare la posta, girò la sedia per guardarmi.

«Allora, cosa vuoi fare adesso?» gli chiesi.

Lui scivolò giù dalla sedia e mi raggiunse a quattro zampe. «Oh, ci sono diverse cose che voglio fare adesso.» Ed eccolo lì, era tornato Casanova.

Cominciai a ridere. «Okay, te l'ho servita su un piatto d'argento.»

«E mi vengono in mente almeno dieci risposte da darti ora, Bellissima. Tutte sconce. Mi fai morire.» Lo schiaffeggiai sul braccio e risi. «Ascoltiamo un po' di musica» propose, baciandomi la punta del naso prima di dirigersi a un impianto stereo impressionante. Con mia grande sorpresa, la splendida voce di Tracy Chapman si diffuse per la stanza. Consideravo Brad un tipo da musica pop. Era quello il genere che metteva sempre in macchina.

«Adoro questo CD» dissi.

«Sì, lei è fantastica.»

Lo guardai, stupita. «Mi sorprendi, sai?»

Lui sorrise compiaciuto mentre tornava alla scrivania. «Perché mi piace la musica con un'anima e un significato? Non sono solo un bel faccino, tutto muscoli e niente cervello, Bellissima».

«Lo so» risposi, con un lieve sorriso.

Ascoltammo la musica per un po'. Avevo deciso di provare a parlargli di una cosa importante. Non sapevo se era perché volevo finalmente conoscere un altro lato di lui o perché volevo tenerci occupati, così l'atmosfera non sarebbe diventata rovente com'era successo di sotto.

«Cosa vuoi fare da grande?»

Brad spinse indietro la sedia e guardò in alto come se stesse valutando a fondo la domanda. «Il pompiere e il clown. No, aspetta. Non voglio fare il clown. Mi spaventano da morire. Forse...»

«Dico sul serio. Perché fai sempre così?»

«Così come?» chiese facendo ruotare la sedia da una parte all'altra.

«Ogni volta che provo ad affrontare un argomento serio, ti metti sempre a scherzare e cambi discorso.»

«Ho tutta la vita per essere serio. Perché cominciare adesso?»

Ci fissammo. Non riuscivo a capire cosa ci fosse di diverso quel giorno, ma quando guardai Brad mi venne ancora più voglia di un contatto fisico con lui. Forse *voltare pagina* significava proprio questo.

L'atmosfera nella stanza cambiò, proprio come quando avevamo iniziato a baciarci sul divano. Schiarendomi la voce, ruppi il silenzio e tornai alla carica. «Rispondi alla domanda.»

«L'avvocato, credo.»

«Non mi sembri molto felice al pensiero.»

«I miei genitori sono entrambi avvocati. Il mio nonno paterno era avvocato. Mio fratello farà l'avvocato. Mi hanno sempre detto che lo sarei diventato anch'io.» Un senso di scoraggiamento rannuvolava le sue parole. Era come se non avesse alcuna voce in capitolo sul proprio futuro. Riportò l'attenzione sul computer, ponendo fine alla conversazione.

Abbassai le palpebre e poggiai il capo alla testata del letto, concentrandomi sulla musica. Sentivo il suo sguardo su di me. I miei occhi si spalancarono quando udii lo scricchiolio della sedia. Si era alzato in piedi. Andò al comò e cominciò a svuotarsi le tasche.

Mi sentii in colpa per le domande che gli avevo fatto. Vedendo la tristezza nei suoi occhi, avrei dovuto comportarmi da amica e chiedergli se volesse parlarne.

«Non sembra proprio che tu voglia fare l'avvocato. Cos'è che vuoi fare davvero?» C'era una certa trepidazione nella mia voce.

Si voltò, sollevò le mani con i palmi in fuori, ed esclamò: «Il ballerino!» In un battibaleno, Brad il buffone era tornato.

Scoppiai a ridere. «Sei pazzo.»

«Esatto, Bellissima. Pazzo per la danza.» Dimenò i fianchi mentre veniva verso di me. «Ho la musica nel sangue, e deve venire fuori!»

Si afferrò l'orlo della maglietta e lentamente se la sfilò, a mo' di striptease. Wow, aveva un corpo da urlo!

Ridevo così forte che mi faceva male la pancia. Lui continuò a dimenarsi fino ai piedi del letto. Mi afferrò i polpacci, trascinandomi giù verso di sé. Arrampicandosi sul letto, rimase sospeso sopra di me, con le mani ai lati della mia testa. Si chinò leggermente, come se stesse facendo le flessioni, e chiese tutto serio: «Perché stai ridendo del mio sogno?»

«Non sto ridendo del tuo sogno. Solo che non ti facevo un aspirante Nureyev» risposi, cercando di trattenermi. Il suo sguardo di zaffiro mi provocò un'ondata di eccitazione.

«Oh, sì. I lustrini, le piroette, le calzamaglie. Vivo solo per questo.»

«Ti chiedo scusa» dissi, sorridendo.

«Sono proprio offeso. Ma riesco a pensare a venticinque modi diversi con cui potresti farti perdonare.» Mi guardò come se gli fosse appena venuto in mente qualcosa. «Aspetta, venticinque modi e mezzo.» Mi fece l'occhiolino.

Alzai gli occhi al cielo e continuai a sorridergli. Era davvero uno spasso, oltre che carino e... mezzo nudo.

Si piegò e mi sfiorò il naso con il suo. Stuzzicandomi, abbassò le labbra sulle mie, ma non le toccò. Voleva che fossi io a cercarlo. Sollevai la testa e lo baciai. Interrompemmo il contatto per un istante mentre lui si metteva più comodo, sdraiandosi accanto a me e puntellandosi sul gomito.

Le nostre labbra si ricongiunsero. Feci scorrere le mani sui suoi addominali, fino al petto, per poi passargliele tra i capelli. Lui si lasciò sfuggire un gemito. Lo attirai più vicino mentre le nostre lingue si accarezzavano. Era come se non riuscissimo ad assaggiarci abbastanza velocemente. Ecco uno dei motivi per cui pensavo non fosse una buona idea stare nella sua stanza. Ogni volta che Brad mi toccava, il mio cervello si spegneva. Questo mi spaventava, perché mi sentivo in balia delle emozioni e perdevo il controllo.

La musica si fermò, sostituita dai nostri sospiri.

«Mi piaci tanto, Amanda» disse lui.

Mi posò una mano sulla guancia. Staccò la bocca dalla

mia per riprendere fiato, succhiandomi leggermente il labbro inferiore mentre si allontanava. Mi guardò e sussurrò: «Sei speciale per me». I suoi occhi irradiavano sincerità.

Restituendogli lo sguardo, gli accarezzai il viso fino alla mascella decisa. «C'è molto di più in te di quello che lasci vedere alle persone» dissi sottovoce.

Lui si chinò e mi sfiorò le labbra con le sue. Il suo sguardo era incandescente. «Dio, ti voglio da morire» mormorò contro la mia bocca.

«Tu mi hai già. Siamo amici intimi.»

Ridacchiando, rispose: «Sei adorabile». Rimase in silenzio per un istante. «Voglio stare con te.» Cominciò a posarmi piccoli baci lungo la mascella, dicendo tra uno e l'altro: «Amanda, sei così bella e dolce». Le sue labbra si diressero verso il mio collo. «... e sexy.» Procedettero dietro il mio orecchio. «Esploderò, se non entro subito dentro di te.» Mi mordicchiò il lobo, poi tornò alle mie labbra, impedendomi di aprire bocca. Non riuscivo a pensare lucidamente né a parlare. Riuscivo soltanto a concentrami su quell'ondata di sensazioni meravigliose.

La sua mano scivolò sul mio seno. Mentre lo massaggiava, il suo pollice mi accarezzò il capezzolo turgido attraverso i vestiti. Ricominciò a darmi dei morsetti lungo la mascella. Okay, era arrivato il momento di dire qualcosa. La faccenda mi stava sfuggendo di mano. Ma non mi uscì di bocca una sola parola. Non volevo che si fermasse.

«Levati la camicia e il reggiseno» disse con voce bassa e profonda. «Ho bisogno di baciare il tuo splendido seno.»

Continuai a lottare con la mia mente e il mio istinto,

ma il mio corpo li ignorò e cedette alle sensazioni. Erano straordinarie. *Lui* era straordinario. Mi osservò mentre cominciavo a sbottonare la camicia, ansioso e famelico.

Quando mi scoprii il petto, vi fece scorrere la mano. Poi mi sfilò la camicia, gettandola sul pavimento. Le sue dita percorsero i miei seni, le spalle, e infine raggiunsero la schiena e mi slacciarono il reggiseno. Non ero mai stata completamente nuda davanti a un ragazzo. Persino durante le nostre pesanti sessioni di petting ero sempre riuscita a mantenere abbastanza il controllo da tenermi i vestiti addosso.

Brad mi fece scivolare le spalline lungo le braccia e buttò il reggiseno da un lato. Mi guardò come se volesse divorare ogni centimetro del mio corpo. «Cavoli, sei splendida» ansimò, appena prima che la sua bocca calasse sul mio seno.

Gli passai le dita tra i capelli morbidi mentre lui prendeva un capezzolo tra le labbra, succhiandolo forte. Ondate di elettricità mi attraversarono da capo a piedi. Inarcai la schiena e feci pressione sulla sua nuca, spingendomi più a fondo dentro la sua bocca.

Sentii la mano di Brad che cominciava a scorrere sul mio stomaco, posandosi sul bottone dei pantaloni. Volevo che me li sfilasse e andasse avanti. Slacciò il bottone e lentamente tirò giù la cerniera. Involontariamente, la mia mano scattò sopra la sua. Si fermò e mi guardò con occhi roventi. Gli sorrisi e lo lasciai fare.

Lui cominciò a mordicchiarmi, procedendo lungo il mio corpo. Chiusi gli occhi, assaporando la sensazione delle sue mani e della sua bocca su di me. Quando fui sul punto di perdermi completamente, mi ricordai che giù c'era sua madre.

«Forse dovremmo fermarci. Cioè, tua... ehm... non siamo soli in casa» dissi con un filo di voce.

«È tutto okay. Nessuno ci darà fastidio.» Rabbrividii, dandogli così il permesso di cui aveva bisogno per continuare.

Non riuscivo a credere che stesse succedendo davvero. Continuavo a pensare di fermarlo, ma le parole non mi uscivano di bocca. Chiusi gli occhi quando sentii le lacrime scorrermi lungo le tempie. Noah invase all'improvviso la mia mente. Stavo pensando a quanto avevo desiderato che tutto questo accadesse con lui. E invece no, non sarebbe mai successo. Sentii l'aria fredda colpirmi le gambe mentre Brad mi sfilava i jeans. Mi erano rimaste addosso solo le mutandine.

Le sue dita scivolarono sotto l'orlo dei miei slip e li tirarono giù. Nel frattempo la sua lingua si fermò su uno dei miei capezzoli, mentre mi pizzicava l'altro con le dita. Si ritrasse leggermente prima di ripiombare su di me, divorandomi le labbra e strusciandosi tra le mie gambe. Le mie mani trovarono il bottone dei suoi jeans. Lo slacciai.

Brad si alzò e si tolse in fretta jeans e boxer. Lo guardai, sostenendomi sui gomiti. Non avevo mai visto un ragazzo completamente nudo. Era ipnotico. Un enorme sorriso gli spuntò sul volto quando vide i miei occhi sgranati. Aprì il cassetto del comodino e prese un preservativo, lo indossò e tornò in un lampo sopra di me.

Seppellì la testa nell'incavo del mio collo e lentamente scivolò dentro di me. Da principio fu strano, ma mentre si spingeva sempre più a fondo mi ci abituai. Poi, dopo una spinta poderosa, un dolore lancinante mi attraversò, facendomi gridare. Brad non reagì minimamente e cominciò a muoversi sempre più in fretta. A poco a poco il dolore scomparve lasciando posto al piacere.

Allacciai le braccia attorno al suo collo. La zona tra i miei fianchi e la parte alta delle cosce avvampò e sentii una pressione crescente dentro di me. Il mio ventre pulsava. Le sue spinte si fecero più veloci, finché cominciarono a tremarmi le gambe e, un'ondata dopo l'altra, le contrazioni mi travolsero. Udii un grugnito ovattato, poi il corpo di Brad si irrigidì e collassò sopra di me. Rimanemmo così per diversi minuti, cercando di riprendere fiato. Brad sollevò la testa per guardarmi, ma non disse una parola. Sorrise prima di spostarsi, facendomi sussultare un po'. Lo osservai togliersi il preservativo e gettarlo nel cestino della spazzatura.

Un rumore in corridoio mi mise in allarme. Guardai Brad e gli domandai a bassa voce: «Hai chiuso la porta, vero?»

«Mi pare di sì.» Si vestì e scosse la maniglia per assicurarsi che fosse chiusa.

Mi stavo sporgendo dal bordo del letto per cercare i miei vestiti, quando la porta si spalancò. Alzai la testa di scatto e sentii il sangue fluire via da tutti i miei organi vitali. Di fronte a me c'erano due amici di Brad, Jeremy e Spencer. Afferrai il piumino per coprirmi.

Jeremy fece un passo avanti e gli disse: «Cazzo! Non ci credo. Hai vinto di nuovo». Brad e Spencer scoppiarono a ridere.

Ero talmente scioccata che non capivo cosa stesse accadendo. Osservai Spencer che infilava una mano in tasca, tirava fuori un mazzetto di banconote e le consegnava a Brad.

«Che succede?» gli chiesi. La mia voce era così flebile e tremante che non la riconobbi nemmeno.

Brad si avvicinò a me, cercando di soffocare una risata. «Una piccola scommessa tra alcuni di noi della squadra.»

«È la terza volta di fila che vince, questo figlio di puttana» commentò Jeremy.

Brad fece spallucce. «Che posso dire? Ho un talento naturale.»

«Be', per poco non ce la siamo persa, per cui questa scopata era quasi stata squalificata. Tua madre aveva chiuso la porta d'ingresso. Meno male che sappiamo dov'è nascosta la chiave di riserva.»

Cominciai a tremare in modo incontrollabile mentre le lacrime mi bagnavano le guance. Stavano chiacchierando come se io non fossi nemmeno presente.

«Scusate. Non mi aspettavo che rientrasse» disse Brad.

«Allora, sulla scala dello Scopometro, che punteggio raggiunge la dolce Amanda?» chiese Spencer.

Tutti e tre se ne stavano lì a guardarmi mentre mi disperavo, fregandosene di quel che mi avevano fatto.

Un enorme sorriso illuminò il volto di Brad. «La dolce Amanda è scopabilissima. Le darei un bel 9,75.»

«Brava!» esclamarono Jeremy e Spencer all'unisono. Iniziarono a battere le mani.

L'espressione di Brad era disgustosa. Sembrava quasi che mi avesse fatto un favore, come se dovessi sentirmi onorata di aver ricevuto un punteggio tanto alto nella sua squallida scala di valutazione.

«Ti lasciamo un po' di privacy, così puoi vestirti» disse.

Jeremy e Spencer uscirono dalla stanza seguiti da Brad. Sulla soglia si voltò a guardarmi. Le lacrime mi inondavano il viso, ma non mi lasciai sfuggire un singhiozzo. Mi sentivo scollegata dal mio corpo. Fisicamente sapevo cosa mi era successo, ma la mia mente non era pronta ad accettarlo.

«Perché?» gli domandai. «Mi piacevi. Pensavo fossimo amici». La mia voce era quasi impercettibile.

«È solo sesso, Amanda. Non ha tutta questa importanza» rispose lui in tono piatto.

«Per me la aveva» ribattei, con più forza. «Non capisco. Dov'è finito il ragazzo dolcissimo con cui ho passato tanto tempo?»

Nei suoi occhi notai un accenno di rimorso, ma poi disse: «Io e gli altri vorremmo andare a mangiare qualcosa, quindi se ti dessi una mossa sarebbe grandioso». E chiuse la porta.

Scesi lentamente dal letto. Quando guardai in basso, vidi un rivolo di sangue che mi colava lungo le gambe e mi venne un capogiro. Non mi preoccupai di pulirmi. Dovevo andarmene subito da lì. Mi vestii e infilai le scarpe. Che idiota ero stata! Avrei dovuto saperlo che Brad aveva ben altri scopi. Noah mi aveva avvertita. Avevo provato una strana sensazione mentre salivamo le scale, ma avevo creduto che fosse solo disagio al pensiero di sua madre al piano di sotto.

Avevo tanto bisogno che Noah fosse lì a stringermi e proteggermi. Il solo pensiero diede libero sfogo ai miei singhiozzi. Mi voltai e il mio stomaco si contrasse. Afferrai il cestino dell'immondizia e lo tenni in mano per un minuto. Forse sarei riuscita a trattenermi fino a casa. La nausea cominciò a placarsi un pochino. Poi, mentre lo riponevo, vidi il preservativo usato e ci vomitai sopra.

Scesi di sotto il più silenziosamente possibile. I ragazzi erano in cucina a chiacchierare e ridere. Presi le mie cose e mi avviai alla porta. L'avevo quasi raggiunta, quando la voce di Brad mi fermò. Non mi voltai.

«Non sono uno a cui piace vantarsi, quindi non devi preoccuparti. Stewart non lo saprà mai.»

Strinsi forte lo zaino al petto, uscii e corsi in macchina.

Non so per quanto tempo guidai in quello stato di intontimento. Non volevo tornare a casa. Non volevo vedere nessuno. Come avevo potuto sprecare così la mia prima volta? Perché non avevo ascoltato il mio istinto? Se Noah avesse scoperto cos'era successo, non sarei più riuscita a guardarlo in faccia. Sarebbe stato completamente deluso e disgustato da me.

Mi sentivo svuotata. Volevo soltanto scomparire.

CAPITOLO 17

Quando avevo dieci anni, desideravo con tutta me stessa di diventare grande. Non vedevo l'ora di prendere le mie decisioni, di andare dove volevo, vivere dove volevo, vestirmi come volevo e mangiare quello che volevo, ogni volta che volevo. Sognavo il giorno in cui avrei potuto rimpinzarmi di gelato e torta al cioccolato a colazione, pranzo e cena.

Attenzione a ciò che desideri!

Crescere significa che le situazioni e le persone cambiano, i problemi si ingigantiscono e il dolore diventa più profondo.

(Inoltre, non puoi mangiare torta e gelato tre volte al giorno, se non vuoi ammalarti e ritrovarti un sedere enorme. Sì, crescere è uno schifo.)

Il liceo era finito e io ero riuscita a sopravvivere all'ultimo anno, diplomandomi con ottimi voti. Non fui la prima della classe come Emily, ma arrivai al sesto posto. Vincent fu incaricato di tenere il discorso di commiato. Se lo era meritato.

Il mio ultimo anno era stato un misto di alti e bassi estremi. Avevo imparato due cose importanti, però. Primo: Brad era un bastardo schifoso, ma mantenne la parola. Noah non scoprì mai cos'era successo. Secondo: ero davvero brava a dividere tutto in compartimenti stagni. Lasciai che l'incidente della scommessa mi turbasse solo per qualche giorno. Rimasi per conto mio il più possibile in quel periodo, poi sistemai quanto accaduto nell'apposito compartimento, lo misi da parte e voltai pagina.

Per festeggiare tutti i diplomati del quartiere, i genitori organizzarono una festa al parco. I fratelli e le sorelle più piccoli correvano e giocavano mentre le mamme e i papà si congratulavano tra loro per il successo dei rispettivi figli. Seduta al nostro posto, a guardare il laghetto, non potei fare a meno di pensare a tutti i ricordi che avevo di quel luogo, belli o brutti che fossero.

Mi tornò in mente mio padre che spingeva me ed Emily sulle altalene, e lui in fondo allo scivolo pronto a prendermi perché sapeva che avevo paura di cadere. Certo, molti dei miei ricordi riguardavano Noah. Quanto ci eravamo divertiti sulle giostrine e a dar da mangiare alle anatre quando la mamma ci portava qui da bambini! Mi ero sentita una vera adulta la prima volta che ci avevano permesso di venire al parco da soli. Per la prima volta io e Noah ci eravamo tenuti per mano. Qui avevamo avuto il nostro primo appuntamento e ci eravamo scambiati il nostro primo bacio. Qui mi si era spezzato il cuore e qui l'avevo a poco a poco riaggiustato. Nel corso degli anni, in questo posto avevamo condiviso sogni, problemi e in più di un'occasione… torte.

«Terra chiama Tweet.» Noah mi agitò una mano davanti al viso, riportandomi al presente.

«Scusa.»

Si sedette accanto a me a osservare il laghetto.

«Cosa passa per questa bella testolina?»

«Non molto. Pensavo a quanto tempo abbiamo trascorso qui.»

«Non vorrai fare la sentimentale con me, eh?»

«Forse un pochino.» Gli rivolsi un lieve sorriso.

«Sarà dura non averti attorno.» C'era una sfumatura triste nella sua voce.

«Sarà dura non avere *te* attorno. Verrai a trovarmi, vero? La USC è solo a un'ora e mezza di macchina.»

C'era soltanto un'università in South Carolina che offriva un corso di laurea in Giornalismo: la USC, appunto. Da quando avevo ricevuto la lettera che confermava la mia ammissione, avevo chiesto tutti i giorni a Noah se sarebbe venuto a trovarmi.

«Niente potrebbe tenermi lontano dalla mia ragazza. Verrò talmente spesso che ti stuferai di avermi tra i piedi.»

«Impossibile.»

Mi prese la mano e vi posò sul dorso un tenero bacio. Rimanemmo lì seduti, a goderci in silenzio il nostro posto finché la quiete non fu interrotta da uno strillo acuto.

«Noah!»

Mi lasciò la mano e si alzò mentre Brooke ci raggiungeva. Non mi ero ancora fatta un'idea precisa su di lei. Era sempre stata gentile con me, ma in un modo un po' affettato. Volevo che Noah voltasse pagina e trovasse qualcuno, però questo non significava per forza che la cosa dovesse piacermi o che la diretta interessata dovesse andarmi a genio. Cercavo semplicemente di non dare il peggio di me quando Brooke era nei paraggi. A Noah piaceva – o così mi sembrava – per cui, finché era felice lui, ero felice anch'io.

«Ehi, tesoro. Ti stavo cercando» disse lei, avvolgendogli attorno al collo le braccia scheletriche e dandogli un bacio sulle labbra. Un bacio che mi parve durare un'eternità. Dopotutto, pensai, eravamo in un luogo pubblico, con dei bambini impressionabili che correvano in giro. Mi schiarii la voce per ricordar loro che ero ancora seduta lì.

Brooke lasciò andare il collo di Noah. I miei occhi seguirono le sue braccia, che scivolarono attorno alla sua vita. «Scusa, Amanda. Adoro baciare il mio ragazzo. Non smetterei mai.» Distolsi lo sguardo per nascondere la mia espressione insofferente. «Congratulazioni per il diploma» disse.

Anche Brooke si era diplomata quell'anno. Lei e Noah avrebbero frequentato il college a Charleston, poi lui sarebbe andato all'Università del South Carolina per specializzarsi in Medicina sportiva. Non sapevo cosa volesse studiare Brooke, e sinceramente non me ne fregava un tubo.

«Grazie. Anche a te.» Diventavo sempre molto concisa quando c'era lei. Non riuscivo a pensare a nulla da dirle, tranne forse *Leva quelle manacce dal mio Noah*. Per cui mi limitavo al minimo indispensabile.

«Hai fame?» le chiese lui.

Lei lo guardò adorante e fece sfarfallare le ciglia. «Ho sempre fame quando sei con me, No-No.»

«Oh mio Dio!! È il tuo soprannome?» Le parole mi uscirono di bocca prima che il mio cervello potesse impedirlo. La mia risata esplose con una tale forza che sobbalzai all'indietro. «Cavoli, che ridicolo!» Non riuscivo a trattenermi.

Lei mi guardò in cagnesco, con le labbra serrate. «Io lo trovo carino e Noah adora quando lo chiamo così, specie se subito dopo mi sfugge un gemito.»

Noah diede un colpo di tosse, come se avesse appena ingoiato un insetto. Si massaggiò la nuca e mi guardò con un leggero sorriso. Brooke ridacchiò mentre gli stringeva più forte il braccio.

«Ti ho dato l'impressione di non trovarlo carino? Scusa. È più che carino. Oserei definirlo... *puccioso*» replicai.

Questo sarebbe un ottimo momento per stare ZITTA, Amanda.

Un silenzio imbarazzato piombò su di noi. Qualcuno doveva andarsene. Noah mi guardò di sfuggita, mise un braccio attorno alle spalle di Brooke e disse: «Be', andiamo a prendere qualcosa da mangiare. Ci vediamo dopo, Tweet.»

Mentre si allontanavano, lei si voltò e ripeté: «Ci vediamo, Tweet». Il suo sarcasmo era palpabile. Che stronza.

Diversi metri più avanti, si fermarono. Noah le sussurrò qualcosa all'orecchio e poi tornò di corsa da me. Non capivo se fosse arrabbiato o divertito. Quando mi raggiunse, si protese verso il mio viso.

«Più tardi sarai punita severamente.» Un adorabile sorriso diabolico apparve lentamente sul suo volto. Fece qualche passo indietro, poi si voltò e corse da Brooke. Lei mi scoccò un'occhiata tronfia che stava a significare: *È mio.*

Li osservai infilare una mano nella rispettiva tasca posteriore dei pantaloni. Una sensazione bruciante mi invase il petto e lo stomaco. Tornai a guardare il laghetto e cercai di togliermi dalla mente l'immagine di loro due che si palpeggiavano. Quando mi voltai, vidi arrivare Emily con due piatti pieni di cose buone. Si sedette dall'altro lato del tavolo e me ne posò uno davanti.

«Grazie» dissi.

«Che fai qui nascosta?»

«Non mi nascondo.» Giocherellai con una patatina prima di metterla in bocca.

«Brooke mi sembra simpatica.»

«Già, *sembra* simpatica.»

«Non ti piace?»

«Non è che non mi piaccia. Mi è indifferente» dichiarai.

«*Mmm...*»

«Cosa?»

«Niente, è che quando si tratta di Noah non sei mai indifferente. Per te, di solito, le cose sono bianche o nere. Non ci sono sfumature di grigio quando si tratta di lui.»

«Nei confronti di Brooke sono *grigio scuro*. Contenta?»

«Contentissima. Posso farti una domanda?»

«Certo.»

«Perché non ci stai tu con lui?» Emily indicò con un cenno del mento in direzione di Noah e Brooke. Li osservammo mentre si sedevano a mangiare a diversi tavoli di distanza. Lei rideva come una scema o lo baciava quasi dopo ogni boccone.

«Siamo solo amici.» La mia risposta partì in automatico mentre continuavo a fissarli. Emily fece una risatina. «E questo cosa vorrebbe dire?» le chiesi.

«Qualunque cosa ci sia tra te e Noah è ben più che amicizia.»

«Emily, smettila.»

«Dài, è talmente ovvio!»

«Ma di che parli?»

«Amanda, chiunque abbia un minimo di cervello capirebbe quanto vi volete bene.»

«Ma certo che ci vogliamo bene. È così tra amici, lo sai.»

«Perché non vuoi stare con Noah?»

«Perché mi fai una domanda del genere adesso?»

«Perché ho visto l'espressione che avevi quando eravate seduti qui a parlare. E poi ho visto com'è cambiata la tua faccia quando è arrivata Brooke.»

«Sarò sincera. È un po' inquietante che mi spii a questo modo.»

Emily scosse il capo. «Sei sempre la solita.»

«In che senso?» Stava cominciando a innervosirmi.

«Tutte le volte che sei a disagio, la butti sul ridere.»

«Be', non si ride abbastanza a questo mondo.» Le lanciai un'occhiata compiaciuta. Adesso iniziavo ad arrabbiarmi.

«Sul serio, perché tu e Noah non state insieme, Amanda?»

«Non sono il suo tipo, è chiaro. E poi incasinerei tutto in un attimo. Non voglio rischiare di perderlo. Ecco, adesso lo sai. Da che ho memoria, mi sono sempre sentita un fallimento totale.»

La fissai. Quando l'ultima parola lasciò la mia bocca, me ne pentii. Ero già di cattivo umore per aver visto Noah e Brooke pomiciare, e ora ci si metteva anche Emily a punzecchiarmi…

Lei fece un respiro profondo. «So che non è stato facile essere mia sorella. Crescere venendo sempre paragonata a me dev'essere stata una gran rottura di palle. Amanda, tu sei bellissima, intelligente, gentile e piena di talento. Sei perfetta così come sei.» Guardando in direzione di Noah, aggiunse: «Sei più che l'ideale per Noah. Vorrei che te ne convincessi».

«Lo vorrei anch'io, ma non conosco un altro modo di essere. Noah sta con Brooke ed è felice. Questa è l'unica cosa che conta per me. Scusami se sono stata antipatica, oggi sono un po' emotiva per via dei ricordi.»

Emily allungò una mano sul tavolo e la posò sulla mia. «Io ci sono sempre, Manda, se hai bisogno di me.»

«Grazie.»

Sapevo che Emily stava cercando di aiutarmi, ma io e Noah avevamo voltato pagina. Lui adesso aveva Brooke e io sarei partita per il college di lì a un paio di mesi. Il nostro rapporto era cambiato, e la cosa stava bene a entrambi. Non era perfetto, ma del resto cosa lo è?

Ero stanca della festa, dei ricordi e soprattutto di dover guardare Romeo e Giulietta che amoreggiavano. Feci un giro per salutare alcuni amici. Prima di riuscire a mettere in atto il mio piano di fuga, udii l'ennesima, agghiacciante risatina acuta di Brooke, proveniente dalla zona del falò. La gente era lì intorno ad arrostire i marshmallow. Quando mi voltai in quella direzione, vidi Noah in piedi dietro di lei. Le cingeva la vita e le baciava il collo. Sì, era decisamente ora di darci un taglio.

Ero a casa da un paio d'ore, spaparanzata sul divano a fare zapping. Niente catturava la mia attenzione, a parte il pensiero di Noah e Brooke insieme. Non ero nemmeno riuscita a stare un minuto da sola con lui per dargli il regalo.

Dopo una scorpacciata di *Bayside School*, spensi la TV e mi avviai in camera. Lungo il tragitto, sentii il telefono trillare. Mi era arrivato un messaggio. Presi il cellulare e non potei fare a meno di sorridere per la foto che comparve sul display. Eravamo io e Noah in una di quelle fototessere in cui facevamo le boccacce.

Al nostro posto. Subito. Vieni da sola.
T voglio tt x me ;)

Adoravo e odiavo ricevere certi suoi messaggini ammiccanti. Mi tenevano concentrata su ciò che non avrei mai potuto avere con lui. Digitai in fretta una risposta.

Non puoi darmi ordini.
Verrò quando mi farà comodo.
C vediamo tra 1 sec ;)

Mentre premevo INVIO, provai un'ondata di eccitazione.

Corsi al parco, rallentando una volta che mi trovai nelle vicinanze. Non volevo sembrare la patetica sfigata che ero. Raggiunsi il nostro posto. Noah era rivolto verso il laghetto. Mi fermai a pensare alla volta che ero stata lì per aiutarlo a fare pratica con i baci. Sorrisi al ricordo della cenetta per due che mi aveva organizzato a sorpresa. Che sciocca, ero stata proprio una sentimentalona quella sera.

Senza voltarsi, lui mi disse: «Hai intenzionc di venire a sederti qui o vuoi guardarmi la schiena fino a domattina?»

Non mi sarebbe dispiaciuto, come programma per la serata. Aveva davvero una bella schiena.

«Smettila di rompere» replicai mentre giravo attorno al tavolo per sedermi accanto a lui.

Posai il regalo di fianco a me, in modo che ancora non lo vedesse. Noah mi prese la mano e intrecciò le dita alle mie. Mi rannicchiai contro di lui e gli poggiai la testa sulla spalla.

«Dov'è che sei scappata prima?» mi chiese.

«Non sono scappata. La festa si stava ammosciando, ero stanca e così me ne sono tornata a casa.»

«Sei andata via senza dirmi una parola. Pensavo fossi arrabbiata con me.»

«Perché dovrei essere arrabbiata con te?» Ero curiosa di sentire la sua risposta.

«Non lo so. Ci sono rimasto male quando ho capito che te n'eri andata.» Mi strinse leggermente la mano.

«Be', sembravi un tantino occupato.» Non dovetti guardarlo per capire che stava sogghignando. «A proposito, voi due non siete un po' esagerati? Cioè, cavoli, prendetevi una stanza!»

«Lo abbiamo fatto.» Non riuscivo a credere alle mie orecchie. Sollevai la testa dalla sua spalla, ritraendo la mano e allontanandomi.

«Non scherzare con me su una cosa del genere.» Mi morsi il labbro inferiore e lo guardai.

«Sei gelosa?» mi domandò lui, come se mi stesse sfidando.

Mi ero già sfogata abbastanza con Emily. Non avevo intenzione di farlo con Noah.

«Il nomignolo che ti ha dato Brooke è proprio stupido» lo sbeffeggiai.

Ancora quel sorrisetto compiaciuto. «Lo so. E tu sei davvero carina quando diventi gelosa.»

«È da sfigati. Anzi, dopo aver provato imbarazzo per te, ho provato pena, e poi ho vomitato.» Mantenni ben saldo il contatto visivo.

Noah si posò la mano sul cuore e dichiarò: «Oh, tesoro, adesso non sei più soltanto carina, ma sexy da morire».

«Deficiente.»

«Adoro quando mi insulti. Continua.»

«Bastardo.»

«Oh, sì! Così mi piace!»

«Sei ridicolo» gli dissi.

«E tu sei bellissima.»

Distolsi lo sguardo per nascondere il mio sorriso.

«Adesso che abbiamo finito con queste stronzate, è l'ora dei regali.» Batté le mani e si strofinò i palmi. «Prima io.»

Tirò fuori una scatola di velluto blu a forma di cuore legata con un nastro bianco. Fissai Noah, sbalordita. Era splendida, ed era solo la scatola! Pensai che avesse commesso un errore. Sembrava un regalo da fidanzata.

«Ehm, credo che per sbaglio tu mi abbia portato il regalo per Brooke.»

«Ho portato il regalo giusto per la ragazza giusta. Tieni.» Lo presi, poi lo guardai di nuovo negli occhi. «Aprilo, Tweet. Non ti morderà.» Mi rivolse un sorriso timido.

Sciolsi il nastro e lentamente sollevai il coperchio. Mentre osservavo il contenuto, sentii gli occhi inumidirsi. Era una meravigliosa catenina d'oro con un ciondolo a forma di piuma. Era così delicato! Sollevai lo sguardo su Noah mentre le lacrime cominciavano a scivolarmi sul viso. Ero senza parole.

Lui mi guardò intensamente. «Posso riprendermela se non ti piace» disse, con quel suo sorriso irresistibile.

«È la cosa più bella che abbia mai visto. La toccherai soltanto per mettermela al collo.» Mi voltai e mi scostai i capelli.

Mentre allacciava la catenina, mi sussurrò all'orecchio: «Sarai sempre la mia ragazza numero uno. Congratulazioni, Tweet».

Chiusi gli occhi. Ero così sopraffatta dall'emozione che mi ci volle qualche secondo prima di voltarmi di nuovo. Alla fine riuscii a dire con un filo di voce: «Grazie, Noah. Non me la toglierò mai».

Lo guardai per qualche altro istante prima di dargli il mio regalo. Strappò la carta come un bambino. «Spero che ti piaccia» mormorai con ansia.

Gli avevo preso una catenina con una medaglietta che ricordava le piastrine dell'esercito ricavata dai sedili originali di Fenway Park, lo stadio dove aveva assistito alla sua prima, vera partita di baseball insieme a suo padre.

Il suo viso si illuminò quando capì di cosa si trattava. «Fenway, vero?» mi chiese con meraviglia.

Quando annuii, sulle labbra gli spuntò un sorriso enorme. «È scritto dietro.» Ero raggiante.

La voltò per leggere la scritta. Non sapeva cosa dire. Si infilò la catenina al collo e mi abbracciò di slancio. Appoggiai la testa sul suo petto.

«La adoro. Grazie, Tweet. È incredibile che ti sia ricordata che Fenway era il mio stadio preferito.» Mi strinse più forte. «È il più bel regalo che abbia mai ricevuto» aggiunse, baciandomi in cima alla testa.

Rimanemmo lì seduti in silenzio, abbracciati. Per la prima volta dopo molto tempo, le cose mi parvero perfette.

CAPITOLO 18

Ho letto da qualche parte che non esiste peggior dolore di quello che si prova per la morte dei propri cari. Credo che esista un dolore peggiore, però: quello che si prova per non essere riusciti a dirgli addio.

Quando la morte ti strappa all'improvviso una persona cara, non puoi dirle quanta influenza abbia avuto su di te. Quanto hai apprezzato tutto ciò che ha fatto per te. Quanto le vuoi bene e quanto ti mancherà.

Quando non hai la possibilità di dire addio, non hai la possibilità di dire grazie. Tutti meritano un grazie e un addio.

Bussai piano alla sua porta. «Noah, sono io.»

Sentii la sua voce profonda e roca rispondere: «Entra pure».

Era sdraiato sul letto con i palmi premuti sugli occhi. Allontanò le mani, si tirò su a sedere e mi guardò. Per poco non crollai a terra. Era il ritratto del dolore e della desolazione.

Ci fissammo negli occhi per un istante, poi Noah disse: «Ha avuto un attacco di cuore al lavoro. È morto ancor prima dell'arrivo dell'ambulanza». Cercò di ricomporsi per continuare. «L'ho visto stamattina e sembrava in perfetta forma. Dovevamo andare a Fenway il mese prossimo, Tweet». Incespicò su ogni parola, incapace di contenere i singhiozzi.

Avevo gli occhi pieni di lacrime. Il mio cuore non era mai stato tanto straziato per qualcuno. Volevo disperatamente liberarlo da tutto quel dolore. Senza dire una parola, lo raggiunsi. Mi sfilai le scarpe, salii sul letto e mi sedetti dietro di lui. Noah posò la schiena contro il mio petto. Avvolsi braccia e gambe attorno a lui, gli seppellii la testa nell'incavo del collo e lo tenni stretto mentre sfogava la sua sofferenza.

Gli sussurrai: «Tuo padre era un grand'uomo ed era fierissimo di te».

I nostri singhiozzi cominciarono a placarsi. Rimanemmo in quella posizione, in silenzio. Dopo un po' si sentì bussare piano.

«Noah, sono Brooke. Posso entrare?»

Prima che lui avesse modo di rispondere, la porta si aprì con uno scricchiolio e Brooke entrò nella stanza. Vederci lì sul letto, abbracciati, le provocò un'ondata di rabbia. Noah rimase immobile, con gli occhi chiusi. Lei mantenne lo sguardo fisso su di me e con voce ferma domandò: «Che sta succedendo?»

«Brooke, in questo momento non mi va di vedere nessuno» rispose Noah strofinandosi il viso. «Mi dispiace. Ti chiamo domani.»

Lei mi scrutò con le palpebre socchiuse. Vidi il suo corpo irrigidirsi. La sua espressione si indurì. Era furibonda e ferita. Sapevo che avrebbe dovuto essere lei a consolarlo, perché era la sua ragazza. Feci per allontanarmi da Noah e lasciarle il posto, ma lui si aggrappò al mio braccio stringendolo come in una morsa.

Mi voltai verso di lei. I miei occhi le chiesero di comprendere il dolore che stava provando Noah in quel momento. Probabilmente non si era reso conto di quanto le sue parole l'avessero ferita. Senza aggiungere altro, Brooke si girò e uscì.

«Forse dovrei andarmene e far restare lei» dissi.

Noah mi posò la guancia sul petto, abbracciandomi forte.

«Non lasciarmi solo» mormorò. «Ho bisogno di te, solo di te. Non voglio stare con nessun altro, Tweet.» Cominciò a tremare. La mia camicia si inzuppò di lacrime.

Lo strinsi a me e sussurrai: «Sono qui. Non vado da nessuna parte».

Ci addormentammo l'uno nelle braccia dell'altra.

La mattina dopo, Noah e sua madre dovettero andare all'agenzia di pompe funebri per definire i dettagli del funerale. Lui mi chiese di accompagnarlo e io rimasi sempre al suo fianco. Non mi lasciò nemmeno per un secondo. Quando non mi teneva la mano, mi sedeva vicino o mi cingeva con un braccio le spalle o la vita. Era come se toccarmi gli donasse un po' di pace.

Non vidi Brooke per tutto il giorno. Non sapevo se fosse stata una decisione sua o di Noah. Mi sembrava strano che non fosse lì accanto a lui. Sapevo che quanto era accaduto la sera prima l'aveva fatta soffrire, ma il padre di Noah era appena morto, lui era distrutto. Di certo Brooke non sarebbe stata tanto meschina da infuriarsi con lui proprio in quel momento.

Casa Stewart ferveva di attività. C'era un viavai continuo di persone che venivano a fare le condoglianze o a portare qualcosa da mangiare. Tutta la mia famiglia cercava di dare una mano. Mio padre e il signor Stewart erano come fratelli. Andavano a correre insieme un paio di volte a settimana e spesso giocavano anche a basket. Il fatto che il papà di Noah sembrasse in perfetta forma e ciò nonostante fosse morto all'improvviso spaventava molto mio padre.

Quel pomeriggio decisi di rendermi utile facendo un po' di bucato. Mentre percorrevo il corridoio per riporre lenzuola e asciugamani nel ripostiglio, passai davanti allo studio del signor Stewart. Mi fermai, ricordando che quando eravamo piccoli lì dentro c'erano sempre dei dolcetti. Usava le caramelle per corromperci e convincerci ad andare a giocare fuori mentre lui lavorava.

Sentii che Noah stava parlando al cellulare. «Non posso farlo in questo momento.» Rimase in silenzio ad ascoltare l'interlocutore. «Cristo, Brooke, mio padre è appena morto e mia madre è uno straccio! Ho bisogno di averla accanto.» Seguì un'altra pausa. «Te l'ho detto un migliaio di volte, è la mia migliore amica.» La pausa successiva fu più lunga delle precedenti. «So che impressione deve averti dato, ma lei non va da nessuna parte. Occupa un posto importantissimo nella mia vita, quindi dovrai abituartici, se resteremo insieme.» Un'altra breve pausa. «Dipende da te. Devo andare. Ci vediamo domani al funerale.» Chiuse la comunicazione senza salutare.

Uscì dallo studio e mi scoprì a origliare.

«Immagino tu abbia sentito tutto.» La sua mano si posò

subito sulla mia spalla. Notò che le diedi una rapida occhiata. «Pensi che sia strano?» mi domandò.

«Cosa?»

«Che non riesco a stare due secondi senza toccarti.»

«È strano, ma in modo positivo.» Gli rivolsi un lieve sorriso.

«Se vuoi, la smetto.»

Scossi il capo.

«È solo che ho l'impressione di perderti se ti lascio andare troppo a lungo.»

«Sarò qui, finché avrai bisogno di me. Ma non voglio creare problemi tra te e Brooke. Non era felice ieri sera, quando ci ha visti nella tua stanza.»

«Starà bene… alla fine.» Accennò un sorriso. «È arrabbiata. Ti rendi conto? Mio padre è morto e lei è arrabbiata perché ho bisogno di te.»

«Vuole soltanto aiutarti, Noah.»

«Deve capire che in questo momento è te che voglio vicino. Nessuno può prendere il tuo posto nella mia vita, Tweet.»

Non potei fare a meno di arrossire. Era bello sapere che aveva bisogno di me.

Ebbi qualche difficoltà a prendere sonno quella sera. Gli ultimi due giorni erano stati talmente frenetici che non avevo avuto il tempo di scrivere sul mio diario. C'erano così tanti pensieri ed emozioni che mi ronzavano in testa, avevo bisogno di metterli nero su bianco. Di solito mi aiutava a schiarirmi le idee e ad addormentarmi. Il cellulare trillò, facendomi sussultare.

Guarda fuori dalla finestra.

Andai alla finestra e la aprii. Noah era lì sotto. Aveva gli occhi rossi e vitrei. Doveva essere stato il pianto.

Cercai di parlare a bassa voce. «Ehi, che ci fai qui a quest'ora? Stai bene?» Sapevo che era una domanda stupida.

«No. Non sto bene. Posso entrare?»

«Ma certo. Fai il giro, vengo ad aprirti la porta.»

«Non ce n'è bisogno.»

Iniziò ad arrampicarsi sulla finestra. Mi sembrava un po' instabile, così lo aiutai a tirarsi su. Una volta dentro, sentii puzza d'alcol. Ecco perché mi era parso un po' strano, là fuori. Non potevo biasimarlo per aver bevuto, dopo tutto quello che aveva passato. Raggiunse il mio letto incespicando, e io lo seguii per aiutarlo a sedersi. Il suo sguardo mi spezzò il cuore. Sembrava completamente sperduto e solo.

Allungò le mani e mi afferrò i fianchi, attirandomi a sé per abbracciarmi. In piedi, di fronte a Noah seduto, avevo il petto proprio all'altezza dei suoi occhi. Senza dire nulla, gli misi le braccia attorno al collo e lo attirai più vicino. Gli passai le dita tra i capelli setosi. Nonostante l'alcol, aveva ancora un profumo meraviglioso, fresco e agrumato.

«Vorrei tanto liberarti da questo dolore» sussurrai. Lui mi strinse più forte.

Rimanemmo così per un po', poi sentii le sue dita che scivolavano lentamente sotto la mia maglietta del pigiama. I miei capezzoli diventarono duri come roccia mentre lui affondava il viso tra i miei seni. Ero imbarazzatissima. Cercavo di consolare il mio migliore amico e mi stavo eccitando.

Tentai di fare un passo indietro, ma Noah mi tenne stretta, impedendomi di muovermi. Alzò la testa e mi guardò dritto in faccia. I suoi splendidi occhi azzurri erano offuscati dal dolore. Un dolore che volevo far scomparire.

Senza mai interrompere il contatto visivo, Noah cominciò a baciarmi i seni sopra la maglietta. Anche attraverso la stoffa, la mia pelle andava a fuoco.

La sua bocca scese fino a trovare una piccola porzione di pelle scoperta, proprio sopra l'anca. Affondai le dita tra i suoi capelli e mi sfuggì un lieve gemito quando sentii la sua lingua farsi strada prima attorno e poi dentro l'ombelico. Le sue mani scivolarono dietro la mia schiena, per poi posarsi sul mio sedere. Con le labbra percorse lentamente il mio torso, succhiando con delicatezza la mia pelle rovente. Era ubriaco, e sconvolto da un dolore immenso, e aveva una fidanzata. Noah aveva impedito che commettessimo un grosso errore quando mi ero ubriacata io, perciò ora dovevo fare lo stesso. Dovevamo fermarci.

«Noah...» La mia voce era talmente fievole che non ero sicura che mi avesse sentito.

«La tua pelle è così morbida e dolce» mormorò contro il mio stomaco.

«Non possiamo farlo» sussurrai.

Le mie dita scesero sulle sue braccia muscolose per raggiungere le mani, ancorate alle mie natiche. Cercai di allontanarle, ma la sua presa era troppo forte. Mi sfiorò la clavicola con le labbra e proseguì dietro l'orecchio.

«Ho bisogno di te» bisbigliò. «Sei l'unica che desidero. Ogni volta che sono con *lei*, penso a te. Ho un tale bisogno di fare l'amore con te… Ti prego, non mandarmi via.»

Mi ci volle ogni briciolo di forza di volontà per non cedere. Lo desideravo proprio come lui desiderava me. «Noah, hai bevuto e stai soffrendo. Non sei lucido. E poi hai una fidanzata. Non sei quel genere di ragazzo, non la tradirai.»

Mi lasciò andare e mi cinse la vita mentre io gli tenevo le braccia attorno al collo. Ci stringemmo così forte da non riuscire a respirare. Il suo corpo cominciò a tremare e sentii le lacrime scivolarmi lungo il collo.

«Ti prego, non lasciarmi» mi supplicò.

«Non vado da nessuna parte.»

«Grazie» sussurrò.

«Resta pure qui stanotte. Ci sono le tue zie in casa con tua madre, vero?»

Lui annuì.

Gli tolsi le scarpe e lo aiutai a svuotare le tasche dei jeans. Era abbastanza stabile da toglierseli da solo. Scostai le lenzuola e lui si infilò nel letto in maglietta e boxer.

«Vado a prenderti un'aspirina e un po' d'acqua» dissi mentre gli rimboccavo le coperte.

Noah mi afferrò la mano prima che avessi modo di allontanarmi. Mi guardò, gli splendidi occhi azzurri luccicavano ancora. «Non riuscirei a superare tutto questo senza di te. Ti amo da morire, Tweet.»

Deglutii a fatica. Era la seconda volta che mi dichiarava il suo amore e ancora non gli avevo risposto, almeno non in modo che mi potesse udire. Ma non sembrava importargli di questo, voleva soltanto che sapessi quanto teneva a me. Sperai che riuscisse a capire quanto lo amavo anche se non potevo esprimerlo a parole.

«Non dovrai affrontare nulla senza di me.» Gli sorrisi.

Il sollievo sbocciò sul suo viso. Lo baciai sulla fronte prima di andare a prendere acqua e aspirina. Quando tornai, si era già addormentato. Sapevo che non aveva chiuso occhio negli ultimi due giorni, quindi non lo svegliai. Lo osservai a lungo. Sembrava così tranquillo. Dire addio a suo padre, il giorno dopo, sarebbe stata la cosa più difficile che Noah avesse mai dovuto fare. Almeno, adesso, si sarebbe goduto qualche ora di pace.

Andai alla porta e spensi la lampada sul comò. Prima di uscire, mi voltai a guardarlo ancora una volta. Il bagliore della luna penetrava dalla finestra illuminando il suo bellissimo viso sereno.

«Ti amo anch'io, Noah» dissi prima di avviarmi nella camera degli ospiti.

CAPITOLO 19

Un vecchio adagio recita così: "Bastoni e pietre possono spezzarmi le ossa, ma le parole non mi feriranno mai". Be', non è vero. Le parole hanno un potere immenso.

Può anche non importarci nulla di ciò che gli altri pensano di noi, ma c'è sempre una persona, una persona speciale, che con poche parole ha il potere di salvarci oppure di distruggerci.

Il funerale fu straziante, come mi ero aspettata, ma Noah fu una roccia per sua madre. Dopo, la signora Stewart invitò a casa gli amici più intimi e i parenti. Noah restò accanto a lei, per aiutarla ad accogliere quanti erano venuti a porgere le condoglianze. Brooke rimase al fianco di Noah, con il braccio saldamente agganciato al suo ogni volta che poteva. Cercai di tenermi a una certa distanza. La situazione era già abbastanza stressante. Notai che di tanto in tanto lui controllava la stanza per vedere dove fossi. Quando lo capì anche Brooke, cominciò a lanciarmi sguardi ostili. Dopo circa quaranta minuti di occhiatacce, decisi che mi serviva un po' d'aria fresca. Attirai l'attenzione di Noah dall'altro lato della stanza, per fargli capire dove mi avrebbe trovata.

Uscii in cortile e raggiunsi l'orto sul fondo. Il signor

Stewart ci aveva lavorato solo un mese prima. Cominciavano a vedersi i primi germogli. Anche se era iniziata l'estate, fuori c'era molto più fresco che in casa, per via di tutta la gente che era venuta al funerale. Il signor Stewart era amato da tante persone. Era un brav'uomo. E Noah era proprio come suo padre. Iniziai a pensare a tutte le vacanze che le nostre due famiglie avevano trascorso insieme. Sentii le lacrime pizzicarmi gli occhi. Un rumore di passi alle mie spalle mi riportò al presente.

«Possiamo parlare?»

Mi girai e mi trovai faccia a faccia con Brooke. La sua espressione era la copia esatta di quella che mi aveva rivolto qualche sera prima.

«Sono uscita un attimo per prendere un po' d'aria. Adesso torno dentro» risposi.

Non avevo idea di cosa volesse dirmi, ma non volevo affrontare quella conversazione, soprattutto non in quel luogo né in quel momento.

«Non ci vorrà molto.» Era determinata a non cedere.

«Okay» dissi con una certa esitazione.

«Che cosa stai facendo?» Il suo tono era accusatorio.

«Non ti seguo, Brooke.»

«Che cosa stai facendo con Noah?»

«Invece di continuare con il gioco delle domande, dimmi quello che mi vuoi dire e facciamola finita.»

Cominciai a provare un po' d'ansia. Non sarebbe stata una bella esperienza.

«Mi sono resa conto che non ci conosciamo affatto. Noah non mi sembra propenso a condividere i dettagli del vostro rapporto. Ho chiesto a mio cugino di voi due, e lui ha l'impressione che siate stati insieme.»

Feci per interromperla e correggerla, ma sapevo che questo avrebbe soltanto prolungato la discussione, mentre io volevo sbrigarmela alla svelta.

«Non ho detto nulla l'altra sera, quando vi ho beccati insieme. Ovviamente, non era il luogo né il momento opportuno.»

«Aspetta un secondo. Quando ci hai *beccati*? Detta così sembra che stessimo facendo qualcosa di male.»

«Eri avvinghiata al mio ragazzo!»

«Sì, stavo cercando di consolare il mio migliore amico.»

«A me pare che stessi facendo ben altro che consolarlo.» Si interruppe per un istante. Si guardò attorno per assicurarsi che fossimo sole e non potesse sentirci nessuno. «Ascolta, non voglio litigare con te, e andrò dritta al punto. Qualunque cosa ci sia tra te e Noah è ben più che una semplice amicizia, anche se lui continua a negare. Lo vedo come ti guarda e come ti cerca sempre. Avrei dovuto esserci io stretta a lui l'altra sera, perciò ti chiedo di farti da parte e darci un po' di tempo. Se tu stai sempre tra i piedi, Noah non riesce a cementare la relazione con me.» Fece un respiro profondo. «Non so perché tu e lui non stiate insieme, ma non mi interessa. Se vuoi bene a Noah e vuoi che sia felice, allora fatti da parte. Lascia che capisca che non sei l'unica di cui ha bisogno. Adesso sono io quella pronta a restare al suo fianco, non tu.»

Non sapevo se essere più scioccata o arrabbiata per quella richiesta. La guardai negli occhi mantenendo un'espressione impassibile.

«Il tuo desiderio si avvererà tra un paio di mesi, quando partirò per il college.»

«Speravo che potessi farti da parte subito.»

«Ti aspetti che abbandoni Noah ora che ha appena perso suo padre? Questo gli spezzerebbe il cuore. Mi odierebbe.»

«Sei un po' troppo melodrammatica, non ti pare?»

«Di tutti i momenti per pensare a te stessa... Sei proprio un'egoista di prima categoria, lo sai?» Sentii le vene del collo pulsare. Involontariamente serrai i pugni. Lei ignorò il mio commento.

«E *odiare* è una parola grossa, ma credo sia necessario perché lui si stacchi finalmente da te. Sono sicura che alla fine Noah deciderà di rivolgerti di nuovo la parola. Quando io e lui avremo una relazione più solida» disse.

Non sono una persona violenta, ma mi venne voglia di darle un cazzotto lì nell'orto degli Stewart.

«Perché dovrei fare questo per te?» domandai.

«Non lo faresti per me. So che ami Noah, ti si legge in faccia. Entrambe sappiamo che non sei la ragazza giusta per lui. Non essere egoista, Amanda. Permettigli di andare avanti con la sua vita e di essere felice. Con me può riuscirci. Non ha più bisogno di rimanerti attaccato.»

Ero impietrita. Non riuscivo a imporre alle mie gambe di muoversi per allontanarmi da lei. Volevo contraddirla. Dirle che era fuori strada e completamente matta se credeva che avrei abbandonato Noah. Ma non ci riuscii. Nel profondo sapevo che aveva ragione. Non sul fatto che fosse lei quella di cui lui aveva davvero bisogno, ma su tutto il resto sì. A essere sincera, non avevo più pensato di uscire con qualcuno dopo l'incidente di Brad. Non so cosa stessi aspettando. Forse non riuscivo a voltare pagina finché Noah restava una presenza quotidiana nella mia vita.

Ne avevo abbastanza di Brooke e della sua tirata da fidanzata amorevole/gelosa.

«Ci penserò su» risposi. Feci per andarmene, ma le sue parole mi fermarono.

«Che sia questa settimana, la prossima o Dio sa quando, lo farà soffrire comunque. Meglio prima che dopo, così avrà l'intera estate per superare la cosa e inizierà il college senza distrazioni. Forse non sono io quella egoista tra noi due.» Mi lanciò un'ultima occhiataccia glaciale prima che mi voltassi e andassi via.

Era passata una settimana dalla chiacchierata con Brooke. Adesso la odiavo ufficialmente, altro che zona grigia. Sapevo che aveva ragione, però. Era praticamente impossibile smettere di desiderare qualcuno che è sempre lì davanti a te, con l'unico risultato di rendere quell'amore più forte.

La sera prima del funerale aveva dimostrato che né io né Noah avevamo il controllo dei nostri sentimenti. La sua felicità era la cosa più importante per me. Non sapevo se Brooke fosse in grado di renderlo felice, ma meritavano almeno un'occasione. *Noah* meritava un'occasione. Sapevo che si sarebbe infuriato, ma ero sicura che dopo un po' di tempo lontani avremmo superato la cosa e saremmo tornati a far parte l'uno della vita dell'altro come semplici amici.

Mi sembrava di camminare sulle sabbie mobili mentre raggiungevamo il nostro posto. Ero terrorizzata, ma continuavo a ripetermi che lo stavo facendo per Noah. Avevo cercato di trascorrere con lui ogni minuto possibile quella settimana, perché sapevo che sarebbe arrivato questo giorno. E avevo ripassato mentalmente più e più volte ciò che stavo per dirgli, ma adesso la mia testa era vuota.

Arrivati al nostro tavolo, lui fece per aiutarmi a sedermi, ma io scossi il capo. Si appoggiò al bordo, di fronte a me. Dai suoi occhi trasparivano confusione e preoccupazione. «Che succede?» mi chiese. «Sei stata così silenziosa ultimamente.»

Le lacrime che avevano cominciato a formarsi lungo la strada presero a rigarmi il viso. Mi sembrava di essere lì da un'eternità, con le parole bloccate in gola. La persona che per me significava tutto aveva appena perso il padre e io stavo per infrangere la mia promessa e abbandonarla.

Noah pensò che piangessi per colpa di tutte le emozioni accumulate durante la settimana e mi strinse in un abbraccio. Gli cinsi il collo e rimasi ferma. Quella sarebbe stata l'ultima volta che avrei sentito le sue braccia forti attorno a me, che avrei toccato i suoi capelli soffici e annusato quel suo meraviglioso profumo. Cercai di tenere sotto controllo i singhiozzi. Dovevo farlo in fretta, prima di tirarmi indietro.

Mi allontanai da lui, ma le sue braccia rimasero allacciate attorno alla mia vita. «Noah, devo dirti una cosa.»

«Okay.»

Feci un altro passo indietro. Stavo tremando. «Promettimi che mi starai a sentire prima di dire qualcosa.»

«Che succede, Tweet?»

«Promettimelo.»

«Okay. Te lo prometto» disse lui.

Deglutii. «Sei la persona più importante della mia vita. La tua felicità è la mia priorità numero uno. Non metterlo in dubbio, perché questo non cambierà mai.»

«Mi stai spaventando.» Aveva la voce rotta per l'emozione. I suoi bellissimi occhi azzurri, pieni di tristezza, iniziarono a luccicare.

Ci siamo, pensai. La mia vita non sarebbe stata più la stessa, ed ero spaventata a morte.

«Devo farmi da parte per un po'. Vederti insieme a Brooke è più difficile di quel che credevo.» Ancora non riuscivo a credere che lo stavo facendo davvero.

«La mollerò, subito.» La sua risposta fu rapida e sicura. Mi colse alla sprovvista.

«È a Brooke che dovresti rivolgerti adesso, non a me. È lei la tua fidanzata.» Il mio stomaco si contrasse. «Lei va bene per te, Noah.»

«Sei una bugiarda. Non la sopporti» ribatté.

Sentivo i singhiozzi premere contro il petto per uscire, ma li trattenni. Dovevo essere forte.

«Devi smetterla di essere così attaccato a me.»

Le gambe mi reggevano a fatica. Il dolore al petto cresceva a ogni parola che pronunciavo.

«Smetterla di essere così attaccato a te?» Si allontanò dal tavolo e fece un passo verso di me.

«Non siamo più bambini. Sto per partire per il college...»

«Non farlo. Non ti toccherò più, giuro, non ti abbraccerò nemmeno. Non puoi farmi questo. Non posso perdere anche te.» Si avvicinò ancora. «Io ti amo.»

Ogni parte di me voleva stringerlo e dirgli quanto lo amavo, ma non riuscivo a impormi di farlo. Lui non aveva intenzione di rendermi le cose facili. Dovevo dire qualcosa che potesse convincerlo una volta per tutte.

«Be', non dovresti. Ti ho detto e ridetto che non potevo stare con te. Ma tu hai continuato a farmi sempre più pressione. Non posso stare con te, Noah, e non voglio farlo. Non provo quello che provi tu.»

Nei suoi occhi vidi il dolore tramutarsi in rabbia. «E quindi è colpa mia? Hai sempre detto che non potevamo stare insieme perché tu prima o poi avresti incasinato tutto e avremmo perduto la nostra amicizia. Adesso scarichi la colpa su di me?»

«Non è colpa di nessuno.» La mia voce era ridotta a un sussurro.

«Ah sì? Io dico che è colpa tua, invece.» Sentivo il calore della rabbia che irradiava dal suo corpo. «Non te ne frega niente di me né della mia felicità. Ti interessa soltanto tenere tutto in compartimenti stagni, così puoi avere ogni cosa sotto controllo.»

L'espressione dei suoi occhi cambiò di nuovo, questa volta dalla rabbia all'odio.

Indietreggiai di un passo e feci per voltare la testa quando Noah mi afferrò il mento costringendomi a guardarlo. «Non osare distogliere lo sguardo. Non scapperai, stavolta.» Rimasi in silenzio, lasciandolo libero di sfogarsi. «Ho cercato di starti lontano, di non toccarti e di non innamorarmi di te.»

Mi venne più vicino. I nostri toraci si sfioravano a ogni respiro.

La voce di Noah divenne bassa e aspra. «So che mi desideri. L'ho capito da quanto eri bagnata l'altra sera, attraverso il pigiama. È bastato baciarti sulla pancia e stavi per venire tra le mie braccia… è vero o no?»

Sussultai quando mi urlò contro, in attesa di una risposta: «È vero o no?!»

Mi limitai ad annuire. Lui fece un passo indietro. Scosse il capo e rise tristemente. «Hai sempre detto che meritavo una ragazza migliore di te. Forse, invece, pensavi di essere tu a meritare qualcuno migliore di me, perché io non sono perfetto, e tu devi sempre avere la perfezione, giusto?»

«Non è vero. *Tu* sei perfetto, io no. Tu meriti la perfezione.»

«E credi che Brooke sia perfetta per me?»

«Non lo so. So solo che io non lo sono.»

«Smettila! Sono stufo di sentirtelo dire. Per tutti questi anni ho odiato ciò che pensavi di te stessa. Ho sopportato che mi respingessi perché ero convinto che non ti credessi alla mia altezza. Però immaginavo che, se avessi continuato a dirti quanto eri incredibile, e quanto ti amavo, un giorno ci avresti creduto e l'avresti piantata con tutte queste stronzate. Non sei una sfigata, Tweet. Sei una vigliacca, perché hai gettato via l'occasione di stare con qualcuno che voleva passare il resto della vita ad amarti.»

«Ti prego, non odiarmi. Quando ti sarai calmato e avrai avuto modo di rifletterci, capirai che in questo momento è la cosa migliore da fare.» Continuava a tremarmi la voce.

Lui rimase in silenzio, con le mani sui fianchi, a guardare a terra. «Levati dalle palle» disse alla fine.

«Noah…»

Alzò lo sguardo su di me. Sussultai. Era disperato e sconvolto, ed era tutta colpa mia.

Guardandomi dritto negli occhi, ripeté: «Levati. Dalle. Palle. Subito».

Mentre mi allontanavo, mi sentii morire. Non avevo fatto molta strada quando udii delle grida e dei colpi ripetuti. Mi voltai e l'ultimo pezzettino del mio cuore cessò di battere. Noah stava prendendo a calci e pugni il nostro tavolo. Lo ribaltò urlando: «Maledetta… Egoista!»

Cominciai a tremare senza controllo e dovetti appoggiarmi a un albero. Sollevai una mano per coprirmi la bocca. Avevo il vomito. Non distolsi lo sguardo da lui, però. Mi meritavo ogni briciolo di dolore per quello che avevo appena fatto all'unico ragazzo cui sarebbe mai appartenuto il mio cuore. La mia più grande paura si era appena realizzata… e non nel modo in cui lo avevo immaginato. Era stato ancora peggio. Non si poteva più tornare indietro.

Noah mi odiava e non potevo biasimarlo. Anch'io mi odiavo.

CAPITOLO 20

Ci poniamo dei limiti di continuo. Linee immaginarie che siamo certi di non oltrepassare mai. Finché non le superiamo.

Un genitore non esiterebbe a ferire o uccidere pur di difendere il proprio figlio. La linea si sposta.

Una ragazza consumata dalla solitudine è spinta a fare qualsiasi cosa, per quanto degradante, pur di azzerare quel dolore cronico. La linea si sposta.

Così, la linea continua a spostarsi, finché un giorno scopriamo di non avere più limiti.

Corpo, mente e anima smisero di funzionare nell'istante in cui vidi Noah distruggere il nostro tavolo. Quando prese una delle gambe di legno e la scagliò in aria non riuscii a resistere e distolsi lo sguardo. Come avevo potuto fargli questo? Guardai verso di lui un'ultima volta, vidi che le sue spalle cominciavano a scuotersi per i singhiozzi e ne fui completamente devastata.

Rompere la nostra amicizia in teoria doveva essere una soluzione temporanea, ma tutto questo non sembrava temporaneo. Neanche lontanamente. Noah ne aveva abbastanza delle mie scuse, delle mie insicurezze e di tutte le volte che avevo rinunciato ai miei desideri per allontanarmi, ancora e ancora. Quella sera doveva essere stata la goccia che aveva fatto traboccare il vaso. Non mi restava altro che aggrapparmi alla convinzione di aver fatto la cosa giusta per il suo bene, altrimenti non sarei stata in grado di convivere con me stessa.

Mi voltai e cominciai ad allontanarmi dal parco. Non avevo idea di dove stessi andando. Il mio corpo era intorpidito, la mia mente vuota.

Quando alla fine mi fermai e alzai lo sguardo, impiegai diversi minuti per recuperare la lucidità e riconoscere il luogo in cui mi trovavo. Vidi la mia mano muoversi verso il campanello e suonarlo. Quando la porta si aprì, la luce all'interno mi inondò il viso costringendomi a socchiudere le palpebre. Lui era lì, con gli occhi sgranati per la sorpresa. Non ne ero sicura, ma mi sembrò di cogliere un lieve sorriso sulle sue labbra quando capì che ero io.

«Amanda, che ci fai qui?»

Non sapevo cosa dire. Non riuscivo a spiegarmi cosa mi avesse condotto proprio lì.

Non parlavo con Brad dal giorno in cui mi aveva umiliata. Dalla sua espressione, mi resi conto di essere rimasta immobile per un bel po' senza rispondere.

«Sei solo?» La mia voce era debole e sommessa.

Lui si guardò ansiosamente alle spalle e poi si voltò di nuovo verso di me. Inarcando un sopracciglio, disse: «No, ma posso liberarmi. Dammi solo un secondo».

Mi fece cenno di entrare. Le mie gambe non esitarono. Sapevo dov'ero e con chi ero. Questo ragazzo era stato il responsabile della mia peggiore umiliazione, qualche mese prima. Forse inconsciamente sapevo di non meritare altro che un essere spregevole come lui.

Sentivo una musica ovattata provenire dal fondo del corridoio, dove si trovava la stanza dei giochi. Brad mi condusse in fretta in cucina.

«Aspetta qui mentre mi libero della mia… compagnia.»

Scomparve nel corridoio. La musica si interruppe e voci attutite riempirono l'aria.

In fondo alla cucina c'era un piccolo tinello. Mi infilai lì per non farmi vedere. I miei sensi intorpiditi cominciarono a ridestarsi. Sentivo un peso sul petto che mi rendeva difficile respirare. Le mie dita erano fredde, mentre i palmi iniziavano a sudare. Non era solo il mio corpo a riprendere vita. Nella mia mente si accalcavano le immagini del dolore di Noah, e non riuscivo a cancellarle. Non era il momento né il luogo per avere un esaurimento nervoso. Dovevo stordirmi di nuovo. Trovare una via di fuga dal mio cuore spezzato.

Le voci si fecero più forti e chiare man mano che Brad e la sua ospite si avvicinavano. Mentre pensavo che la serata non potesse andare peggio, udii un'inconfondibile cadenza sciropposa e rabbrividii.

«Dove stiamo andando? Pensavo volessi prendermi da dietro sopra al biliardo e…»

«Non stasera, Brit. È saltato fuori qualcosa di molto grosso.» Brad sembrava ansioso di accompagnarla alla porta.

«Scommetto che anch'io riuscirei a far saltare fuori qualcosa di grosso…» disse lei con una risatina maliziosa.

Le loro voci aumentarono di volume. Usai la manica della camicia per asciugarmi il sudore dal viso e cercai di placare il respiro.

«Brittani, il tuo taxi sarà qui tra un attimo. Meglio se lo aspetti fuori» insisté Brad.

«Voglio solo prendere una bottiglia d'acqua.»

Brittani entrò barcollando in cucina e si diresse verso il frigo. Mi dava le spalle. Prese una bottiglia, si appoggiò al bancone e piegò la testa all'indietro per bere. Se una di noi due si fosse mossa anche solo di mezzo centimetro, mi avrebbe scoperta.

C'erano due ingressi in cucina, uno che dava sul corridoio e uno che portava in sala da pranzo. Se fosse uscita da quella parte, sarebbe andata via senza vedermi.

Si avviò verso la sala da pranzo. Esalai un lento sospiro di sollievo, ma d'un tratto lei disse: «Ho dimenticato la borsa».

Si voltò e mi vide. Le ci vollero diversi secondi per mettere a fuoco e riconoscermi.

«Che cazzo ci fa lei qui? È questo il "qualcosa di grosso" che è saltato fuori?» sbottò.

Brad diede un'alzata di spalle e le rivolse un sorriso arrogante. «Dài, Brit, è arrivato il tuo taxi.»

Tirò fuori dalla tasca un enorme fascio di banconote e glielo consegnò. Non potei fare a meno di pensare che quella scena fosse un presagio della futura carriera di Brittani.

Lei afferrò il denaro e fece qualche passo nella mia direzione, senza staccarmi gli occhi di dosso.

«Non capisco» disse mentre mi puntava un dito contro, agitandolo a zig zag lungo il mio corpo. «Noah moriva dalla voglia di inzuppare il biscottino con te e adesso sei riuscita ad accalappiare anche Brad.» Incespicò all'indietro e rise. Guardandolo, gli chiese: «Cos'ha di tanto speciale? Non ce l'avrà mica d'oro, eh?»

«Okay, Brit, è ora di andare.» Brad fece un passo verso di lei e la afferrò per il gomito.

«Mi serve la borsa» protestò lei, divincolandosi.

«Ce l'hai già.» Indicò la borsetta che penzolava sulla sua anca. La prese per un braccio con più decisione e la tirò verso la porta.

Sapevo che sarei dovuta andar via di lì, ma non lo feci. Rimasi in cucina, in attesa che Brad tornasse. Come avevo fatto a ridurmi così? Continuavo a ripetermi che avevo soltanto bisogno di un posto in cui nessuno potesse trovarmi.

Brad tornò in cucina e mi si piazzò di fronte. Aveva la sua solita espressione tronfia.

«Tua madre non c'è?» gli domandai.

«No. Ha un nuovo compagno, perciò ogni secondo in cui non ha un caso sottomano lo passa a casa sua. Credo che anche stavolta il Premio per la Madre dell'Anno lo vincerà qualcun altro.» Rimase in silenzio per un istante. I suoi occhi scrutarono il mio corpo come un animale che ha avvistato la sua preda. «Stai bene?»

Feci un respiro profondo e annuii. Lui si avvicinò di un altro passo. Riuscivo a sentire il suo profumo di cannella.

«Perché sei venuta qui, Amanda?» mi chiese, con voce bassa e sensuale.

Guardandolo timidamente, risposi: «Non avevo un altro posto dove andare. Posso restare un po' qui, per favore?»

«Certo. Vuoi qualcosa?» Dalla sua espressione, sembrava pronto a saltarmi addosso.

«Qualcosa da bere. Grazie.»

«Cosa gradisci? ... A parte la mia bocca tra le gambe?»

Volevo levargli quell'arroganza a suon di schiaffi. Un po' di tempo fa, se mi avesse detto una cosa del genere, sarei scoppiata a ridere sapendo che voleva solo provocarmi, ma adesso ogni frase che gli usciva dalle labbra mi faceva ribrezzo.

Amanda, abbi un briciolo di rispetto per te stessa e vattene.

«Qualcosa di forte, se possibile» risposi.

«Credo di avere quello che fa per te.»

Si fece da parte per cedermi il passo. Sapevo che tenevano l'alcol nella stanza dei giochi. Entrai e notai immediatamente il bar pieno di bottiglie, sufficienti per un'intera festa. Doveva aver fatto la scorta per Brittani. Lui non sembrava affatto ubriaco. Andò a passo lento dietro il bancone.

«Cosa ti servo?» mi chiese.

«Va bene tutto. Scegli tu.»

«Parole pericolose, Bellissima.»

«Non chiamarmi così» risposi a denti stretti.

Mi sistemai su uno sgabello e lo osservai prendere una brocca pulita e versarvi diversi liquori, dosandoli attentamente e rivolgendomi una rapida occhiata di tanto in tanto. Mise del ghiaccio in un bicchiere, lo riempì con una generosa quantità di cocktail e me lo porse. Ne riempì uno anche per sé e mi raggiunse.

«Cos'è?» domandai.

«Long Island Iced Tea» disse, sbirciandomi da sopra il bordo del bicchiere. «Vuoi che andiamo a sederci sul divano?»

«A dire il vero, no. Qui va benissimo.» Feci una pausa. «Mi dispiace di averti rovinato la serata» aggiunsi, mettendo nella mia voce più sarcasmo possibile.

Lui scosse il capo. «Non preoccuparti. Brit è stata soltanto un 3,5.» Che bastardo.

«Sei disgustoso.»

Sorridendo, si protese verso di me. «Sarò anche disgustoso, ma in modo stuzzicante». Alzai gli occhi al cielo e mandai giù un grosso sorso. «Amanda, vuoi dirmi perché sei qui? Hai l'aria di una che ha appena perso il suo migliore amico. A proposito... Domani Stewart non verrà a cercarmi per farmi il culo, eh?»

«Non devi più preoccuparti di Noah.»

Ruotai sullo sgabello per prendere la brocca e mi versai un altro bicchiere. Volevo sbronzarmi il prima possibile.

«Oh, qualche problema con Mister Perfezione?»

«Non parlare di lui.» Brad non era degno nemmeno di pronunciare il suo nome.

Svuotai il bicchiere numero due a tempo di record. Mi sentivo un po' stordita, ma la mia mente non voleva saperne di tacere. *Sono una persona orribile e non merito nulla di buono nella vita.*

«Sarà meglio andarci piano con quelli. Non voglio trovare un'altra sorpresina nel cestino, come l'ultima volta.»

Cominciai a ridere. «Ero talmente impegnata con la mia crisi di nervi che mi sono dimenticata di godermi il pensiero di te che trovavi il mio vomito in camera. Dimmi, le ragazze di solito danno di stomaco dopo che te le sei scopate? Perché non sarebbe un buon segno per te, tesoro.»

Riempii di nuovo il bicchiere. Odiavo Brad per quello che mi aveva fatto, ma chissà perché ero ancora attratta da lui, ubriaca o meno. Che idiota.

Indossava un paio di jeans che gli cadevano bassi sui fianchi stretti. Erano strappati a metà coscia su entrambe le gambe e sotto il ginocchio destro. La maglietta aderiva al suo petto come un guanto. Non ebbi alcun problema ad apprezzare nei dettagli il suo torace ben definito. Doveva aver intensificato l'esercizio fisico, perché sembrava molto più scolpito di come lo ricordavo. Le maniche gli fasciavano i muscoli delle braccia, mettendoli in evidenza. La stoffa era di un color corallo profondo che faceva risaltare ancor di più la sua pelle dorata e i capelli biondi. Molti ragazzi non si sarebbero nemmeno sognati di indossare quel colore, ma Brad poteva permetterselo. Continuammo a guardarci mentre svuotavo il terzo bicchiere. Il dolore che avevo provato al mio arrivo era diminuito. Il Long Island Iced Tea era un elisir miracoloso. Feci per versarmene un altro, ma lui mi fermò.

«Credo che dovresti fare una pausa.»

«Ma che bravo boyscout.» Ruotai sullo sgabello, spostando lo sguardo per la stanza. Gli occhi di Brad rimasero fissi su di me. «Alloooora… tu e Brittani? Sei in un periodo di magra o cosa?»

«Che vuoi dire?»

Capivo che mi trovava divertente. Mi protesi in avanti e sussurrai forte: «È una cozza. E poi hai detto che vale solo un 3,5». Tornai ad accasciarmi sullo sgabello, ridendo. «Persino tu sei un *mergine vigliore*. Cioè, un *vergine migliore*. No, aspetta. Tu non sei vergine. Vabbe', chissene, sei uno schifoso. Di cosa stavo parlando? Ah, sì! Perché mi hai fatta entrare se tu e la cozza stavate per giocare a *biliardo*?»

«Mi sei mancata.» Come da copione, sul suo volto sexy comparve l'inconfondibile Sorriso Sfolgorante.

«Be', un 3,5 sicuro è meglio del ricordo di un 9,75. Ed è quello che ti resterà di me, solo un ricordo, brutto schifoso.» Sollevai la mano davanti al suo viso e schioccai le dita, per mostrargli che non scherzavo.

«Sono affascinante da morire, però. Sono sicuro che riuscirei a convincerti a sederti sulla mia faccia per un po'.»

«Mi metti i brividi.»

«È proprio quello che avevo in mente di fare.»

«Credi davvero che una ragazza trovi certe cose affascinanti?»

Ignorando del tutto la mia domanda, disse: «Amanda, perché sei venuta qui?»

«Non lo so.»

«Sì che lo sai.»

«Illuminami tu, allora» ribattei.

«Tu e io non siamo molto diversi. È vero, ti ho usata per vincere una scommessa, ma anche tu hai usato me.»

«E come cavolo avrei fatto?»

«A chi pensavi ogni volta che eri con me? E chi stai cercando di dimenticare stasera?»

Lo fissai, mantenendo la mia espressione più neutrale possibile. Non volevo dargli la soddisfazione di sapere che aveva ragione.

«Mi hai usato come rimpiazzo di Mister Perfezione. Io ti ho usata per tirar su un po' di grana. E adesso sei tornata perché ne vuoi ancora. Quando ti scoperò, stasera, non ne ricaverò un bel niente. Ma tu, quando chiuderai gli occhi mentre entrerò dentro di te, che viso vedrai? Quindi dimmi: chi di noi due è più disgustoso?»

Si sporse verso di me, posando il bicchiere sul bancone. Mi sistemò una ciocca di capelli dietro l'orecchio, poi le sue dita lentamente scesero giù, tracciando il contorno della mia mascella e continuando fino al collo, per fermarsi a un soffio dal mio seno. Sollevai lo sguardo e fui ipnotizzata dai suoi occhi zaffiro.

Come potevo essere tanto attratta da una persona che disprezzavo, il responsabile di uno dei giorni peggiori della mia vita?

Perché ha ragione, tu non sei affatto migliore di lui, Amanda.

Non riuscivo a staccargli gli occhi di dosso. Volevo soltanto stordirmi e cancellare il dolore devastante che avevo causato a me e a Noah.

«Allora, visto che abbiamo messo le cose in chiaro… perché sei venuta qui, Amanda?» insisté Brad.

«Voglio che tu mi faccia dimenticare» sussurrai. Eravamo talmente vicini che le mie labbra sfiorarono le sue a ogni parola.

«Non è stato poi tanto difficile da ammettere, che dici? Anzi, sarò lieto di chiamarti Tweet se può essere d'aiuto.»

Il suono del mio soprannome pronunciato da lui mi diede il voltastomaco.

Prima che Brad avesse modo di aggiungere altro, lo afferrai per la nuca e attirai le sue labbra sulle mie. Artigliai la sua maglietta, implorandolo in silenzio di togliersela. Lo fece. Le sue mani non persero tempo e scivolarono sotto la mia gonna. Affondò le dita nella mia carne mentre gli avvolgevo le gambe attorno alla vita, stringendolo a me. Dopo avermi sollevata di peso, mi fece sdraiare sul biliardo. Udii il rumore di una cerniera e poi di un involucro che veniva aperto. Afferrandomi dietro le ginocchia, Brad mi attirò a sé di modo che i miei fianchi fossero proprio sul bordo del tavolo. Sentii le sue mani fredde scorrermi sulle gambe. Prima che me ne rendessi conto, mi strappò le mutandine e affondò dentro di me.

Ero stordita dall'alcol, ma ero estremamente concentrata su quel che stavo facendo. Non pensai al passato né al futuro. L'unica cosa che contava era il momento presente. E c'era sollievo in quel momento. Niente senso di colpa né sofferenza né solitudine. Con qualche drink e un ragazzo disponibile potevo sfuggire a tutte quelle emozioni negative. Avrei affrontato la vergogna che provavo per me stessa più tardi.

Passai l'estate a cercare di dimenticare Noah con Brad. Il sesso con lui era come una droga. Mi permetteva di spegnermi e non sentire più nulla. Fuggire dal dolore divenne una vera dipendenza, ma come succede con tutte le droghe, una volta passato lo sballo la sofferenza e la solitudine ritornavano, accompagnate dall'odio per me stessa e dalla delusione.

Stare con Brad mi liberò anche dal bisogno di essere perfetta. Non mi importava cosa pensava di me, si aspettava da me o faceva per me. Lui era irrilevante. Qualunque ragazzo avrebbe potuto aiutarmi a raggiungere lo stesso risultato. Brad era soltanto comodo e familiare.

Quando non stavo con lui, cercavo di tenermi occupata, ma Noah faceva sempre capolino nei miei pensieri. Arrancavo attraverso le giornate meglio che potevo. L'unica cosa che mi faceva deragliare era vedere Noah. Se capitava, mi rintanavo nella mia stanza fino al mattino dopo. Feci qualunque cosa per evitare che accadesse, ma c'erano giorni in cui non riuscivo a impedirmi di sbirciare fuori nella speranza di vederlo, anche solo di sfuggita.

Una settimana prima di partire per il college, mi ritrovai incollata alla finestra della cucina, dove avevo una visuale chiara del giardino sul retro degli Stewart. Dato che di lì a pochi giorni mi sarei trasferita, pensavo che non fosse tanto grave cedere alla tentazione. Una volta arrivata alla USC, Noah sarebbe stato letteralmente lontano dagli occhi e lontano dal cuore.

La mamma era già entrata in cucina una volta e mi aveva vista lì. Quindici minuti dopo ero ancora nella stessa posizione, e la curiosità ebbe la meglio su di lei. Mi venne accanto e seguì il mio sguardo.

«Cosa c'è di tanto interessante nel nostro giardino?»

«Niente, devo essermi imbambolata. Ho un sacco di pensieri per la testa con i preparativi per la partenza» mentii.

Quello che mi teneva incollata lì erano Noah e Brooke nella piscina. Li avevo già visti in passato. Ma quello che ancora non avevo visto, in tutta l'estate, era un sorriso sul volto di Noah. Adesso il sorriso che amavo e che mi mancava da morire era tornato. Una fitta di dolore partì dal mio stomaco e si irradiò per tutto il corpo. Sapevo di essere stata io a privarlo di quel sorriso, mentre Brooke glielo aveva restituito.

La mamma mi cinse le spalle e posò la guancia sulla mia testa, stringendomi. «Sta ancora con Brooke? È per questo che non lo abbiamo visto granché durante l'estate?»

Annuii. «Non c'era abbastanza spazio per me e Brooke nella sua vita.» Sentii le lacrime in agguato. «*Lei* lo rende felice. Guarda che sorriso.» Mandai giù il groppo che avevo in gola.

La mamma mi strinse ancora una volta e disse: «L'apparenza inganna. Non si può mai sapere che cosa provi una persona limitandosi all'aspetto esteriore. A volte si fa buon viso a cattivo gioco quando si cerca di superare un dolore, ma questo non significa che non si soffra. Tu e Noah avete un legame raro, e lo avrete sempre. Nessuno potrà spezzarlo».

«Grazie, mamma.»

Distolsi lo sguardo dalla finestra, abbracciai mia madre e andai in camera. Presi il telefono e feci quello che avevo fatto per tutta l'estate, specie quando vedevo Noah. Mandai un messaggio al mio "spacciatore".

6 a casa da solo e vuoi 1 po' di compagnia?

La sua risposta fu immediata.

Dipende. Cos'hai addosso? Lascia stare, non importa. Tanto te lo strappo cmq. Vieni subito qui! ;)

Sentii lo stomaco contorcersi mentre leggevo quelle parole. Era proprio un porco. Ma non aveva importanza. Sapevo che nel giro di venti minuti i miei pensieri si sarebbero concentrati su qualcos'altro e avrei trovato la mia via di fuga.

CAPITOLO 21

Oggi non so cosa scrivere sul diario. Porca miseria! Frequento un'acclamata università per specializzarmi in Giornalismo: com'è possibile che non abbia NULLA da scrivere? Ho sempre qualcosa da dire, un'opinione, un'idea stupida... Ma oggi niente.

E se dovesse continuare così anche a lezione? Sarò lo zimbello di tutti. Gli altri studenti mi indicheranno e mi rideranno dietro tutto il giorno. Cioè, una giornalista senza parole è... maledizione! Non riesco nemmeno a finire una frase. Dovrò tornare a casa. Diventerò il pettegolezzo del quartiere. Mi toccherà andare a fare la commessa nel negozio di intimo per vecchie, a prendere le misure alle signore che vogliono un reggiseno calibrato. Wow, che carriera brillante.

Mi ci volle un mese e mezzo per adattarmi, ma la vita universitaria mi calzava a pennello. La parte più difficile fu abituarmi al fatto di essere lontana da casa. Non avevo idea della bambagia in cui vivevo prima. Ora dovevo farmi il bucato da sola e avevo il mio turno per pulire il bagno. Mi ero dovuta allontanare da mia madre per poterla apprezzare davvero.

La mia compagna di stanza, Lisa, era una ragazza in gamba del Missouri. Era bellissima, con i capelli ramati mossi che le arrivavano alle spalle, enormi occhi verdi e le curve al posto giusto. Era intelligente, simpatica e un'ottima compagna di stanza. Era bello avere di nuovo un'amica, e io la consideravo tale, benché ci conoscessimo da pochissimo tempo.

Il mio piano di studi era piuttosto ambizioso per una matricola. Seguivo cinque corsi, uno dei quali relativo alla mia futura specializzazione. Il campus era enorme, ma cominciavo a muovermici con disinvoltura. Tutto questo contribuiva a rendere le mie giornate molto lunghe. C'erano periodi in cui la sera ero così stanca che mangiavo solo un paio di cucchiai di glassa che tenevo nascosta nel mini-frigo, oppure saltavo del tutto la cena. Il lato positivo della mia nuova dieta *ho-troppo-da-fare-per-mangiare* fu che evitai di prendere i canonici cinque chili del primo anno. Anzi, dimagrii un po'.

Non ero ancora tornata a casa, perché sapevo che farlo troppo presto avrebbe comportato una ricaduta, e per il momento me la stavo cavando bene nel cercare di dimenticare Noah. Durante la settimana ero troppo indaffarata per pensare a lui, e mi premuravo di occupare i weekend con le feste nelle varie confraternite e per fare amicizie. Ma la sera era dura. Perlopiù studiavo nella mia stanza, ed era facilissimo lasciar vagare la mente e finire per pensare a lui.

Erano passati cinque mesi da quando avevamo parlato l'ultima volta. Quando pensavo a Noah, provavo ancora dolore e solitudine. Erano ancora più forti rispetto al giorno in cui avevo distrutto la nostra amicizia. Se dedicavo troppo tempo a certi pensieri, inevitabilmente cominciavo a piangere e passavo la maggior parte della serata nascosta nel bagno, per non farmi vedere da Lisa ed evitare così che mi facesse un sacco di domande.

Una sera, mentre mi preparavo per un esame di Psicologia, Lisa notò che non giravo pagina da venti minuti. Saltando giù dal letto, prese due bicchieri di plastica e una bottiglia di vino che aveva portato di nascosto nel campus.

«D'accordo, torna sulla Terra, è ora di un drink» disse, sedendosi di fronte a me e spingendomi sotto il naso il bicchiere.

Alzai lo sguardo, sorpresa di vedermela davanti. Ero così persa nelle mie fantasticherie che non mi ero accorta di lei.

Appoggiandosi allo schienale, con i piedi puntellati sulla scrivania, mi chiese: «Hai intenzione di dirmi perché te ne stavi lì imbambolata?»

«Mi stavo concentrando» risposi prima di bere un sorso di vino.

«Come no, ti stavi concentrando! Come si chiama?»

«Chi?»

«Il tizio per cui certe sere ti chiudi a piangere nel bagno.»

Le sue parole mi colsero alla sprovvista. «Non sapevo che mi sentissi. Andavo lì per non darti fastidio. Scusa.»

«E dài, sputa il rospo.»

«Nessuno, in realtà.» Mi vergognai tanto di quella frase. Noah sarebbe sempre stato tutto per me, anche se avessi dovuto non rivederlo mai più. «Cioè, era una persona molto speciale, ma non fa più parte della mia vita.»

«Questa è una cazzata bella e buona. Viviamo insieme da più di un mese e ti ho sentita piangere almeno una volta a settimana. E poi… ehm… perché vai a letto con tutti?»

Per poco non mi strozzai con il vino. «Come dici?»

«È che non mi sembravi una che la dà via come il pane.»

«Cosa?»

«Avanti, ti butti sempre tra le braccia del primo che passa!»

«No, non è vero!» Ero sinceramente offesa dalle sue parole. E più scioccata di quanto dessi a vedere. Mi domandai se anche altri la pensassero come lei.

«Siamo andate a quattro feste da quando siamo arrivate qui, e tu ti sei già fatta tre tizi diversi, per quel che ne so. O stai cercando di dimenticare qualcuno, o di fargliela pagare, oppure sei solo la classica tipa che la dà via facilmente. Se consideriamo i pianti che ti fai nel bagno, direi che la prima ipotesi è la più verosimile.»

Presi un lungo sorso di vino e cercai di decidere se volevo davvero raccontarle tutto di Noah. Avevo sempre avuto difficoltà ad aprirmi con le persone. Noah era l'unico con cui riuscivo a farlo. Forse, se mi fossi sfogata con Lisa, il dolore sarebbe diminuito.

«Si chiama Noah. Siamo cresciuti insieme, eravamo migliori amici, e adesso non lo siamo più.» Bevvi un altro sorso. Era bello confidarsi con qualcuno.

Lei si mise a sedere dritta e mi puntò un dito contro. «Ascoltami bene, stronzetta, non ho aperto questa bottiglia da cinque dollari per sentire la versione ridotta della tua straziante storia d'amore liceale. Dettagli. Subito.»

Restammo alzate fino a tardi, a bere e chiacchierare. Le raccontai la maggior parte dei particolari della mia vita con Noah. Fu un sollievo parlarne. Lisa era fantastica perché ascoltava senza mai giudicare.

* * *

Essendo al secondo anno, Lisa conosceva già un bel po' di gente. Il weekend prima dell'inizio delle lezioni, mi aveva invitata alla festa organizzata da uno dei suoi amici. Ci ero andata solo perché pensavo fosse un buon modo per legare con lei. E poi avevo bisogno di qualcuno che rimpiazzasse Brad e il momentaneo sollievo che sapeva darmi.

Queste feste erano piuttosto travolgenti e io non conoscevo nessuno a parte Lisa. Qualche bicchiere mi aiutava a sciogliere la tensione, perciò bere era diventato un rito settimanale. Non interferiva con i miei voti, quindi che male c'era? Dopo un drink o due non avevo problemi ad avvicinare i ragazzi, però non li sceglievo a caso. Dovevo essere almeno vagamente attratta da loro e sentirmi ragionevolmente al sicuro.

Conobbi Matt alla prima festa a cui partecipai. Era carino. Capelli neri, occhi marroni, alto, piuttosto prestante. Non era muscoloso e scolpito come Noah o Brad, ma poco importava. A suo modo era simpatico, o almeno pensava di esserlo. Ci ubriacammo e finimmo a letto insieme. Non ci fu il minimo imbarazzo la mattina dopo, perché lasciai la sua stanza molto prima che si svegliasse. Matt era al primo anno di Drammaturgia, quindi in settimana ci incrociavamo di rado, anzi quasi mai.

Il weekend successivo conobbi Jacob. Anche questa volta, era carino e finimmo a letto insieme, ma il mattino dopo lui era convinto che avessimo una relazione. Addio, Jacob.

Poi venne Thomas. Era un po' inquietante, così mi limitai a pomiciare con lui solo quella sera, alla festa.

Tornai da Matt. Era accettabile, non creava complicazioni e per il momento sarebbe andato bene.

Matt e io cominciammo a frequentarci al di là della solita scopata del weekend. Suppongo si possa dire che stavamo insieme. E va bene, mi piaceva. Ma non avrei mai amato nessuno oltre a Noah.

Lisa non era contenta delle mie scelte in fatto di ragazzi. Dire che odiava Matt è un eufemismo. Almeno una volta a settimana cercava di convincermi a lasciarlo.

«Dove vai?» mi chiese un giorno.

Esitai per un istante mentre mi infilavo la giacca. «Passa a prendermi Matt, andiamo a mangiare un boccone. Ti va di venire?»

Sapevo esattamente cos'avrebbe fatto. Avrebbe alzato gli occhi al cielo, scosso il capo e provato a farmi rinsavire.

«Cavoli, no che non ci vengo a mangiare con quella testa di cazzo. Tutto quello che ingerirei mi tornerebbe su, se me lo trovassi seduto di fronte.»

«Non capisco perché lo odi tanto. Hai detto che non lo conoscevi nemmeno prima che te lo presentassi, ed è sempre stato gentile con te.»

«Non me ne può fregare di meno se è gentile con me. Quello che non mi va a genio è come tratta te.»

«Mi tratta come si deve.»

Il mio stomaco cominciò a contrarsi. C'erano state delle volte in cui Matt si era comportato male con me in presenza di Lisa, ma era molto sotto pressione per via delle lezioni e dello spettacolo in cui doveva recitare.

«Amanda, ti tratta come una merda. Ti manca di rispetto, ti chiede di uscire e poi non si presenta all'appuntamento, fa il cretino con le altre davanti a te. Dio solo sa cosa ti farà alle spalle.»

«Hai sentito girare delle voci?»

«No.» Si avvicinò. «Non voglio ferire i tuoi sentimenti. È solo che meriti di meglio.»

Le rivolsi un lieve sorriso e lei mi trascinò in un abbraccio.

Allontanandomi, le dissi: «Grazie, ma non è così, davvero».

Qualcuno bussò alla porta. Lisa andò ad aprire. Da sopra la spalla, annunciò: «Amanda, c'è la testa di cazzo».

«Anche per me è sempre un piacere vederti, Lisa» ribatté Matt con sarcasmo. «Ehi, Stecco.»

Mi chiamava così perché pensava che fossi troppo magra. Mi aveva dato quel soprannome una sera dopo che avevamo fatto sesso. Togliendomisi di dosso, aveva detto: «Scopare con te è come scoparsi uno stecco. Ehi, ho appena infilato il mio *stecco* in un altro stecco! Ecco che soprannome posso darti!»

Lui lo aveva trovato esilarante. Io lo odiavo. Anzi, rabbrividivo ogni volta che mi chiamava in quel modo.

«Vieni vestita così?» mi chiese.

«Sì. Perché?» Indossavo dei jeans, un maglione blu e un giaccone nero e grigio.

«Sarebbe bello se ogni tanto ti dessi una sistemata. Danielle si mette in tiro anche solo per venire alle prove.»

Danielle era la protagonista dello spettacolo in cui recitava.

«Io penso di essere carina» mormorai.

«*Carina* è una parola grossa. Sei passabile.»

Con la coda dell'occhio, vedevo che Lisa era pronta a dirgliene quattro. Lo afferrai in fretta per il gomito e mi precipitai fuori dalla porta per evitare uno spargimento di sangue.

CAPITOLO 22

Come molte ragazze, mi sono crogiolata a lungo nella fantasia di trovare un giorno il Principe Azzurro, il mio cavaliere dall'armatura scintillante, il mio eroe.

Ma c'è una cosa a cui non ho mai smesso di pensare: la definizione vera e propria di "fantasia". Ho baciato un rospo dopo l'altro in attesa che uno di loro si trasformasse in un principe. Ma se uno nasce rospo, rospo rimane.

Era l'ultimo weekend prima del ponte del Ringraziamento. Una delle confraternite – non sapevo mai quale – aveva organizzato un evento in grande stile prima che partissimo tutti per le vacanze. Come al solito, eravamo pigiati come sardine, c'era la musica a palla e la birra scorreva a fiumi.

Matt e io eravamo lì da circa un'ora ed eravamo già piuttosto sbronzi. Facemmo il giro della casa, fermandoci a chiacchierare con gli amici che incontravamo. O meglio, *lui* chiacchierava con i suoi amici. Fui davvero felice di trovare Lisa tra la folla. Era ubriaca quanto me.

«A-MAN-DAAAA!!» strillò, barcollando verso di me.

Ci abbracciammo come due vecchie amiche che non si vedono da anni.

«Adoro questa ragazza! È la mia ragazza! Non in senso

lesbicoso, intendiamoci. Gente, sono libera come l'aria!» biascicò.

«Sei ubriaca persa.»

«Puoi dirlo forte, tesoro. Ci vedo triplo. Ehi, dov'è la testa di cazzo?»

«È qui, dietro di me.» Mi voltai per afferrare la mano di Matt, ma lui non c'era più. «Dev'essere andato a prendere da bere o a parlare con qualcuno.»

Proprio allora un gigantesco braccio tatuato cinse la vita di Lisa, attirandola contro un torace nudo e scolpito. Il tizio seppellì il viso nel suo collo e cominciò a baciarlo. Lei lasciò cadere la testa all'indietro su una spalla tatuata.

«Chi è quello?» chiesi a voce alta.

«Non ne ho idea, ma lo scoprirò molto presto.»

Si voltò a guardarlo. Lui la sollevò di peso, lei gli allacciò le gambe attorno alla vita e scomparvero in mezzo alla calca.

Due birre e quarantacinque minuti dopo, stavo ancora cercando Matt senza successo. Incrociai due volte Lisa e il suo uomo del mistero. Non sapevo se avesse scoperto come si chiamava, ma a occhio e croce cominciava a conoscerlo molto bene.

Ero stanca e pronta per andarmene, con o senza Matt. Volevo soltanto rientrare al mio dormitorio. Mi feci strada tra la folla per raggiungere l'ingresso quando sentii una mano afferrarmi il polso e strattonarmi indietro. Mi ritrovai tra le braccia di Matt.

«Dov'eri?» gli chiesi.

«Proprio qui.»

Aveva gli occhi vitrei e un sorriso fisso stampato in faccia.

Mi trascinò in un angolo e cominciò a palpeggiarmi dappertutto mentre mi baciava sul collo.

«Matt, sei fatto?»

«Solo un pochino» disse contro la mia pelle. Gli sentivo la puzza addosso, ora che eravamo lontani dalla ressa. Mi ritrassi leggermente. «È per questo che mi hai piantata in asso? Per farti una canna?»

«No, ti ho piantato in asso perché ho visto Danielle. Era fica da paura. Dovevo chiederle una cosa.»

«Per quasi un'ora?» Cominciavo a innervosirmi.

Lui prese una ciocca dei miei capelli e li osservò. «Hai mai pensato di farti quei cosi di sole come Danielle? Potrebbero renderti sexy.» Gli diedi uno spintone, ma lui non si mosse. «*Più* sexy. Volevo dire *più* sexy.» Scoppiò a ridere e si protese verso di me, sfiorandomi il labbro inferiore. Fu allora che la sentii.

Everything dei Lifehouse si diffuse nella stanza. Distolsi lo sguardo da Matt. Dovevo andarmene da lì.

«Matt, smettila. Voglio andare via.»

«Io no. Voglio portarti in camera e scoparti fino a farti perdere i sensi. Vieni.»

Mi afferrò per il polso e mi trascinò tra la folla verso il retro della casa. Mi divincolai per liberarmi.

«Matt, non voglio!» urlai.

«E dài, Stecco. Non arrabbiarti perché mi sono dato un po' da fare con Danielle. È lei che ha cominciato. Devi solo star lì sdraiata.» La sua stretta era diventata così forte che il mio braccio cominciava a bruciare. «Vuoi che diventi prepotente come prima? Ti è piaciuto. Lo so che ti è piaciuto.»

Mi strattonò ancora una volta, facendomi cadere addosso a lui. Mi immobilizzò le braccia dietro la schiena e ricominciò a baciarmi sul collo. Continuai a lottare, ma mi teneva troppo stretta. Nessuno si accorse di nulla. Erano tutti ubriachi o fatti o impegnati a pomiciare.

All'improvviso le mie mani furono libere e vidi Matt che veniva trascinato via, lontano da me.

«Ma che cazzo fai, amico?!» gridò.

Alzai lo sguardo. Noah lo teneva stretto per la maglietta.

«Non vuole venire con te, coglione.»

Gli occhi di Noah erano concentrati su di me. Erano dolci e premurosi, mentre il suo corpo era teso per la rabbia.

Matt si divincolò dalla stretta. «Sono il suo ragazzo.»

«Non me ne frega un cazzo. Lei non viene da nessuna parte con te» ringhiò Noah.

«Vaffanculo, stronzo. Vieni, Stecco.»

Matt mi tese la mano. Io mi allontanai proprio nell'istante in cui Noah lo riafferrò per la maglietta, lo fece voltare e gli mollò un cazzotto nello stomaco e uno in faccia. Matt incespicò e cadde all'indietro in mezzo alla gente. Noah mi prese per un braccio e mi portò via in tutta fretta.

Una volta in giardino, mi liberai con uno strattone. «Noah? Cosa ci fai qui?»

Quando lo avevo visto, non ero sicura che fosse reale. Tra la canzone e l'alcol che avevo in corpo, avevo creduto che fosse il frutto di un'allucinazione.

Si voltò a guardarmi. «Stai bene? Sei ferita?» Scossi il capo. «Fa freddo. Mettiti questo.»

Si tolse il giubbotto e me lo porse. Lo infilai e me lo strinsi addosso. Era caldo e confortevole. Profumava d'arancio.

«Tornerò dopo a recuperare la tua giacca» disse.

«Come facevi a sapere che ero qui?» Ero in confusione totale. Quante probabilità c'erano che Noah si presentasse proprio quando avevo più bisogno di lui, mentre suonavano la nostra canzone?

«Non lo sapevo. Sono entrato e ti ho vista. Brooke è venuta qui per un addio al nubilato con alcune amiche.»

Oh mio Dio. Ha chiesto a Brooke di sposarlo!

Non riuscivo ad aprire bocca. Scoppiai a piangere a dirotto. Mi allontanai in fretta, in direzione del mio dormitorio.

Noah mi gridò dietro: «Tweet!»

Continuavo ad asciugarmi le lacrime. Era da tantissimo tempo che non lo sentivo chiamarmi così. Accelerai fino a mettermi a correre, ma avvertivo la sua presenza dietro di me. Aumentai la velocità. Svoltai di colpo a destra per tagliare attraverso il prato e, giunta a metà strada, appoggiai male il piede sinistro e finii faccia a terra.

Mi misi a sedere. Mentre mi massaggiavo la caviglia, iniziai a piangere più forte, in parte per il dolore alla caviglia e in parte per il dolore al cuore. Noah mi raggiunse e si inginocchiò accanto a me.

«Stai bene?» mi domandò, cercando di riprendere fiato.

«Lasciami in pace, Noah.»

«Non ti lascio qui da sola. Perché sei scappata via?»

Mi alzai a fatica e provai a camminare. Feci una smorfia di dolore mentre mi sforzavo di non caricare troppo peso sulla caviglia ferita. Noah mi prese il braccio, ma io mi divincolai. Quando tentai di fare un altro passo, caddi su una cunetta.

«Vuoi permettermi almeno di aiutarti?» Si accucciò di nuovo vicino a me.

«Noah, tornatene dalla tua futura moglie.» La parola mi si bloccò in gola come un batuffolo di cotone.

«È per questo che sei corsa via da me?» Non risposi. Continuai a massaggiarmi la caviglia e a piangere. «Tweet, è qui per un'amica. Non è l'addio al nubilato di Brooke. Non ho chiesto a nessuno di sposarmi.»

Non lo guardavo, ma percepivo il suo sorriso. Che bastardo.

«E allora perché sei qui?»

«Travis mi ha chiesto di venirlo a trovare. Brooke non voleva fare il viaggio da sola. Ho pensato che sarebbe stato più sicuro per lei se l'avessi accompagnata e...»

«Che fidanzato premuroso.» Non potei proprio evitare un tono sprezzante.

«... e speravo di vederti.»

Alzai lo sguardo e incontrai quei bellissimi occhi azzurri che mi erano mancati tanto da star male. Lui osservò il mio volto per un lungo istante. «Mi sei mancata. Non puoi capire quanto» mormorò.

Avvicinandosi, mi prese il viso tra le mani, facendo scorrere i pollici sulle mie guance e asciugandomi le lacrime. «Odio vederti piangere, Tweet.» Gli sorrisi timidamente. «Lascia che mi prenda cura di te.»

Si alzò e mi tese una mano. Quando la presi, una scossa elettrica mi attraversò tutto il corpo. In sei mesi non era cambiato nulla. Mi faceva sempre lo stesso effetto. Mi aiutò a rimettermi in piedi, ma quando poggiai il peso sulla caviglia ricomparve il dolore.

«Ce la fai a camminare?» mi chiese.

Mordendomi il labbro, feci cenno di no. Un attimo dopo mi ritrovai a mezz'aria, tra le braccia di Noah. Il mio respiro cominciò ad accelerare e mi sentii avvampare. Mi era mancata la sensazione delle sue braccia protettive attorno a me.

«Brooke non si arrabbierà quando scoprirà che mi hai portato in braccio fino al dormitorio?»

Si voltò da un lato all'altro, facendomi dondolare avanti e indietro. Entrambi cominciammo a ridere.

«Non la vedo nei paraggi. E poi non vorrebbe che ti lasciassi qui. Non è quella che credi, Tweet.»

Non replicai. Sapevo che Brooke era la sua ragazza ed era normale che lui prendesse le sue parti come qualunque bravo fidanzato, ma non volevo ascoltarlo.

Procedemmo verso il dormitorio. «Oh, a proposito, sto al quarto piano.»

«Okay.» Iniziava ad avere il fiatone.

«E non c'è l'ascensore.» Gli sorrisi. L'espressione sul suo viso non aveva prezzo.

CAPITOLO 23

Un giorno ci svegliamo sorpresi di trovarci in una situazione tutt'altro che desiderabile. Non ricordiamo di averla accettata, ma non facciamo nulla per uscirne perché per qualche motivo ci sentiamo obbligati a restare lì dove siamo. Mentre il tempo passa, ci convinciamo – che sciocchi! – che le cose siano normali. È solo quando vediamo il sogno che abbiamo perduto che comprendiamo in quale incubo stiamo vivendo.

Quando raggiungemmo il dormitorio, Noah fu sollevato di scoprire che in realtà la mia stanza si trovava al secondo piano. Desiderai di abitare più lontano per restare ancora un po' tra le sue braccia.

Dopo avermi adagiata sul letto, andò all'emporio del campus a prendere del ghiaccio per la mia caviglia gonfia. Tornò con due sacchetti, uno con la spesa e l'altro, enorme, con il ghiaccio.

«Wow, non hai esagerato?» lo punzecchiai.

«Forse, ma hai delle caviglie gigantesche.» Scoppiai a ridere. «È bello sentirla di nuovo.»

«Cosa?»

«La tua risata.»

Gettò la spesa sul letto di Lisa e andò in bagno per avvolgere un po' di ghiaccio in un asciugamano. Mi spostai per fargli spazio sul letto.

Posò il ghiaccio sulla mia caviglia. «Va meglio?»

Annuii. «Grazie, Noah. Scusa se hai dovuto portarmi in braccio fin quassù.»

«Nessun problema. Non sei pesante come una volta.»

Afferrai il cuscino dietro di me e glielo tirai addosso. Lui cominciò a ridere. Anche a me era mancata la sua risata.

«Stai dicendo che una volta ero grassa?»

«No!» Rimase in silenzio per un istante. «Hai delle splendide curve in tutti i posti giusti, però.» Provai un formicolio mentre quei penetranti occhi azzurri percorrevano il mio corpo e sulle sue labbra faceva capolino un sorriso.

Rimanemmo seduti in silenzio. Noah scrutò la stanza, poi fece un respiro profondo e tornò a posare i suoi splendidi occhi su di me. Quegli occhi sarebbero sempre riusciti a farmi sciogliere. Schiarendosi la voce, disse: «Ehm... Tweet?»

«Sì?»

Un altro sospirone. Era così carino quando era nervoso! «Mi sei mancata.» Abbassò lo sguardo. «No, mi sei più che mancata. È stato come quando è morto mio padre.» Provai un'ondata di dolore ricordando ciò che gli avevo fatto in quel periodo. «Non riuscivo a immaginare una vita senza di lui. Non potendo riportarlo indietro, ho dovuto adattarmi. E anche se ho cominciato a farlo, c'è un senso di vuoto che non riesco a riempire. Tu e i miei genitori siete sempre stati le tre persone più importanti della mia vita.» I suoi occhi iniziavano a farsi lucidi. Trasmettevano un dolore straziante, e sapere che in parte ne ero la causa mi fece vergognare.

«Non avendo più accanto due delle tre persone più importanti per me, ho cercato di tirare avanti giorno per giorno, soprattutto per il bene della mamma. Starmene qui con te, a ridere e scherzare… è la prima volta che lo faccio senza fingere, da quando te ne sei andata. Ti rivoglio nella mia vita.»

Sapevo che avrei dovuto rispondergli con un secco *no*, ma gli ero stata lontana per sei mesi e avevo sentito ancora di più la sua mancanza. Era la prima volta dopo tanto tempo che non mi sentivo sola.

«E Brooke? Come credi che reagirebbe?»

«Credo che lo accetterebbe… alla fine. E poi non può decidere lei chi sono i miei amici.»

Brooke se l'era goduto per sei mesi senza avermi tra i piedi. Se non era ancora riuscita a cementare il suo rapporto con Noah, allora di sicuro la mia presenza non avrebbe fatto una gran differenza. E poi vivevo a un'ora e mezza di macchina, non li avrei visti tutti i giorni. Sarebbe stato meraviglioso anche solo poter parlare di nuovo con lui.

«Non mi odi per quello che ti ho fatto?» gli domandai, abbassando lo sguardo.

Noah mi sollevò il mento perché lo guardassi negli occhi. «Non potrei mai odiarti, Tweet. Diciamo che ho provato una profonda avversione nei tuoi confronti per un po'.» Mi fece l'occhiolino.

«Mi dispiace di averti fatto soffrire tanto. È solo che…» Avevo la voce rotta per l'emozione. Ricordai l'orribile giorno in cui lo avevo lasciato solo al parco.

«Capisco perché lo hai fatto. Ti prometto che da me avrai solo amicizia. Non ti tenterò con il mio corpo ultrasexy.»

Risi. «Okay.»

«Davvero?»

Annuii.

«Non prenderla male, ma sono davvero felice che tu sia caduta.»

«Sì, anch'io.»

Due sorrisi smaglianti spuntarono sui nostri volti. Noah guardò la borsa della spesa. «Tieni questo sulla caviglia per un secondo. Ti ho preso una cosa.» Si alzò per recuperare il sacchetto. Non avevo idea di cosa mi avesse portato. Tornò a sedersi sul letto, tenendo un oggetto nascosto dietro la schiena.

«Allora, cos'è?»

«Chiudi gli occhi» rispose lui. Obbedii. «E non aprirli finché non te lo dico io.»

«D'accordo.»

«Promesso?»

«Uffa...»

«Dillo.»

Non riuscivo a smettere di ridere. «Prometto di non aprire gli occhi.»

«Bene.» Seguì qualche secondo di silenzio. «Okay, puoi aprirli.»

La prima cosa che vidi fu un bellissimo ragazzo che mi sorrideva timidamente. Seguii il suo sguardo verso il basso. Teneva in mano una confezione di merendine al cioccolato, un vasetto di glassa e un cucchiaio di plastica.

«Ciao, amica mia. È fantastico che tu sia tornata» disse.

«È fantastico essere tornata.»

* * *

Mangiammo merendine e glassa. Cioè, la glassa la mangiai soprattutto io, mentre ci aggiornavamo sulle nostre vite. Noah adorava l'università. Benché amasse il baseball, aveva deciso di non giocare per quella stagione, anche se l'allenatore lo aveva supplicato e gli aveva offerto una borsa di studio. I suoi genitori avevano risparmiato per mandarlo al college sin dal giorno della sua nascita, per cui, borsa di studio o no, la retta era pagata. Non voleva giocare perché aveva bisogno di concentrarsi sullo studio. Anche se non voleva ammetterlo, credo che la ragione principale fosse il fatto che suo padre non c'era più. Il suo cuore, secondo me, non era guarito abbastanza da permettergli di scendere in campo sapendo che suo padre non sarebbe stato sugli spalti a fare il tifo per lui.

Gli raccontai che Emily era tornata a Charleston, faceva l'avvocato in uno studio specializzato in diritto societario e aveva comprato un appartamento nella zona storica di Radcliffborough. Gli dissi che avevo dovuto adattarmi alla vita lontana da casa, ma che adoravo i miei corsi. Lo informai di Lisa e fu ansioso di conoscerla. Era come se quei sei mesi di lontananza non ci fossero mai stati. Parlammo come avevamo sempre fatto. Evitammo di nominare Brooke e Matt più che potemmo. Volevamo goderci quel tempo insieme.

Noah mi stava massaggiando la caviglia, tenendola in grembo, quando gli arrivò un messaggio sul cellulare. Lo lesse e sorrise.

«È Brooke?»

«Sì. Mi ha mandato una foto. Sembra che si stiano divertendo.» Digitò una rapida risposta e poi gettò il telefono sul letto.

«Puoi andartene quando vuoi. Sto bene. Grazie di esserti preso cura di me…»

«Ma smettila. Non vado da nessuna parte.»

«Non voglio crearti problemi, Noah» precisai.

«Non me ne crei.»

«Sei innamorato di lei?» Quelle parole mi uscirono di bocca prima che potessi rendermene conto.

Mi si formò un nodo alla bocca dello stomaco, che si strinse sempre di più a ogni secondo di silenzio.

Lui fece un respiro profondo. «Vuoi la verità? Tra la morte di mio padre, il dover badare alla mamma e tu che mi mancavi, non ho riflettuto molto sui miei sentimenti per Brooke. So che suona da stronzo.»

«Sei stato solo sincero. Ne hai passate tante quest'anno.»

«Lei dice di amarmi di continuo. E io non glielo dico mai. Mi limito a sorridere e a cambiare argomento. Le voglio bene.»

«Non avrei dovuto chiedertelo.»

Il suo sguardo era sincero quando disse: «Puoi chiedermi qualunque cosa, Tweet. È solo che adesso non so cosa risponderti».

«Va bene.»

«Allora, chi era lo schifoso con cui sei andata alla festa?» mi domandò con voce calma e controllata.

Serrò la mascella e tese i muscoli del collo. Stava cercando di mascherare la rabbia e la gelosia. Stava cercando di dimostrarsi un amico.

«Si chiama Matt. E ti ricordo che io non ho mai dato della schifosa a Brooke.» Gli sorrisi.

«Questa te la sei studiata, eh?»

«No. Mi è venuta spontanea.»

«Matt...» Pronunciò il suo nome come se gli avesse lasciato un saporaccio in bocca. «È il tuo ragazzo?»

«Sì.» Non lo avevo ancora ammesso a nessuno, nemmeno a me stessa. Volevo che Noah sapesse che avevo voltato pagina.

«Ho sentito quello che ti ha detto, Tweet.»

«Da quanto tempo eri alla festa? Ho girato tutta la casa e non ti ho mai incrociato.»

«Ero appena entrato quando ti ho vista con lui.» Mi accorsi che era vagamente imbarazzato. «Ti ha costretta a fare qualcosa che non volevi?»

Scossi il capo. «No» risposi, quasi sulla difensiva.

Abbassai lo sguardo. Era una bugia. In due occasioni mi aveva costretta a fare sesso contro la mia volontà. Non mi aveva fatto del male, ma mi era rimasto un livido sul braccio per una settimana dove mi aveva afferrata con forza.

«Di solito non è così. Era ubriaco. Studia Drammaturgia ed è sotto pressione per uno spettacolo...» Stavo giocherellando con l'orlo della camicia. Noah posò una mano sulla mia e mi fece smettere.

«Ti tratta come si deve, Tweet?» Evitai il suo sguardo. Mi limitai ad annuire. «Se ti fa del male, gli spezzo tutte le ossa.»

Sapevo che diceva sul serio e non potei fare a meno di sorridere. Mi sentivo al sicuro, adesso che il mio eroe era tornato nella mia vita.

* * *

Alle due del mattino la porta si aprì lentamente e Lisa infilò la testa dentro con cautela.

«Puoi entrare» le dissi.

Barcollò verso di me, ancora sotto l'effetto dell'alcol, ma più tranquilla. Andò dritta verso il suo letto, con gli occhi mezzi chiusi, senza mai guardare nella nostra direzione, e vi si accasciò.

«Lisa?»

«*Mmm*...?»

«Questo è Noah.»

Spalancò gli occhi e si mise a sedere. «*Quel* Noah?» Sorrise.

Il diretto interessato mi fissò, curioso di sapere cosa le avessi raccontato di lui.

«Sì.»

Noah le tese la mano. «Ciao, piacere di conoscerti, Lisa.»

Lei gliela strinse. «Be', ciao, *quel* Noah. È un vero piacere vederti qui... con Amanda.» Guardò prima lui e poi me, sorridendo come un gatto che ha appena avvistato un canarino.

«Credo sia ora di andare.» Noah si alzò e cominciò a raccogliere i resti del nostro spuntino.

Lisa scattò in piedi e lo precedette. «Ci penso io, così potete salutarvi in tutta calma.» Andò dall'altra parte della stanza fingendo di concederci un po' di privacy.

«Non so a che ora partiremo domani. Vorrei rivederti, prima, ma non sono sicuro di farcela. Capisci?» Un'espressione delusa si dipinse sul suo viso.

«Capisco» dissi.

«Ti telefono senz'altro, comunque.»

«E poi torno a casa per il Ringraziamento tra un paio di giorni» aggiunsi.

Dovevamo essere rimasti lì a fissarci per un tempo piuttosto lungo, perché Lisa sentì il bisogno di schiarirsi la voce. Noah mi diede un bacio sulla fronte. Non potei fare a meno di chiudere gli occhi e assaporare di nuovo la sensazione delle sue labbra su di me.

«Buonanotte, Tweet» mormorò.

«Buonanotte, Noah.»

Mi sorrise, prese la giacca e uscì dalla porta.

Lisa lo guardò finché non scomparve, poi si accasciò di nuovo sul letto. «Bene, bene, bene... *quel* Noah è da sballo.»

«Proveremo a essere amici.»

«Giusto. Meglio procedere con calma.»

«Che vuoi dire con *procedere* con calma? Siamo amici. Punto. Non succederà nient'altro tra noi. Noah sta con Brooke e io sto con Matt.»

Si assicurò che la vedessi alzare gli occhi al cielo.

«Tesoro, vi stavate scopando con gli occhi. E ho visto come hai reagito quando ti ha baciata.»

«Come?»

«Non hai semplicemente respirato il suo odore. Lo hai *inalato profondamente*. Non ti sei limitata a goderti il momento. Lo hai *assorbito*.» Lasciò ricadere la testa sul cuscino.

«Sei ancora ubriaca.»

«Oh sì... *Inalato profondamente*!»

* * *

La mattina dopo fui svegliata dal trillo di un sms.

Noah: Buongiorno Tweet. Come va la caviglia?
Io: 1 po' meglio. Grazie
Noah: Non ce la faccio a passare. Scusa
Io: Fa niente. Vai piano
Noah: Stanotte è stato fantastico. Ci vediamo tra un paio di giorni. Guarda fuori dalla porta
Io: Ok. Asp 1 sec

Mi alzai e cercai di fare meno rumore possibile per non svegliare Lisa. Mi ci volle qualche minuto per raggiungere la porta. La caviglia era rigida e mi faceva ancora male.

Aprii la porta piano piano. Il corridoio era deserto. Guardai in entrambe le direzioni, ma non vidi nulla. Un altro messaggio.

Noah: Guarda in basso

Per terra c'era un sacchetto con dentro il mio giaccone. Si era ricordato di andarlo a recuperare alla confraternita. Le farfalle mi invasero lo stomaco. Non le sentivo da mesi. Poi vidi qualcos'altro. Cominciarono a farmi male le guance perché non riuscivo a togliermi quello stupido sorriso dalla faccia. Davanti alla borsa, c'era un uccellino giallo a molla. Lo presi e digitai immediatamente una risposta.

Grazie per avermi riportato il giaccone e per l'uccellino. Lo adoro ;)

Noah: ;)

Presi il sacchetto e rientrai nella mia stanza. Chiusi la porta e mi ci appoggiai contro mentre lanciavo un'occhiata a Lisa, ormai sveglia, seduta sul letto. «Noah mi ha riportato il giaccone.»

«Carino da parte sua. Che altro?»

«Un uccellino a molla.» Corrugò la fronte, senza capire. «Mi ha sempre chiamato Tweet, per via di Titti, l'uccellino dei cartoni animati. È una mini Titti.»

«Accidenti! È la cosa più dolce che abbia mai sentito! Credo di aver appena avuto un mini orgasmo.»

«Sei fuori.» Posai il sacchetto sul letto, l'uccellino sul comò e andai a fare la doccia.

Mentre chiudevo la porta del bagno, sentii Lisa che urlava: «*Inalato profondamente!*»

Il sorriso mi rimase stampato in faccia per il resto della giornata. Sapevo di sembrare un'idiota, ma non me ne fregava niente. Volevo godermi quel momento. Decisi di non vedere Matt, quel giorno, perché ero sicura che sarebbe riuscito a guastare il mio buonumore. Ero stata triste per mesi e meritavo un po' di felicità. Quelle vacanze sarebbero state splendide, perché avevo di nuovo il mio Noah.

CAPITOLO 24

La capacità di perdonare è inesauribile, ma quanti di noi se ne approfittano? La tua anima gemella ti perdonerà, amerà e sosterrà sempre in modo incondizionato. Se te la lasci sfuggire dalle dita una volta, peggio per te. Se te la lasci sfuggire di nuovo, allora non la meritavi.

Mi scusai e mi alzai da tavola per mandare un messaggio a Noah. Chiusa in uno dei bagni delle signore, chiesi rinforzi.

Aiuto! Ho già bevuto 3 Cosmo ma lui è ancora una noia mortale. Torno a tavola. Chiamami per una tragica emergenza che richieda la mia attenzione ;)

Non riuscivo a credere di essermi fatta trascinare da Lisa in un appuntamento al buio con suo cugino. E, come se non bastasse, si era degnata di dirmelo mentre stavo preparando i bagagli per tornare a casa per il Ringraziamento.

Era seduta sul letto a bere Diet Coke e a mangiare la sua seconda merendina mentre io ficcavo i vestiti in valigia senza nemmeno essermi preoccupata di stirarli.

«Lisa, come hai potuto organizzarmi un appuntamento? So che Matt non ti piace, ma io e lui stiamo insieme!»

Ero agitatissima. Odiavo non avere il controllo della situazione, e il fatto che avesse agito alle mie spalle era imperdonabile.

«Lo so che sei incavolata con me, ma è solo un appuntamento. So che stai con la testa di cazzo, e che a te e *quel* Noah al momento basta scoparvi con gli occhi. Volevo solo farti capire che esistono delle alternative a questo mondo. Consideralo come un favore all'adorabile personcina che sono.»

Smisi di fare i bagagli e le lanciai un'occhiata sospettosa. Ma era difficile restare arrabbiata con Lisa. Sapevo che lo faceva a fin di bene.

«Solo per questa volta, e Matt non dovrà mai venirlo a sapere.»

«Affare fatto» disse lei.

«Com'è tuo cugino?»

«Non ne ho la più pallida idea. Non l'ho mai visto.»

«Cosa?!»

Si infilò in bocca l'ultimo pezzetto di merendina chimicamente ridotta alla consistenza del cartone mentre sollevava l'indice per farmi capire che aveva bisogno di un secondo. «Non l'ho mai visto di persona. So soltanto che si è appena trasferito a Charleston, ha venticinque anni ed è pieno di grana. Anche se non dovesse essere il tuo tipo, perlomeno avrai rimediato un'ottima cena.»

Cominciai a saltellare e battere le mani, e conclusi sarcastica: «Wow! Una cena in un ristorante di lusso rende il tutto decisamente meno umiliante».

«Simpaticona. Il ragazzo ha le potenzialità per dimostrarsi grandioso. Voglio dire, è imparentato con me e tu sai bene quanto sono fantastica. Mi adorano tutti.» Inclinò la testa di lato ed esibì un enorme sorriso a trentadue denti.

Ed eccomi lì, a passare parte delle mie preziosissime vacanze in uno dei migliori ristoranti di Charleston, il Cypress, con un tizio che non conoscevo e non volevo nemmeno conoscere.

Aspettai qualche secondo nella speranza che Noah rispondesse. Gli ultimi giorni erano stati incredibili. Dopo che ci eravamo riavvicinati durante il weekend, ci sentivamo almeno due volte al giorno. Dio benedica il piano tariffario minuti illimitati! Attesi ancora qualche istante. Niente.

Tornai lentamente al tavolo e al mio cavaliere, Joshua McPherson. La famiglia di Lisa non brillava certo per eccezionalità. Joshua era pieno di sé, arrogante e noioso. Cercai di raggiungere il tavolo il più lentamente possibile. Man mano che mi avvicinavo, capii che Joshua stava rimproverando il cameriere per un'inutile stupidaggine. Ero giunta alla conclusione che doveva essere davvero poco dotato e cercava di compensare facendo lo stronzo con il personale dei ristoranti.

Sedendomi, guardai negli occhi il cameriere tentando di trasmettergli le mie scuse e gli chiesi di portarmi il Cosmo numero quattro, subito. L'unico lato positivo della serata era che potevo bere, anche se per legge non avrei avuto il permesso di farlo. Immagino che quando si hanno tanti soldi come Joshua si riesca ad averla vinta su parecchie cose.

Dopo venti minuti, ero ben più che annoiata. Noah non

aveva ancora risposto alla mia chiamata di emergenza. Brooke era fuori città per le vacanze, quindi non c'era ragione perché non rispondesse. Mentre osservavo Joshua che blaterava frasi senza senso, sentii qualcuno che si schiariva la voce dietro di me. Alzai gli occhi ed eccolo lì, il mio cavaliere dall'armatura di plastica.

Indossava un completo grigio, con una camicia azzurra che faceva risaltare ancor di più i suoi occhi, e una cravatta a righe grigio e argento. Era bellissimo.

«Scusa, non ci conosciamo?» Rimasi sbalordita, chiedendomi cosa avesse in mente. «Noah Stewart» disse, indicandosi con un dito.

«Ah, sì, Noah Stewart…»

«Delle medie.»

«Esatto, delle medie.» Mi voltai verso Joshua. «Joshua McPherson, questo è Noah Stewart delle medie.»

Lui si alzò e gli tese la mano. Noah la afferrò e la strinse rapidamente. «Piacere di conoscerti, Josh.»

«Piacere mio. Mi chiamo Joshua, comunque.»

«Eh?»

«Il mio nome è Joshua, non Josh. Joshua.»

Noah restò lì a fissarlo mentre Joshua si sedeva. A quel punto l'intontimento generato dai vari Cosmopolitan era piacevole e denso. Mi limitai a sorridere, guardando alternativamente i due ragazzi. Sapevo che la serata si sarebbe fatta divertente adesso che il mio cavaliere era venuto a salvarmi.

«Dunque…» Noah mi scrutò con espressione confusa, come se avesse dimenticato il mio nome. Dalla sera di Halloween del 1996, mi aveva sempre chiamato Tweet.

Non lo sentivo pronunciare il mio vero nome da quando avevamo sei anni.

«A-man-da» dissi, venendo in suo aiuto.

«Sì, giusto. È un piacere rivederti» rispose.

«Anche per me. Cosa ci fai da queste parti?»

«Be', avrei dovuto vedere alcuni amici per cena. Ho appena ricevuto una telefonata: c'è stato un contrattempo e non riusciranno a venire.»

«Mi dispiace che i tuoi programmi siano saltati.»

«Già, anche a me. Odio mangiare da solo, e visto che non abito più in città non conosco molta gente. Ho perso di vista gli amici. Sai com'è. Bene, è stato fantastico incontrarti.» Si voltò verso Joshua e gli strinse la mano. «Piacere di averti conosciuto.»

Lanciai a Joshua un'occhiata pietosa e poi mi rivolsi a Noah. «Perché non ti unisci a noi? A Joshua non dà fastidio.» Lo guardai negli occhi. «Vero?»

«Ehm… no, nient'affatto» balbettò lui, sbalordito. «Per favore, unisciti a noi.» Schioccò le dita a un cameriere di passaggio. «Ci porti un'altra sedia. Il signore cenerà con noi.»

«Grazie, amico. Lo apprezzo davvero tanto» disse Noah, con tono eccitato.

Il cameriere tornò con un'altra sedia. Noah si sistemò tra Joshua e me. Ci fu un momento di silenzio imbarazzato. Non avevo idea di dove volesse spingersi con questa bravata, ma aveva un luccichio dispettoso negli occhi. Io ero sbronza e pronta a reggergli il gioco.

Sorridendo come uno scemo, Noah guardò me e Joshua. «Allora, come vi siete conosciuti?» domandò alla fine.

«A dire il vero, questo è un appuntamento al buio» risposi lanciando un'occhiata a Joshua.

«Oh cavolo, è un appuntamento?! Ho rovinato la vostra cenetta romantica. Che idiota. Mi dispiace. Sentite, me ne vado e...»

Gli afferrai il braccio mentre cominciava ad alzarsi. «No! Cioè, ti prego, resta. Vogliamo davvero che tu rimanga con noi. Non è vero, Joshua?»

«Certo.»

«Be', se insistete...» Si sistemò sulla sedia, prese un grissino dal cestino del pane e cominciò a sgranocchiarlo. Ci fu un altro minuto di silenzio imbarazzato. Io bevvi un sorso del mio Cosmopolitan e diedi il via alla festa.

«Allora, Noah, dove vivi adesso?»

«Nel Saskatchewan.» Mi ci volle ogni briciolo di forza di volontà per trattenermi dal ridere, e questo mi fece andare di traverso il drink.

«Nel Saskatchewan, dici?» Lo guardai e sogghignai, cercando di controllarmi. Noah fece altrettanto.

«Sì, Sas... kat... che... waaan.»

Osservai Joshua, che sembrava ancora stordito dal fatto che il nostro appuntamento fosse stato sabotato. «Saskatchewan» ripetei. Dal suo sguardo, capii che stava iniziando a mangiare la foglia.

«Che cosa fai nel Saskatchewan, Noah?» gli chiese.

«Mi occupo di portafogli.»

Il cameriere venne a riempirci i bicchieri d'acqua e io gli feci cenno di portarmi un altro Cosmopolitan. Alla parola *portafogli* Joshua si rianimò e parve sinceramente interessato.

«Oh, grandioso. Sono un consulente finanziario alla Smith, Barney & Kline. In che genere di portafogli titoli sei specializzato? Aggressivi? Difensivi? E-commerce?»

Il cameriere arrivò con il mio drink, lo posò sul tavolo e rimase lì mentre scolavo l'ultima goccia del precedente prima di prendere il bicchiere vuoto.

«Ecopelle» rispose Noah.

«Come dici?»

«Ecopelle.»

«Mi dispiace. Non capisco» disse Joshua, la confusione stampata in faccia.

A quel punto stavo cercando disperatamente di trattenere le lacrime e di non sputacchiare il cocktail.

«Faccio portafogli di ecopelle. Sai, la finta pelle. Una volta mi occupavo di vinile, ma ormai vogliono sembrare tutti talmente sofisticati.»

«Porca miseria!» sbottai. «Noah fa portafogli in ecopelle nel Saskatchewan. Non è fantastico, Josh?»

Noah si appoggiò allo schienale della sedia ed esibì un sorriso da un orecchio all'altro.

Arrivò la cena e mangiammo mentre Noah ci illuminava sulla storia del Saskatchewan e dell'ecopelle. Non sapevo se quello che stava dicendo fosse vero, ma sembrava convincente. Dopo, uscimmo tutti e tre dal ristorante. Ero ormai piuttosto allegra. Mi aggrappai al braccio di Noah mentre Joshua consegnava la ricevuta all'addetto al parcheggio. Noah gli tese la mano. «Grazie per la cena. Vorrei che mi avessi fatto pagare almeno la metà del conto.»

«Non preoccuparti. È stato un piacere.»

«Per tua informazione, non sono il tipo che viene a letto con te solo perché mi hai offerto una cena.» Stavo morendo dal ridere. Joshua rimase spiazzato, ancora una volta. «Ti sto prendendo in giro, amico.»

Joshua fece una risata falsa.

Guardandomi, Noah mi chiese: «Abiti ancora a Sycamore Drive?»

«Credo di sì» dissi, con orgoglio.

«E tu Joshua?»

«Beechwood Street.»

«È da tutt'altra parte rispetto a Sycamore. Ti ci vorrà almeno un'ora per ritornare a casa. Ascolta, io sono diretto in quella zona. L'accompagno io.»

Balbettando, Joshua replicò: «Ehm… fa lo stesso. La accompagno volentieri. Prima di concludere la serata, pensavo di fare un giro su una carrozza trainata da cavalli lungo la costa».

«Oh, non è necessario, Joshie. Ne ho avuto abbastanza di animali per stasera» ridacchiai, barcollando al fianco di Noah. Sentii il suo petto vibrare mentre tentava di trattenere una risata.

«No, voglio farlo per ringraziarti di aver pagato il conto. Insisto» disse Noah.

«Ehm… per te va bene?» mi chiese Joshua.

«Benissimo, pasticcino» bofonchiai.

«Okay, allora, se sei d'accordo…» Mi fissò mentre l'addetto tornava con la sua BMW.

«È arrivata la tua macchina, Josh» disse Noah.

«È stato un piacere conoscerti, Amanda. Ti chiamo io.»

«D'accordo.»

Joshua mi diede un bacetto sulla guancia. Ci fu un altro momento di silenzio imbarazzato prima che salisse in auto e andasse via.

Una volta che la BMW si fu allontanata, Noah mi cinse la vita con un braccio e mi attirò bruscamente a sé. Posai le mani sui suoi bicipiti per sorreggermi. Il mio corpo si allineò perfettamente al suo. Le nostre labbra erano vicine, molto vicine, e io non riuscivo a staccare gli occhi dai suoi. Se avessi tirato fuori la lingua, anche solo un pochino, avrei sfiorato il suo labbro inferiore.

Una bassa voce seducente interruppe le mie fantasie. «Tweet.»

«*Mmm*?»

Lui mi fissò la bocca per un istante. Tra l'ebbrezza dei Cosmopolitan e la sensazione del suo corpo premuto contro il mio, ero tutta un formicolio.

«Credi che Joshua ci chiamerà per un secondo appuntamento?» Osservai le sue labbra che si curvavano in un sorriso sensuale.

Scoppiai a ridere. «Ne dubito, visto che non sei voluto andare a letto con lui.»

«Che bastardo! Gli uomini sono proprio dei porci» esclamò mentre mi dava una lieve sculacciata, facendomi sussultare un pochino.

L'addetto al parcheggio portò la nostra auto. Prendendomi per mano, Noah mi scortò dal lato del passeggero e mi aiutò a salire. Fece il giro davanti al cofano e si sistemò al posto di guida. Non potei fare a meno di dare una sbirciatina al suo sedere. Era stupendo! Prima che mettesse in moto, gli posai una mano sulla coscia e la strizzai leggermente.

«Grazie per stasera. È stato il miglior appuntamento al buio della storia degli appuntamenti al buio.» Sorrisi.

Lui mi prese la mano, se la portò alle labbra e mi posò un bacio delicato sul palmo, guardandomi dritto negli occhi. Mi fece venire i brividi.

Riportò la mia mano sulla sua coscia e sorrise. «Il fabbricante di portafogli in ecopelle del Saskatchewan sa come far divertire la sua ragazza numero uno» disse, e mi fece l'occhiolino.

Mi venne voglia di saltare a cavalcioni su di lui e baciare ogni centimetro del suo corpo, ma naturalmente non lo feci. No, eravamo amici e non avrei rovinato tutto un'altra volta. E poi lui stava con Brooke e io stavo con… *coso*. Era così che dovevano rimanere le cose.

CAPITOLO 25

Per citare le parole immortali di Sally Brown (la sorellina di Charlie): «Voglio solo la mia parte. Voglio solo ciò che mi spetta». Parole sante.

Capivo che faceva freddo dalla nuvola di fumo che mi usciva dalla bocca ogni volta che respiravo. Ma di certo non sentivo freddo. Non riuscivo a sentire nulla. Ero seduta al nostro posto a fissare il laghetto pensando a tutto e niente. Per qualche motivo la mia vita si era ribaltata nel giro di pochi minuti, e io non lo avevo previsto.

Udii lo scricchiolio della ghiaia dietro di me. Il telefono traboccava di messaggi e chiamate della mia famiglia. Nessuno di loro sapeva dove fossi scappata. Se avessero scoperto che ero a soli tre isolati di distanza, si sarebbero infuriati. Non fui sorpresa che lui, invece, sapesse esattamente dove trovarmi. Sentii altri scricchiolii sulla ghiaia mentre Noah girava attorno al tavolo da picnic. Avevano sostituito quello che aveva distrutto diversi mesi prima. Mi venne vicino, ma nessuno dei due disse una parola. Continuai a fissare il laghetto.

«Tweet» esordì. La sua voce era bassa e tremante.

Si avvicinò ancor di più, pronto ad abbracciarmi. Mi ritrassi e sollevai una mano per fermarlo. «Non toccarmi.»

«Perché?»

«Perché se mi tocchi andrò in pezzi. Ho già dovuto ricompormi una volta, oggi. Non credo che ci riuscirei di nuovo.»

Con la coda dell'occhio vidi che stava mandando un messaggio a qualcuno, probabilmente ai miei genitori per far sapere loro che mi aveva trovata. Ero sicura che non gli avrebbe detto dove fossi, quindi non protestai.

Si sedette vicino a me, ma si tenne a distanza di sicurezza di modo che non potessimo toccarci. Rimanemmo in silenzio. Noah sapeva che avrei parlato quando sarei stata pronta.

Lasciai vagare i pensieri a ritroso attraverso gli ultimi mesi, a partire dall'inizio dell'università. Era stato un buon semestre. Rientravo tra gli studenti migliori, mi ero abituata a stare lontana da casa, adoravo la mia compagna di stanza e avevo riavuto Noah.

Due giorni prima, quando ero tornata a casa per Natale, non avevo più potuto ignorare i segnali. Anzi, la mamma aveva insistito per fare subito qualcosa. Se non mi avesse forzata, avrei continuato a vivere nella beata ignoranza, e la mia vita sarebbe rimasta intatta. È interessante come due paroline possano distruggere tutto il tuo mondo.

«Cancro osseo.» Tutto ciò che il medico disse dopo arrivò alle mie orecchie come ovattato.

Mi sembrava di essere sott'acqua. Ero così confusa. Ero andata lì per una distorsione alla caviglia e il dolore al polpaccio che ormai durava da un mese. Pensai che il dottore si fosse sbagliato, che avesse scambiato le mie radiografie con quelle di qualcun altro. Guardai mia madre, seduta in un angolo con le lacrime che le solcavano il viso. Perché piangeva? Era solo una distorsione alla caviglia.

«Amanda, mi hai sentito?» domandò il dottor Thompson.

«Cosa?»

«Mi dispiace. Le lastre evidenziano un tumore dai contorni irregolari. Insieme alla perdita di peso, alla spossatezza e al dolore alla gamba che descrivi, tutto mi spinge a credere che si tratti proprio di questo. Ti manderò dal dottor Lang. È un oncologo eccellente.»

La sua bocca si muoveva e io sentivo i suoni che produceva, ma doveva trattarsi di una lingua straniera perché non riuscivo a capire cosa stesse dicendo.

La mamma si avvicinò e mi cinse saldamente le spalle con un braccio. Posò una mano sopra la mia mentre il dottore proseguiva.

«È piuttosto raro che un cancro alle ossa si sviluppi come tumore primario. Di solito è il risultato di una metastasi, quindi faremo degli esami in questo senso.»

«Perché dovete farmi degli esami?» chiesi.

Non capivo cosa stesse succedendo. Perché il dottore aveva un'aria tanto preoccupata? E perché mia madre sembrava sempre più sconvolta via via che lui proseguiva?

«Dobbiamo scoprire se il cancro ha invaso altri organi» rispose il medico.

«È solo una distorsione» insistei. Guardai la mamma, supplicandola con gli occhi di farglielo capire. «Mamma, diglielo che è soltanto una distorsione.»

Lei mi strinse forte mentre mi accarezzava i capelli. «Tesoro, lo supereremo.»

Mi divincolai bruscamente dal suo abbraccio e mi alzai dal lettino. «Perché non glielo dici?!» mi ostinai, la voce carica di rabbia.

Mi ritrassi quando lei cercò di fare un passo verso di me. «Digli che è soltanto una distorsione, mamma!»

Iniziai a essere scossa dai singhiozzi mentre mi accasciavo su una sedia. Era come se mi trovassi in uno di quei sogni in cui hai la sensazione di cadere. Tenti di aggrapparti a qualcosa per frenare la caduta, ma all'improvviso ti svegli. Ci vuole qualche secondo per renderti conto che era solo un sogno. Era così che mi sentivo… ma non riuscivo a svegliarmi.

Le braccia della mamma mi strinsero mentre cedevo alle lacrime. «È un duro colpo da affrontare così all'improvviso» disse al dottore.

«Lo capisco. Perché non andate a casa e cercate di assorbire la notizia? Vi farò chiamare dall'infermiera per programmare la risonanza magnetica e un appuntamento con il dottor Lang. Se vi venissero in mente delle domande, metterle nero su bianco è un'ottima idea. Vorrei che foste venuti prima, alla comparsa dei primi sintomi.»

Lo guardai. Il mio viso era zuppo di lacrime. «Non avevo idea che fossero sintomi. Ero talmente occupata che non sempre avevo il tempo di mangiare. Pensavo che la gamba mi facesse male per la storta alla caviglia. Qualche volta mi sono svegliata tardi, così ho dovuto correre per non arrivare tardi a lezione. Non potevo proprio. Dovevo rientrare tra gli studenti migliori, e ce l'ho fatta. Non è vero, mamma?» Sapevo che stavo parlando a vanvera, ma non riuscivo a fermarmi. Stavo cercando di dare un senso all'insensatezza. Avevo bisogno di sapere perché stesse accadendo tutto questo.

Li fissai entrambi, sperando che uno di loro me lo potesse spiegare, ma non lo fecero. L'unica cosa che sentii attraverso i singhiozzi fu il dottore che bombardava mia madre di informazioni sugli esami a cui avrei dovuto sottopormi.

«Quali cure ci sono?» chiese lei.

«Be', non sono un oncologo, ma in genere si prescrive un'operazione chirurgica, la chemioterapia e a volte le radiazioni.»

«Che genere di operazione?»

«Se il cancro è localizzato, si cerca di rimuovere l'intero tumore. Se si è diffuso in tutto il tessuto, il miglior modo di procedere sarebbe un'amputazione sotto il ginocchio.»

Saltai su dalla sedia e mi precipitai fuori dalla stanza più in fretta che potei. Da dopo il Ringraziamento zoppicavo in modo piuttosto accentuato per via del dolore. Avevo sentito abbastanza. Non mi fermai finché non raggiunsi la macchina della mamma. Rimasi lì a guardare l'auto, con la mano sospesa sopra la maniglia. Udii lo scatto della chiusura centralizzata, spalancai la portiera e salii. L'altra portiera si aprì e percepii un leggero movimento quando lei si sistemò dietro al volante.

«Tesoro...»

«No. Adesso non ce la faccio a parlare. Voglio soltanto andare a casa.»

Rimasi in silenzio per l'intero tragitto. Di tanto in tanto, con la coda dell'occhio, vedevo la mamma che si asciugava una lacrima dalla guancia. Quando posteggiammo nel nostro vialetto, scesi immediatamente e andai in giardino a prendere la bicicletta. Saltai in sella e mi allontanai senza dire una parola. Non sapevo dove fossi diretta. Avevo bisogno di stare da sola. Udii la voce della mamma che mi chiamava tra i singhiozzi. Non so per quanto pedalai. Quando non ce la feci più, mi fermai e mi ritrovai al nostro posto.

La presenza di Noah mi donava sempre un senso di pace, ma quando sentii i suoi passi dietro di me non provai il solito sollievo. Per la prima volta in vita mia, il mio cavaliere dall'armatura di plastica non poteva salvarmi.

«Hai parlato con mia madre?»

Si schiarì la voce. «Sì. Ha chiamato in preda al panico. Non sapeva dove fossi e tu non rispondevi al telefono.» Mi venne un po' più vicino. «Fa freddo qui fuori, Tweet. Andiamo in un posto caldo.»

«Sto cercando di capire cosa ho fatto» dissi.

«In che senso?»

«Perché vengo punita?» Sentivo le lacrime che cominciavano ad addensarsi. Volevo disperatamente ricacciarle indietro. Se le avessi lasciate libere di scorrere, le emozioni mi avrebbero sopraffatta. E io volevo restare intontita ancora un po'.

«Nessuno ti sta punendo.»

Osservandolo di sottecchi, capii che si stava innervosendo. Le sue dita si contorcevano come se non riuscisse più a impedirsi di toccarmi. Alla fine lo guardai. Sembrava distrutto. Ci fissammo per un altro istante prima che lui cedesse e mi stringesse a sé. Le lacrime cominciarono a sgorgare copiose.

Noah mi prese in braccio. Io seppellii la testa nell'incavo del suo collo e lasciai che tutte le emozioni di quella giornata mi travolgessero. Mi teneva così stretta che faticavo a respirare.

«Sei gelata, tesoro. Lascia che ti porti a casa» disse.

Mi aggrappai più forte a lui. Non volevo andare a casa. Non ancora. Mi ero convinta che, finché fossi rimasta là fuori, nulla di quanto stava accadendo sarebbe stato reale. Sapevo di dover tornare dalla mia famiglia, ma in quel momento avevo bisogno di fingere che tutto andasse bene. Avevo bisogno di godermi la sensazione delle braccia di Noah che mi stringevano.

CAPITOLO 26

Il cancro è un imbroglione, un dittatore e il grande e potente Oz riuniti in un mostro insaziabile.

Convivevo con la diagnosi da due giorni. Ancora non mi sembrava vero, ma sapevo che lo era ogni volta che guardavo in faccia Emily e i miei genitori. La risonanza magnetica era fissata per il mattino dopo, e poi nel pomeriggio avrei visto l'oncologo.

La mamma contattò l'università e spiegò la situazione. Ovviamente, non sarei tornata al college il semestre successivo. Ero furiosa. Odiavo che qualcosa al di fuori del mio controllo stesse dettando ogni mia decisione. Dovevamo tornare subito a prendere le mie cose, perché una volta iniziate le cure non sarei stata in grado di andare da nessuna parte per un bel po'.

Avevo anche bisogno di parlare con Matt di persona, intanto che ero in città. Fino alla vigilia di Natale lui era ospite da alcuni amici, poi sarebbe tornato a casa in aereo. Noah ci avrebbe dato una mano. L'idea era che i miei genitori venissero con il SUV, mentre io e lui avremmo preso il suo pickup.

Avevamo passato insieme ogni minuto possibile. Non sapevo come stessero andando le cose tra lui e Brooke.

Non ne parlavamo mai. Anzi, io e lui non avevamo parlato nemmeno della diagnosi. Ogni volta che l'argomento si ripresentava, lui rimaneva in silenzio. Ma era sempre al mio fianco.

Nessuno disse una parola mentre imballavamo tutti gli oggetti che riguardavano la mia brevissima carriera universitaria. Lisa era tornata nel Missouri per le vacanze. Il giorno prima avevamo avuto una conversazione straziante al telefono. Aveva promesso di venirmi a trovare quando sarebbe tornata per il semestre successivo. Indipendentemente dal fatto che restassimo o meno compagne di stanza, sapevo che avrebbe sempre fatto parte della mia vita. A volte, quando incontri una persona, capisci subito che è nata per essere tua amica. Con Lisa era stato così.

Dopo aver caricato tutto sull'auto dei miei, loro tornarono a casa. Noah mi accompagnò da Matt e attese nel pickup mentre andavo a dargli la notizia. Gli avevo mandato un messaggio per dirgli che sarei passata.

Per qualche motivo mi sentivo nervosa mentre salivo le scale. Bussai e la porta si aprì immediatamente. Matt mi sollevò di peso e mi strinse tra le braccia come se non mi vedesse da anni.

«Che bello vederti!» esclamò.

«Stai bene? Ci siamo visti solo qualche giorno fa.»

«Lo so, ma mi sei mancata. A un uomo non può mancare la sua donna?» Cominciò a baciarmi sul collo.

«Matt, dobbiamo parlare. Devo dirti una cosa.»

Lui si ritrasse e mi rivolse uno sguardo preoccupato. «Vuoi mollarmi, Stecco? Perché, se posso parlare in mia difesa, ero ubriaco perso e non sapevo cosa stesse succedendo» blaterò.

«Ma di che stai parlando?» Indietreggiai.

«Di solito quando qualcuno dice *dobbiamo parlare* è perché vuole scaricarti.»

«Sei andato a letto con Danielle, vero?»

«Ho pensato a te per tutto il tempo. Non è come credevo. Visto che è così gnocca, pensavo che sarebbe stata meglio di...»

«Di me?!»

Mi cinse la vita con le braccia e mi sussurrò all'orecchio: «Non arrabbiarti, Stecco. Ti ho detto che è stata un disastro». Iniziò a sfiorarmi il collo con il naso.

«Ho un cancro alle ossa, probabilmente dovranno amputarmi una gamba e dovrò fare la chemio» dichiarai con voce piatta.

Lui fece un passo indietro. Quando mi guardò negli occhi, il suo viso era completamente privo di ogni emozione. Immaginai che stesse aspettando che finissi il discorso, e così feci. «Sono venuta soltanto per prendere le mie cose. Non torno il prossimo semestre.»

Non aprì bocca per diversi minuti mentre si passava una mano tra i capelli. Poi respirò profondamente e disse: «Ho ottenuto il ruolo principale nello spettacolo del prossimo semestre».

Per un attimo pensai di aver capito male. Quando avevo provato quella conversazione nella mia testa, non mi ero di certo immaginata che se ne sarebbe uscito con una cosa del genere.

Andai verso la porta. Sentii i passi di Matt dietro di me.

«Stecco! Aspetta! Mi hai colto alla sprovvista!» Mi afferrò per un braccio e mi costrinse a voltarmi. «Non sapevo cosa dirti. Ho pensato che fossi venuta per rompere con me perché eri arrabbiata per Danielle.»

«Non me ne frega abbastanza di te per arrabbiarmi perché sei andato a letto con lei. Noah mi aspetta di sotto per portarmi a casa.»

«Te lo scopi?» Ancora non mi aveva lasciato il braccio. Anzi, la sua stretta era diventata più salda.

«Cosa?» Cercai di divincolarmi, ma lui era troppo forte. «Matt, lasciami andare. Mi stai facendo male.»

«Non sono un idiota, Amanda. Ho visto come reagisci ogni volta che ti chiama. E lo fa spesso. Da quant'è che te lo scopi?»

«È mio amico.» Diedi un altro strattone, più forte, ma non riuscii a liberarmi.

Quello che accadde pochi secondi dopo fu talmente veloce da risultarmi confuso. Vidi una mano che afferrava Matt per il collo e lo sbatteva contro il muro. Lui mi lasciò andare, facendomi incespicare all'indietro. Quando alzai lo sguardo, la mano di Noah era stretta attorno alla sua gola. Matt boccheggiava in cerca d'ossigeno.

«Una bella stretta non è più tanto divertente quando sei tu a subirla, eh, verme schifoso?» Noah fece più pressione, impedendogli completamente di respirare. Gli occhi di Matt cominciavano a uscire dalle orbite, stava diventando cianotico. «Tweet, vai in macchina.»

«Noah, non riesce a respirare. Non ucciderlo!»

«Sali su quella cazzo di macchina. Subito!»

Mi voltai e corsi fuori dalla porta. In corridoio, udii dei tonfi e il rumore di mobili infranti. Nel giro di qualche minuto il fracasso cessò, e Noah uscì, mi prese per mano e mi portò al pickup.

Aprì la portiera del passeggero e io saltai a bordo. Lo osservai mentre faceva su e giù davanti al cofano, cercando di calmarsi. Si avvicinò al posto di guida, ma prima che salisse sentii un paio di forti colpi sulla fiancata. Pensai che ci avessero lanciato addosso qualcosa, poi vidi che Noah apriva e chiudeva la mano. Aveva le nocche arrossate per i pugni.

«Noah, stai bene?»

«Ti ha mai fatto del male prima d'ora?» mi domandò a denti stretti.

Non sapevo come rispondergli. Tecnicamente, Matt non mi aveva mai messo le mani addosso. Lo aveva quasi fatto una volta, ma aveva detto che stava solo scherzando. «Non mi ha mai picchiata.»

«Ti ha mai fatto del male?»

«Mi ha solo afferrato per il braccio qualche volta, ma era ubriaco e...»

Il suo petto si sollevò e si abbassò più velocemente, pompando ossigeno, a scatti. «Ti ha mai presa con la forza? Non mentirmi.»

Esitai per diversi secondi prima di rispondere. «Sì» mormorai.

Noah cominciò a colpire il volante senza pietà. Dopo qualche istante, spalancò la portiera e saltò giù dall'auto. Lo sentii prendere a calci e pugni la carrozzeria mentre continuava a sfogare la sua rabbia.

Tornò a bordo, accese il motore e uscì in volata dal parcheggio. Gocce di sudore gli imperlavano la fronte.

«Noah...»

Alzò un indice e disse a voce bassa: «Adesso non me la sento di parlare».

Per l'intera ora e mezza del tragitto fino a casa, non mi rivolse la parola.

Quando arrivammo a destinazione, mi scortò all'ingresso. Cercai disperatamente di pensare a qualcosa da dire mentre rovistavo nella borsa alla ricerca delle chiavi.

«Grazie di tutto e scusami per...»

«A che ora hai l'appuntamento domani?»

«La risonanza magnetica è alle dieci e poi vedrò il dottore alle tre del pomeriggio.»

«Passerò alle otto per scaricare la tua roba. Avremo tutto il tempo per arrivare in orario all'ospedale.»

«Non sei costretto a venire. Ci saranno i miei genitori con me.»

«Lo so che non sono costretto a venire. *Voglio* venire. Riposati un po'. Ci vediamo domattina.»

Mi diede un bacio sulla fronte e scese gli scalini del portico.

Il giorno dopo la mia vita avrebbe cominciato a cambiare. Visite mediche, esami diagnostici e ospedali avrebbero sostituito le lezioni e le feste alle confraternite. Non sarei più stata Amanda Kelly, studentessa di Giornalismo. Sarei stata Amanda Kelly, malata di cancro.

CAPITOLO 27

Quando scopri di avere una malattia che ti cambia la vita, i primi giorni sei sotto choc, non riesci a crederci.

Passata quella fase, vivi in una specie di limbo. Ti senti ancora la vecchia te stessa, vedi ancora la stessa immagine nello specchio, e allora di tanto in tanto ti dimentichi che sei malata.

Una volta che gli esami e le visite mediche diventano più frequenti, ti trasformi in una paziente a tutti gli effetti. Inizi a dimenticare cosa provavi prima della diagnosi. La persona che eri scompare e viene sostituita da un'estranea triste, spaventata ed esausta. Un'estranea che a volte vuole rinunciare a combattere.

La risonanza magnetica fu un'esperienza orrenda. La macchina sembrava un enorme pene bianco con le palle. Be', con *una* palla, in realtà. Senza dubbio l'aveva inventata un maschio poco dotato.

Mi sdraiai sull'enorme pene bianco e il tecnico mi fece scivolare dentro la palla, dove fui costretta a restare perfettamente immobile per un'ora. Quando sentii che aveva finito, tirai un sospiro di sollievo.

Dopo la risonanza, decidemmo di andare a pranzo. I

miei genitori, Noah e io restammo in silenzio o parlammo di tutto tranne che di quanto stava succedendo. Eravamo confusi, non sapevamo quale fosse il nostro ruolo né come agire in questo nuovo mondo sconosciuto.

Nel pomeriggio andammo all'appuntamento con l'oncologo. Rimanemmo in sala d'attesa per quarantacinque minuti prima di essere accompagnati nel suo studio.

Il dottor Lang era un uomo di mezza età, il che mi piaceva. Non volevo essere visitata da un dottorucolo che consultava il manuale di Medicina mentre cercava di capire dove fossero i miei organi. Aveva un modo di fare schietto, non amava tergiversare. Non ero un tipo paziente, per cui apprezzai molto quell'aspetto. Noah rimase in fondo alla stanza, mentre io ero seduta davanti alla scrivania, in mezzo ai miei genitori.

«Bene, ho delle buone notizie» disse il dottor Lang osservando la mia cartella clinica e i risultati dell'esame. «Pare che il cancro sia circoscritto alla gamba sinistra. Non ha intaccato altre parti del corpo.» Quattro sospiri di sollievo riempirono lo studio. «Ma purtroppo è evidente l'infiltrazione nel tessuto molle circostante. Per questo motivo, consiglio l'amputazione sotto al ginocchio.»

Mi guardò dritto negli occhi, nel tentativo di valutare la mia reazione, immagino. Rimasi lì seduta a fissarlo. Non era una sorpresa che fosse quella la procedura raccomandata. Ma se prima era una possibilità, adesso era una realtà. Mi ci volle un istante per abituarmi all'idea.

Il dottore tornò a esaminare la mia cartella, interrompendo il contatto visivo. Nei pochi secondi in cui i nostri occhi si erano incontrati, avevo capito che stava pensando a sua figlia. Avevo visto una foto di famiglia sulla scrivania mentre entravo nello studio. Doveva avere la mia età.

«Si sono fatti passi da gigante nel campo delle protesi per gli arti. Ne ho viste alcune talmente realistiche da passare inosservate» aggiunse.

Immaginai che quella fosse la sua versione della massima: "Se la vita ti offre limoni, fa' una limonata".

Sentii mio padre schiarirsi la gola e domandare: «Quindi, se si è diffuso solo nella gamba sinistra, una volta tolto il...» Gli si ruppe la voce. Rimase in silenzio per un istante cercando di ricomporsi prima di continuare. «Una volta effettuato l'intervento, non avrà più il cancro, giusto?»

Il dottor Lang tenne gli occhi fissi sulla cartella e rispose: «Tecnicamente, sì. Ma dovrà comunque sottoporsi alla chemio».

«Perché?» chiese la mamma.

Il medico alzò lo sguardo. «Signori Kelly, Amanda e tu, giovanotto là in fondo...»

«È il mio migliore amico, Noah» dissi.

Il dottore fece un cenno nella sua direzione. «Amanda ha un osteosarcoma. È una forma di tumore osseo molto aggressiva. Da quel che so sul tuo caso, definirla aggressiva è un eufemismo. I sintomi si sono manifestati molto in fretta. Dobbiamo assicurarci di uccidere ogni cellula che è potenzialmente in grado di creare delle metastasi nei polmoni, e la chemio è lo strumento migliore per impedire che ciò accada. So che tutto questo è estremamente sconvolgente. Affrontatelo un po' alla volta. La mia infermiera vi darà tutte le informazioni sulla programmazione dell'intervento e vi fornirà i nomi di alcuni protesisti della zona.»

«Protesisti?» domandai.

«Sono loro che ti prepareranno per la tua gamba nuova» mi spiegò. «Ci vorrà qualche settimana prima che tu sia pronta per cominciare la chemio. Vogliamo che prima tu ti riprenda dall'intervento. Avete altre domande?»

Ci avevano dato troppe informazioni e nessuno di noi riusciva a pensare abbastanza lucidamente per chiedere qualcosa. Io stavo ancora cercando di metabolizzare il fatto che mi avrebbero amputato la gamba.

«Sono sicura che mi verranno in mente un milione di domande appena uscirò dal suo studio.» Accennai un sorriso.

Il dottor Lang mi guardò con i suoi affettuosi occhi marroni. «Ho una figlia che ha un paio d'anni meno di te. Sarei fuori di me se si ammalasse. Faremo tutto ciò che è in nostro potere per aiutarti, Amanda.»

«Lo so.»

Esitò prima di continuare. «Di solito non parlo ai pazienti di questo. Lo dico per via del tipo di cancro che hai, del tipo di chemio che dovrai fare e per via della tua età. La maggior parte dei giovani non pensa a questo genere di cose… Ma forse, Amanda, dovresti essere previdente e parlare con i tuoi genitori del tipo di disposizioni che desideri, in caso di necessità.»

Sentii la mamma emettere un leggero singhiozzo.

«Starò da mia sorella Emily» gli dissi. «Ha un appartamento al piano terra a Radcliffborough, vicino all'ospedale. Abbiamo deciso che è la sistemazione migliore.»

Mentre parlavo, notai l'espressione sul volto del dottore. Guardai mia madre e poi mio padre. Le loro espressioni ricalcavano quella del medico.

«Non sta parlando della sistemazione dopo l'intervento, tesoro» mormorò papà.

D'un tratto, compresi. Il dottor Lang mi stava dicendo di cominciare a programmare il mio funerale. La cosa strana è che non mi era passato neppure per l'anticamera del cervello che sarei potuta morire.

Lasciammo lo studio con una pila di opuscoli sul tipo di cancro che avevo e su cosa aspettarmi dall'intervento, oltre ai nomi dei "professionisti delle gambe" locali. *Protesista* suonava troppo come *prostituta* per i miei gusti.

Non ero dell'umore per tornare a casa. I miei genitori mi abbracciarono e mi baciarono, salirono in macchina e se ne andarono. Non li avevo mai visti così scossi prima di allora. Credo che in quel momento avessimo tutti bisogno di un po' di tempo per stare da soli.

Noah e io salimmo sul suo pickup, cercando di assimilare quanto avevamo appreso durante la visita. Con la coda dell'occhio, vidi che tamburellava le dita sul volante. Era come se stesse per dire qualcosa.

«Non dire niente, Noah. Mi serve un po' di tempo per riflettere su quello che mi hanno detto là dentro.»

«Lo so. Cosa vuoi fare?»

Continuai a fissare un punto imprecisato davanti a me e risposi: «Scappare».

Lui non replicò. Si limitò a mettere in moto e a uscire dal parcheggio. Procedemmo verso il centro, superando il

Colonial Lake e l'Università di Charleston, e ci fermammo nel quartiere punteggiato di alberi dove abitava Emily. Entrammo in un palazzo di tre piani di un bel verde pallido, con le rifiniture bianche. Un enorme portico circondava l'intero edificio al piano terra, e c'erano dei terrazzi coperti ai due piani superiori.

Noah spense il motore, si voltò a guardarmi e disse: «Starò qui per qualche settimana. La casa è stata divisa in tre appartamenti indipendenti».

«È molto bella. Perché ti ci sei trasferito?»

«È di Carter Perry, ci vengo spesso. Da qui si arriva a piedi all'università. Mi ha chiesto di restare mentre lui è fuori città per Natale. Non tornerà prima dell'anno nuovo. È grandioso avere un po' di privacy.»

«L'appartamento di Emily è a qualche isolato da qui. Sarai vicinissimo.»

«Lo so, è buffo come caschi a fagiolo.» Mi sorrise, prima di scendere dalla macchina. Avevo la sensazione che la sua permanenza in quell'appartamento non fosse una semplice coincidenza.

Lo osservai fare il giro della macchina per venirmi ad aprire la portiera. Mi prese per mano ed entrammo in casa.

Era un bilocale molto carino. Il classico appartamento maschile, arredato in modo spartano con un enorme sofà e un televisore a schermo piatto. Ci togliemmo i giacconi e li gettammo sul divano.

«Vuoi qualcosa da bere o da mangiare?» mi chiese Noah.

«No, sto bene così. Grazie.»

«Mettiti comoda. Torno subito.»

«Okay.»

Andai verso l'enorme vetrata e guardai fuori. La mia mente tornò alla pianificazione del mio funerale. Che musica volevo? In che tipo di bara avrei voluto essere seppellita? Mi chiesi se esistessero delle bare gialle. Facevano bare anche in altri colori? Ero così assorta nei miei pensieri che non sentii tornare Noah.

«Tweet, sei sicura che non vuoi niente?»

Continuai a guardare fuori dalla finestra. «Non voglio morire.» Lo dissi con un filo di voce, come se mi rivolgessi più a me stessa che a lui.

Ci fu una breve pausa prima che Noah ribattesse: «Non morirai».

Mi voltai. Era fermo accanto al bancone della cucina, a bere una bottiglia d'acqua.

«Come fai a saperlo?»

«Non voglio parlare di questo adesso» disse, prima di prendere un altro sorso.

«Ma io sì. Ho bisogno di parlare di questo con il mio migliore amico. So che non è facile. Non ne abbiamo parlato affatto. Le cose si stanno mettendo male, ho bisogno che tu lo capisca.»

Abbassando la testa, Noah fece un respiro profondo. Vidi che le sue spalle cominciavano a tremare. Un attimo dopo la bottiglia di plastica volò per aria, schiantandosi contro il muro. Alzò lo sguardo, e in quegli splendidi occhi azzurri lessi dolore e impotenza. «Credi che non capisca quanto sia grave la situazione? Un giorno sarò un medico. Credi che non sappia che se il cancro non ti divora viva potrebbero farlo i farmaci che ti daranno? Credi che non abbia letto che hai il 65 percento di possibilità di sopravvivere cinque anni? Per molte persone sarebbe una buona probabilità, ma non per te. Tu meriti una garanzia del 100 percento.» Le lacrime gli inondavano gli occhi.

Mi raggiunse in tre rapidi passi, mi spinse contro la vetrata e mi prese il viso tra le mani. Le nostre labbra quasi si sfiorarono quando lui sussurrò: «Non posso perderti. Sei tutto per me. Starti lontano mi ha ridotto in pezzi, ma perderti per sempre mi distruggerebbe del tutto. È compito mio prendermi cura di te, ma non c'è niente che possa fare per liberarti da tutto questo. Non so come aiutarti».

«Noah...» dissi, senza fiato.

«Ti prego, non respingermi, Tweet» mi supplicò.

«Non ti sto respingendo» mormorai.

Gli passai le dita tra i capelli. Le mani di Noah scivolarono giù lungo il mio corpo e si fermarono sotto le mie natiche. Mentre mi sollevava, gli allacciai le gambe attorno alla vita. La mia schiena premeva più forte contro la vetrata a ogni spinta del suo bacino. Volevo che mi aiutasse a cancellare quel dolore. Volevo sentirmi al sicuro e protetta come mi accadeva sempre quando ero con lui. Volevo sentirmi normale un'ultima volta. Dovevo dirgli quanto lo amavo, prima che fosse troppo tardi.

Il mio petto premeva contro il suo a ogni respiro. Ci guardammo negli occhi.

«Noah, io...» Prima che potessi aggiungere altro, la porta si aprì e sentimmo chiamare il suo nome.

Mi slacciai in fretta dal suo abbraccio, finché i miei piedi non toccarono terra. Pettinandosi con le dita, Noah si allontanò da me un secondo prima che Brooke facesse il suo ingresso nella stanza. Quando mi vide, si fermò di colpo.

«Non sapevo che avremmo avuto compagnia.» Trovai molto curiosa la scelta delle sue parole. Questa non era nemmeno casa di Noah. Non capivo come avesse fatto a entrare.

Senza staccarmi gli occhi di dosso, lui disse: «Brooke, puoi darci un minuto, per favore?»

«No, non posso» ribatté lei, seccata.

«Per favore.»

«La casa doveva essere tutta per noi fino a Capodanno.»

Noah la raggiunse, afferrandola per un braccio. Poi scomparvero in quella che immaginai fosse la camera da letto.

Rimasi impietrita. Non sapevo cosa fare. Li sentivo litigare attraverso la porta.

«Noah, mi dispiace che stia per morire, ma non le permetterò di usare questo come pretesto per mettersi fra noi e rovinare la nostra permanenza qui. Il mondo non gira attorno ad Amanda Kelly.»

«Non ti azzardare a parlare di lei in questo modo.»

«Non voglio fare la stronza. È solo che queste vacanze dovevamo passarle insieme. Senza preoccuparci di non essere beccati da tua madre o dai nostri compagni di stanza. Ecco a cosa doveva servire questo posto…»

Oh mio Dio, volevano giocare alla coppietta durante le feste! La privacy di cui aveva parlato Noah significava che lui e Brooke avrebbero scopato quanto volevano.

Mi affrettai a raggiungere la porta mentre mandavo un

messaggio a Emily per farmi venire a prendere. Camminai più veloce che potei, anche se cominciavo a zoppicare visibilmente.

Cosa gli era saltato in mente di portarmi lì? Doveva sapere che sarebbe tornata. Stavo per confessargli il mio amore, e sarei finita a letto con lui… Quello che avevo sentito dire a quei due sulla mia morte imminente continuava a tormentarmi.

D'un tratto, ebbi un'illuminazione. Noah provava pena per me. Voleva farmi stare meglio, e l'unica cosa che poteva fare era portarmi a letto per pietà. Mi strinsi le braccia attorno al busto per scaldarmi e cercai di trattenere i singhiozzi intrappolati nella mia gola. Continuai a camminare finché Emily non mi raggiunse e mi accompagnò a casa.

Era ora di infilarmi a letto, seppellire la testa sotto le coperte e cancellare dalla mente Noah, Brooke e il cancro. Sapevo che ben presto avrei dovuto affrontare ciascuno di loro, ma in quel momento avevo bisogno di isolarmi da tutto e tutti.

CAPITOLO 28

Se qualcuno controllasse le mie ultime ricerche su Google... forse dovrei dare qualche spiegazione.

Mi amputeranno la gamba. I tessuti verranno analizzati e poi l'arto sarà incenerito. Via, tra le fiamme. Quando ho domandato al dottore cosa ne sarebbe stato della mia gamba dopo l'intervento, non ha voluto dirmelo. Non capisco perché. Di certo non avrei chiesto che me la incartassero per portarmela a casa e mostrarla agli amici.

Non so perché volessi sapere i dettagli truculenti sulle sorti della mia gamba. Forse perché mi ha accompagnata per tutta la vita, e lasciarla andare senza nemmeno chiedere che fine avrebbe fatto mi sembrava sbagliato.

L'intervento avrebbe avuto luogo una settimana prima di Natale. I miei genitori chiesero di poter posticipare a dopo le feste, ma il dottor Lang disse che sarebbe stato troppo rischioso aspettare.

Ero seduta nella mia stanza. Era l'ultima notte che io e la mia gamba avremmo passato insieme. Non so che aspetto avesse il cancro alle ossa, ma me lo figuravo nero e appiccicoso. Era difficile credere che tra il ginocchio e la caviglia ci fosse questa sostanza scura che mi divorava una parte del corpo.

Ripiegai la gamba sotto di me. Volevo prepararmi all'aspetto che avrei avuto dopo l'operazione. Cercai in rete alcune immagini di persone amputate. Nelle foto, la gente faceva surf, sciava e scalava montagne. Non facevo niente di tutto ciò al momento, e sperai di non farmi convincere a diventare un esempio scintillante della vita piena che si può condurre anche senza arti.

Respirai profondamente e sbirciai in basso. Quando vidi solo la gamba destra davanti a me, la realtà mi apparve in tutta la sua durezza. Le ultime settimane erano state talmente frenetiche che avevo avuto a malapena il tempo di pensare. Tutta la mia concentrazione si era rivolta alla data dell'intervento, alla pianificazione della chemio e alla ricerca di informazioni sul cancro.

Come sarebbe stata la vita da amputata? Quando tutti gli altri sarebbero tornati alla loro vita normale, la mia come sarebbe cambiata? Il giorno dopo, a quell'ora, una parte di me se ne sarebbe andata per sempre.

Sfilai la gamba da sotto il sedere, la frizionai con una lozione per il corpo alla fragola, la agghindai con la mia scarpa di vernice rossa col tacco e la fotografai con il cellulare. Doveva ricevere un trattamento regale per la sua ultima sera. Dopotutto, era stata con me per quasi vent'anni e mi aveva prestato un ottimo servizio. Una festa d'addio di tutto rispetto era la cosa giusta da fare.

Dopo la quindicesima foto, ricevetti un messaggio.

Noah: Sono sotto la tua finestra. Andiamo al parco?

Io e Noah avevamo concordato di non discutere di quanto era accaduto in quell'appartamento giorni prima. Avevo troppe cose più importanti per la testa, adesso.

Io: Non credo di farcela fin laggiù. Mi fa male la gamba
Noah: Mettiti la giacca. Ho una sorpresa per te
Io: Cos'è?
Noah: Una sorpresa. Faccio il giro e vengo a prenderti :)

Mi portò in braccio per tre isolati. Invece di fermarsi al nostro posto, andò nella zona dei falò. Mi adagiò su una sedia e mi avvolse in un'enorme coperta di lana che aveva già portato lì. Lo osservai mentre preparava il fuoco. Indossava la vecchia giacca della squadra del liceo e un cappellino da baseball dell'Università di Charleston con la visiera girata al contrario. Era carino da morire. Ed era dolce il modo in cui cercava di farmi dimenticare quello che avrei dovuto affrontare il giorno dopo.

Si sedette accanto a me e versò due tazze di cioccolata calda da un thermos. Sollevai la coperta mentre lui avvicinava la sua sedia alla mia e lo coprii. Attraverso la giacca sentivo la sua mano che mi accarezzava lentamente la spalla. Rimanemmo in silenzio per un po' a sorseggiare la cioccolata. I miei occhi si alternavano tra il fuoco e il cielo limpido e punteggiato di stelle. Era come se Noah avesse ordinato a quelle stelle di brillare solo per noi, quella sera.

«È tutto perfetto.» Le parole mi uscirono di bocca in un sussurro.

«Sì» disse lui.

«Grazie per tutto questo, Noah.»

Il suo braccio mi strinse leggermente le spalle. «Tweet?»

«*Mmm*?»

«Scusami.»

Mi voltai verso di lui. «Per cosa?»

Noah fissò lo sguardo dritto davanti a sé. La luce del fuoco fece brillare le lacrime che gli scorrevano sul viso. «Quella sera che ti sei storta la caviglia… avrei dovuto portarti al pronto soccorso. Se lo avessi fatto… magari avrebbero scoperto il cancro in tempo e avrebbero potuto salvarti la gamba.»

Posai la tazza. Gli gettai le braccia al collo e lo strinsi forte. «Non infliggerti tutto questo. Non è colpa di nessuno» mormorai, trattenendo il pianto. Ero completamente sopraffatta dalla profondità del suo affetto per me.

«Lo supereremo. Ti starò accanto, passo dopo passo.»

«Stai facendo lo spiritoso?» gli domandai, ironica.

Si sciolse dal mio abbraccio e mi guardò negli occhi. «Scusami.» C'era una determinazione assoluta sul suo volto quando ripeté: «Lo supereremo».

Volevo crederci, e in quel momento lo feci. In quel momento, mentre me ne stavo accoccolata sotto una coperta a guardare il fuoco con Noah, era tutto perfetto. Non mi sembrava di avere il cancro, né di dover affrontare un intervento di lì a poche ore. Bevemmo la cioccolata osservando le fiamme finché non si trasformarono in tizzoni scintillanti. Non ci dicemmo molto altro. Non ce n'era bisogno. Misi in pausa tutti i pensieri sulla malattia, l'operazione, la chemio e il mio futuro. Non avrei permesso a niente di rovinarmi quel momento. Il presente era perfetto e avevo intenzione di godermelo il più a lungo possibile.

L'intervento era previsto per le sette. Quando seppi di dovermi presentare in ospedale alle cinque del mattino, pensai che mi stessero prendendo in giro. Non era sufficiente che dovessero amputarmi la gamba? Adesso mi toccava anche svegliarmi all'alba? Avere il cancro era una vera rottura di scatole.

L'ospedale era piuttosto silenzioso a quell'ora. Quando entrai nella sala d'attesa, percepii nell'aria il nervosismo dei pazienti che aspettavano di essere chiamati. Con me c'erano la mamma, il papà ed Emily. Era da un bel po' che non facevamo qualcosa tutti insieme. Quel giorno avrei detto addio alla mia gamba, ma ne avevamo ricavato una gita di famiglia. *Se la vita ti offre limoni...* Mi stavo impegnando con tutta me stessa per mettere in pratica quel proverbio.

La mamma stava seduta fissando il vuoto. Papà continuava ad andare avanti e indietro tra le nostre sedie e la macchinetta del caffè nell'angolo della sala. Emily cercava di fare conversazione. Parlava un sacco quando era nervosa. Dall'esterno, io potevo sembrare calma, ma avevo i nervi a fior di pelle.

Desideravo soltanto impedire al tempo di andare avanti. Volevo scappare. Non ero abbastanza forte per superare tutto ciò che mi aspettava. Una volta varcata quella soglia, non c'era modo di tornare indietro. Se volevo fuggire, quella era l'ultima occasione buona. Feci per alzarmi dalla sedia, ma in quell'istante la porta si aprì.

Ogni paziente trasalì quando ne uscì un'infermiera. Ruotò lo sguardo nella stanza e disse: «Amanda Kelly?»

Merda, toccava a me. Non reagii. L'infermiera chiamò di nuovo il mio nome. Mi sentivo addosso gli occhi dei miei genitori e di mia sorella.

La mamma si protese verso di me e sussurrò: «Tesoro, è ora». Mio padre tornò da noi mentre ci alzavamo.

L'infermiera si avvicinò alla nostra piccola comitiva. «Amanda Kelly?»

«Sì.» Quell'unica parolina mi ridusse quasi in lacrime.

«Vieni con me.» Cominciammo a seguirla tutti e quattro, ma lei si fermò bruscamente, guardò i miei genitori e disse: «Potrete raggiungerla quando l'avremo preparata. Verrò a chiamarvi io».

Rivolsi a mia madre uno sguardo implorante. Non volevo andare da sola. I suoi occhi traboccavano di dolore. Sapevo che il pensiero di essere impotente la stava uccidendo. «Amanda, quando ci chiameranno verremo subito da te.» Mi limitai ad annuire e cercai disperatamente di tenere a freno le lacrime.

Fui condotta in un lungo corridoio sterile. Mi sforzai di concentrarmi sull'infermiera che mi precedeva. Avevo il terrore di quello che avrei potuto vedere e sentire intorno a me, per esempio un dottore che mi passava accanto con una risata satanica mentre avviava una sega elettrica.

L'uniforme dell'infermiera era ricoperta di pupazzetti e le sue scarpe scricchiolavano sul pavimento. Aprì la porta di una stanza che ospitava un lettino, un paio di sedie e un'asta portaflebo. Rimasi lì in attesa di istruzioni.

«Mi chiamo Sarah e per oggi sarò la tua infermiera. Puoi accomodarti sul lettino.» Scorse alcuni documenti e poi mi chiese: «Puoi dirmi il tuo nome e la tua data di nascita?»

«Amanda Kelly. 23 marzo 1990.» Mi allacciò al polso un bracciale di riconoscimento.

«E a che tipo di intervento ci sottoporremo oggi?»

«Non so lei, però a me amputeranno la gamba sinistra.»

Alzò lo sguardo dalla cartella e accennò un lieve sorriso. Dopo aver posato i fogli in fondo al lettino, tirò fuori un camice inconsistente e una busta di plastica dall'armadietto dietro di me.

«Spogliati pure e mettiti il camice. Qui c'è una busta per riporre le tue cose. Assicurati di togliere tutti i gioielli. L'anestesista arriverà tra poco e io tornerò per metterti la flebo.» Uscì e si chiuse la porta alle spalle.

Indossai lo stilosissimo camice e infilai i vestiti nel sacchetto. Ero appena scivolata sotto le coperte, quando la porta si spalancò. Entrò un uomo dal sorriso allegro con la divisa da chirurgo, seguito da un'altra infermiera e poi da Sarah. Le due donne presero posizione su ciascun lato del lettino mentre il Dottor Sorriso mi tendeva la mano.

«Amanda Kelly?» Annuii. «Ciao, sono il dottor McFadden, l'anestesista.»

«Salve.»

Si sedette e sfogliò la cartella clinica. «Puoi dirmi la tua data di nascita e a che genere di intervento devi sottoporti?»

«23 marzo 1990. Amputazione della gamba sinistra.» Mi sembrava di partecipare a un quiz demenziale: *La ruota della sfortuna*.

Mentre il Dottor Sorriso blaterava di come mi avrebbe messa KO per portarmi in sala operatoria, l'infermiera sulla sinistra mi misurò la pressione e la sua collega Sarah mi picchiettò il braccio destro in vari punti.

«Cosa sta facendo?» le domandai.

«Cerco una vena per metterti la flebo.» Mi diede un paio di colpetti in cima alla mano destra e dichiarò: «Questa mi sembra bella grossa».

Il dottore continuava a cicalare, l'altra infermiera mi stava infilando un termometro in bocca, e io vidi un enorme ago procedere verso la mia mano. Stavano succedendo troppe cose contemporaneamente. Non riuscivo a concentrarmi su nessuna. Non mi ero mai sentita tanto impotente e confusa. Quando l'ago mi penetrò la pelle feci una smorfia. Qualche lacrima cominciò a cadermi lungo la guancia.

L'infermiera Sarah alzò lo sguardo con aria colpevole. «Scusami. Non volevo farti male.» Mi chiesi se avesse pensato che avrei trovato divertente farmi bucherellare da un oggetto appuntito.

Prima di andarsene, il dottore disse: «Torno tra un attimo per darti un po' di nettare della felicità». Non sapevo di cosa stesse parlando. Ero troppo concentrata sullo spesso strato di cerotto che l'infermiera Sarah mi stava avvolgendo attorno all'ago-cannula sulla mano.

Finì di torturarmi e poi annunciò: «Vado a chiamare la tua famiglia. Il dottor Lang verrà qui a controllarti prima di andare in sala operatoria».

«Grazie.»

«Posso fare qualcosa per te?»

«Portarmi fuori di qui» risposi con una smorfia.

Le infermiere raccolsero le proprie cose e uscirono dalla stanza. Prima di chiudere la porta, Sarah indugiò sulla soglia e disse: «Lo so che è una cosa spaventosa. Ma il dottor Lang è uno dei migliori del Paese». Mi rivolse un lieve sorriso. «Torno subito con i tuoi genitori.»

Qualche minuto dopo, la mamma, il papà ed Emily entrarono nella stanzetta. La mamma ed Emily si sedettero mentre papà rimase in piedi. Sembrava un animale in gabbia. Star seduto ad aspettare non era il suo forte. La situazione era difficile per entrambi i miei genitori, ma penso che lui fosse leggermente più provato della mamma. Era abituato a proteggermi, e adesso non poteva fare nulla.

Alle sei e mezza il dottor Lang venne a controllarmi e a rassicurarmi che durante l'intervento sarebbe andato tutto bene. Quando se ne andò, l'infermiera Sarah chiese a me e alla mia famiglia di salutarci. Era il momento di entrare in sala operatoria.

Emily si alzò per prima e mi abbracciò a lungo. Non riuscii più a trattenere il pianto. La strinsi forte, sapendo che quando l'avrei lasciata andare sarei stata un secondo più vicina a dire addio alla mia gamba. «Non piangere, Manda. Lo supereremo. Ti voglio bene.» Feci un cenno di assenso, ma mi sembrava di avere il collo bloccato. Emily uscì in lacrime.

Quando mamma e papà si avvicinarono, le braccia della mamma mi strinsero immediatamente. «Ti voglio bene, Amanda, e sono tanto fiera di te» disse, più volte.

Guardai papà, in piedi dall'altro lato. Stava piangendo in silenzio. Non l'avevo mai visto piangere prima di allora.

Mi spezzava il cuore sapere di essere la causa del suo dolore. «Mi dispiace, papà» fu l'unica cosa che riuscii a dire.

Lui si chinò e mi baciò sulla testa. «Non è colpa tua, principessa. Avrei preferito che accadesse a me piuttosto che a te.»

La porta si aprì e il Dottor Sorriso fece capolino, invitando i miei genitori a lasciare la stanza. «Ci prenderemo cura di lei» disse mentre uscivano, prima di riportare l'attenzione su di me. «Allora, pronta a sentirti felice?» Annuii mentre mi asciugavo il viso.

Iniettò del liquido nella flebo. Nel giro di pochi secondi il farmaco fece effetto, e fu fantastico. Mentre procedevo sul rapido per Sbronzolandia, sentii del trambusto fuori dalla porta. Il Dottor Sorriso la aprì.

Udii una voce femminile che sembrava quella della mia infermiera. «Giovanotto, adesso non puoi entrare lì dentro. Sta per andare in sala operatoria.»

«Sono rimasto bloccato nel traffico. Resterò solo un secondo. Sono suo fratello.»

Pensai che era molto carino da parte di mio fratello venirmi a trovare, e poi mi ricordai che non avevo un fratello. Oppure sì?

«Può entrare per qualche minuto» disse il Dottor Sorriso alla voce femminile.

Voltai la testa verso la porta. Un enorme sorriso spuntò sulla mia faccia, in parte per il nettare della felicità, ma soprattutto perché il mio cavaliere dall'armatura di plastica era venuto a salvarmi.

«Le ho già iniettato la pre-anestesia, è piuttosto intontita.»

«Grazie» disse Noah, sedendosi accanto al lettino. Sentii

la sua mano sfiorarmi la guancia. «Ciao, Tweet. Come stai?»

«Beeeneee.»

Ridacchiò. «Mi dispiace di non essere arrivato prima. C'è stato un incidente e sono rimasto imbottigliato nel traffico.»

«Non ti preoccupare, fratellino. Va tutto bene. Adesso sei qui. Prendi i miei vestiti e andiamocene.» Mi tirai su a sedere e ci ritrovammo faccia a faccia.

«Tweet, non puoi andartene adesso.»

Lo fissai con gli occhi socchiusi e sorrisi. «Vuoi fare sesso? Questo camice è facile da slacciare e non ho niente sotto.»

Restammo per qualche secondo a guardarci, poi la porta si aprì ed entrò l'infermiera Sarah. Tenni lo sguardo fisso su Noah per un altro istante. Persino in quello stato di stordimento, gli leggevo negli occhi tutto l'amore che provava per me. Speravo che anche Noah vedesse il mio per lui.

Si alzò per permettere all'infermiera di spingere il lettino fuori dalla stanza.

«Infermiera Sarah, gliel'ha mai detto nessuno che lei è proprio una guastafeste?» La sentii ridere dietro di me.

«Mi hanno detto di peggio.»

«Lui è il mio Noah. Non è fico?»

«È molto attraente» rispose lei.

«È anche un gran baciatore. La sua lingua sa sempre di menta. Mi ha persino toccato le tette una volta e…»

«Tweet, non credo che all'infermiera interessi» mi interruppe Noah.

Spostandosi al mio fianco, lei commentò: «Pensavo fossi suo fratello». Guardò me e poi Noah, rivolgendoci un sorriso d'intesa.

«Siamo una famiglia molto unita» lo sentii dire mentre venivo spinta in corridoio.

La sala operatoria era gelida e troppo illuminata. Dopo avermi trasferita sul tavolo operatorio, le infermiere si misero al lavoro. Mi ricordarono gli addetti al box di una corsa di Formula 1. Ognuna aveva un compito specifico. Una si assicurò che la flebo contenesse il farmaco giusto. Un'altra mi coprì con delle coperte calde. Un'altra mi attaccò degli elettrodi in varie parti del corpo. Poi vidi il Dottor Sorriso incombere su di me.

«Amanda, adesso ti metterò sul viso questa maschera e ti darò un po' di ossigeno. Respira profondamente.» Obbedii. Era snervante non riuscire a vedere quello che mi stavano facendo. Voltando la testa leggermente, notai un vassoio con dei panni blu. Dedussi che fosse quello degli strumenti chirurgici. Da brava masochista, avevo cercato su Internet il tipo di sega usata per le amputazioni. Era lunga trenta centimetri, in acciaio inossidabile, e veniva venduta su Amazon a 17,99 dollari. Aveva cinque stelline. I clienti che l'avevano comprata avevano acquistato anche un coltello da chef da 39,99 dollari.

Guardai in alto e vidi il Dottor Sorriso che mi sovrastava di nuovo. «Siamo quasi pronti. Ti darò qualcosa che ti farà dormire.»

Lo fissai. Ecco. Era arrivato il momento tanto temuto.

Le mie palpebre si chiusero e mi lasciai alle spalle la mia vecchia vita.

CAPITOLO 29

La tua forza e il tuo carattere si irrobustiscono mentre aspetti che ritorni la speranza.

Ero a casa di Emily, seduta in una copia quasi perfetta della mia camera. I miei genitori avevano praticamente trasferito la mia stanza fin qui. Volevano che mi sentissi a mio agio e avevano pensato che essere circondata da oggetti familiari mi avrebbe aiutata.

Ero rimasta in ospedale per quattro giorni. Durante i primi due ero talmente imbottita di morfina che non sapevo cosa stesse succedendo. Il terzo giorno, la mia testa si era schiarita e avevo cominciato la fisioterapia. Mi avevano fatto alzare dal letto e mi avevano dato un deambulatore per raggiungere la poltrona reclinabile nell'angolo della stanza. Pian pianino ero arrivata a destinazione, le braccia messe a dura prova per sostenere tutto il mio peso. Probabilmente ero a soli sei passi dal letto. Ma ero esausta.

Avevo guardato di sfuggita quel che restava della mia gamba. Mi avevano detto che non era più politicamente corretto chiamarlo moncherino. Però immaginai che, se volevo chiamarlo moncherino, lo avrei chiamato così. Era il *mio* moncherino, dopotutto.

La mamma era rimasta con me tutto il giorno, mentre papà ed Emily venivano a trovarmi la sera dopo il lavoro. Non so come aveva fatto, ma Noah era riuscito a intrufolarsi nella mia stanza e a passare la notte con me. Senza dubbio, aveva sfoderato il suo sorriso sexy e sgranato gli occhioni azzurri con qualche infermiera.

Il quarto giorno ero stata dimessa con l'indicazione di fare tre sedute di fisioterapia a settimana. Nel giro di due settimane, se la ferita fosse guarita a sufficienza, avrei cominciato la procedura per l'installazione di una protesi provvisoria e la chemio. Che bellezza.

La chemio era una delle due cose che temevo di più. L'altra era la sindrome da arto fantasma. Era come se la parte inferiore della mia gamba sinistra fosse ancora lì. Era sconvolgente guardare in basso e non trovarla più. Il dottor Lang diceva che non tutti gli amputati provavano il dolore fantasma. Speravo tanto che fosse il mio caso.

Prima di cominciare la fisioterapia vera e propria, il medico mi aveva prescritto dell'attività da svolgere a casa. Dovevo camminare per l'appartamento usando il deambulatore e fare un po' di stretching.

Stavo riposando, appoggiata alla testata del letto, con le gambe stese davanti a me, quando il mio sguardo vi cadde per caso. Non avevo ancora avuto il coraggio di guardarle, l'una accanto all'altra. Le fissai e provai la sensazione che non mi appartenessero.

Poi, lentamente, giunsi alla conclusione che quella mezza gamba era mia. Lacrime silenziose cominciarono a solcarmi le guance. Una parte di me, che era sempre stata lì, non sarebbe tornata mai più. Dovevo farmene una ragione.

Mi dissi che non avevo mai dedicato molti pensieri a quella porzione di gamba, in passato. Mi dissi che mi avrebbe senz'altro uccisa se l'avessi tenuta. Mi dissi che una volta abituatami alla protesi avrei camminato di nuovo. Cercai di convincermi che non dovevo essere turbata. Dovevo essere grata.

Il problema è che non si può ragionare con il senso di perdita, si può soltanto provarlo. E in quel momento, tutto ciò che sentivo era la mancanza della mia gamba. Niente avrebbe potuto restituirmela.

Erano trascorsi sei giorni dall'intervento. Emily, Noah e io avevamo ordinato pizza per cena e adesso stavamo guardando un film. Non mi sentivo bene. Non avevo mal di testa o mal di stomaco. Il fatto era che non mi sentivo a mio agio nella mia pelle. La mia mente e le mie terminazioni nervose continuavano a dirmi che la parte amputata della mia gamba era ancora lì. Era una sensazione simile a quella che si prova quando si indossa una scarpa stretta. Non è doloroso, solo fastidioso.

«Me ne vado a letto» dissi.

«Ti senti bene?» mi domandò Emily.

«Sì, sono solo un po' stanca.» Cominciai ad allontanarmi con la sedia a rotelle.

«Hai bisogno d'aiuto, Tweet?»

«No, me la cavo da sola. Buonanotte.»

Entrai nella mia stanza, indossai il pigiama e mi infilai a

letto. La sensazione della scarpa stretta continuava a peggiorare, finché divenne una morsa. Poi, come dal nulla, una fitta di dolore attraversò il polpaccio che non c'era più. Mi sfuggì un grido straziante.

Noah fu il primo a entrare, seguito a ruota da Emily. Urlavo e singhiozzavo senza controllo, e non sapevo dir loro cosa stesse succedendo. Noah si sedette sul bordo del letto e mi strinse tra le braccia. Qualcuno doveva allentare quella morsa, ma era una morsa invisibile.

Continuai a gridare contro il petto di Noah mentre il dolore diventava più intenso. Il mio corpo si contorceva a ogni fitta che mi attanagliava. Emily era immobile ai piedi del letto, con l'aria impotente, le lacrime che le rigavano le guance. Noah cominciò a massaggiarmi la schiena cercando di calmarmi.

Passò un'ora, poi due, poi tre. Quando le ore divennero quattro, pensai di essere sul punto di impazzire. Il dolore cominciò a procedere per alti e bassi. Trovavo un po' di sollievo per quindici o venti minuti, poi la morsa tornava a stringere di nuovo, e con lei tornavano le fitte.

Allo spuntare dell'alba, il dolore si placò. Noah continuava a stringermi a sé, mi accarezzava la schiena. Tenevo la testa posata sul suo petto, gli occhi chiusi, ma non mi ero ancora addormentata. Ero completamente prosciugata. Non avevo mai provato nulla del genere in vita mia.

Sentii la porta aprirsi. «Noah, credo che si sia addormentata. Perché non vai a casa a riposare? Sei esausto» sussurrò Emily.

«Sto bene. Non voglio lasciarla.»

Lei non insisté. L'ultimo rumore che udii fu il clic della porta che si chiudeva.

A Natale i miei genitori, la signora Stewart e Noah vennero a cena da Emily. Mi chiedevo come andassero le cose tra lui e Brooke. Dal giorno dell'intervento era rimasto quasi sempre con me. Lui non parlava mai di lei e io non gli facevo domande. Avevo paura che, se l'avessi fatto, si sarebbe sentito in colpa per esserle stato lontano e sarebbe sparito.

Facemmo un brindisi e ci scambiammo i doni prima di mangiare. Le ultime settimane erano state talmente impetuose che non ero riuscita a comprare regali a nessuno. Mi sentivo in colpa. Tutte le signore si ritirarono in cucina a preparare la cena mentre papà andava ad aprire un'altra bottiglia di vino, lasciando me e Noah da soli.

«C'è ancora un regalo.» Mi porse una scatolina di velluto nero. «Buon Natale, Tweet.»

«Noah, tu e tua madre mi avete già dato il vostro regalo. I maglioni di cachemire erano da parte di entrambi» dissi.

«Quelli li ha comprati lei. Li ho visti oggi per la prima volta.»

«Mi dispiace di non averti preso niente.»

«Vuoi chiudere il becco e aprire quella scatola?» Mi sorrise.

Sollevai il coperchio. Dentro c'era un bellissimo paio di orecchini di diamanti gialli. Rimasi letteralmente a bocca aperta. Lo guardai, sbalordita.

«Devo dedurre che ti piacciono?» mi chiese, sorridendo compiaciuto.

«Non so che dire. È troppo.»

«Ti piacciono?»

«Li adoro.» Gli sorrisi.

«Ne valeva la pena, per vedere questo sorriso.»

Mi morsi il labbro inferiore, cercando di trattenere le lacrime. Non credevo fosse possibile amarlo ancora di più, ma mi sbagliavo.

Volevo dirglielo. Volevo che sapesse di essere il mio primo e unico amore. Ma non lo feci. Avevo perso anni e anni a cercare di soffocare i miei sentimenti, e anche se adesso me ne pentivo, ormai era troppo tardi. Non potevo gravarlo di quel peso, non nelle mie attuali condizioni. Doveva vivere la sua vita, e non passarla a farmi da infermiere. Tenni la bocca chiusa e ammirai quello splendido regalo.

«La cena è pronta» annunciò la mamma dalla cucina.

«Senti, adesso devo andare» disse Noah.

«Non resti con noi?»

«La famiglia di Brooke mi ha invitato da loro.» Distolse lo sguardo, imbarazzato. Avevo avuto la risposta alla domanda che non avevo osato porgli. Stavano ancora insieme.

Fui travolta da un'ondata di autocommiserazione e delusione. Avevo passato le ultime settimane quasi esclusivamente con lui, ma non mi bastava. Non volevo che se ne andasse. Quella sera avrei dovuto affrontare il dolore fantasma senza di lui. Noah era ancora davanti a me, e io mi sentivo già sola.

Alzai il viso ormai rigato dalle lacrime.

«Perché piangi?» mi chiese.

Scossi il capo e mentii: «Sono solo stanca. E poi le feste mi rendono malinconica». Mi costrinsi a sorridere.

Mi prese il viso tra le mani e fece scorrere i pollici sulle guance, asciugandole. «Vuoi che ti spinga fino a tavola?»

«No. Faccio da sola.»

Alzandosi, disse: «Chiamami, se hai bisogno di me». Annuii. «Buon Natale, Tweet.»

«Buon Natale, Noah.»

Salutò gli altri e uscì.

«Hai bisogno d'aiuto, principessa?» domandò papà entrando nella stanza.

Feci cenno di no. «Arrivo subito.»

Mi spinsi fino in camera mia il più in fretta possibile e chiusi la porta. Presi il cuscino, lo strinsi al petto e cominciai a singhiozzare. Avevo un dolore attanagliante alla bocca dello stomaco, mi sentivo sola al mondo.

Ero felice che Noah passasse il Natale con la sua ragazza. Stava tornando alla sua vita normale. Ben presto tutti sarebbero tornati alle loro vite, tutti eccetto me. Io avrei dovuto trovare una nuova normalità.

CAPITOLO 30

Qualità o quantità? Molte persone sceglierebbero la qualità. Io preferirei avere un'ottima macchina invece di cinque macchine scassate. Per quanto gustosi siano gli M&M's, una pralina artigianale è più deliziosa e goduriosa.

Cosa conta di più quando devi affrontare una malattia potenzialmente fatale? Dovresti vivere la tua vita, facendo quello che ti pare, cercando di godertela finché non si avvicina la fine, o dovresti approfittare di ogni progresso medico disponibile?

Un arto malato di cancro può essere amputato, la pelle asportata, gli organi rimossi, e puoi farti iniettare sostanze tossiche nell'organismo. Ma ne vale la pena? La paura della morte è più grande della paura di vivere e lottare contro il cancro?

Oggi la mia risposta è sì.

Avrei cominciato la chemio subito dopo Capodanno. Dovevo farne dieci cicli, una settimana sì e una no. Quella sarebbe stata la mia vita per almeno quattro mesi.

Di tutte le tappe della mia battaglia contro il cancro, era quella che mi spaventava di più. Non sapevo se avrei perso i capelli, vomitato tutto il tempo o se mi sarebbero venute le ulcere in bocca. La chemio non attacca solo le cellule cancerose, ostacola l'organismo nella produzione di anticorpi, per cui la probabilità di contrarre infezioni è alta. Un semplice raffreddore poteva costringermi in ospedale per settimane o addirittura uccidermi.

Io e la mamma entrammo nel parcheggio dell'ospedale. In teoria la chemio dovevo farla in ambulatorio, perciò ero confusa. Spense il motore. Prima di scendere a preparare la sedia a rotelle, si voltò a guardarmi: il senso di colpa le si leggeva in viso.

«Amanda, oggi non inizierai la terapia. Oggi ti impianteranno un *port-a-cath*.»

«Che cos'è?»

«È un catetere, te lo metteranno qui sul petto.» Indicò la zona appena sotto la spalla. «Così quando dovrai fare la chemio o un prelievo di sangue non dovranno bucarti tutte le volte. Inietteranno il farmaco direttamente attraverso il tubicino» mi spiegò.

«Quindi dovrò tenermi questo affare che mi spunta dal petto?» Sentivo le lacrime in agguato. Ero talmente stufa di piangere!

«Per un po' sì.»

«Perché non me lo hai detto?»

«Tesoro, non volevo che ti preoccupassi durante le vacanze e ti rovinassi il Natale.»

«Già, sarebbe stato un peccato, visto che il cancro e l'amputazione avevano reso le feste tanto allegre.»

La mamma distolse lo sguardo e fissò un punto al di là del parabrezza. Cominciò a tremarle il mento e una lacrima le scivolò lungo il viso. «Scusami, Amanda. Ho pensato che sarebbe stata una cosa in meno con cui fare i conti durante le feste.»

«Lo so. Scusami tu.»

«Farei qualunque cosa, se solo potessi toglierti questo peso.»

Mi prese la mano e se la portò alla guancia. Sentii le sue lacrime calde cadervi sopra. Rimanemmo lì a piangere finché non fu il momento di entrare per sottopormi all'intervento.

Il giorno dopo avevo un appuntamento con "il tizio della gamba". Mentre la mamma mi spingeva nella sala visite, passammo davanti a una parete dove erano allineate gambe di diverse forme, dimensioni e sfumature. Quando raggiungemmo l'ambulatorio fummo accolte da David. Era un omone con una voce tonante, ma aveva un modo di fare molto dolce. Mi mise a mio agio fin dall'inizio.

David ci spiegò l'intero processo per creare la mia nuova gamba e rimettermi in piedi. Avrebbe preso un'impronta del mio moncherino per l'invasatura di prova. Una volta ultimata, sarei tornata da lui e, se il tutto avesse aderito a dovere, avrebbe creato la protesi provvisoria. Passato il gonfiore, avrei dovuto fare un nuovo calco. Poi ci spiegò come sarebbe stata fissata la protesi. Avrei dovuto indossare una guaina di silicone, da arrotolare sopra il ginocchio. Attaccato alla guaina c'era un perno che andava inserito sul fondo dell'invasatura per tenere la protesi in sede. Mi mostrò il piede protesico e l'asta di titanio che sarebbe diventata la mia gamba.

Iniziò a preparare i suoi strumenti. Mentre mi toglieva

le bende, la sua mano sfiorò il mio moncherino. Mi irrigidii. Nessuno lo aveva mai toccato, nemmeno io. Quando facevo il bagno, la mamma mi srotolava le bende e io mi immergevo nell'acqua senza neanche guardarlo. Mi venne da piangere. Qualunque cosa facessi era un costante promemoria del fatto che la mia gamba non c'era più: entrare e uscire dalla vasca, sedersi e alzarsi dal water, programmare la sveglia quando avevo un appuntamento perché impiegavo il triplo del tempo per vestirmi. Ogni volta che volevo alzarmi dalla sedia a rotelle, dovevo valutare se le mie braccia esauste sarebbero riuscite a sostenere il mio peso.

Tutto mi ricordava la mia vecchia vita. Non volevo la nuova vita che mi era stata imposta. E la protesi era l'ennesimo elemento che rendeva quella terribile realtà fin troppo concreta.

Arrivò il giorno della prima seduta di chemio.

La mamma e io entrammo in una stanza con delle poltrone reclinabili allineate a ridosso delle pareti. Ognuna aveva la sua asta portaflebo. Ce n'erano solo un paio libere. Questo cancro, evidentemente, stava cercando di sterminare il genere umano. Scelsi una delle poltrone libere e mi sedetti. Arrivò l'infermiera, passò un batuffolo imbevuto d'alcol sul mio catetere e mi prelevò il sangue. Vi strofinò un altro batuffolo, appese all'asta un paio di sacche contenenti soluzione salina e steroidi, e mi disse che stavano aspettando il farmaco chemioterapico dalla farmacia.

La mamma si mise a leggere una rivista mentre io sbirciavo i volti che mi circondavano. C'erano due signore e un uomo anziani, un tizio che avrà avuto la mia età (e che era piuttosto carino) e una bambina di non più di dieci anni.

L'infermiera tornò con alcune sacche di un verde brillante. Infilai gli auricolari, chiusi gli occhi e misi i Lifehouse a tutto volume, mentre quell'intruglio tossico veniva iniettato nelle mie vene.

Dopo quarantacinque minuti, mi sentivo ancora bene. Forse sarebbe andata meglio del previsto. Quando la mamma mi diede un colpetto sulla spalla, aprii gli occhi e tolsi le cuffiette. «Tesoro, ti dispiace se vado a prendere un caffè?»

«No, va' pure.»

«Vuoi qualcosa?»

«No, grazie.»

Mentre usciva dalla stanza, notai che la maggior parte delle poltrone adesso era vuota. I pazienti che avevamo trovato al nostro arrivo se n'erano andati. Tutti, tranne il ragazzo carino. Rimisi gli auricolari e riabbassai le palpebre.

Poco dopo, sentii qualcuno che mi toccava il braccio. Pensai che la mamma avesse dimenticato qualcosa, ma quando mi voltai mi trovai di fronte ai due occhi blu più profondi che avessi mai visto. Era il ragazzo carino seduto dall'altra parte della stanza, solo che da vicino era ancor più carino. Aveva i capelli castano chiaro tagliati corti e sembrava appena sceso dal letto. La sua mascella ben definita era ricoperta da un sottile velo di barba. Avrei ucciso per degli zigomi e un naso come i suoi. Perfetti. Era appoggiato al bracciolo della poltrona e mi fissava con un gran sorriso. Era proprio fico.

«Posso aiutarti?» gli domandai togliendomi le cuffiette.

«Nah, sono a posto.» Rimase in quella posizione per qualche altro secondo. Stranamente, non mi dava fastidio avere un affascinante sconosciuto così vicino.

Poi afferrò il mio iPod, si mise comodo sulla poltrona e cominciò a scorrerlo. «Vediamo cosa abbiamo qui. Lifehouse» disse con un cenno d'approvazione. «Snow Patrol, passabile. Green Day, fantastico. Tracy Chapman, ottimo. Coldplay e Linkin Park… gusti eccellenti. Oh-oh… un momento… questo cos'è?» Scosse il capo e aggiunse: «Per un attimo avevo pensato che fossi l'amore della mia vita».

«Davvero? Cosa ti ha fatto cambiare idea?»

«Gli 'N Sync. Mi hai spezzato il cuore.»

«Che c'è che non va in loro? Ci hanno donato Justin Timberlake.»

Inarcando un sopracciglio, rispose: «Vero. Ma ci hanno donato anche Joey Fatone». Ricambiai il suo sorriso. «Sono Dalton Connor.»

Ci stringemmo la mano. «Amanda Kelly.»

«Piacere di conoscerti, Amanda Kelly. Avrei tanto voluto che tra noi due nascesse qualcosa.»

«È stato bello finché è durato» dissi io, mentre mi restituiva l'iPod.

Notai che aveva tirato fuori il suo. Glielo rubai di mano e cominciai a scorrere le canzoni. «Vediamo cosa abbiamo qui. I Police… *mmm.* Gli Stones, Eric Clapton… ti piace la vecchia scuola.» Andai avanti. «E qui cos'altro c'è? La colonna sonora di *Guardia del corpo*, *Whitney Houston-The Ultimate Collection*, *Just Whitney* e naturalmente in una raccolta che si rispetti non può mancare *I'm Your Baby Tonight*.»

Sogghignando per la soddisfazione, lo guardai negli occhi. «Cos'hai da dire a tua discolpa?»

«Sono un tipo romantico.» Gli riconsegnai l'iPod.

«Allora, che ci fa una bella ragazza con una gamba sola come te in un posto del genere?»

«Ehm... ho il cancro.»

«Piuttosto ovvio, spiritosona. Che tipo?» mi domandò.

«Osteosarcoma.»

«Stadio?» Lo fissai, evidentemente confusa. «A che stadio è il tuo cancro? Da uno a quattro, dove il quarto è il peggiore o il migliore a seconda del tuo punto di vista.»

«Non ne ho idea.»

«Sei proprio una novellina. Io ho un cancro al cervello al quarto stadio. Sono al capolinea, baby.» Non sapevo cosa dire, così mi limitai a fissarlo. «Non preoccuparti, però. Ti guiderò attraverso le acque infide dell'oceano del cancro e ti insegnerò le mie mosse, giovane cavalletta.»

«Lo apprezzo molto, signor Miyagi.»

Lui scosse la testa. «Non so come fai a confondere personaggi televisivi e cinematografici. Io stavo citando *Kung Fu*, non *Karate Kid.* Tra l'uno e l'altro ci sarà almeno un decennio.»

«Dove vuoi arrivare?»

Un sorriso malizioso comparve lentamente sul suo volto. Si fece più vicino, come se volesse raccontarmi un segreto. «Amanda Kelly, rientri nella legalità?»

«Cosa?»

«Sei maggiorenne?»

«Perché?»

«Perché quando alla fine cederai ai tuoi desideri, mi strapperai i vestiti di dosso e farai di me ciò che vuoi, non voglio andare in prigione per poi diventare la fidanzata del detenuto 25043.»

«Pensavo mi avessi scartato come tua potenziale ragazza per via dei miei gusti scadenti in fatto di musica.»

«Vero, ma sei una gran gnocca e mi ti farei comunque.»

Se al nostro primo incontro qualcuno mi avesse detto una cosa del genere, mi sarei offesa. Ma quella frase, detta da quel ragazzo, mi fece sorridere.

«Sei disgustoso» scherzai.

«Sono anche adorabile da morire. Lo dicono tutte» replicò lui, facendomi l'occhiolino.

«A quanto pare, non sono le uniche a pensarlo.»

«Mi piaci, Amanda Kelly. Vorrei che diventassimo amici.»

«Anche tu mi piaci, Dalton Connor, e sarei davvero onorata di diventare tua amica.»

Ci stringemmo la mano per suggellare la nostra amicizia appena nata.

«Allora, la signora che è con te è tua madre?»

«Sì. E tu con chi sei venuto?» domandai.

«Io viaggio da solo.»

«Dov'è tua madre?»

«Vediamo, oggi è mercoledì… probabilmente sta sorseggiando il terzo Margarita mentre se ne sta spaparanzata al sole con mio padre su una nave da crociera.»

«Sono andati in vacanza con te qui malato?»

«Sono malato da talmente tanto tempo che non mi ricordo nemmeno di essere stato sano. Gli altri non possono smettere di vivere le loro vite solo perché la mia sta per giungere al capolinea.»

Mi si spezzò completamente il cuore per lui.

Dalton interruppe il corso dei miei pensieri dicendo: «Non guardarmi così».

«Così come?»

«Con pietà.»

«Scusami. È solo che… non dovresti affrontare tutto questo da solo.»

«Non sono solo, adesso che ci sei tu.»

Dalton rimase accanto a me per il resto della seduta, anche se lui aveva già finito da un'ora. Gli presentai la mamma e la conquistò, proprio come aveva fatto con me. Il cancro gli era stato diagnosticato quando aveva quindici anni, e ne avrebbe compiuti venti a dicembre. Mi disse che i medici erano sbalorditi che fosse sopravvissuto tanto a lungo. Aveva un fratello che abitava a New York, ma a parte i genitori non aveva nessuno lì.

C'era qualcosa in quel ragazzo che mi fece provare subito un legame con lui, a parte il comune denominatore della malattia. L'unica volta che avevo provato quella sensazione era stato con Noah. Dalton era dolce, buffo, intelligente, coraggioso e solo. Avrei voluto portarlo a casa con noi, per prendermi cura di lui. Lo conoscevo soltanto da un pomeriggio, ma avevo l'impressione di aver trovato un nuovo migliore amico.

CAPITOLO 31

Oggi, per la prima volta da quando ho imparato a scrivere, non mi va di farlo. Ci sono stati giorni in cui non sapevo cosa scrivere, ma il desiderio di scrivere non mi ha mai abbandonata.

Scrivere fa parte di me, della mia identità. Il cancro non mi sta soltanto divorando il corpo, sta divorando ciò che amo. Non so quanto potrò reggere prima di crollare. So solo che la crepa che ho dentro diventa sempre più grande.

Gli effetti collaterali della chemio sono peggio dei sintomi del cancro. Una persona può convivere per anni con la malattia, senza mai accorgersene finché non glielo dicono i dottori. Il cancro è un bastardo silenzioso che si insinua dentro di te e ti consuma prima che tu possa rendertene conto.

La chemio, invece, è chiassosa e arrogante. Vuole catturare a tutti i costi la tua attenzione. Non solo vuole farti sapere che sta invadendo il tuo corpo in ambulatorio, ma ti segue e si installa a casa tua.

Cominciai a sentirne gli effetti poco dopo essere rientrata dal trattamento numero uno. All'inizio diedi la colpa allo stress e all'ansia che avevo accumulato per tutto il giorno. Però, con il passare delle ore, stavo sempre peggio. Il primo segno delle sostanze chimiche che circolavano nel mio organismo lo notai quando andai in bagno. La mia pipì era rossa e mi spaventai a morte. Avrei dovuto leggere tutti gli opuscoli informativi che mi aveva dato il dottor Lang.

Il secondo effetto collaterale fu la sensazione di calore crescente dentro di me. Cominciò dal petto e si irradiò a tutto il corpo. Quello, in aggiunta al dolore fantasma, mi fece desiderare di farla finita.

Il mattino seguente mi svegliai, dopo una sola ora di sonno decente, con la pelle arrossata e il viso gonfio. Più tardi quel giorno cominciai a sentirmi come se avessi fatto indigestione, e ad avere un po' di singhiozzo. Ma non un singhiozzo normale. Gli spasmi erano così violenti che mi scuotevano da capo a piedi e durarono per più di un'ora.

Poi iniziò la nausea, e nemmeno quella era normale. Un dolore acuto mi trafiggeva continuamente lo stomaco. Ogni volta che vomitavo, la gola mi bruciava sempre di più.

Pensavo che la chemio togliesse la fame. Forse per alcuni era così, ma per me no: il mio appetito crebbe a dismisura. Volevo mangiare e cercavo di farlo, ma mi erano venute delle ulcere in bocca e il male che provavo ogni volta che il cibo o le bevande vi entravano in contatto mi fece desistere.

Il terzo giorno ero completamente esausta. Riuscivo a malapena a sollevare la testa dal cuscino.

La depressione era in agguato. Stavo ancora soffrendo per la perdita della gamba, e gli effetti collaterali delle cure mi fecero scivolare in una disperazione sempre più profonda. Valutai la possibilità di chiamare il dottor Lang per dirgli che volevo interrompere la terapia e rischiare.

Noah mi telefonava diverse volte al giorno esprimendo

il desiderio di venirmi a trovare, ma non potevo permettergli di vedermi in quello stato. E poi aveva cominciato il secondo semestre all'università e c'era Brooke. Dopo la disperazione che avevo provato quando lo avevo visto andar via la sera di Natale, sapevo che stavo diventando sempre più dipendente da lui. Promisi a me stessa che non avrei accollato a Noah questo peso. Volevo che avesse una vita normale e felice, non che mi facesse da badante.

Ero seduta sulla carrozzella, con la nuova gamba attaccata, in attesa che cominciasse la prima seduta ufficiale di fisioterapia. Sarebbe durata almeno un'ora, perciò la mamma era andata a fare compere mentre io imparavo a muovermi con quell'aggeggio al titanio che pesava una tonnellata. Guardandomi in giro per la stanza vidi un uomo anziano che doveva aver avuto un ictus, con un giocattolo per bambini di fronte a lui. Stava cercando disperatamente di infilare ogni formina nell'incastro corrispondente. Di tanto in tanto una donna di mezz'età gemeva mentre il suo fisioterapista la aiutava con gli esercizi di stretching su un materassino imbottito.

Fu allora che lo vidi. Era appoggiato allo stipite della porta, a braccia incrociate, con un paio di occhiali da sole che nascondevano i suoi occhi blu. Aveva un sorriso sexy stampato sulla faccia. Provai un brivido d'eccitazione. Finalmente un volto amico.

«Ehi, baby.» Sollevò gli occhiali sulla testa e mi raggiunse a passo lento.

«Ciao, Dalton. Chc ci fai qui?»

Posando le mani sui braccioli della mia sedia a rotelle, si

protese verso il mio viso e disse: «Oggi ti alzerai e comincerai a camminare, giusto?»

«Così mi hanno detto.»

«Be', è per questo che sono qui. Non mi perderei per nulla al mondo il momento in cui solleverai quel bel saderino rotondo e lo agiterai camminando in mezzo a quelle parallele.» Mi fece l'occhiolino.

«Per te tutto ha una connotazione sessuale?»

«Ho vent'anni, sono un maschio etero con un cancro al quarto stadio… perciò, sì.»

Sentii la gola serrarsi mentre trattenevo a stento le lacrime. Avevo paura di ciò che il futuro serbava per quel ragazzo intelligente, simpatico, dolce e sexy. «Smettila» dissi a voce bassa.

«Di fare cosa?»

«Di fare battute sulla tua malattia. Non è divertente.»

«Lo so» rispose mentre si allontanava da me e si sedeva contro il muro.

Io e Dalton rimanemmo a fissarci in silenzio finché non arrivò la mia fisioterapista.

«Ciao, mi chiamo Jane» si presentò, tendendomi la mano.

«Ciao, io sono Amanda.»

Voltandosi verso Dalton, Jane disse: «Ciao, signor Connor. Che guai vai cercando oggi?»

«Avevo un po' di tempo libero e ho pensato di venire a vedere un bel culetto in movimento.»

Li guardai perplessa. «Vi conoscete?»

«Jane è l'unica responsabile dello splendido esemplare di maschio che hai di fronte.»

Jane sorrise e aggiunse: «Dopo il primo intervento al cervello ha dovuto recuperare un pochino le capacità motorie».

«Quante operazioni hai subìto?»

La sua espressione provocante si fece seria. «Tante da bastarmi per una vita intera.»

Trascorsi l'ora successiva a cercare di reggermi in piedi e camminare. È strano come una cosa che avevo fatto per tutta la vita senza pensarci d'un tratto richiedesse tanto sforzo e concentrazione. La protesi non mi faceva male, sentivo solo un po' di pressione sui lati della gamba e in fondo. Però avevo il terrore che l'asta si sarebbe rotta non appena vi avessi appoggiato il mio peso. Riuscii a fare qualche passo, ma nulla più. Ero esausta ancor prima che l'ora fosse terminata. Non mi ero illusa di tornare a camminare subito come una volta, ma non credevo nemmeno che sarebbe stato così difficile.

Il secondo round di chemio andò anche peggio, per quanto mi fosse sembrato impossibile. Ero in bagno a vomitare l'anima quando sentii delle voci nel corridoio. Era Noah. Stava litigando con Emily. «Noah, oggi è una brutta giornata.»

«Devo vederla, Emily.»

«Non è un buon momento. Sta molto male. La chemio è stata più pesante questa settimana.»

«Devo prendermi cura di lei.»

«Noah, ti prego di andartene...»

«No. Mi respinge da Natale e non capisco perché. Le ho promesso che l'avremmo superato insieme. Non la vedo da due settimane. Ho bisogno di vederla, Emily, ti scongiuro.»

Udii un lieve colpo alla porta e mia sorella che chiedeva: «Manda, stai bene? Posso entrare?»

Mi sedetti sul pavimento, appoggiando la schiena alla vasca. «Sì.» La mia voce era così flebile. Riuscivo a malapena a stare seduta.

Emily entrò e chiuse subito la porta. Aveva in mano una pezza, la bagnò e me la passò sulla fronte. «C'è Noah, vuole vederti.»

«Emily...»

«Gli ho detto che stai male, ma... Manda, se potessi vedere la sua faccia! Mi ha spezzato il cuore. Sembra così triste e sperduto. Vuole essere presente, per aiutarti.»

«Non deve passare la vita a prendersi cura di me» sussurrai.

«Ma credo che *desideri* farlo.»

«Adesso voglio tornare a letto.»

Mi aiutò ad alzarmi. Dovevo ancora abituarmi al mio nuovo arto. Il "tizio della gamba" aveva detto che alla fine mi sarebbe parsa un'estensione di me. In quel momento, però, mi sembrava pesante come un macigno e difficilissima da manovrare.

Una volta in piedi, mi cedettero le ginocchia. Picchiai le rotule sulle mattonelle e il dolore mi si irradiò per tutte le gambe. Cominciai a piangere senza controllo. Poi sentii le braccia protettive di Noah che mi sollevavano da terra e mi riportavano in camera mia, mentre lui mi sussurrava all'orecchio: «Ci sono qui io, Tweet. Mi prenderò cura di te».

Non riuscivo a smettere di singhiozzare. Mi sentivo talmente sconfitta, fisicamente e mentalmente, che non avevo la forza di ricompormi. Emily era in piedi sulla soglia, con le lacrime che le rigavano il volto. Sedendosi sul letto di fronte a me, Noah mi asciugò le guance.

Lo guardai con la vista annebbiata e dissi: «Mi vergogno da morire».

«Perché?»

«Perché non riesco a fare più niente da sola. Non c'è una sola parte del mio corpo che stia bene. Voglio morire.» Gli rivolsi uno sguardo supplichevole. «Noah, di' loro di lasciarmi perdere.» I miei singhiozzi si fecero talmente pesanti che non riuscivo a respirare. Emily piangeva ancora più forte.

Noah si mise a sedere dietro di me e mi strinse tra le braccia, la mia schiena poggiata saldamente sul suo petto. Seppellì il viso nell'incavo del mio collo. Sentii la pelle bagnarsi delle sue lacrime mentre mormorava: «Non posso farlo. Ho troppo bisogno di te. Non mi lasciare».

Mi addormentai, e per la prima volta da più di una settimana dormii sodo per tutta la notte. Quando mi svegliai la mattina dopo, Noah mi stringeva ancora tra le braccia.

Dalton mi aiutò il più possibile a superare le brutte giornate. Chiamava tutti i giorni per sapere come stavo e veniva a trovarmi quando si sentiva bene. Mi accompagnò persino all'ospedale quando mi tolsero il *port-a-cath* perché si era infettato. Il mio sistema immunitario era ridotto a uno straccio, così dovettero rimuovermi subito il catetere. Dissi al dottor Lang che non volevo farmene mettere un altro. Odiavo l'idea e la vista di quell'aggeggio sotto la pelle. Che mi bucassero quanto volevano.

Non so come avrei fatto a sopportare tutto ciò senza

Dalton. La mia famiglia e Noah mi aiutavano tantissimo, ma si limitavano a solidarizzare. Dalton, invece, sapeva cosa stava passando il mio organismo e come la mia mente stesse cercando di elaborare la sofferenza. Non dovevo spiegargli nulla.

Mi ero molto affezionata a lui, in un periodo di tempo relativamente breve. E dall'espressione delle loro facce, mi sembrava di intuire che Emily e i miei genitori fossero preoccupati che mi attaccassi troppo a Dalton, ogni volta che ci vedevano insieme o gliene parlavo. Non sapevo di che natura fossero i miei sentimenti nei suoi confronti. Sapevo soltanto che avevo bisogno di lui nella mia vita.

Avevo sempre pensato che per ciascuno di noi esistesse una sola anima gemella. Dalton mi spinse a ricredermi. Forse alcune persone erano tanto fortunate da averne due.

Nelle settimane in cui avevo la chemio mi sembrava di vivere dentro il film *Ricomincio da capo.* Finora ne avevo fatti quattro cicli, ed erano stati un susseguirsi sempre identico di momenti sgradevoli: stessa nausea, stesso vomito, stessa spossatezza, eccetera eccetera. L'unica cosa positiva di quelle settimane era che io e Dalton passavamo parecchio tempo insieme. Eravamo bloccati nella stessa stanza per almeno quattro ore, quindi l'unica cosa da fare era chiacchierare.

«Film preferito?» mi chiese un giorno.

«A dire il vero ne ho quattro.»

«Non puoi averne quattro» protestò.

«Perché no?»

«*Preferito: oggetto o persona di particolare gradimento.* Puoi avere un film comico preferito e un film drammatico preferito, ma non puoi avere più preferiti nella stessa categoria.» Lo guardai con la fronte corrucciata. Lui e le sue regole folli.

«Ho quattro...» Cominciai a contare con le dita, agitandole davanti al suo naso. «... Quattro commedie preferite.» Lui sbuffò e scosse il capo.

«*Breakfast Club*, *Una pazza giornata di vacanza*, *Lo straccione* e *Forrest Gump*.»

«Ah, vedo che ti piacciono i classici.»

«Oh, e qualunque film con George Clooney.» Scosse di nuovo la testa. «Qual è il tuo film preferito?»

«*Die Hard*.»

«Quale dei tanti?» domandai.

«Tutti quanti.»

«Mi hai appena sgridato perché ho quattro film preferiti. Ci sono cinque film di *Die Hard*!»

«Sono versioni diverse dello stesso film.»

«La tua è una logica contorta.»

«Troppo difficile per te da capire?»

«Baciami il culo.»

«Cacchio! Sono due mesi che aspetto che me lo lasci fare!»

Risi così forte che feci sussultare Estelle, una delle vecchie signore che faceva la chemio con noi. «La tua battuta preferita di un film?» gli chiesi.

«Scherzi? "Yippy-ya-ye, pezzo di merda."» Alzai gli occhi al cielo in modo teatrale.

Dalton abbassò le palpebre e appoggiò la testa sulla poltrona. Restammo in un silenzio rilassato. Guardandomi attorno, notai che nella stanza eravamo rimasti solo Estelle, lui e io. «Ehi, Dalton.»

«*Mmm*?»

«Oggi Ashley non c'è, e non c'era nemmeno all'ultima seduta.» Ashley era la bambina che avevo visto il primo giorno. Era silenziosa e stava sulle sue, ma era molto dolce. «Chissà perché.»

«Morta.»

«Cosa?»

Si voltò verso di me e aprì gli occhi. «Ho detto che è morta.»

«Dalton, è una cosa terribile da dire. Non puoi saperlo.»

«Sì, invece. Sono andato al suo funerale la settimana scorsa.»

«Perché non me l'hai detto? Sarei venuta anch'io.»

«Ho pensato che il tuo primo funerale per cancro non avrebbe dovuto essere quello di una bambina di dieci anni. Sono parecchio tosti.»

Fissai dritto davanti a me, non sapendo cosa dire. Sentii una mano calda sulla mia e una leggera stretta, che mi spinse a guardarlo di nuovo. «Ehi, tutto okay?» mi chiese.

«Sì. Ho pensato che forse si era ripresa e non aveva più bisogno di venire. Che stupida, eh?»

«Non stupida, soltanto ingenua.»

«Hai paura di morire?» gli domandai all'improvviso.

Lui alzò la testa verso il soffitto, valutando la risposta da darmi. «Sì, ho paura di morire, ma non ho paura di essere morto.»

«Che differenza c'è?»

«Morire è un processo. Essere morto significa che sei arrivato a destinazione.» Si voltò a guardarmi, i suoi occhi blu penetrarono i miei come se riuscisse a leggermi nell'anima. «E tu? Hai paura di morire?»

«Ultimamente ho l'impressione di avere paura di tutto… di morire, di vivere, del martedì.»

Notai che ci tenevamo ancora la mano. Era una bella sensazione. Ero confusa per i sentimenti che cominciavo a provare per quel ragazzo. Non erano forti come quelli per Noah, ma temevo che col tempo avrebbero potuto diventarlo.

Meglio cambiare argomento. Ritraendo la mano per sistemarmi i capelli dietro l'orecchio, dissi: «La prossima settimana viene a trovarmi la mia amica Lisa. Passerà qui un paio di giorni mentre va in Florida».

«È quella graziosa rossa di cui mi hai mostrato la foto?»

«Sì.»

«Dici che si lascerà dare due colpi?»

«Sei un maiale!»

«Cosa?! Stavo solo chiedendo. Una graziosa rossa, ansiosa di scaricare un po' di tensione durante le vacanze… potrebbe benissimo scaricarla con me.»

Lo guardai in cagnesco. «Probabilmente ci starebbe. Ha detto che sei fico.»

Si raddrizzò di scatto sulla poltrona, un enorme sorriso stampato in faccia. «E come fa a saperlo?»

«Potrei averle mandato una tua foto qualche settimana fa.»

«Che dolce. Hai carta e penna?»

«Credo di sì.» Rovistai dentro la borsa. «Tieni.»

«No, scrivi tu» disse.

«Da quando sono diventata la tua segretaria?»

«Gatorade, vitamine, bibita proteica, batterie stilo, sciroppo d'acero, vaselina, un pennello con le setole morbide, corda, nastro isolante e una confezione di penne. Ho finito le penne. Oh, e anche...» Si protese verso di me, sorridendo, e a voce bassa concluse: «Preservativi extra large, confezione da trentasei». Si allontanò con un ghigno compiaciuto. Mi limitai a fissarlo, senza parole, e a gettargli in grembo carta e penna.

CAPITOLO 32

Quando ero piccola, non vedevo l'ora che arrivassero certi momenti, come il Natale o il mio compleanno. "Presto" non era mai abbastanza presto.

In dieci secondi, quelli che un medico impiega per comunicarti la tua diagnosi, passi dalla convinzione di avere a disposizione una quantità infinita di tempo alla presa di coscienza che nulla è infinito a questo mondo.

Tutto ha un inizio, uno svolgimento e una fine. Prima di ammalarmi, non avevo mai pensato granché alla fine. Per un crudele scherzo del destino, nell'istante in cui capisci che esiste una fine, il tempo comincia a scorrere sempre più velocemente. La vita scappa via in fretta. Per quanto mi riguarda, "presto" può prendersela pure comoda, adesso.

(Questa riflessione è stata ispirata dal grande filosofo e protagonista di "Una pazza giornata di vacanza" Ferris Bueller.)

Stavo tornando al nostro tavolo dopo essere stata in bagno. Mentre mi sedevo accanto a Dalton, non riuscivo a credere alle mie orecchie. I miei amici stavano intrattenendo una conversazione assurda.

«Quindi vuoi scopare?»

«Sì, se sei d'accordo.»

«Devo partire per la Florida. Non resterò qui a lungo.»

«Nemmeno io.»

La mia testa continuava a saltare dall'uno all'altra. Per poco non mi venne il colpo della strega.

Lisa, Dalton e io eravamo allo Hungry Lion, un ristorantino che serviva i migliori hamburger del centro. Lisa era arrivata in mattinata e insieme avevamo raggiunto Dalton per il pranzo. Si piacquero subito, come avevo previsto, ma non avevo idea che sarebbe stato questo l'argomento della loro prima chiacchierata.

«Non riesco a credere che ne discutiate a pranzo, in mia presenza.»

«Il tempismo è essenziale, cavalletta» disse Dalton, sollevando una patatina fritta prima di infilarla in bocca.

«Dalton ha ragione.» Lisa si protese leggermente verso di lui, come se stesse per raccontargli un segreto. «Tanto perché tu lo sappia… ti concederò soltanto una via d'accesso. Niente incursioni dalla porta di dietro.»

La Diet Pepsi mi schizzò fuori dalla bocca e dal naso. Lisa e Dalton scoppiarono a ridere.

Una volta che riacquistarono la capacità di respirare, Dalton mi disse: «Giovane cavalletta, l'unico a essere fottuto, questo weekend, è il tuo cervello».

«Ti stavamo prendendo in giro» puntualizzò Lisa. Lei e Dalton si strinsero la mano. «I miei complimenti, signore, per la sua splendida interpretazione di un bastardo arrapato.»

«Be', grazie. Devo ammettere che anche lei ha recitato il ruolo della sgualdrina in modo piuttosto convincente.»

«Siete e-si-la-ran-ti» scandii sarcastica.

Era bello aver fatto conoscere Lisa e Dalton. Era anche bizzarro aver fatto entrare in collisione due dei miei mondi. Era come se ciascuno di loro conoscesse un aspetto completamente diverso di me, ma non tutto di me.

«Allora, che piani abbiamo per stasera?» chiese Lisa.

«Pensavo di andare a fare un giro in centro. C'è sempre qualcosa in programma, specie adesso che cominciano ad arrivare i turisti. Dalton, per te va bene?»

«Fate di me ciò che volete. Sono tutto vostro.»

Lo vidi non appena entrò nel locale. Non avevo parlato a Noah di Dalton, né viceversa. Non era mai venuto fuori il discorso. Ebbi la sensazione di essere stata colta sul fatto, specie perché ero seduta vicino a lui.

«Tweet?»

«Noah, ciao.» I suoi occhi si posarono subito su Dalton. «Ti ricordi di Lisa?»

«Ma certo. Come stai?»

«Ciao, *quel* Noah. Sto benone» rispose lei. Lui sorrise sentendo il soprannome.

«E lui è Dalton» dissi.

«Ciao. Tu e Lisa state insieme?» gli chiese Noah.

«No, a dire il vero…»

Oh, cazzo! Dalton adora sfottere le persone senza pensare alle conseguenze.

Mettendomi un braccio attorno alle spalle, mi attirò a sé. «… io e la mia giovane cavalletta ci vediamo ogni lunedì.» Fece seguire quell'informazione da un ghigno arrogante rivolto proprio a Noah. Lui parve sul punto di sollevarlo di peso dalla sedia. «Sì, ci frequentiamo da circa due mesi, dico bene?» Mi guardò. «Ogni volta che stiamo insieme torno a casa sfinito.»

Noah serrò la mascella e i pugni.

«Sta parlando della chemio. Il lunedì facciamo la chemio insieme. Dalton, diglielo che parli della chemio» lo supplicai.

«È così che si chiama al giorno d'oggi?» Lisa stava cercando di trattenere una risata mentre io andavo nel panico. Noah sembrava pronto a farlo a pezzetti. «Ti prendevo un po' in giro, amico. Facciamo la terapia insieme, tutto qui.»

«Tweet, posso parlarti un attimo? In privato.»

Proprio in quel momento qualcuno chiamò Noah. Era Brooke. Ci raggiunse, senza far caso a nessuno di noi. «Il nostro tavolo è pronto.»

«Arrivo tra un attimo.»

Lei passò in rassegna le facce attorno al tavolo e poi si concentrò su di me. «Ciao, Amanda. Come va la gamba?»

«Tuttora assente.»

A Brooke piaceva un sacco parlare della mia gamba amputata. Voleva fare la figura dell'altruista e allo stesso tempo ricordare a Noah che ero merce fallata.

Posò gli artigli sul suo braccio muscoloso e disse: «Andiamo, prima che qualcuno ci rubi il posto».

«Vai a sederti intanto. Ti raggiungo tra un minuto.» Lei sbuffò e si allontanò di gran carriera. «Tweet, andiamo fuori.» Noah si voltò e uscì dal locale, senza aspettarmi.

Lo trovai che si passava una mano tra i capelli. «Chi è quello stronzo?»

«Non è uno stronzo. Stava solo scherzando. Lo fa spesso.»

«Gli piace scherzare sul fatto che ti scopa?» La sua voce era aspra e furiosa. «Lo fa?»

«Cosa?»

«Ti scopa?»

«Come cavolo ti viene in mente? Io e Dalton siamo amici. Stava scherzando. Che ti prende?»

«Non mi piacciono i tizi che parlano di te in quel modo. Non mi piace *lui*.»

«Be', a me piace e mi aiuta a sopportare tutto lo schifo che devo affrontare adesso. Ho bisogno di lui.» Non era mia intenzione, ma capii che le mie parole erano state come un pugno nello stomaco.

«Una volta avevi bisogno di me.» Il dolore che traspariva dal suo sguardo mi sconvolse.

«Noah, ho sempre bisogno di te. È che... Dalton sa esattamente che cosa sto passando. È ridicolo. Mi tocca stare a guardare Brooke che marca il territorio a ogni minima occasione e si diverte a ricordarmi che mi hanno amputato una gamba. Adesso che c'è qualcuno nella mia vita che può prendere...»

«Il mio posto?»

«No. Nessuno prenderà mai il tuo posto. Perché tu puoi avere qualcuno e io no?»

Si fece più vicino, i nostri nasi quasi si toccarono. «Posso ricordarti, tesoro, che io non ho mai voluto nessun'altra? Quello l'hai deciso tu.» E, spintonandomi, rientrò nel ristorante.

* * *

Il resto del weekend andò molto meglio. Sabato andai con Lisa a fare shopping, poi Dalton ci raggiunse per cena e dopo andammo tutti e tre al cinema. Era grandioso stare con Lisa. Mi era mancata. Anche se ci sentivamo molto spesso durante la settimana, non era di certo come vedersi.

Era domenica. Io e Dalton eravamo a casa di Emily, a mangiare pizza e ascoltare musica. Vederci la sera prima della chemio era diventata un'abitudine. Il lunedì era terribile, ma la domenica sera non era molto diversa. Era allora che subentrava il terrore, perché sapevamo che la settimana a seguire sarebbe stata un inferno. Ci aiutavamo a concentrarci su altro.

«Hai ragione, cavalletta. I Lifehouse spaccano di brutto.»

«Ah, l'allieva ha superato il maestro.»

Dalton prese un cuscino dal divano e me lo tirò addosso. Cominciai a radunare gli avanzi di pizza per riordinare la cucina. «Dimmi un po', perché tu e Mister Perfezione non state insieme?»

La mia testa scattò immediatamente nella sua direzione. «Wow! Potevi almeno prenderla alla larga, ti pare?»

«Non ho tempo per queste stronzate. Rispondi alla domanda.»

«Ehm...» Mi sedetti sul divano.

«Uccello piccolo? È per quello?» Inclinò la testa di lato, con finta solidarietà maschile.

«No» risposi.

«Uccello troppo grosso? Un sacco di gente dice che le dimensioni contano, ma non è vero. Puoi anche raggiungere la lunghezza di una mazza da baseball, ma se non lo sai usare, allora è come un ramo secco. Se capisci cosa intendo» disse, inarcando un sopracciglio. Mi limitai a fissarlo. Le cose che gli uscivano di bocca a volte erano davvero sconcertanti, e non in senso positivo.

«È complicato.»

«Che c'è di complicato? Tu ti spogli, lui si spoglia e...» Smise di parlare a metà frase. Lo guardai, preoccupata. Fissava dritto davanti a sé, immobile. Sapevo che aveva avuto delle crisi in passato, e mi allarmai.

«Dalton? Stai bene?»

Mantenendo lo sguardo fisso e concentrato, alzò un indice e disse: «Un attimo... ti sto ancora immaginando nuda».

«Accidenti, Dalton! Non è divertente!» gridai, dandogli uno schiaffo sul braccio.

«Dov'ero rimasto? Ah, sì. Vi spogliate e vi date da fare.» Rimase in silenzio per un istante, guardandomi con sincerità. «Davvero, qual è il problema?»

Feci un respiro profondo e mi domandai se rispondere o no.

«Noah e io siamo sempre stati migliori amici. Se superassimo quel limite e qualcosa poi ci dividesse, non riuscirei a sopravvivere. Preferisco che rimanga nella mia vita come amico, piuttosto di rischiare di perderlo per sempre. E lo perderei, perché prima o poi combinerei qualcosa che rovinerebbe tutto. Faccio sempre così.»

Dalton osservò il mio viso per qualche secondo. Lo vidi corrugare la fronte. «Amanda, questa è la cosa più stupida e meno convincente che abbia mai sentito.»

«Ma è vero. Mia sorella e il suo amico si sono messi insieme ed è finita male. Adesso si odiano. Emily è perfetta in tutto. Se non ce l'ha fatta lei, non vedo come potrei riuscirci io. Noah merita di meglio.»

Lui si voltò per guardarmi. «Ah, giovane cavalletta... la perfezione è un'illusione nutrita dalle insicurezze.» Lo scrutai come se fosse uscito di senno. «Emily non è perfetta.»

«Non sei obbligato a dirlo per tirarmi su di morale.»

«Ma è vero. Ha un occhio storto.»

«Ma che dici?»

«L'ho notato quando l'ho conosciuta. L'ho guardata negli occhi. Il destro puntava verso di me, ma il sinistro era tutto fuori posto. Mi ha messo i brividi.» Fece un'espressione da scemo e storse gli occhi, costringendomi a ridere come una pazza.

«Non ci ho mai fatto caso.»

«Magari il tizio con cui usciva si è spaventato per quell'occhio storto.»

«Non lo so. Non mi ha mai detto cos'è successo.»

«Adesso che abbiamo stabilito che Emily non è perfetta, non puoi usarla come scusa. Dài, rispondi alla domanda.»

Rimanemmo in silenzio per diversi minuti prima che riuscissi a replicare. Ero a disagio a parlare di Noah con Dalton, ma una volta che intavolava un discorso non lasciava perdere tanto facilmente.

«Non mi sono mai sentita all'altezza di ciò che secondo me lui merita. E adesso, con l'amputazione e tutto il resto... non voglio essere un peso.»

«Smettila di trovare scuse, hai solo paura. Perché non lasci che sia lui a decidere che genere di vita desidera e chi vuole ne faccia parte?»

«Che intendi dire?»

«Amanda, non puoi cambiare il passato… e gente come noi non sa se avrà un futuro. Il passato non esiste più. Abbiamo soltanto il presente. Il presente è perfetto, giovane cavalletta, perché respiriamo, ci muoviamo, ridiamo, piangiamo e ci sorprendiamo quando troviamo qualcuno con cui creare un legame. Smetti di vivere nel passato, smetti di sprecare il presente. Devi dire a Noah cosa provi.»

«E se è troppo tardi ed è Brooke quella che lo rende davvero felice?»

«Non importa. Merita di sapere che importanza ha avuto nella tua vita. Ti ha fatto un regalo. Sai cosa si prova ad amare qualcuno, non succede tutti i giorni. Devi andare a ringraziarlo prima che arrivi il momento di dirgli addio. Tutti meritano un grazie e un addio.»

Quando pronunciò quelle parole, ebbi un'illuminazione che mi attraversò come una scossa elettrica. Avevo scritto la stessa frase sul mio diario quando era morto il padre di Noah.

In quel momento *Come Away With Me* di Norah Jones uscì dagli altoparlanti. Dalton si alzò, mi tese la mano. «Proviamo un po' questa gamba nuova. Balla con me» disse.

Feci scivolare la mano nella sua. Mi condusse al centro della stanza. Quando mi strinse tra le braccia, gli posai la testa sulla spalla e lui affondò la sua nell'incavo del mio collo.

Mentre la voce sensuale di Norah Jones riempiva la stanza, cominciammo a ondeggiare. Il movimento era talmente lieve da risultare quasi impercettibile. Chiusi gli occhi e mi lasciai travolgere dalla musica e dalla sensazione del suo corpo contro il mio. *Presente perfetto.*

Mentre la canzone finiva, Dalton mi sussurrò all'orecchio: «Sono davvero felice di essere vissuto tanto da conoscerti. Grazie per avermi dato qualcuno di cui sentire la mancanza».

Ci allontanammo leggermente, ma continuammo a restare abbracciati.

«Non sarei riuscita a superare tutto questo senza di te. L'unica cosa positiva del cancro è che ti ha portato nella mia vita.» Posò la fronte sulla mia e rimanemmo così finché le ultime note non si spensero nell'aria.

Dalton sollevò la testa, mi baciò sulla fronte e mormorò: «Meglio che vada».

Raggiunse la porta. Prima di aprirla, si voltò a guardarmi. «Ricordati sempre che il presente è perfetto, cavalletta.» Uno splendido sorriso gli illuminò il volto, poi si girò e uscì.

Era passata una settimana da quando avevamo ballato insieme. Qualcosa era cambiato tra noi quella sera, o forse me ne stavo accorgendo solo in quel momento. Dalton era la mia anima gemella. Era destino che lo incontrassi in quel periodo della mia vita. Dalton e il cancro mi avevano costretta a pensare in modo diverso, a vedere il mondo in modo diverso e soprattutto a vedere me stessa in modo diverso.

No, non ero perfetta e non lo sarei mai stata, ma andava bene così. Ci sono cose più importanti nella vita che inseguire il mito della perfezione. La perfezione è negli occhi di chi guarda. Avevo sprecato fin troppo tempo a cercare di controllare tutto, ed era estenuante. L'unica cosa che potevo controllare ero io. Se mi fossi messa in gioco e avessi sofferto, allora avrei sofferto, d'accordo. Ma almeno non avrei passato il resto dei miei giorni a fare i conti col rimpianto.

Ed eccomi qui, davanti alla sua porta, pronta a correre il rischio. Non ero sicura di quello che avrei detto, ma con un po' di fortuna mi sarebbe venuto in mente qualcosa. Gli avevo mandato solo un messaggio, per fargli sapere che ero lì. Alzai la mano e bussai. Quando aprì la porta, mi si mozzò il fiato. Era senza maglietta, con un paio di jeans strappati, i capelli arruffati. Ci fissammo. Inspirai profondamente. Era giunto il momento. Niente rimpianti, ripetei a me stessa.

«Ti amo. Ti amo dal primo momento in cui ci siamo incontrati. Ti amo sempre di più ogni volta che ti vedo. E so che il mio tempismo è pessimo, ma non c'è mai un momento perfetto. Quindi, indipendentemente da quello che accadrà, dovevo fartelo sapere.» Finalmente espirai.

Noah sembrava sbalordito. Il mio istinto fu di scappare via, ma rimasi lì in attesa della sua reazione.

Dopo quelle che mi parvero ore, mormorò: «Tweet...»

Non appena pronunciò il mio nome, qualcuno lo chiamò. Guardai alle sue spalle e vidi Brooke attraversare la stanza avvolta in un lenzuolo.

«Oh mio Dio! Pensavo fossi solo. Ho visto soltanto la tua macchina qui fuori.» Feci per andarmene, ma lui mi afferrò per un braccio.

«Tweet, non andartene. Dammi un po' di tempo. Brooke, andiamo nell'altra stanza.»

«Hai letto il suo messaggio mentre eri a letto con me!» urlò lei.

«Avevo il telefono sul comodino, l'ho letto per caso.»

«E allora ti sei quasi rotto l'osso del collo per correre ad aprire la porta!»

Non potevo restare lì. Mi voltai, corsi alla mia macchina e uscii dal vialetto. Mi girava la testa e l'adrenalina mi pulsava nelle vene. Era andata peggio di quanto avessi mai immaginato. Era stata la cosa più imbarazzante e umiliante che mi fosse mai capitata, peggio ancora dell'incidente con Brad. Che tempismo. Era la prima volta che dicevo a un ragazzo che lo amavo, e lui aveva appena finito di fare sesso con la sua fidanzata.

CAPITOLO 33

Ci sono giornate che varrebbe la pena di rivivere, dal primo all'ultimo istante.

Che idiota! Avrei dovuto capirlo che era impegnato, quando non aveva risposto al messaggio. Andai dritta a casa, mi infilai a letto e mi tirai le lenzuola fin sopra la testa.

Aprii gli occhi al chiaro di luna che brillava attraverso la finestra. Dovevo essermi addormentata, perché fui riscossa dallo squillo del telefono. Allungai una mano per prenderlo e cercai di concentrarmi sul display. Era pieno di sms e messaggi in segreteria da parte di Noah. Avevo bisogno di un po' di tempo prima di ascoltare e leggere tutto. Mi sdraiai di nuovo e cercai di svegliarmi completamente.

Alla fine mi alzai, presi una bibita e aprii un sacchetto di ciambelle al cioccolato. Avevo bisogno di caffeina e zucchero. Mentre me ne stavo lì a ripercorrere le ultime ore nella mente, pensai che non ero affatto pentita di aver detto a Noah che lo amavo. Quello che non sopportavo era stato vedere Brooke avvolta in un lenzuolo che usciva dalla sua stanza, la stanza in cui ero cresciuta e in cui mi ero innamorata di lui. Non ero una stupida, sapevo che facevano sesso da quando si erano messi insieme, ma finché non ne avevo una prova lampante, potevo far finta che non fosse vero.

Un forte colpo alla porta mi destò dai miei pensieri.

Quando la aprii, lui era lì, appoggiato allo stipite, in jeans e maglietta grigia. Niente di particolare, ma quando Noah indossava jeans e maglietta restavo sempre senza parole.

«Ciao» disse. Il suo viso non lasciava trapelare nulla.

«Ciao» mormorai. Il sangue mi pulsava tanto in fretta nelle vene che mi sentivo stordita.

«Brooke mi ha mollato» aggiunse, bruscamente.

«Oddio, Noah, mi dispiace. Avrei dovuto aspettare la tua risposta prima di precipitarmi da te. Cosa le hai detto?»

«Addio.» I suoi occhi erano ardenti e le sue labbra mostravano un accenno di sorriso. Si allontanò dallo stipite, rivelando un piatto con un'enorme fetta di torta al cioccolato che stava nascondendo dietro la schiena.

Entrò e chiuse la porta con un calcio, senza mai smettere di guardarmi negli occhi. Camminai all'indietro mentre lui procedeva sicuro verso di me. «Dov'è Emily?» mi chiese.

«È andata a Hilton Head per un weekend con le amiche.»

Mi mise all'angolo contro il bancone che separava il soggiorno dalla cucina. Sistemò la torta sul piano di lavoro e posò le mani sul bordo, accanto ai miei fianchi, intrappolandomi, mentre si chinava su di me. «È vero tutto quello che hai detto?»

«Ogni parola» risposi, senza fiato.

«Non riesco a crederci. Finalmente sei mia» dissc. C'cra stupore nella sua voce.

«Sono sempre stata tua.»

«Lo so, ma adesso possiamo toccarci e fare *cose* e tu non ti tirerai indietro… giusto?»

«Ho smesso di tirarmi indietro. Adesso procedo a tutto gas. Che genere di *cose* avevi in mente di fare?»

«Innanzitutto, avevo pensato a te nuda e a quella torta.» Sul suo bellissimo volto comparve un sorriso malizioso. «Cos'è cambiato?» mi domandò.

«Vuoi proprio parlarne adesso?»

«Ho pensato che era meglio parlare prima, perché una volta che le mie labbra si poseranno sul tuo corpo non lo lasceranno per un bel po'.»

«Oddio...» mormorai.

Ci fissammo per qualche istante, persi l'uno nell'altra. Nessuno dei due riusciva a credere a quello che stava per succedere.

«'Fanculo. Chi se ne frega di cosa è cambiato» disse.

La lingua di Noah affondò nella mia bocca. Mi afferrò saldamente per i fianchi mentre mi divorava. C'erano ancora diversi strati di stoffa tra noi, ed ero già bagnata. Le mie dita si fecero strada tra i suoi morbidi capelli scuri mentre i nostri sospiri riempivano la stanza.

Scendendo, le mani di Noah proseguirono lungo i miei fianchi e si fermarono sul sedere.

«Cingimi con le gambe» mormorò sulle mie labbra. Mi sollevò e gli allacciai le gambe attorno alla vita. Lo volevo più vicino. Subito.

Andammo dritti in camera da letto.

Scivolai giù lungo il suo corpo finché i miei piedi non toccarono terra. Le nostre labbra restarono attaccate per tutto il tempo. Ero sbalordita da quanto potessi perdermi in lui nel giro di pochi secondi. Le mie mani percorsero la sua schiena. Gli afferrai l'orlo della maglietta e feci per sfilargliela. Noah si staccò dalla mia bocca quel tanto che bastava per sollevare le braccia e aiutarmi a spogliarlo. Percepii il brivido che attraversava il suo corpo mentre le mie dita gli sfioravano la pelle nuda. Anch'io fui scossa da un tremito. Noah mi guardò e sorrise.

La sua lingua scivolò tra le mie labbra e dentro la mia bocca, lentamente e profondamente, prima di spostarsi verso la mascella e lungo il collo. Fece scorrere il naso su e giù sussurrando: «Sei bellissima. Ti amo più di ogni altra cosa al mondo».

Ero così sopraffatta dalla gioia e dal desiderio che per poco non scoppiai a piangere. Non riuscivo a credere che quel ragazzo meraviglioso fosse mio e mi amasse. Si mosse con scioltezza tra i miei seni e si fermò sopra il mio stomaco. Sollevandomi la maglietta, strofinò il naso sulla mia pelle. Cominciò a circumnavigare il mio ombelico mentre mi posava dolci baci sulla pancia.

Gli afferrai i capelli gemendo: «Oddio, Noah». Giuro, fui sul punto di venire in quell'istante. Sentivo le sue labbra sorridere contro di me. Le sue mani mi strizzavano leggermente i glutei, mentre la sua lingua continuava a vorticare sul mio addome. Abbassai lo sguardo su di lui che assaporava ogni centimetro della mia pelle, e un calore umido si sprigionò tra le mie gambe. Non sapevo quanto sarei riuscita a resistere prima di perdere il controllo.

Sentii le sue dita scivolare sotto l'elastico dei pantaloni.

Le labbra di Noah li seguirono mentre si abbassavano verso le mie caviglie. Fece scorrere la punta della lingua fino all'attaccatura delle cosce e poi mi baciò delicatamente tra le gambe. Mi cedettero le ginocchia e atterrai sul letto. Mi sfilò i pantaloni, lasciandomi in maglietta e mutandine.

Le sue mani mi accarezzarono lentamente. Notai che stava fissando la mia protesi. Sussultai, e questo lo costrinse ad alzare lo sguardo.

«Va bene se te la tolgo? Non lo farò, se non vuoi.» I suoi occhi traboccavano di preoccupazione e amore.

«Fai pure. È piuttosto ingombrante» risposi con voce tremante.

Schiacciò il bottone laterale per liberare il perno che la teneva assicurata alla guaina e poi cominciò a sfilarla.

Ritraendomi leggermente, dissi con timidezza: «Noah, dovrei andare in bagno a occuparmi della guaina».

«Posso farlo io. *Voglio* farlo io.» Mi sfuggì una lacrima. «Qualcosa non va? Sembri così spaventata. Respira, Tweet. Sono io.»

Mi tremava la voce. «La guaina è fatta di silicone e... mi fa sudare.» Cercai di trattenere i singhiozzi, ero imbarazzatissima. Nessuno vuole trovarsi di fronte un corpo sudato prima di fare l'amore. Durante sì, forse, ma non prima. «Ti prego, lasciami andare in bagno.»

«Che cosa fai di solito?»

«La lavo con sapone e acqua tiepida.»

Si alzò, mi baciò e poi mormorò: «Voglio prendermi cura di te in tutti i modi».

Andò in bagno e tornò con una salvietta insaponata e un

asciugamano. Mi sfilò la guaina e la mise da parte. Prese la salvietta e cominciò a strofinarmi la gamba sinistra, poi la avvolse nell'asciugamano e la massaggiò delicatamente. Tenni lo sguardo basso. Mi sentivo vulnerabile ed esposta.

Noah mi prese il mento tra le dita e mi costrinse a guardarlo. «Non dobbiamo farlo se non ti senti pronta.»

«Sono nervosa.»

«Perché?»

«Perché sei *tu*, e io vorrei essere sexy e bellissima per te.» Mi fissò un po' confuso. «Una protesi non è affatto sensuale, e nemmeno una gamba amputata lo è.»

I suoi occhi percorsero il mio corpo, poi tornarono a fissare i miei. «Aspetto questo momento da anni» disse. «Credi davvero che una cosa del genere possa fermarmi? Tu sei e sei sempre stata la ragazza più bella e più sexy che abbia mai conosciuto. Ti amo. Amo tutto di te... non solo le gambe, le braccia, gli occhi, il cuore, il senso dell'umorismo o l'intelligenza. Amo tutto. Tutto. Questo non cambierà mai».

Ormai stavo piangendo a dirotto. Con un sorriso seducente, aggiunse: «E poi, non sono mai stato un feticista delle gambe. Sono fissato di più con il seno, e il tuo è fenomenale».

Scoppiai a ridere mentre mi asciugavo le lacrime. «Ti amo, Noah.»

«Dillo ancora.» Si fece più vicino.

«Ti amo, Noah.» Lo guardai negli occhi, sorridendo.

«Ancora una volta.» Si avvicinò fino a colmare tutto lo spazio che ci separava.

«Ti amo, Noah.»

Le sue labbra premettero contro le mie con una forza tale

che fui spinta leggermente all'indietro. Gli allacciai le gambe attorno alla vita e gli mordicchiai la mascella fin sotto l'orecchio. Gli succhiai delicatamente il lobo e sussurrai: «Ti voglio dentro di me».

Noah si alzò e si tolse le scarpe mentre io pensavo ai suoi jeans. Feci scivolare le mani sul suo sedere perfetto e poi le spostai verso la cerniera. Mordicchiai i suoi addominali e proseguii verso il basso mentre gli aprivo la lampo.

Ero così concentrata che rimasi sorpresa quando lui mi afferrò per i polsi, fermandomi. Si chinò a baciarmi. «Sono anni che desidero posare le mie labbra su di te. Prendiamoci tutto il tempo necessario. Voglio assaporare ogni centimetro del tuo corpo, lentamente.»

Si inginocchiò davanti a me, reggendosi sui talloni, i suoi occhi fissi nei miei. Mi sollevò piano la gamba sinistra e cominciò a posarvi sopra baci leggeri come piume. Le sue labbra avanzarono a poco a poco verso l'alto, alternandosi tra l'interno e l'esterno coscia. Poi rivolsero alla gamba destra le stesse attenzioni.

Partì dalla punta del piede, proseguendo verso la caviglia, il polpaccio, il ginocchio e su fino alla parte alta della coscia, posando gli stessi baci leggeri come piume lungo il tragitto. Ero senza fiato mentre mi puntellavo sui gomiti e lo guardavo continuare la sua ascesa. Le sue labbra si mossero lentamente e metodicamente da anca ad anca. Stava dimostrando al mio corpo un amore e un'adorazione assoluti. Non avevo mai provato niente di simile prima di allora. Mi sentivo bellissima, sexy, amata e protetta. Mi sentivo venerata.

Mentre risaliva verso il mio stomaco, mi sollevò la maglietta scoprendo il reggiseno di pizzo giallo chiaro. Sentii il suo petto vibrare e poi un gemito profondo che mi fece tremare. I miei gomiti scivolarono sotto di me e ricaddi sul letto. Era la seconda volta che rischiavo di perdere il controllo, e avevamo ancora dei vestiti addosso. Noah stava procedendo con lentezza meticolosa, e la cosa mi faceva impazzire.

Alzai le braccia sopra la testa mentre mi sfilava la maglietta. Afferrandomi per la vita, mi sistemò più in alto sul letto. Torreggiò su di me per diversi secondi, in ammirazione, prima di chinarsi per baciarmi l'incavo tra i seni. A forza di baci, si fece strada verso la mia spalla mentre mi abbassava la bretellina del reggiseno, poi ripeté lo stesso gesto dall'altra parte. Mi sollevai un pochino in modo che potesse slacciarlo. La sensazione del pizzo che scivolava sui miei capezzoli duri mi fece rabbrividire. Rimasi lì sdraiata, nuda, e non provai il minimo imbarazzo.

Noah abbassò la testa e chiuse le labbra attorno a un capezzolo, succhiandolo forte, mentre con il pollice stuzzicava l'altro. Si fermò e mi guardò. I suoi splendidi occhi azzurri cominciavano a inumidirsi. Anch'io ero commossa. Non avevo mai provato un amore così struggente in vita mia.

Ci fissammo per un lungo istante prima che Noah sussurrasse: «Grazie per avermi finalmente permesso di amarti».

Le nostre bocche si divorarono per qualche secondo, poi lui ricominciò a far scorrere la lingua sul mio corpo. Sentii i suoi denti che agganciavano le mie mutandine su un fianco, mentre dall'altra parte le abbassava con le dita. «Queste non ti serviranno per un bel po'» disse guardandomi intensamente.

Mi prese la gamba destra e la sollevò verso le proprie labbra. Le sue mani si mossero con sicurezza lungo l'esterno coscia mentre mi baciava all'interno. Il mio corpo si irrigidì per l'impazienza. La tensione pulsante tra le gambe era quasi intollerabile. Noah abbassò il viso fra le mie cosce. Inarcai la schiena, stringendo convulsamente le lenzuola. Più il mio corpo si agitava, più veloce si muoveva la sua lingua, finché non la affondò dentro di me.

«Noah!» urlai, mentre onda dopo onda venivo attraversata da contrazioni di piacere.

Lui si ritrasse leggermente, poi le sue labbra ricominciarono a viaggiare sulla mia pelle risalendo piano piano, per posarsi infine sulla mia bocca. Guardandomi negli occhi, disse: «Sei il mio gusto preferito al mondo».

«Queste dritte non le hai prese al supermercato» ironizzai, ansimando come se avessi corso una maratona.

«Dovevo salire di livello per la mia ragazza numero uno.» La sua espressione mi fece quasi fermare il cuore. Era una perfetta combinazione di desiderio e amore.

Si alzò dal letto e si tolse in fretta jeans e boxer. Mi si mozzò il respiro. Non avevo mai visto Noah completamente nudo prima di allora. Il suo corpo era perfetto come il suo cuore, e io ne fui ipnotizzata. Mordendomi il labbro inferiore, lo osservai dalla testa ai piedi. Lui mi scoprì a fissarlo e mi chiese: «Cosa stai guardando, Tweet?»

«Eh?» Alzai lo sguardo e vidi il sorriso più sexy del mondo. Le mie guance avvamparono e abbassai gli occhi.

Ritornando sopra di me, aggiunse: «Anche a me piace

guardarti... e spogliarti... e baciarti... e far scorrere la mia lingua su di te per assaporarti».

Girai la testa di lato e serrai le palpebre, godendomi le sue parole e la sensazione del suo corpo premuto sul mio.

Il suo respiro caldo mi scivolò sul collo. «Tweet, guardami.» Aprii gli occhi. «Ho bisogno di guardarti, ascoltarti e sentirti, così saprò che è tutto vero, e non dovrò più fingere.»

Deglutii a fatica. Non avevo mai guardato negli occhi i ragazzi con cui avevo fatto sesso, perché cercavo sempre di immaginare Noah. Guardare negli occhi una persona mi sembrava troppo intimo.

I suoi fianchi cominciarono a muoversi non appena scivolò dentro di me, lento e delicato da principio e poi sempre più veloce, mentre continuavamo a fissarci. «Sei incredibile. Ci completiamo alla perfezione» ansimò.

«Ti amo da morire, Noah.»

Venimmo insieme. Fu l'orgasmo più lungo e più potente che avessi mai provato. Dalla sua espressione, capii che era lo stesso anche per lui. Rimanemmo così, immobili, le nostre fronti che si toccavano, a cercare di placare i nostri respiri. D'un tratto un'ondata di tristezza mi travolse e iniziai a piangere. «Mi dispiace» mormorai.

«Non c'è nulla di cui scusarsi.» Baciò le mie lacrime. «Non piangere, Tweet.»

«Ho sprecato tantissimo tempo e ti ho fatto soffrire.»

«Niente è mai stato sprecato, se si trattava di te. Né il mio tempo, né i miei pensieri, né il mio amore. Non rimpiango nulla della mia vita con te, nemmeno i momenti in cui siamo stati lontani. Quei momenti mi hanno dimostrato quanto ti appartenessi. Sapevo che un giorno saremmo stati insieme. Dovevo soltanto essere paziente. E per avere te, valeva la pena di aspettare tanto.»

Io e Noah ci completavamo alla perfezione. Anzi, riuscimmo a completarci altre tre volte prima di lasciare il letto.

Avevo ancora il cancro, ma la vita era meravigliosa. Al mio fianco avevo l'amore della mia vita, la mia anima gemella, il mio eroe… esisteva qualcosa di più perfetto?

«Mi piaci con i capelli pettinati così.»

«Li ho soltanto raccolti con una pinza. Sono un casino.»

«Mi piaci tutta incasinata» disse, mentre le sue labbra mi sfioravano il collo.

Ci volle un po', ma alla fine lo persuasi a fare un bagno con tanta schiuma. L'idea di noi due nudi nell'acqua gli piaceva. La mia vasca era piuttosto grande, quindi poté distendersi comodamente. Io mi sistemai a cavalcioni su di lui. La schiuma ci avvolgeva come una morbida coperta.

Iniziammo a mangiare la torta al cioccolato. Lo avevo appena imboccato con una grossa forchettata di glassa e notai che ne aveva ancora un po' sulle labbra. Mi protesi e gli succhiai il labbro inferiore.

«Questo è il modo migliore per mangiare la torta» dissi mentre continuavo a mordicchiargli la bocca. Gli sfuggì un gemito profondo. Sentivo la sua erezione sotto di me. Mi mise le mani sulle guance per staccare le mie labbra dalle sue.

«Tutto bene?» gli domandai.

«Sono con la donna che amo e adoro, e si dà il caso che sia anche sexy da morire. Siamo nudi e c'è di mezzo una torta. Come potrebbe andare meglio?» Rimase in silenzio per qualche secondo. «Non hai ancora risposto alla domanda che ti ho fatto prima. Cos'è cambiato?»

«Le mie percezioni. Ho sprecato un sacco del mio *presente* aggrappandomi al passato e cercando di prevedere il futuro, di modo che non mi cogliesse di sorpresa. Ho sempre avuto l'impressione che tutti fossero migliori di me, che avessero tutte le risposte, ma che non volessero condividerle. Poi mi sono ammalata e ho conosciuto un amico che ha condiviso le sue risposte. Lui mi ha insegnato che l'unica cosa perfetta è il nostro presente, perché nel presente possiamo respirare, muoverci, provare emozioni. E far sapere alle persone che fanno parte della nostra vita quanto significhino per noi.»

«Ogni volta che sto con te, riesci a toccarmi l'anima. Non pensavo di poterti amare di più, ma quando ho scoperto che eri...» Deglutì. Vidi una lacrima scorrere lungo il suo viso. Lo accarezzai, asciugandola.

«Noah...» Mi tremava la voce. «Non voglio che passi un altro giorno senza che tu sappia quanto ti amo. Finora ho sprecato la mia vita, perché ti ho impedito di sapere che ti amo dal 23 marzo 1990, quando sono venuta al mondo. Non so cosa ci riserverà il futuro, ma so che il mio amore per te non finirà mai.»

«Tweet, mettila via.» Lo sguardo di Noah era determinato e pieno di desiderio.

«Eh?»

«La torta, mettila via. Subito.»

La posai sul bordo della vasca. Noah mi afferrò per la nuca, attirandomi a sé. Le nostre labbra si incontrarono e le nostre lingue seppero esattamente dove andare e cosa fare. Aggrappandomi alle sue spalle, mi sollevai in modo che entrasse dentro di me.

«Questo è il miglior bagno di schiuma nella storia dei bagni di schiuma» mormorai.

CAPITOLO 34

Noah possiede il 99,9 percento del mio cuore. Il resto apparterrà in eterno a un ragazzo speciale che ha cambiato per sempre la mia vita.

Continuai a passare con Dalton le domeniche che precedevano la chemio. Ne traevo il conforto e la forza necessari per affrontare un'altra seduta.

«Dalton, ce l'ho fatta. Ho detto a Noah che lo amo e lui ama me. Non era troppo tardi.»

Mi inginocchiai, posai i fiori e feci scorrere la mano sul suo nome. Dalton Michael Connor.

La sera del nostro ballo fu l'ultima volta che lo vidi. Quando mi presentai in ambulatorio il giorno dopo, scoprii che era morto nel sonno, poche ore dopo avermi salutata.

Quello di Dalton fu il primo funerale per cancro a cui partecipai. Lui aveva pianificato tutto. C'era una band che suonò pezzi degli Stones, degli AC/DC e naturalmente di Whitney Houston. Non passava giorno senza che sentissi la sua mancanza. Compresi che ciò che avevo provato quell'ultima sera con lui era stato il suo modo di dirmi grazie e addio. E, soprattutto, di donarmi la mia vita con Noah.

CAPITOLO 35

Arrivederci, goodbye, adiós, sayonara, buon viaggio, ciao e buonanotte.

Ultimai la chemio poco prima dell'estate. Dire che ero al settimo cielo sarebbe un eufemismo. A parte i miei ricordi insieme a Dalton, volevo archiviare per sempre quel capitolo della mia vita. Continuavo a credere che tutto accadesse per una ragione, anche le cose brutte. E sarei sempre stata grata per le lezioni che la malattia mi aveva insegnato, per le persone che aveva portato nella mia vita e per la luce abbagliante che aveva posato su coloro che ne facevano già parte, di modo che potessi vedere quanto fosse profondo il loro amore per me. Ero pronta per ritornare all'università e costruirmi una vita con Noah. Il cancro mi aveva regalato una seconda occasione e non avevo intenzione di sprecarla.

Io e Noah eravamo inseparabili. Quando lui non era a lezione, stavamo sempre insieme. Immagino che volessimo recuperare tutto il tempo perduto. Presto decidemmo di andare a convivere. Suo padre gli aveva lasciato abbastanza soldi per mantenersi, così aveva comprato un appartamento nello stesso condominio del suo amico Carter, il che era grandioso perché non eravamo molto distanti da mia sorella. Emily e io non eravamo mai state tanto unite. Il sostegno e la forza che mi aveva dato durante i momenti peggiori della mia malattia erano incredibili.

Io e Noah andammo a vivere insieme il 1° luglio 2009. Fu uno dei giorni più felici della mia vita.

Lui era ansioso di laurearsi per cominciare la scuola di specializzazione in Medicina, perciò durante l'estate seguì dei corsi extra e lavorò a tempo pieno come corriere per l'istituto che avrebbe frequentato.

Decisi di seguire un paio di corsi obbligatori all'Università di Charleston, una volta iniziato il semestre. Più avanti avrei cercato un'università che offrisse un master online in Giornalismo. Non volevo lasciare la mia città, la mia famiglia e – naturalmente – Noah.

Durante l'estate, lavorai come freelance per una rivista locale. Era fantastico, perché accumulavo esperienza e mi creavo contatti.

La mia vita era bella e indaffarata. Ed essere indaffarati è un bene, perché significa che sei vivo. Quella sembrava proprio una delle perle di saggezza di Dalton, alias il signor Miyagi.

Raggiunsi il mio primo anniversario di vita senza cancro. Da principio andavo a fare dei checkup mensili, poi ogni tre mesi, e una volta superato il traguardo del primo anno ogni sei, a meno che non ci fosse qualche problema. Non riuscivo a credere che fosse passato un anno e mezzo dalla diagnosi e dall'amputazione. La mia gamba artificiale cominciava finalmente a sembrarmi una parte di me.

Dalton mi mancava ogni giorno. Anche se avevo finito la chemio, la domenica continuavo ad andare a trovarlo al cimitero. Iniziai a fare volontariato una volta a settimana all'Hollings Cancer Center. Non sarei mai stata "la Dalton" di qualcuno, perché quello che io e lui avevamo condiviso era speciale e unico, ma potevo tenere la mano di un bambino spaventato o ascoltare le preoccupazioni di una ragazzina impaurita.

Noah si laureò a pieni voti in tre anni. Non so chi fosse più orgogliosa di lui il giorno della laurea, se io o sua madre.

Il mio secondo anniversario di vita senza cancro arrivò e passò senza che vi prestassi molta attenzione. Ero contenta. Questo significava che la mia identità non era più definita dalla malattia.

Io e Noah festeggiamo con una cena su un battello che fece il giro del porto di Charleston. Era bello passare un'intera serata insieme. Lui era stato talmente impegnato con le lezioni che di rado aveva avuto una sera libera. La scuola di Medicina richiedeva più sacrifici di quanto avessimo immaginato, ma insieme ce l'avremmo fatta.

Giunta al terzo anniversario di vita senza cancro, cominciai a rilassarmi un po'. Avevo superato la metà del percorso dei fatidici cinque anni che – mi avevano detto – era un punto di svolta mentale per chi sopravviveva a quella malattia.

Ero seduta nello studio del dottor Lang. Quando eravamo diventati ufficialmente una coppia, Noah mi aveva accompagnata a tutte le sedute di chemio e a ogni appuntamento con il medico, ma quel giorno non c'era. La notte precedente era rimasto a studiare fino a tardi, perciò volevo che recuperasse un po' di sonno. Si sarebbe arrabbiato scoprendo che ero venuta qui senza di lui, ma non era necessario avere qualcuno accanto a ogni visita. Tutto andava bene e io mi sentivo in perfetta forma.

Il dottor Lang entrò nello studio e prese posto dietro la scrivania. «Noah non è venuto oggi?»

«Stanotte ha fatto le ore piccole sui libri, così l'ho lasciato dormire. Si infurierà, ma gli passerà.»

«Non ha mai saltato un appuntamento. Ho dato per scontato che ti avrebbe accompagnata anche oggi.» Mi guardò negli occhi.

Avevo imparato a conoscere piuttosto bene il dottor Lang. Riuscivo a capire dal suo sguardo che aveva delle brutte notizie.

«Amanda, credo che Noah dovrebbe essere qui in questo momento. Lo farò chiamare da Gayle.»

«No. Non lo chiami. Sta dormendo.»

«Lui *vorrebbe* essere qui.» La porta si aprì ed entrò la segretaria. «Gayle, potresti chiamare Noah Stewart e...»

Mi alzai di colpo e ripetei: «Non lo chiami. Sta dormendo». Avevo le lacrime agli occhi.

D'un tratto fui travolta dalla sensazione di trovarmi sott'acqua. Una sensazione che ormai avevo quasi dimenticato. Il dottore fece un cenno a Gayle e lei ci lasciò soli. Mi rimisi a sedere.

«Amanda, non sei nelle condizioni di tornare a casa in macchina da sola. Dobbiamo discutere il nostro piano d'azione. È necessario che ci sia anche Noah. Possiamo chiamare anche i tuoi genitori, se vuoi.»

Scossi il capo.

Mezz'ora dopo Noah era seduto accanto a me, e mi teneva la mano.

«C'erano un paio di macchie sospette nelle tue lastre al torace. Gli altri esami hanno evidenziato che il cancro è tornato. Mi dispiace. Credo sia consigliabile ricominciare con la chemio» disse il dottore.

Ricominciare con la chemio, riecheggiò nella mia mente. *Ricominciare con la nausea e la spossatezza. Ricominciare con la chemio, ma senza Dalton.*

Anche se conoscevo le statistiche e il dottor Lang non mi aveva mai nascosto la possibilità che il cancro tornasse, con ogni probabilità ai polmoni, a quel punto mi ero illusa di essere libera e guarita.

«Il mio consiglio è di procedere come l'ultima volta, dieci cicli e...»

«Sono incinta» sbottai di punto in bianco. Il dottor Lang guardò me e Noah. Lo sapeva già.

«Sì, me ne rendo conto.» Fece un respiro profondo. «Capisco che la notizia di questa recidiva sia terribile e inaspettata. Ma sei ancora all'inizio della gravidanza.»

Io e Noah ci scambiammo un'occhiata. Credo fossimo ancora sotto choc, perché nessuno dei due lì per lì comprese quel che il medico stava suggerendo. «Siete ancora giovani e avrete tutto il tempo per metter su famiglia.»

«Voglio tenere il bambino.»

«Amanda, sai quanto sono forti i chemioterapici. Il bambino correrebbe un rischio estremamente alto.»

«E allora non farò la chemio finché non sarà nato» dissi.

«Tweet...»

«Non ho intenzione di uccidere il nostro bambino. Né con la chemio, né in qualunque altro modo.»

Il dottor Lang si alzò e fece il giro della scrivania. «So che è una decisione difficile. Vi lascio soli per un po', così potrete discuterne in tutta calma.»

Una volta che la porta si fu chiusa, cedetti ai singhiozzi. Noah si inginocchiò davanti a me e mi strinse tra le braccia. Continuava a ripetere: «Ti amo e ti adoro». Aveva la voce rotta mentre mi teneva stretta e mi accarezzava i capelli.

«Mi dispiace di essermi ammalata di nuovo» fu la mia unica risposta.

Mi strinse ancora più forte. Non so per quanto tempo rimanemmo così. Ero esausta a forza di singhiozzare, ma non riuscivo a smettere.

«Tweet, sai che desidero il nostro bambino, ma *ho bisogno* di te. Voglio avere una vita con te.»

«Se rinunciassimo a nostro figlio e io non sopravvivessi, allora rimarresti da solo. E io non voglio che resti da solo. So che sarà difficile, ma mia madre ti aiuterà, e anche la tua, ed Emily...»

«Maledizione, anche se mi venisse in aiuto l'intera città, sarei solo lo stesso senza di te!»

Guardai nei suoi bellissimi occhi azzurri traboccanti di lacrime. Erano occhi pieni d'amore e di paura.

Dovevano essere passate ore mentre ce ne stavamo seduti lì a soppesare le nostre possibilità. Quando lasciammo lo studio del dottore, avevamo preso una decisione. Sapevamo che sarebbe stata dura, ma per noi non c'era alternativa.

CAPITOLO 36

Adoro tutti i mezzi che abbiamo per comunicare. Cellulari, sms, email, Skype... ma nulla riesce a eguagliare una lettera o un bigliettino scritto a mano. Sono affettuosi, intimi e personali. Vero, impiegano più tempo ad arrivare, ma per certe cose vale la pena aspettare.

Ero nella nursery, accoccolata su un'enorme sedia a dondolo che ci avevano regalato i miei genitori. Mancavano due mesi e poi avrei conosciuto questo angioletto. Se il mio tempo era quasi scaduto, speravo almeno di poter vedere mia figlia, anche solo per un breve istante.

Noah si fermò sulla soglia. «Ah, sei qui. Che fai?»

«Sto scrivendo altri bigliettini.»

«Perché?» Era una reazione istintiva. Gli sorrisi. Sapeva perché lo stavo facendo, ma non ne parlava volentieri.

«Smettila» dissi.

«Di fare cosa?»

«Il finto tonto. Non ne sei capace.»

«Le mie parole che mi si rivoltano contro, eh?» Rise e mi raggiunse. Chinandosi, mi baciò in cima alla testa. «Bene. Potrai leggerglieli tu stessa quando sarà abbastanza grande per capire.»

Lo guardai. Continuavo a sorprendermi di quanto lo amassi. Lo conoscevo da sempre, eppure il mio amore per lui cresceva ogni giorno di più.

Sapevo che Noah era terrorizzato dal futuro. Non me lo diceva, ma glielo leggevo negli occhi ogni volta che ne parlava qualcun altro.

Il giorno in cui uscimmo dallo studio del dottor Lang decidemmo che avrei ricominciato la chemio solo dopo la nascita di Halle. Era rischioso, vista l'aggressività del mio tumore in passato, ma era un rischio che dovevo correre per nostra figlia.

Volevo far parte della sua vita, anche se non sarei stata lì fisicamente. Così cominciai a scriverle dei bigliettini quella sera stessa. Dovevo essere sicura di dirle grazie e addio, nel caso in cui non fossi riuscita a conoscerla. E sapevo che il presente era il momento perfetto per accertarmi che li ricevesse.

BIGLIETTINI PER HALLE

Halle,

ti voglio bene e mi dispiace di non essere lì a vederti crescere e diventare una donna bellissima e intelligente.

Ti scrivo questi bigliettini per due motivi.

Primo: anche se il tuo papà è un uomo meraviglioso, e le nonne e la zia Emily avranno sempre una risposta da dare a qualunque tua domanda, ci sono certe cose che solo una madre può insegnare alla figlia. Farò del mio meglio per trattare le questioni più importanti.

Secondo: anche se il tuo papà mi avrà girato tonnellate di video da farti guardare, ti scrivo questi biglietti perché voglio che tu possa portarteli dietro ovunque vada, così quando avrai bisogno di me le mie parole saranno sempre con te.

Non sai quanto ero felice quando ho scoperto che saresti arrivata. Ti ho amata sin dal primo momento. Eri perfetta perché eri mia e del tuo papà. Lo amo tantissimo, Halle. È stata una benedizione averlo nella mia vita. Quando il dottore mi ha detto che ero di nuovo malata, il mio primo e unico pensiero è stato quello di proteggerti. Non avrei mai fatto qualcosa che potesse metterti in pericolo e ti impedisse di conoscere tuo padre. Spero che un giorno capirai la mia scelta. Ti amo con tutto il cuore.

Mamma

Halle,

goditi la tua infanzia. I tuoi amichetti o le cose che vedrai alla TV *ti spingeranno a voler crescere, ma tu non avere fretta di diventare grande. Non sentirti costretta a fare quello che ti dicono. Divertiti, ridi, fatti degli amici e gioca. Tutte le cose da adulti saranno ancora lì, quando sarai pronta. Ti voglio bene.*

Mamma

Halle,

ho fatto firmare a mia madre – la tua nonna – un documento che le vieta di costringerti a indossare un costume di Halloween che non sia di tuo gradimento. Tanto per andare sul sicuro, l'ho fatto autenticare da zia Emily. Quando sarai abbastanza grande, andrai a bussare alle porte e a fare "dolcetto o scherzetto" da sola. Non c'è motivo di aver paura. Non ci sono mostri dietro a quelle porte, te lo giuro. Ti voglio bene.

Mamma

Halle,

la torta al cioccolato migliora un sacco di cose nella vita. Ma non mangiarne troppa. Ti voglio bene.

Mamma

Halle,

essere in gamba non passerà mai di moda. Non fingerti meno di ciò che sei, per nessuno. Ti voglio bene.

Mamma

Halle,

con gli amici non è la quantità che conta, ma la qualità. Conosceraì un sacco di persone nella vita, e non tutte saranno tue amiche. Va bene lo stesso. Te ne accorgerai quando incontrerai un amico vero. I veri amici sono fidati e leali. Ti staranno accanto nel bene e nel male. Avranno forme, taglie e colori diversi, ma il loro aspetto non conta. È nel loro cuore che troverai il loro vero valore. Ti voglio bene.

Mamma

Halle,

il tuo papà è un uomo meraviglioso. Non c'è stato momento nella mia vita in cui non lo abbia amato. Eravamo piuttosto giovani quando sei arrivata tu... Quello che sto cercando di dirti è che un giorno, forse, il tuo papà troverà qualcuno che lo renderà felice. Potrebbe persino aver voglia di sposarsi. Non significa che ti vorrà meno bene. Significa soltanto che il suo cuore è guarito. Ti voglio bene.

Mamma

Halle,

non lasciarti scoraggiare. Se hai una passione per lo sport, l'arte o la scienza, non credere a chi ti dice che non ce la farai mai. Se vuoi giocare a baseball, a hockey o a football, non permettere a nessuno di dirti che non puoi farlo. Sii sempre il capo di te stessa. (Per l'esattezza, il papà sarà il tuo capo finché non avrai compiuto diciotto anni, ma hai capito cosa intendo.) Ti voglio bene.

Mamma

Halle,

sull'argomento moda/trucco: la regola generale è "meno è, meglio è".

Micro, mini, aderente, a vita bassa: sono tutte espressioni da evitare quando si cercano vestiti. La biancheria intima deve essere indossata sotto *gli abiti. C'è un motivo se si chiama "intima".*

Rispetta te stessa e il tuo corpo. I top e gli shorts vanno bene in spiaggia… se il papà ti permetterà di indossarli per uscire di casa. Ti voglio bene.

Mamma

Halle,

visita altre città, altri Stati, altri Paesi. Cerca di capire che il tuo modo di vedere le cose non è l'unico. Diverso non vuol dire brutto o sbagliato. Apri la mente e informati prima di prendere una decisione. Ti voglio bene.

Mamma

Halle,

espandi la tua mente. Leggi qualcosa ogni giorno, che sia un libro o un articolo di giornale. Ti voglio bene.

Mamma

Halle,

va' contro corrente e sii sicura di te stessa. Non devi essere per forza una taglia 38, con i colpi di sole e le tette grosse. Essere diversa e unica non è un difetto. Diversa e unica significa originale e rara. Non c'è un'altra Halle Marie Stewart uguale a

te sulla Terra. Nessun altro vedrà il mondo come lo vedi tu. Coltiva la tua originalità, non nasconderla. Ti voglio bene.
Mamma

Halle,
non paragonarti agli altri e non permettere loro di giudicarti. Credi nelle tue capacità. Stabilisci i tuoi obiettivi e lavora sodo per raggiungerli. Non sempre ci riuscirai, ma è lo stesso. Se farai del tuo meglio, allora dovrai esserne fiera. Vincere è divertente, ma anche partecipare è bello. Ti voglio bene.
Mamma

Halle,
di tanto in tanto, forse sentirai il tuo papà dare dello "schifoso" a qualcuno, specie ai ragazzi che ti ronzeranno intorno. Non farci caso, dice così solo perché vuole proteggerti. Ti voglio bene.
Mamma

Halle,
non aver paura di amare con tutto il cuore. Correrai il rischio di soffrire, ma ne varrà sempre la pena.

Il papà e il nonno sono gli uomini migliori che abbia mai conosciuto. Trova un ragazzo di cui tu possa dire altrettanto. Quando lo troverai, permettigli di amarti.

Abbiamo tutti dei difetti, ma il vero amore ci passa sopra e si concentra sul nostro cuore. Se ami qualcuno, diglielo. Non importa se non sarai ricambiata. Chiunque ti faccia provare un sentimento tanto profondo e intenso merita di sapere che importanza ha per te. Ti voglio bene. Mamma

Halle,

di tanto in tanto incontrerai delle difficoltà nella vita, succede a tutti. Coltiva il senso dell'umorismo, ti aiuterà a superare i momenti bui. E non scappare dai problemi. Affrontarli accrescerà la tua forza e il tuo carattere. Ti voglio bene.

Mamma

Halle,

sono fiera di te. Che tu decida di fare la moglie, la mamma, la donna in carriera o tutte e tre le cose. (Puoi farle benissimo tutte e tre.) Sono fiera della donna che sei diventata. Ti chiederai come faccio, se non sono lì a vederti. Ma io so che sei diventata una donna meravigliosa perché conosco l'uomo meraviglioso che ti ha cresciuta. Ti voglio bene.

Mamma

Halle,

trova qualcosa/qualcuno di cui sentirai la mancanza. Perché questo significa che la tua vita ne è stata arricchita e che hai saputo amare. Mi manchi.

Mamma

Halle,

la gente ti dirà che al mondo esiste solo un'anima gemella per ciascuno di noi e che quando la troverai, lo capirai e ti innamorerai. Non è vero. È estremamente raro avere più di un'anima gemella, ma è possibile. E non deve implicare per forza una relazione romantica. A volte nella vita si incontrano persone di cui si ha bisogno, con le quali si crea immediatamente un lega-

me. Io sono stata tanto fortunata da avere due anime gemelle. Il tuo papà è la prima, l'amore della mia vita. Poi, quando avevo diciannove anni, ho incontrato la seconda, un ragazzo che si chiamava Dalton. Non ho mai smesso di amare il tuo papà. Dalton è entrato nella mia vita esattamente quando era necessario. Ne ha fatto parte per un tempo brevissimo, ma ha lasciato un segno indelebile.

Ti voglio bene.

Mamma

Halle,

tutti meritano un grazie e un addio. Ti voglio bene.

Mamma

Halle,

vorrei essere lì per abbracciarti quando soffri e quando sei felice. Vorrei essere lì per asciugarti le lacrime e per dirti che le cose miglioreranno mentre mangiamo una fetta di torta al cioccolato. Vorrei essere lì per condividere tutte le tue prime volte. Ma dovunque andrai, io sarò lì con te attraverso le mie parole, nel tuo cuore e nella tua anima. Non devi essere perfetta, ma devi sempre vivere il presente. Il presente è il dono più perfetto che puoi avere. Ti voglio bene.

Mamma

EPILOGO

NOAH, CINQUE ANNI DOPO

Sapevo qual era il giorno e il momento esatto in cui mi ero innamorato di lei: alle 22.59 del 23 marzo 1990. L'ho sempre amata. Da bambino, non sapevo che quel sentimento fosse amore, sapevo soltanto che quando stavo con lei ero felice.

Sapevo anche qual era il giorno e il momento esatto in cui mi ero accorto che Tweet era diventata una ragazza e io un adolescente arrapato: alle 19.03 del 27 maggio 2004.

Io e Tweet stavamo andando al parco, al nostro posto. Lei si fermò all'improvviso. «Se un penny troverai, per tutto il giorno fortuna avrai» disse con voce cantilenante.

Ridacchiai mentre si chinava a raccogliere la monetina. Quando abbassai lo sguardo, non riuscivo a credere ai miei occhi. Davanti a me c'era il culetto più grazioso, rotondo e bello del mondo. Sarebbe stato perfetto tra le mie mani.

Lei sollevò il penny con orgoglio, come se valesse un milione di dollari. Non potevo fare a meno di fissare le sue labbra sorridenti, la sua pelle chiara, la bocca a forma di cuore che avevo voglia di baciare. Rimasi lì ipnotizzato mentre pensavo ad altre parti del suo corpo su cui avrei voluto posare le labbra.

Tweet era sexy e bellissima! Non era scheletrica come molte ragazze a scuola. Aveva le curve giuste nei posti giusti. Le sue gambe erano favolose. I suoi capelli color cioccolato le sfioravano appena le spalle ed erano sempre lucidissimi. Aveva degli occhi incredibili. Color ottanio. Non avevo mai visto nessuno con degli occhi così. Quando mi guardavano, riuscivano a leggermi l'anima. *Ma che cavolo mi prende?* pensai. Sembravo una ragazzina! Poi sentii una tensione nei calzoncini. No, ero decisamente un adolescente arrapato.

Mi destai dalle mie fantasie quando la sentii gridare: «Noah! Vieni o no?»

«Sì, arrivo!» Camminai tenendomi a diversi passi da lei. La tensione nei miei pantaloni continuava a crescere e non c'era bisogno che lei la notasse.

Per tutta l'estate, passai la maggior parte del tempo a pensare di toccarla, e facevo del mio meglio per riuscirci, con un po' d'astuzia.

Caro Noah,

sono seduta qui, a cercare di capire come iniziare questa lettera. Questa è la parte che ho sempre odiato. È orribile fissare una pagina bianca.

Ho dubitato di tante cose nella mia vita, tranne di una: ti ho sempre amato. Ogni singolo minuto di ogni singolo giorno che ho trascorso su questa Terra, il mio cuore è stato tuo. Non ho mai avuto dubbi. Nel corso del tempo l'amore ha assunto molte forme, ma è sempre stato lì, una presenza costante.

Sull'amore sono stati scritti miliardi di libri, articoli e poesie. Ci fanno credere che sia complicato, ma non è così. È tutto quello che ci costruiamo attorno che lo fa sembrare complicato. Mi dispiace di averci messo così tanto a capirlo.

Grazie per il tuo amore. Mi hai regalato mille vite di felicità. Mi hai dimostrato cosa significa essere amati e amare. Sei la mia forza, la mia speranza, la mia pace e la mia luce. Il mio tutto.

Grazie di essere stato la mia anima gemella, l'amore della mia vita e il mio migliore amico.

Grazie per tutte le chiacchierate, le risate, la musica e i momenti di silenzio che abbiamo passato al nostro posto.

Grazie per aver condiviso le tue prime volte con me.

Grazie per tutta quella torta al cioccolato.

Grazie per i brividi e i fremiti che mi hai fatto provare.

Grazie per avermi tenuto la mano e per tutti quegli abbracci. Grazie per il mio primo bacio e grazie per il mio ultimo bacio.

Grazie per aver fatto parte della mia vita. Mi dispiace di doverti dire addio così presto. Ma adesso hai Halle. Ti darà la forza e la speranza per continuare. Sarai il miglior padre del mondo.

Grazie per avermi dato qualcosa di cui sentirò la mancanza.

Ti amo profondamente e assolutamente. Il fatto che non sarò più lì non cambierà mai tutto questo.

Addio, Noah.

Ti amerò per sempre,

Tweet

Stavo piegando la lettera quando Emily entrò in casa.

«Ciao, Noah.»

«Ciao.»

«Che fai?»

«Stavo leggendo una lettera di tua sorella.»

Emily mi guardò con un velo di tristezza negli occhi. Era stata incredibile durante la malattia di Tweet.

«Allora, dov'è la mia dolce Halle?»

«In camera sua, ad accertarsi di aver preso tutte le bambole giuste per la vostra serata tra ragazze.»

«Be', è una decisione molto importante.» Rimase in silenzio per un momento, a fissarmi. «Ehi, stai bene?»

«Sì, sono solo un po' nervoso, chissà perché» dissi, facendo una risatina.

«Andrà tutto bene, lo sai. Perché non lasci Halle a dormire da me? Così non dovrai continuare a guardare l'orologio. È stata dura, Noah. Ti meriti una serata spensierata senza l'assillo di dover rientrare a una certa ora. Vai e divertiti.»

«Sarebbe grandioso, Emily. Grazie. Vado a preparare la borsa per Halle.»

«Ci penso io.»

Proprio in quel momento sentimmo due piedini saltellare per il corridoio. Adoravo guardare Halle, qualunque cosa facesse, ma soprattutto quando correva. Era così risoluta e determinata.

«Emmie! Emmie! Emmie!» strillò.

Era eccitatissima di vedere la zia. Adorava passare del tempo con lei, a fare "cose da ragazze". Attraversò la stanza di corsa e si lanciò tra le sue braccia aperte.

«Ciao, pulcino. Che ne dici di dormire a casa mia stanotte?»

«Vorrei tanto, ma dovrò prendere delle altre bambole.»

«Ma certo, è ovvio.»

Halle voltò il visetto rotondo verso di me. Era chiaramente preoccupata. «Papino, tu cosa farai?»

«Ho dei programmi per stasera. Devo vedere un'amica.»

Io e Emily ci scambiammo un'occhiata d'intesa.

«Mi manca la mamma.»

«Lo so, passerotto. Anche a me. Ascolta, adesso devo andare. Non voglio arrivare in ritardo al mio appuntamento.»

«Halle, andiamo a prendere altre bambole, e magari anche un pigiama e uno spazzolino» disse Emily.

Halle le diede la manina e si avviò in corridoio verso la sua stanza. Qualche secondo dopo tornò da me a rotta di collo. La presi in braccio e ci stringemmo forte. Le sussurrai all'orecchio: «Ti voglio un mondo di bene, passerotto».

Gli occhietti azzurri più belli del mondo mi fissarono. Arricciò la boccuccia in un lieve sorriso e disse: «Anch'io ti voglio un mondo di bene, papino».

Durante il tragitto in auto ero talmente nervoso che dovetti asciugarmi un paio di volte i palmi sudati sui pantaloni. Scesi dalla macchina e raggiunsi il luogo dell'appuntamento. Rimasi lì impalato a cercare di calmarmi. Allungai il collo a destra e a sinistra, ruotai le spalle avanti e indietro e feci qualche respiro profondo. Niente da fare, era tutto inutile.

Poi qualcuno mi chiamò. «Noah?»

Mi voltai e la vidi. Avevo un enorme groppo in gola. Deglutii a fatica. Mio Dio, era bellissima. «Ciao» le dissi, sorridendo.

«Scusa per il ritardo. Uscendo dall'aeroporto ho trovato parecchio traffico.» Continuò a sorridermi, ma si guardò attorno. «Ehm… cos'è questa storia?»

Senza staccarle gli occhi di dosso, la raggiunsi in tre rapidi passi, fermandomi proprio davanti a lei. «Un uomo non può organizzare qualcosa di speciale per la sua ragazza numero uno?»

Mi fissò sospettosa con quegli inconfondibili occhi color ottanio e rispose: «Immagino di sì».

«Bentornata a casa, Tweet.»

Le posai una mano dietro la nuca mentre con l'altra le cingevo la vita, e la attirai a me. Le nostre labbra si incontrarono. Adoravo baciarla. Il suo sapore era ancora il mio preferito al mondo.

Mi ritrassi e sorrisi quando la sentii gemere leggermente. Eravamo entrambi senza fiato. Le nostre labbra si toccavano ancora quando aggiunsi: «Ti ho mai detto quanto odio il fatto che tu debba andare fuori città per scrivere un articolo?»

«Sì, ma il sesso quando torno a casa è davvero sensazionale.» Mi fece l'occhiolino.

Scossi il capo cercando di cancellare dalla mente l'immagine del suo corpo nudo sotto di me. Dovevo tornare con i piedi per terra. Eravamo al parco, al nostro posto, quindi il resto avrebbe dovuto aspettare.

Ero venuto qui un po' prima per spargere petali di rose gialle attorno al nostro tavolo e appendere qualche filo di lucine agli alberi. Il sole cominciava a tramontare. Il tavolo era apparecchiato per due con piatti bianchi, posate d'argento, una bottiglia di vino, due bicchieri e una fetta di torta al cioccolato.

La presi per mano e la condussi al tavolo.

«Dov'è Halle?» mi domandò.

«Da Emily.» Mi fermai e accesi l'iPhone. Avevo ancora gli

stessi altoparlanti che avevo usato al nostro primo appuntamento. Sapevo che mi sarebbero tornati utili un giorno. Mi girai e la strinsi tra le braccia mentre partiva *Everything*.

«Non aveva voglia di venire a salutarmi?»

«Certo, ma ti volevo tutta per me per un po'.» Mi guardò negli occhi e sorrise, senza dire una parola. Le posai un bacio leggero sulle labbra e mormorai: «Mi è mancata la tua bocca».

«Anche tu le sei mancato. Tutto quanto.» Mi rivolse un sorriso ammiccante.

Rimanemmo così per diversi minuti, ondeggiando impercettibilmente avanti e indietro. Non riuscivo a credere a ciò che stavo per fare, ma era arrivato il momento.

Esitai per un istante. «Oggi ha chiamato il dottor Lang per comunicarci i risultati dei tuoi esami.» Smettemmo di muoverci e ci guardammo negli occhi. «Tutto bene. Questo vuol dire che sono quattro anni di vita senza cancro.» Avevo la voce rotta, ormai.

Anche se la chemio dopo la nascita di Halle aveva funzionato, questi controlli continuavano a generare stress e preoccupazione. Avevo creduto di perderla già due volte e quei ricordi si ripresentavano a ogni check-up.

Lei sospirò e disse: «Odio questo periodo dell'anno. Anche se il mio corpo è guarito, credo che non sarò mai completamente libera dal cancro».

La strinsi più forte. «Vorrei poterti dire che ogni anno andrà meglio.»

«Hai trovato la lettera?» mi chiese.

«Sì. Perché hai deciso di darmela proprio adesso?» L'aveva lasciata sul comò, in camera da letto, prima di partire.

«Mi sembrava il momento giusto. Avrei voluto aspettare che fossero passati i cinque anni, ma perché attendere?» I suoi occhi erano pieni di lacrime.

Dovevo ribaltare la situazione. Avremmo dovuto festeggiare, non pensare al passato. «Come vuoi celebrare il tuo quinto anniversario?»

«Dovremmo fare qualcosa di speciale. Sai, andare da qualche parte.»

«Che ne dici di un matrimonio?»

Mi guardò in preda alla confusione. «Un matrimonio? Il matrimonio di chi?»

«Il nostro?»

Feci un passo indietro e mi inginocchiai davanti a lei. L'espressione di puro choc sul suo viso non aveva prezzo. Ebbi l'impulso di prendere il telefono per scattarle una foto, ma fortunatamente capii in fretta che non sarebbe stata una buona idea.

«Quando ti guardo negli occhi, vedo tutto ciò che voglio e di cui ho bisogno. Mi sveglio ogni mattina eccitato perché so che quel giorno ti vedrò e quella notte la passerò con te. E nel frattempo posso stare con la nostra meravigliosa bambina.

«Ogni secondo di ogni minuto di ogni giorno, mese e anno che ho vissuto insieme a te è stato perfetto. Ti amo. Ti adoro. E voglio passare il resto della mia vita a renderti felice.» Mi fermai per un istante mentre tiravo fuori dalla tasca l'anello con il diamante giallo. Guardandola negli occhi, aggiunsi: «Aman…»

«Non mi chiami mai così. Non cambiare le carte in tavola proprio adesso.» Le lacrime le scorrevano sul viso.

«Tweet, vuoi farmi l'onore di diventare mia moglie?»

Non riusciva a pronunciare una parola, tanto era emozionata. Tese la mano tremante e io feci scivolare l'anello sull'anulare. Alzandomi, la presi tra le braccia e le diedi un bacio lento e profondo che la lasciò senza fiato.

«Ti amo, Noah.»

«Dillo di nuovo.»

«Ti amo, Noah.»

«Ancora una volta.»

«Ti amo, Noah.» Rimase in silenzio per qualche secondo. «Diventerò la signora Tweet Stewart.» Scoppiò a ridere. «Scusami. È che sembra tanto...»

«Perfetto?» azzardai.

«A dire il vero, non potrebbe essere più perfetto di così.»

RINGRAZIAMENTI

Mentre scrivevo *Perfect* ero da sola davanti al computer, ma questo progetto non è affatto nato in solitario. Ci sono state tantissime persone meravigliose che mi hanno aiutata nel dare alla luce questo libro.

Jef Bailey: grazie per il tuo sostegno incondizionato. Sei stato paziente mentre io scleravo tra file scomparsi, appunti e dubbi. Mi hai prestato i tuoi occhi quando i miei erano troppo stanchi e assonnati e mi hai aiutato a mettere le cose nella giusta prospettiva quando ero stravolta. Non sai quanto ti sono grata.

Buster e Jack: sarebbe un grave torto da parte mia non ringraziare i miei due assistenti silenziosi, i miei cani. Sì, avete letto bene. Sono rimasti al mio fianco giorno e notte ad ascoltarmi parlare, ridere, piangere e inveire. Solo due cose li spingevano a nascondersi in un'altra stanza: il rumore dei tuoni e io che ripetevo più volte la parolaccia con la *c*.

Kelley Forsberg, mia sorella: grazie per l'amore, il sostegno e l'incoraggiamento che mi hai dimostrato non solo per questo libro, ma nel corso di tutta la vita. Avremo sempre un legame speciale. Oggi non sarei qui se non fosse per te.

I miei lettori-beta: ognuno di voi mi ha sbalordita per la passione e l'impegno. Durante la stesura mi avete reso una scrittrice migliore.

Beth Hyams (per me sarai sempre Beth Anne. Mi sono ricordata la *e* finale): mi sei stata accanto in ogni frangente della mia vita… nel bene, nel male e nel ridicolo. Tengo tantissimo alla tua amicizia. Significa tutto per me averti al mio fianco in questo viaggio. Ti voglio bene.

Stacy Bailey Darnell (ovvero Princess): dovrei scrivere altri mille libri per ringraziarti come meriti, e ancora non sarebbero sufficienti. Il tuo sostegno, i tuoi consigli, il tuo senso dell'umorismo e la tua amicizia sono fondamentali per me. *Perfect* era già un successo ancor prima di uscire perché durante la stesura ho imparato a conoscerti meglio. TVB, P!

Lisa Harley (ovvero HS): tutto questo è colpa tua. Mi hai ispirato, consigliato, dato calci nel sedere quando era necessario, e dalla tua penna è nato il mio Cade. Avrai in eterno il mio amore e il mio rispetto.

Kristina Amit: quanti messaggi ci siamo mandate? Un triliardo? Le tue intuizioni mi hanno spinta a ripensare ad alcune cose e a migliorarle. Spero che adesso ti piaccia come Noah porta il cappellino da baseball.

Ana Zaun: dovresti tenere un corso, *Autori indipendenti 101*. Non ti ringrazierò mai abbastanza per tutto l'aiuto e il sostegno che mi hai dato durante l'intero processo di self-publishing. Sei il mio signor (ehm… signorina) Miyagi. (Sono riuscita a non scrivere "ecco" neanche una volta.)

Kim Shackleford (ovvero Duchess): la mia sorellina della Carolina. Ho adorato le tue osservazioni. Mi dispiace di averti fatto piangere ma anche entusiasmare. Avery avrà una mamma fantastica.

Jamie Zishka: sei stata la prima lettrice-beta a darmi un

feedback. Ero eccitata e nervosa al pensiero di aprire la prima mail, ma il tuo responso mi ha esaltata e commossa.

Nicki DeStasi: il tuo feedback mi ha fatto sghignazzare perché le tue parole balzavano fuori dalla pagina per l'entusiasmo. Non so dirti quante volte ho riletto i tuoi commenti quando avevo una brutta giornata e mi serviva un po' di incoraggiamento.

Susan Miskelly: grazie per avermi fatto guardare e pensare alle cose in una prospettiva diversa. Mi è stato più utile di quanto tu possa immaginare.

Maria DeSouza e le Dive dell'Editing: Maria, sei una delle persone più gentili e generose che abbia mai incontrato. Dal primo momento in cui abbiamo parlato, mi è sembrato di conoscerti da anni. Le tue correzioni e i commenti sono stati impagabili e hanno reso *Perfect* un romanzo migliore.

Robin Harper e Wicked by Design: adoro la copertina. Non sapevo cosa volevo, ma sapevo cosa *non* volevo. In un certo senso mi avete letto nel pensiero e poi mi avete sbalordito con la vostra grafica. Grazie per la pazienza e l'ingegnosità.

Angela McLaurin e Fictional Formats: grazie per non avermi imposto un'ordinanza restrittiva. Di solito non ho tendenze da stalker, ma volevo il meglio e voi siete i migliori. Il vostro lavoro è fantastico.

Le mie Puffette: Beth Hyams, Stacy Bailey Darnell, Lisa Harley, Kristina Amit, Jamie Zishka, Nicki DeStasi, Kim Shackleford, Daisy Esquenazi, Sandra Cortez, America Matthews, Alexis Durbin, Stephanie Loftin, Dawn Costiera, Jennifer Diaz, Jennifer Mirabelli, Christine Mateo, Leslie

Cox, Marilyn Medina, Melanie Smith, Tabitha Willbanks, Tina Bell e Tamron Davis. Ragazze, siete una forza! Apprezzo davvero tanto tutto quello che avete fatto per spargere la voce sul mio romanzo.

Il Writer's Block Group: il sostegno, le informazioni e l'incoraggiamento che mi avete dedicato sono stati utili per spingermi a raggiungere i miei obiettivi.

Kindle Buddies: il primo gruppo di lettura a cui abbia partecipato su Facebook. Ho conosciuto e sono diventata amica di un sacco di persone stupende grazie a KB. Voglio ringraziarle per avermi consigliato tanti libri e autori meravigliosi che hanno lasciato un segno nella mia vita e mi hanno arricchita. Grazie, Crysti Perry, per aver fondato il gruppo ed esserti presa cura di tutti noi.

I blogger: un enorme GRAZIE a tutti voi. Quando ho intrapreso questo viaggio, non capivo fino in fondo perché le persone passassero così tanto tempo a creare blog, specie senza essere pagate. Quando sono entrata in contatto con la vostra comunità, ho capito. L'amore, la dedizione, l'impegno e la passione che dimostrate per i libri e gli autori è incredibilmente ammirevole. Grazie per quello che fate a sostegno degli autori, soprattutto quelli indipendenti. Ho apprezzato enormemente il tempo e il sostegno che mi avete dedicato.

I lettori: grazie! Sono onorata che abbiate scelto *Perfect*. La caratteristica fondamentale di un grande libro, secondo me, è la capacità di farci sentire, pensare e forse guardare alla vita in modo un po' diverso. Spero che questo libro faccia lo stesso per voi.

Nella stessa collana

B. Ashton, *Everneath*

A. Plum, *Until I die*

M. McStay, *La strada che mi porta a te*

L. Rubin, *Deathdate*

A. Talkington, *Liv, forever*

S. Bowen, *Prendimi per mano*

S. Perkins, *Il primo amore sei tu*

J. Niven, *Raccontami di un giorno perfetto*

L. Hillyer, *Per un attimo e per sempre*

C. Philpot, *Nemmeno in paradiso*

P. Zannoner, *A piedi nudi, a cuore aperto*

K. McGarry, *Un'estate contro*

E. Cahill, *Regole d'amore per amici confusi*

R. Serle, *Io, Romeo e Giulietta*

S. Young, *The Program*

K. West, *Reflections*

S. Perkins, *Il primo bacio a Parigi*

A. Plum, *Die for me*

V. Roth, *Four*

J. Murphy, *Amore e altri effetti collaterali*

C. Moracho, *Althea & Oliver*

A. Carter, *Spy Girls - Me la cavo da sola ma insieme si spia meglio*

K. McGarry, *Scommessa d'amore*

H. Fitzpatrick, *Quello che c'è tra noi*

E. Lockhart, *L'estate dei segreti perduti*

A. Puleo, *Gli infiniti battiti del mio cuore*

A. Carter, *Spy Girls - Potrei stare ad aspettarti ma è meglio se ti vengo a cercare*

A. Carter, *Spy Girls - Non mi fido di te ma il rischio è il mio mestiere*

V. Roth, *Allegiant*

S. Winnacker, *Alter Ego*

K. McGarry, *Oltre i limiti*

A. Cremer, *Nightshade*

A. Cremer, *Wolfsbane*

E.J. Allibis, *Primal Spirit. Immortal*

E.J. Allibis, *Unika - La Trilogia*

A. Carter, *Spy Girls - Sono come mi vedi ma l'apparenza inganna*

A. Carter, *Spy Girls - Giuro di dire la verità ma tu non credermi*

A. Carter, *Spy Girls - Vorrei dirti che ti amo ma poi dovrei ucciderti*

A. Cremer, *Bloodrose*

E.J. Allibis, *Unika - Il Capitolo Segreto*

E.J. Allibis, *Unika - L'Ultima Porta*

E.J. Allibis, *Unika - La Fiamma della Vita*

V. Roth, *Insurgent*

S. Mlynowski, *10 cose che abbiamo fatto (e forse non avremmo dovuto)*

V. Roth, *Divergent*

K. Cashore, *Bitterblue*

K. Cashore, *Fire*

K. Cashore, *Graceling*